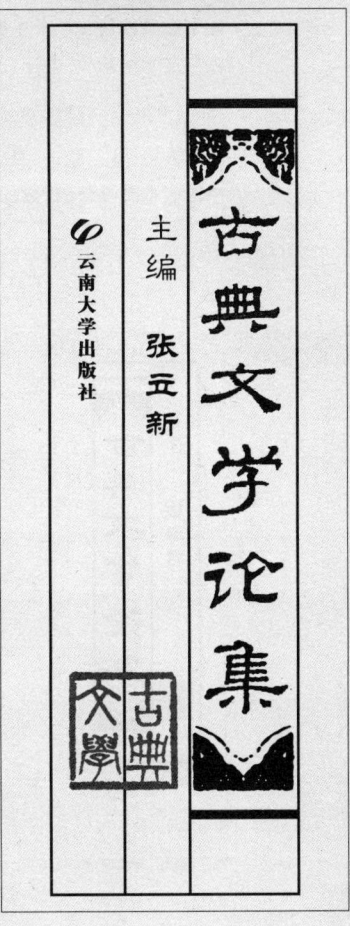

古典文学论集

主编 张立新

云南大学出版社

图书在版编目（CIP）数据

古典文学论集/张立新主编. —昆明：云南大学出版社，2007

ISBN 978-7-81112-447-7

Ⅰ. 古… Ⅱ. 张… Ⅲ. 古典文学—文学研究—中国—文集 Ⅳ. I206.2-53

中国版本图书馆CIP数据核字（2007）第158726号

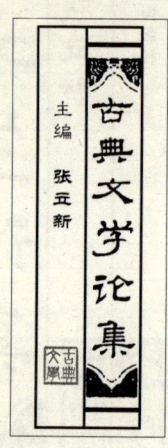

策划编辑：柴 伟

责任编辑：李兴和 刘 焰

责任校对：严永欢

封面设计：力印天翌｜书籍设计

出版发行：云南大学出版社

印　　装：昆明市五华区教育委员会印刷厂

开　　本：787mm×1092mm　1/16

印　　张：19

字　　数：315千

版　　次：2007年10月第1版

印　　次：2007年10月第1次印刷

书　　号：ISBN 978-7-81112-447-7

定　　价：32.00元

地　　址：云南省昆明市翠湖北路2号云南大学英华园内

　　　　　（邮编：650091）

电　　话：（0871）5031071/5033244

网　　址：http//www.ynup.com.　E-mail:market@ynup.com

序 ....陈友康

中国古代文学史是教育部《本科专业目录》确认的汉语言文学专业主干课程之一，教育部中文专业教学指导委员会则将它列为汉语言文学专业的七门"核心课程"之一。就全国范围来说，该课程自 20 世纪初建立以来，经过几代学者近百年的努力，整个学科体系已发育得十分成熟。历代学者对中国古代文学的研究和教学工作，为中华民族优秀传统文化的薪火传承作出了十分积极的贡献。

汉语言文学系是云南民族大学建立最早的系科之一，而中国古代文学史从来就是该学科的强项，曾被列为学校第一批重点建设的课程和校级精品课程。这门课程的师资队伍较为整齐，先后有一批学养深厚的学者担任该课程的教职。如陈述元、周坊、彭棣华、蔡川右、王守华、徐明清、陶应昌诸先生，都是在省内外享有一定声望的古典文学专家。现在，仍有一批教师甘于寂寞、坚韧不拔地进行着古代文学的教学和研究，在全国一些重要的专业刊物上发表论文，或被《新华文摘》、《高校文科学报文摘》、中国人民大学《报刊复印资料·中国古代近代文学研究》等权威刊物转载；或被一些论著评论和引用，在学术界产生了较好影响。近五年，我们出版了与古代文学相关的著作五部，发表论文二十余篇，获省级教学科研奖励七项。2005 年,该课程入选云南省高校精品课程，同年获准建立中国古代文学硕士学位点。这是对云南民族大学这一学科点教学成果、学术成就和学术地位的肯定，也是对我们多年努力的认可。

即将由云南大学出版社出版的《古典文学论集》，选录了张立新、陈友康、曾庆雨三位教授近年来在教学和科研方面的一些研究成果，从这些成果中，大致能够见出他们的教育思想、学术旨趣及各自的风格。我在担任云南民族大学文学与新闻传播学院院长期间，一直强调教学与科研并重，倡导教师围绕教学搞科研，以科研促教学。一个思想敏锐，教学认真的教师，总会在教学中发现问题，为科研的选题和材料的积累做好准备；对于一个教师来说，他的科研成果又会很自然地显现于他的教学活动中，转化成为新的教学资源。而一个教师，或者说一个学者，也就这样在讲坛和书斋中成长和成熟起来了。同时，我长期担任中国古代文学史的主讲教师，对教学和科研的甘苦感受很深。身处浮华之世，学术界浮躁的气息我们是深深感受到了的，我们不敢说自己身上绝无浮躁之气，可同事、同学中能有两三人真有志于学，以诚实的心灵对待为学之道，互相交流切磋，获得精神的愉悦和思想的进益，也就是人生之幸了。这也正是我们要出版这个论文选集的原因之一。

建设精品课程是国家在新的形势下提高高等教育质量的重要举措。对人文科学而言，精品课程建设的关键是要有一支敬业精神强、学术水品高的师资队伍、有深厚的学术积累以及明确的发展方向。这一论文集是对云南民族大学中国古代文学史课程多年建设成果的总结，显示了这一学科的学术积累。我们希望通过这一总结性文集的出版，能在一定程度上确认我校古代文学学科的学术传统，彰显学科及课程建设成就，为学科的进一步发展奠定较好的学术基础。

收入集子中的论文，有探讨教育理念和教学方法的文章，但更多是对中国古代作家和作品的研究和阐释，其中不乏新的见解和新的角度，可以作为进一步研究的参考，也可以为古代文学教学提供课程资源，包括教学思想的启迪、教学内容的丰富和教学方法的改进。我曾经在《当前古典文学研究中存在的问题》中说，古代文学教学和研究的终极价值是"记住人类曾经有过的精神传统，享用人类自己创造的文化财富，培育健康活泼的心灵和完美坚实的理性，从而历史地、理性地、审美地看待世界……为人类也为自己的生存建构并护持一个温馨美好的人文环境和高雅和谐、生机盎然的精神世界"。而要做到这一点，每一个负责的学者都应该好好掂量一下"学术天下之公器"的分量，珍视自己的学术使命，坚持独立不羁、超迈俗流的学术品格，坚持人文科学研究的精神创造、文化创生特性。这篇文章发表后，《新华文摘》、上海《文学报》转载了文章的主要观点，说明它所倡导的某些理念得到了学术界部分人士的认同。我们在教学和科研工作中，也是努力这样做的，效果还令人满意，书中的某些研究成果在一定程度上达到了我们的思想期待和学术诉求。

　　这本书可作为古代文学同仁观摩、切磋、批评的对象，也可作为汉语言文学专业本科生和古代文学、文艺学专业研究生的学习参考，也可供一般古典文学爱好者阅读。阐释性文字有助于读者深入理解杰出文学家的精神品质和经典文本的内涵，获得思想智慧、情感熏陶和分析方法训练。就像大多数论文集一样，收入的文章质量难免参差，但其中的某些篇章，我相信是确实能让大家得益的，不会白读。缺点和不足之处，希望得到大家的教正。

　　张立新教授作为中国古代文学史省校两级精品课的负责人，为课程建设和本书的编辑出版做了大量工作，我代表项目组对他表示感谢！

2007 年 7 月

目录

序[陈友康]..001

教学论

探求学术真知　重视人文关怀
　　——古代文学教学改革探索[陈友康]............................001
中国古代文学史课程教学中的"三课型"、"四环节"
　　——来自精品课程的实验报告[张立新]........................011

古典文学综论

当前古典文学研究中存在的问题[陈友康]........................020
仪式化文学写作的困局及超越
　　——论和韵的特点和功能[陈友康]............................034
中国古典接受理论的独特范畴：亲证[陈友康]....................048

先秦至魏晋南北朝文学研究

夸父是谁？[张立新]..055
信仰：《诗经》价值系统的重要维度[张立新]....................064
老、庄美学思想管窥[张立新]..................................078
尊天立教，兼爱世人
　　——论墨翟的宗教理念[张立新]..............................090
从《秋水》意趣看"逍遥"之境[张立新]..........................101
长路求索，九死不悔
　　——屈原的人生境界[张立新]................................110
全球化语境中诸子文化资源的整合[张立新]......................124

重新把握《兰亭集序》[陈友康].. 139

唐宋文学研究

永州山水诗文：自然美的发现与提升[陈友康]........................ 145

《长恨歌》的文本接受史分析[陈友康]............................... 155

晚唐诗·新月诗·朦胧诗

    ——试论中国诗语 "意"、"象" 的非一致性特征[曾庆雨]........ 166

梅尧臣诗的弊病与欧阳修的责任[陈友康]........................... 177

审美主体的生成与人生意义的实现

    ——苏轼人生魅力论[陈友康]................................... 186

元明清文学研究

元曲名辨[曾庆雨]... 197

"原儒" 思想变异与晚明个性提倡[曾庆雨]......................... 205

《金瓶梅》：一个关于 "善" 的寓言[曾庆雨]...................... 210

不甘失落与不择手段

    ——潘金莲自尊与自卑意识分析[曾庆雨]....................... 214

难耐寂寞与生命寄托

    ——情爱、子女：李瓶儿的两大生命线[曾庆雨]................ 226

论西门庆文本内界形象的他视角差异性[曾庆雨].................... 240

市井细民的艺术画卷

    ——论 "三言" "二拍" 的意蕴[曾庆雨]........................ 248

清词中兴论[陈友康].. 255

论《春雪亭诗话》[曾庆雨].. 265

明清云南游记与民俗

    ——兼论边疆游记对山水文学的贡献[陈友康].................. 272

云岭诗歌方外吟

    ——论冰壑子与《云声诗稿》[曾庆雨]........................ 281

作者简介 289

后　记[张立新] 293

教学论

探求学术真知　重视人文关怀

——古代文学教学改革探索...陈友康

　　中国古代文学是教育部规定的汉语言文学专业的基础课和主干课，在完成培养目标的过程中起着重要作用。但在新的时代条件下，古代文学教学遇到了一些困难。古代文学距离现代十分遥远，它对现代是否有作用和意义始终是人们或多或少要考虑的问题。在市场经济条件下，人们变得更加急功近利，不管做什么事，都要求它有立竿见影的效果，看不到这种效果就被认为是无用的。前些年的高等教育改革，也存在片面适应市场的倾向，人文专业和人文课程受到冲击和削弱。在这样的社会背景下，古代文学开设的必要性更受到学生的怀疑，古代文学无用论在一部分学生中颇为流行。在一定程度上可以说，古代文学教学已存在危机。《中国青年报》1999 年 10 月 8 日登载的《有多少人在读古典文学作品》，认为阅读现状"惨不忍睹"，其中提到一个 48 人的汉语言文学专业班只有 8 个学生在读古典文学作品。造成这种情况的原因，撰文者作了分析，所论都算在理，但未提到一个不容忽视的原因，就是古代文学教学也要承担责任。社会已经发生巨大变化，而古代文学教学还在按照原有模式进行，这必然造成教学与时代的脱节，也必然让受教育者疏远古代文学。因此，古代文学教学要发挥其作用，健康地生存、发展下去，必须考虑如下问题：怎样让古代文学与现代社会相适应？这既是一个迫切需要解决的教学问题，也是古代文学教学和研究界关注的重要学术问题。

　　本人从事古代文学教学二十余年，讲授过《中国文学史》和《中国古代文学作品选》等课程。20 世纪 90 年代以来，结合课程特点和时代变化，本人从教学思想、教学内容、教学方法等方面对古代文学教学作了一些探索和改进，取得显著效果，受到学生欢迎，也得到院督导团专家和骨干教师评审专家的好评。1998 年 10 月，曾由教务处安排，面向全院教师讲示范性公开课。2001 年 10 月，在第二届全国高校古代文学研究与教学讨论会上作大会发言，得到与会专家肯定，有关会议综述报道了主要观点。

现把本人在古代文学教学中各方面的探索和改进总结如下。

一、明确学科性质，重视人文关怀

要从根本上解决问题，必须首先明确古代文学的学科定位。针对学生中存在的"古代文学无用论"等想法，我在教学中从高等教育包含人文素质教育和专业技术教育两个基本方面。强调古代文学属于人文科学，明确它的学科性质。教育部副部长周远清教授指出："我们认为，从培养人、塑造人的任务出发，以人文社会科学为主要内容的文化素质教育是所有专业的学生都必须接受的教育。"（《深化文科教育改革的几点思考》，载《中国高等教育》，1996 年第 9 期）本身就属于人文科学的汉语言文学专业的学生无疑更应该学好人文课程，因为他们还担负着传承民族传统文化的责任。

人文科学是研究人类精神和文化现象的科学，它为人类社会提供一个意义和价值的体系。它通过人类精神现象和文明成果的研究，总结其成败优劣，扬长避短，使人类社会发展得更健康美好。它对社会和个人的作用不像技术科学那样直接明显，但更为根本。因此，发达国家都十分重视人文教育。我国高教界已充分认识到这一点，教育部要求高校加强人文素质教育是其表现。1996 年，原国家教委举行的"高等文科教育座谈会"指出："忽视或轻视文科教育，必然导致整个民族精神水平的下降，导致整个社会的庸俗化。"（阎志坚：《重视文科教育 深化文科教育改革——高等学校文科教育改革座谈会综述》，载《中国高等教育》1996 年第 9 期）从这样的高度来看包括古代文学在内的人文科学教育的作用和意义，我们的很多困惑和误解就会减少直至消除，从而明白古代文学教学的必要性和重要性，以积极的态度投入学习。《中共中央、国务院关于深化教育改革 全面推进素质教育的决定》指出，实施素质教育就是要使学生"具有高度的社会责任感，高尚的道德情操，文明的生活方式，改革开放的胸怀以及良好的科学素养和人文精神"。在实施素质教育的过程中，古代文学是可以大有作为的。

我国是一个光辉灿烂的文明古国，文学创作上的成就尤为辉煌。古代文学是我国人民思想、情感、智慧和美的结晶。通过对古代文学的讲授和学习，可以使受教育者得到精神的滋养、人格的涵育、感情的熏陶、审美的愉悦和智慧的启迪，形成健康高尚的人格和善良健全的心性。为实现这一点，我对原来学术界和教育界强调的一个不切实际的说法作了修正：古代文学教学和研究的作用是为当代文学创作提供借鉴。这样看古代文学教学的作用是十分狭隘的。因为受教育者并不都要当作家，即使是中文系的学生将来成为作家的也只是极少数，如果把学习古代文学的作用和意义依附于当代文学创作，那么它对绝大多数学生来说确实是无用的。要使古代文学教学健康发展并实现其育人功能，必须淡化这个观念。所以，我在古代文学教学和研究中，基本上扬弃了这个说法。让教学和研究工作与当代文学创作脱钩，保持其独立的运行机制和价值功能。这就使古代文学教学的作用和意义面向了最广大的学生，至于要当作家或将来能成为作家的学生，他自然会从中受益。

基于上述考虑，我将古代文学教学的目的和作用表述为："记住人类曾经有过的精神传统，享用人类自己创造的精神财富，培养完美坚实的理性和健康活泼的心灵，从而历史地、理性地、审美地看待世界；为人类也为自己的生存建构并护持一个温馨美好的人文环境和高雅和谐、生机盎然的精神世界。"（《当前古典文学研究中存在的问题》，载《宁夏大学学报》1997年第1期）这里强调古代文学教学是要教给学生一种做人的态度，一种看待世界的方式，一种精神的境界，而不仅仅是一些古老的知识。通过教学，并与其他学科配合，最终使学生进入一个道德、情感、理想和智慧和谐统一的境界，在任何情况下都葆有人性的光辉。如此，则学生的一生会是磊落坦荡，勇于担当，积极进取的。这样的学生进入社会，不管从事何种工作，他都会是敬业和负责的。这也就是人文教育在高等教育中具有根本属性的原因所在。

二、采用新的分析方法，激活古代作品，使之与现实社会发生联系，实现化育功能

人文教育也必须建立在科学的基础上。古代文学是用文言写成的，而且都有一定的历史背景，学生要理解还有很大困难。鉴于此，在教学方法上，我做好三个工作：一是语言的工作，即首先用训诂方法解释字词，疏通文义，把思想内容和艺术成就的分析建立在扎实的基础上，绝不蹈空妄说，信口开河；二是历史的工作，即把作品放到特定的历史时代去把握，揭示其思想内涵；三是美学的工作，

即对作品进行审美评价，揭示其美学特质。这些工作是传统分析方法通常都会注意的，实践证明也是行之有效的。人文教育也好，能力培养也罢，都离不开基础知识、基本理论和基本技能。离开这三者谈能力，是违背教育规律的，也是荒唐可笑的。因此，我把"探求学术真知"作为自己教学的指导思想，也把它作为教学的目的之一。

在此基础上，我进行了一些改进。首先，根据全国古代文学研究已由过去的社会历史批评发展为文化批评、人生批评的情况，注重揭示古代文本中蕴涵的与现代相通的文化因素和人生智慧，使之为学生理解和掌握。社会历史批评是新中国建立后学术界占统治地位的一种研究方法，它把文学作为社会政治、经济、历史的反映，也从这些角度去说明文学。这种研究方法的长处在于能够较为深入地阐明文学的社会作用，短处则是忽视了文学是人学的根本属性，忽视了文学是一种精神文化现象，因而，它对文本的阐释往往是力不从心的，捉襟见肘的，与阅读者的生活无关的。随着文学观念的变革，学术界不再把它作为独尊的研究方法，而更注重从文化、人生的角度去研究、评价文学作品和文学现象。文化批评在看到表层的政治经济对文学的作用的同时，还要看到它们隐藏的深层文化因素。人生批评把文学作为作家人生经验的结晶，注重从中发掘至今仍能令我们感动的思想、情感、精神和世界之美。这些文化因素和人生智慧永远都是活生生的，对学习者有用的。

其次，借鉴解释学和接受美学的理论，把古代文学研究和教学视为一种创造性活动，它的作用不仅在于阐明作者和作品原来怎么样，更在于阐明文本及各种文学现象对我们有什么意义，或者说，通过教师的创造性阐释激活作品，使之与现实世界发生意义联系，并转换成一种精神滋养。这样，文学教学就成为一个创造性过程，一个审美过程。例如，苏轼脍炙人口的词作《水调歌头·明月几时有》传统的解释是表达了苏轼的思想苦闷，反映了他出世和入世的人生矛盾，还有人把它说成是体现作者的忠君思想。这些说法可能都有其历史根据与合理性，但现代的解读如果仅仅停留于此，是远远不够的，因为那些东西与现代人的生存无关。毫无疑问，这首词的生命力是非常旺盛的，自产生那天起，它就具有无穷魅力并保持至今。那么，我们要做的工作，就是必须揭示出这首词打动古今人的原因到底是什么？把这些因素找出来，我们的教学就成功了。我认为，该词的动人之处，主要是两点，一点是它揭示了一种具有普遍性的人生哲理：人生的缺陷是绝对的，我们不能指望人生和世界完美无缺，只能在绝对的缺陷中寻求相对的圆满。"人有悲欢离合，月有阴晴圆缺，此事古难全"表现了这点。在这里，苏轼把人生的不圆满看成一种自然的、绝对的现象，要人们达观地对待它，不要因为遭遇不幸就丧失生活的热情和进取的勇气。对人生的这种透彻理解和达观看法，对任何时代的人都有一种感动和启迪。具备这样的人生理念，人们在遭遇坎坷不幸时，便会坦然一些，从容一些。其次是苏轼以博大的胸怀对人们发出深情祝福："但愿人长久，千里共婵娟！"因为人生的缺陷难以避免，人与人之间更需要关怀和抚慰。因此，苏东坡这声美好祝福，始终拨动着人们的心弦。我在讲解《水调歌头》时，就是从这两方面入手的，结果在教学中，每次都能引起学生的强烈共鸣。

上述两点落实到教学中，就是，尽量用较为现代的观念、方法评析作品，激活作品的内在价值，拉近古代作品与现实生活的距离，以实现其化育功能。文学作品特别是其中的经典性文本凝结了古人丰富的思想、情感、智慧和美，它总是把人导向高尚、丰富、美好与和谐。把经典文本中蕴涵的人文精神，如真、善、美、自由、平等、正义、理性、对人和自然的尊重等终极性价值观念挖掘出来，传授给学生，学生将终身受益。享誉世界的唐代文学专家、哈佛大学东亚语言与文明系主任斯蒂芬·欧文教授在谈到他研究中国文学的动机时说，中国文学中最吸引他的就是"那种对人的关怀和尊重"。欧文教授最深刻地理解了中国古代文学的不朽价值。古代文学的教学和研究就是要把"那种对人的关怀和尊重"以及别的一些终极性价值挖掘出来。

在教学中，我是努力这样做的。例如，苏轼诗《饮湖上初晴后雨》"水光潋滟晴方好，山色空濛雨亦奇。欲把西湖比西子，淡妆浓抹总相宜"是妇孺皆知的名作。一般人讲解这首诗，只是指出它写出了西湖任何时候都是美的，并赞扬它比喻的贴切和别出心裁。这固然不错，但还不到位。我是从"人应该以怎样的胸怀接纳自然"来讲解此诗的，认为该诗表现了苏东坡对自然的理解和尊重。传统的解释只看到客体之美，而未注意到主体对感应美、接受美的重要。实际上，西湖之所以在任何情况下都是美的，还与审美主体有关。苏东坡以理解、尊重的态度对待自然，自然的变化，也就是西湖的忽晴忽雨就是完全可以接受的了，因此，晴天固然让他高兴，风雨也没有让他沮丧。如果不具备这样的主体条件，遇到天气变化无常，也许会惊慌和恼怒，哪里有"雨亦奇"可言？苏轼在另一首写西湖的诗中说"西湖何所有，万象生我目"。（《连日与马忠玉张金翁游西湖》）西湖之景不过是他"目"中之景，这就凸显了主体对于感应美的重要性。苏轼以宽厚博大的胸怀、自由活泼的心境去感应西湖乃至一切自然景物，宇宙中就有着无所不在、千姿百态的美，这无疑给人的生活增添了取之不尽用之不竭的情趣和精神滋养。分析到这里，学生就能回答"人应该以怎样的胸怀接纳自然"的问题。对这首诗的解读已体现在中国美学会等单位主办的《东方丛刊》2000 年第 2 期发表的《审美主体的生成与人生意义的实现——苏轼人生魅力论》一文中。现在，由于人口爆炸，环境污染严重，人与自然处于高度紧张状态，如果我们能以苏东坡的胸怀对待自然，理解和尊重自然，那么人与自然的紧张关系肯定会有所缓解，我们的世界也将变得更加美好。

通过上述努力，古代文学就不再是僵死的、与现实无关的历史性存在，而是与现实人生息息相通的、充满温情与活力的精神资源。这既为古代文学教学注入了生机，也让学生获得了美的享受和思想启迪。

三、注重知识创新，加强学术研究，为教学提供新的学术资源和理论支持

高等学校教学与中小学教学的根本不同之处，在于大学在从事人类原有思想和知识的继承与传授的同时，还要进行学术研究，创造新的思想和知识，并教授给学生。因此，大学被认为是大师之学，而大师的内涵就是在思想和学术上有着卓越的、创造性的贡献。不是所有的大学老师都能成为大师，但所有的大学老师都应该从事学术研究，这应该是毋庸置疑的。只有研究，才能把握学术上的新动态和新发现，并将新的知识和信息传授给学生。教师的研究成果本身就是新的知识，研究工作做得好，必然为教学提供新的知识和思想资源。杰出数学家、教育家熊庆来先生曾说："大学如无思想上之贡献，其所传授必枯燥而寡味。"这确实是反映了高等教育客观规律的闪光的教育思想。

由于思想上有这样明确的认识，在教学中，我比较注意结合学科特点和教学内容进行学术研究。一方面，紧密跟踪学科前沿动态，把握学术上的新进展和新成果，将其中科学可靠的成果介绍给学生，也使自己的研究跟上时代步伐，力争进入学术前沿。另一方面，进行深入的学术研究，撰写论文，实现知识创新。这两方面的结合，使教学内容基本与时代保持同步，并在可能情况下将学生带入学术前沿。

近十年来，我在省内外学术刊物上发表古代文学论文二十余万字。这些论文

大多是解决教学中发现的问题，反过来又促进了教学。其中的一些文章被《新华文摘》、中国人民大学《报刊复印资料·中国古代近代文学研究》、《文学报》等转载。如《重新把握〈兰亭集序〉》、《人生境遇与应对态度——苏轼〈定风波〉解读》都是根据讲稿加工而成的，发表于国内外影响较大的刊物《名作欣赏》。这两篇文章对两个经典文本的内涵作了新的分析，并对传统解读中存在的不足进行了讨论。《误读的唐诗》发表于广西大学主办的《阅读与写作》，对复旦大学徐志啸博士、安徽师范大学余恕诚教授关于柳宗元诗《江雪》和王维诗《辛夷坞》的误解进行商榷。《当前古典文学研究中存在的问题》发表于《宁夏大学学报》，对新时期古代文学研究领域存在的一些弊病及其原因进行了深入研讨，并对古代文学研究的学术观念、学术方法、学术规则等重要问题提出了自己的看法。文章切中时弊，观点有创新，发表后产生了较大的社会反响，《新华文摘》、《文学报》等权威报刊摘载了主要论点。《梅尧臣诗的弊病与欧阳修的责任》是讨论宋诗研究中的一个重要问题，它的特点是将作家创作中存在的不足与批评家的误导联系起来，从一个全新的角度揭示了文学史上一种具有普遍性的现象。发表后被中国人民大学《报刊复印资料·中国古代近代文学研究》转载，《新华文摘》索引。发表于辽宁社科院主办的《社会科学辑刊》1999 年第 5 期的《清词中兴论》是根据讲稿加工而成的，《新华文摘》2000 年第 2 期转载了该文的主要论点。2000 年发表的论文有《审美主体的生成与人生意义的实现——苏轼人生魅力论》（《东方丛刊》第 2 期）、《宋代文学研究三题》（《云南民族学院学报》第 1 期）、《〈长恨歌〉的文本接受史分析》（《中南民族学院学报》第 3 期）、《超越平庸与面向日常——论古代杰出文人的人生目标设置和生活态度》（《山西大学师范学院学报》第 3 期）、《体大虑周，新意迭见——评〈宋代诗学通论〉》（中华书局《书品》第 1 期）、《随笔中蕴涵的内在精神质量》（《中国图书评论》第 2 期）等。这些成果使自己的教学获得学术新资源的有力支持，从而处于鲜活的状态。

照熊庆来先生的说法，大学的教学应该有"思想"。我在教学中，也是这样做的。这里的"思想"是指经过自己独立思考获得的关于学术、社会和人生的各种见解。它与照本宣科、人云亦云形成鲜明对照。我的上述论文，相当部分是"纠错"，即对一些权威专家的学术观点进行商讨和批评，或在学术界已有成果的基础上进一步拓展。这部分论文专业性强，属于专业领域的"思想"创造。同时，我还关注当前学术界、思想界讨论的热点问题，并努力参与讨论，试图让全国学术界听到云南学者的声音。近年我在北京的《方法》、上海的《探索与争鸣》、南京的《书与人》等在思想文化界影响较大的刊物上发表文章，讨论知识分子的人格操守的重要、知识分子的社会功能及其实现方式、现代化过程中的意义问题等。这样，我把专业研究和关于现实问题的思考结合起来，将专业知识转化为思想资源，古今连通，传输给学生，使教学内容始终充满活力并与现实保持对话。这样做也开拓了学生思路，激发出学生关注深层次思想文化问题的热情，并将他们带入思想前沿，从而摆脱了"死读书，读死书"的弊病。

四、加强实践训练，指导学生读书和写作论文，提高学生科研能力和写作能力

"探求学术真知，重视人文关怀"贯穿于我的古代文学教学的各个环节。在实践环节，我着重抓住读书指导和论文写作。

就学生方面而言，大学与中小学的根本不同，在于大学要通过读大量的书来获取知识，而绝不能仅仅满足于教师的课堂传授。因此，教师对学生的读书指导就是十分必要和重要的。我在教学中，都要介绍一些读书方法和优秀的学术著作给学生。要求他们读的书，归纳起来有两大类。

第一类是经典著作。又包含两种类型：一种是作家作品，文学史上一流大家的作品集都要求读一读，一般作家读选本，以打下扎实的根基。另一种是历代学术名家的学术代表作，这一方面是为了汲取名家的学术成果，学习他们严谨的治学态度和科学的研究方法；另一方面是为了了解学术史，弄清一些学术问题的来龙去脉，看它已研究到何种程度，还有什么问题需要解决。经典著作是作家和学术研究家思想和智慧的结晶，阅读它们，能使自己终身受益。

第二类是专业期刊和新出版的学术著作。专业期刊是最新学术成果的载体，经常阅读能把握学科的最新进展，从而使自己的学习与学科发展保持同步。现在刊物很多，我给他们介绍一些代表全国学术水平的刊物，如《文学评论》、《文学遗产》等。新出版的学术著作也反映了学科的新情况。但现在的著作，良莠不齐，"无思想、无心性、无规范"的"三无"著作不少。读这样的书，只会败坏心性。这类书谈不上坏，但不好，很平庸，学术界把它称为"蠢书"。好书让人越读越聪明，蠢书越读越蠢，必须对它保持警惕。老师要教会学生鉴别和挑选。如果教师随时跟踪学术界的动态，多读书，那么，哪些学者写的书优秀，哪些书平庸，是很容易辨认的。

如果读好上述两类书，那么我们的学生就能够建立起一个与全国学术界对话的话语体系，至少他能够与其他大学同专业的学生展开同一层面的对话，缩短与他们的差距，不至于因为知识浅薄和陈旧而自惭形秽。这是我每上一个班的课都要反复强调的一点。从这样的高度去引导学生认识读书问题以及怎样读书的问题，能在一定程度上克服学生读书仅是为了应付老师和考试的心理，激发其读书积极性。这样做的效果也是明显的。老师讲过以后，学生都会去借一些老师介绍的经典著作来读，上阅览室读学术期刊的积极性也有所提高。

写作是中文专业的基本功，也是最重要的实践训练。在教学过程中，我把论文写作与作业结合起来，要求学生把作业当论文写，要求一定的字数，要求在阅读大量材料的基础上尽量写出自己的心得，要求遵守学术规范。作业收上来后，认真批改，找出共同的问题讲解，使其在以后的写作中改进。然后把好的文章选出来，指导学生进一步补充修改，推荐参加学院年论文竞赛。最近几年学生论文竞赛，都有我指导的学生论文获奖。这样训练几次，学生对学术论文的认识加深了，掌握了一定的写作技能，为写好毕业论文打下良好基础。在竞赛中获奖的学生，就业时还增加了一定竞争力。给学生发展自己、提高自己创造机会，这也是一种人文关怀，一种实在的关怀。而学生在这一过程中获得的知识和能力，无疑有助于他走上社会后更好地适应工作。

关于古代文学怎样教学才有用和有效，我进行过多年的思考和探索，也参考过复旦大学等高校的做法（其中最根本的一点是大学教学必须有"学"，即每一节课必须有学术含量，至于教学技能倒是次要的），现在形成了一套大体成熟的思想，基本观点已总结如上。多年来，在教学实践中，我也是这样做的。由于有自觉的学科教学思想作指导，又以负责的精神上好每一节课，现在已达到从容自如的境界，形成了自己的教学风格。教学效果较好，是系上最受学生欢迎的教师之一。每年教师考评，学生打分都名列所在班级前茅。1998年，在骨干教师中期考评中，得到考评组专家的充分肯定，因而推荐参加上全院性公开示范课。听过课的督导团专家也给予良好评价。更为重要的是，这样的教学对学生形成健康的人生观、价值观产生了实实在在的作用。这才是我热切期望的。

上述努力，都是为了回应"古代文学教学怎样与现代社会相适应"的问题。已如前述，这一问题是市场经济条件下全国古代文学研究和教学亟待解决的一个重大问题，它关系到古代文学学科的前途命运。如果不能很好地应对现代社会的挑战，古代文学以及与它相似的一些人文学科都会萎缩乃至消亡；如果能成功应对这一挑战，它就会获得生生不息的生命力，伴随人类走向现代化，走向未来。而要成功应对这一挑战，就必须进行古代文学的价值转换。我的努力，就是要将古代文学从僵死的、与现实人生无关的历时性存在，转换为与现实人生息息相通的、充满温情与活力的精神资源，成为一种共时性存在。这样的努力，对其他人做好古代文学教学，应当不无启迪作用。

中国古代文学史课程教学中的"三课型"、"四环节"

——来自精品课程的实验报告..........................张立新

云南民族大学中国古代文学史课程被评为 2005 年云南省高校精品课程。在高校精品课程建设中，教学方法的改革是一项重要内容，我们的基本观点是："教学方法的改革与各种教学手段的运用归根到底都是为了更好地实现教学目标而不是为了花样翻新。就中国古代文学史课的教学来说，一切有利于激发学生学习兴趣并能切实提高学生学习能力，培养良好学习习惯，培养健康人格的方法与手段，不论是旧是新，是传统的还是现代的，都是我们乐于采用的。我们的教学方法是灵活多样的：一方面，我们很重视传统的授课方式，强调一个教师在授课中要传递给学生较多的有益信息，要对学生的语言表达乃至思维方式产生积极的影响；另一方面，我们也重视对学生自学能力的培养，强调学法指导在教学中的不可或缺。一方面我们重视对诗文名篇的熟读与背诵；另一方面也积极实践轻松活泼、放言无忌的讨论课，变课堂信息传递的单向性为多向性，同时也使学生的综合能力得到训练和提高。

从教育哲学的高度来讲，传统教育模式的弊端在于它的封闭、僵化和一言谈的特点。这似乎不仅仅是一个方法问题，其实质是大一统的封建家长制作风作为一种文化传统以最深刻的方式残留在教育活动的过程中，其思维方式是唯书唯上(师)、教条主义，其最严重的后果是造成人格的萎缩。你不能指望在这种教育模式中循规蹈矩的学生会成为人格独立，有个性并富有创新精神的人才。

现代大学的责任不只是学术上的薪火传承，教师的职责也不仅仅如韩愈先生所说的"传道、授业、解惑"，现代大学的核心理念是：学术自由、追求真理，培养现代社会的健康人格。作为大学教育中处于主导地位的教师，应该以一种鲜明的主体意识，在教学的每一个环节上体现现代大学的核心理念，师生合力共铸大学精神。中国古代文学史是汉语言文学专业的一门主干课程，怎样在教学过程中结合课程自身特性，实现现代大学精神主导下的教学目标,一直是我们认真思考和努力实践的重要课题。在多年来的教学实践中，我们逐步形成了"三课型"、"四环节"的教学模式。

　　在通常情况下，我们可以把中国古代文学史课程的教学目标分解为三个方面：（1）对文学史相关知识作系统的了解和掌握。通过对中国文学发展史、文学作品选及相关资料的学习，学生应该能够较为系统地了解和掌握中国古代文学发展史的基本知识（包括各个历史时期的文学思想、文学流派、作家和作品风格等等），把握中国古代文学发展的基本脉络（包括各种文体的演变兴衰、作家之间的相互影响等等）。（2）培养学生阅读、理解、鉴赏和评论古代文学作品的能力。这种能力包括两个方面：一是微观上深入钻研的能力，即通过对具体作品探幽发微的研究性阅读，抓住关键词、句，对作品进行准确的或别开生面的解释；二是宏观把握的能力，要能运用现代文艺学的基本理论，把作家和作品放到特定时代的历史文化大背景下去认识，对其做出合乎情理的分析和评价；要能灵活运用所学知识，对作家、作品进行相对综合的分析和理解，以求得对古代文学知识的融会贯通；（3）通过文学史及文学作品的学习，体认贯注其间的民族文化精神，思考并汲取民族传统文化的思想精华与生存智慧。这三个目标可以说是由低到高，由浅入深，在教学实践中相互联系，相辅相成，很难把它们截然割裂开来，但落实到具体的教学内容来讲，应该是有所侧重的。好的教学方法，应该是针对具体教学内容，确定相适合的课型。我们课堂教学的基本课型是自读课、讲授课和讨论课，孤立地看，这几种课型各有利弊，很难说孰优孰劣，只有结合具体教学内容选择适合的课型，才可做到有的放矢，扬长避短，从而形成整个教学过程的最佳效果。在精品课程建设中，这一教学模式进一步得到完善。现不揣浅陋，略陈于后，愿就教于方家。

一、自读课：掌握学习的策略

　　这里所说的自读，专指学生在课堂内在教师指导下对相关的教学内容进行自学，不包括课外的自学。一般说来，进入大学的学生都已具备了依靠自己阅读材料来摄取新知识的能力，而古代文学史课程的很多教学内容是适合于用自读法来完成的。比如说：文学现象产生的背景材料介绍、作家的生平和思想、对文学史上已成定论的问题的了解、对作品文字障碍的疏理等等。这些内容如果由教师来讲授，会占去很长的教学时间；由于我们已选用了较好的文学史与作品选的教材，以上知识完全可以让学生通过自读来获取。[1]从单位时间所获得的信息量来看，毫无疑问，靠阅读材料获取的信息要远胜于靠听讲获取的信息。以往我们教学评价的标准往往只着眼于老师讲得怎么样，所谓条分缕析，丝丝入扣，提纲挈领，简明扼要，生动活泼，板书工整，普通话好等等，似乎就是对一个教师的绝好赞词。但如果我们换一个角度，问：学生到底学得怎样？那么我们不难发现其中的某些误区。事实上，在学生完全可以通过阅读来获取相关信息的问题上，教师常常充当了一个毫无意义的中介，因为教师在讲授中并没有给学生提供更多的信息，而最大的可能性却是把书本中本来较丰富的内容提纯，变成一、二、三、四……几条生硬的内容概要。这对学生是有害无益的。所以，原则上说，教师如果不能提供新的信息，最好免开尊口，让学生直接从阅读中去获取应该掌握的基础知识。这样，既可让学生在单位时间里获取较多的信息，又可使其自学的能力得到提升。

这里容易产生一种误解，以为自读课是放任自流，是教师偷懒的巧妙法子。可事实上它可能对教师的素质和能力会提出更高的要求。从教学理论上讲，从以"教"为出发点转移到以"学"为出发点，强调"授人以鱼"不如"授人以渔"，强调对学生自学能力的训练和培养，强调教学过程中的学法指导，应该是教学思想的一种意义重大的变革。高校文科教学应该积极实践这一新的教学理念，自读课理应成为常规教学中的基本课型之一。[2]自读课绝不是放任自流，它也不是自习课，它应该是学生在教师严格指导下，用较短时间去获取较多知识的一种教学方式。在实施过程中，美国教育心理学家布卢姆"掌握学习"的策略是值得借鉴的。"掌握学习"策略的核心是目标教学，"为掌握而教，为掌握而学"。这种教学策略对于认知性学习目标是特别有效的。教师在教学活动中所要做的工作是：（1）确定明确的学习目标（即每章、每节的知识点）；（2）进行学法指导。包括怎样把握重点，怎样进行必要的批注，怎样整理阅读笔记，怎样把相关知识系统化等等；（3）对学生自读情况做必要的检查、评价，并进行个别的辅导和纠偏（所谓根据不同的教育对象因材施教也只有在这种情况下才能做到）；（4）教师对学生自学情况适时进行指导性总结，对学习中的难点进行必要的补充。这样，教师的主导作用才能在教学过程中发挥作用，学生作为学习主体的能动作用也得到了充分展示。在自读过程中，学生不但通过自己的努力掌握了教学目标所规定的知识，而且可能在阅读中发现和提出问题，为进一步深化学习创造条件。

二、讲授课：启发和示范

讲授课是高校传统的授课方式。在教学改革中一个很重要的问题是：应该如何评价这种传统的授课方式？满堂灌、填鸭式的教学在理论上已被否定，现代教育理念更强调对学生学习能力的培养，那么，怎样在理论上给讲授课定位，在教学实践中充分发挥其长处呢？我们的认识是：讲授课作为一种基本课型自有其不可取代的地位，而教师讲授最为重要的作用，不在于知识的灌输，而在于启发和示范。以往在教学评价中存在一种片面性，以为启发只有通过提问的方式才能实现，因此有人简单地把启发等同于提问。但有经验的教师都知道，提问不一定都带启发性，而对学生有启发的东西也不一定都以提问的方式表现出来。好的讲解，同样可以开启学生心智，让他们有所思、有所悟。文学接受是一个很复杂的心理过程，它不同于一般的知识性阅读。现代接受学理论把文学接受理解为读者与文本的对话，读者可以从较浅显的表层去阅读和理解，也可以在深层结构上心领神会；可以在意义层面上获得认知的满足，也可以在艺术审美的层面上获得快感……在这当中，接受主体的艺术经验起着举足轻重的作用。这也就意味着，要使学生对文学作品或文学史上某些重要问题的理解达到一定的深度，要培养和训练他们鉴赏和评论文学作品的能力，教师必须通过课堂讲授进行启发和示范。为启发而讲，为示范而授。

讲授必须具有启发性，必须有利于开拓学生的视野，给他们提供新鲜的审美经验。这当然意味着教师的讲授不能囿于教材，要能提供教材未能提供的新的信息或思维的角度，要注意把新的科研成果适时引入课堂讲授中来。同时，教师的讲授对于学生来说其实又是一种示范。英国现代课程论专家 H. 塔巴的研究成果表明：思维技能是可以通过教学来传授的。教师所讲的东西不是金科玉律，但是必须有利于学生思维能力的培养，包括基本的形式逻辑思维、辩证思维和形象思维。你要培养学生分析和鉴赏文学作品的能力，就必须为他们做出示范性的操作，无论是思维的缜密、联想的丰富还是语言表达的简洁、生动与流畅，都应该以示范为标准来要求。从这一意义上讲，讲授课对教师的学术素养的要求，对其理解、分析、综合能力的要求是很高的，对教师语言修养的要求也是很高的。一堂好的讲授课，应该具有如下几个重要特征：（1）深入。绝不仅仅停留在作品的表层结构，要尽可能地挖掘其深层内涵，体察其深厚的美学意蕴；绝不满足于问题的现成答案，应努力尝试新的解释的可能性。（2）精要。抓住问题的核心或作品的精华所在，把握关键词句，言简意赅，融会贯通，在讲授中时时注意纵向和横向的比较与联系，注意把握作品的历史文化命脉。（3）生动。有激情的投入才有课堂的生动，文学的语言原本就与激情为伴。当师生通过语言媒介达到灵犀相通会心一笑之时，当师生一道身陷某种艺术场景之中而神色凝重或正襟危坐之时，讲授课就进入了最佳的境界。以上几点，对于一个热爱教育事业的教师来说，应是一生的追求。

三、讨论课：学生主体意识的张扬

从理论上说，教学中如果只有自读课和讲授课，那么整个教学过程基本上属于封闭式的，并不能收到最佳的学习和训练效果，因此，把讨论课引入高校文科教学，把它作为基本的课型固定下来，实在是势在必行。应该指出的是，近年高校文科教学中有不少教师在这方面都做过一些努力和探索，但因为对讨论课的教学目标认识不同，在具体操作过程中的做法不同，收到的效果也很不相同。我们的体会是，讨论课的优势主要有五点：（1）讨论课变单向的信息传递为多向的信息交流，扩大了信息源，有利于实现教学的开放性。（2）融教学诊断于讨论之中。讨论课有利于教师发现学生学习中存在的问题和偏差（有些是思想观念上的错误倾向，有些是知识上的缺陷），从而对症下药，进行引导。（3）有利于训练学生的口语表达，提高其听、说的能力。（4）有利于把学生的学习活动引向课外。学生为了参加讨论，可能要去查阅相关的参考资料，这就极大地调动了他们主动学习的积极性，把学习引向一个更为深广的天地之中去。（5）有利于强化学生的主体意识，养成其独立的人格。最后一点常为一般试行讨论课的教师所忽视，而在我们看来恰恰是最重要的。如果说，人文教育的终极目标在于让学生学会思考，而不在于让他们记住一些所谓知识点，那么，对主体人格的张扬就是整个教学活动中核心的价值理念。在讲授课中，教师要凸显自己的主体人格，只有具有主体性人格的教师对于学生来讲才有魅力可言，一个毫无创见，只会照本宣科的教师总会让学生厌烦。在讨论课中，学生有机会表达自己的观点，他们在表达自己对文学作品的理解或对某一作家的评价之时，他们的个体人格也随之显现。所以，讨论课，既有思想的交锋，也有人格的彰显。一个宽松、自由、和谐的讨论氛围的营造，有利于培育学生健康的人格，而学生的主体意识能否得到张扬，应该是衡量讨论课是否成功的最重要的标准。

在讨论课的教学实践中，有的教师发现学生发言的质量不高，或者觉得有的发言在思想认识上有偏差，要么就终止讨论，要么就急急忙忙地越俎代庖，把课堂讨论搞成由教师指定专人发言，甚至发言稿也经教师事先修改审定，讨论时照样是照本宣科。此类做法，可谓舍本逐末，与设置讨论课的初衷背道而驰。这些教师忽略了一个事实：学生发言质量无论高低，都是学生学业现状的一种真实反映，而其学业的提高要有一个循序渐进的过程。由教师包办，或者只指定老师"放心"的同学发言，表面上是负责任，是为了保证发言的质量，其实不利于学生主体人格的彰显。鉴于此，我们有必要强调讨论课的核心理念：充分尊重每一个学生作为生命个体的主体人格，唤醒他们的主体意识，激发他们自信、自强的精神。一堂成功的讨论课，充溢其间的应该是一种自由平等的求索精神。不一定要有惊人之论，不要奢望时时有智慧的火花闪现，不要期待每个人的发言都成熟而圆满，更多的时候，可能是稚嫩的，甚至可能词不达意，但只有当一个学生能在课堂上主动站起来要求发言的时候，才可称之为学习的主体。

这样说，并不等于我们认为讨论课与学生发言的质量无关紧要。事实上，如果学生发言的质量不能得到提高，不仅教师会对讨论课的效果产生怀疑，学生也会感到索然无味，从而反过来认为还是由教师"一言谈"为好，使教学重新回到封闭状态中去。讨论课在教学实践中的夭折多半为此原因。那么，要保证讨论课的质量逐步提高，学生的主体意识得以张扬，除了学生方面的努力之外，[3]教师主要应该做什么工作呢？我的体会主要有两点：

第一，要认真选题。并不是教学中所接触到的任何问题都适合讨论，所以，选题是课堂讨论成败的一个关键，所选的题目，应该满足以下几个条件：（1）与学生的认知水平相接近，让学生有话可说。（2）最好是有争议或容易引起歧义的问题。（3）必须有利于让学生通过讨论加深对作家及其作品的理解和认识。在教学实践中，我逐渐积累了一些适合于课堂讨论的选题，这些选题可分为两种类型。一种是外延较宽的讨论题，如"我读屈原"（这实际上是对屈原诗歌及其人格的认识和评价问题，用这样一个命题，也是为了唤醒学生作为文学接受主体的意识）、"陶渊明的诗歌境界与人生境界"、《史记》的悲剧意味"等。这类问题不仅学术界有争议，学生中向来就有不同的认识和理解，在讨论中时常会撞击出思想的火花，有时甚至会迫近一些很严肃的有关人的生存理念的问题，而我们通常说的所谓人文精神的培育，其实就蕴涵在这样的讨论中。由于论题的范围较宽，教师一般都要求学生认真准备，要阅读较多的作品和相关的资料。这样的讨论，既可以训练学生宏观思考问题的能力，又较容易使教学向课外延伸。事实上，关于屈原的理想主义、陶渊明的人生选择、刘邦与项羽谁是英雄等等话题，每每能够引发激烈的争论，我们姑且不去论其观点是正确还是错误，是偏激还是公允，是深刻还是肤浅，单单看学生发言时那种认真的态度，那副慷慨激昂的模样，你就知道这堂讨论课是成功了，因为这里面有真感情的投入。王国维论诗歌艺术，以境界为上，又谓有真感情，方有真境界。教学也如此。另一种是外延较窄的讨论题，这种论题往往只涉及一篇作品或作品中某一问题的理解，但往往牵一发而动全身。如：《夸父逐日》的象征意义、《氓》中抒情主体的形象、《陌上桑》的主题、《西京杂记·画工弃市》的文化内涵、苏轼《水调歌头·大江东去》的情感基调、陆游《钗头凤》的结构等，都是适合讨论的话题。这类讨论题的口子都比较小，学生参加讨论一般都不需参阅更多的资料，但必须认真地、字斟句酌地对作品进行阅读理解，从而可以训练学生探幽发微的能力，培养他们对作品进行细致研读的习惯。比如讨论辛弃疾词《摸鱼儿·更能消几番风雨》时，讨论的焦点最后集中到这样一个问题上：既然词的上阕所写的残春景象可以理解为南宋政治风雨飘摇的象征，下阕又以古事作比，表达了自身"不为众人所容"的"孤危"之感，那么，这是否意味着诗人在政治上要退步抽身了呢？这个问题是提得很好的，同学们不约而同地把目光投向词的最后一句："休去倚危栏，斜阳正在烟柳断肠处。"而在这一句中，"危栏"是一个关键的意象，同时也容易产生歧义。有同学把"危"解释为危险，说"危栏"、"斜阳"这两个意象正好象征国势衰微、政局危殆，那么，"休去倚"则明明白白是说自己将退步抽身了。但另有同学不同意这种解释，他们认为"危"在此句中应训为"高"，"休去倚危栏"一语，意略近于李后主"独自莫凭栏"（《浪淘沙》）和范仲淹"明月楼高休独倚"（《苏幕遮》），意思是说：国运将终而自己回天无力，倚栏而望，面对一抹残阳，只能徒生感伤而已。他们认为这种解释更符合中国古代爱国诗人的真实情感，与上阕既怨春又惜春的感情也和谐一致。正是通过这样的讨论，同学们对作品的理解一步步地加深了，思维能力也得到了很好的训练。

第二，教师在讨论过程中要发挥主导作用，要适时地通过发表意见把讨论引向深入，这当中包括对学生发言中关键词的强调并穿插适当的点评。一堂好的讨论课，不仅仅因为学生踊跃发言，还因为教师循循善诱。教师的主导作用发挥得

中国古代文学史课程教学中的「三课型」、「四环节」——来自精品课程的试验报告

好，就可以做到形散而神不散。但是，在课堂讨论中，教师应尽可能地淡化那种作为真理裁判者的专断形象，要真正以一个讨论主持人的身份出现，让学生真正感受到自己是以一种平等自由的心态与老师和同学对话。对学生发言中闪现的思想火花要予以充分肯定，不可求全责备；即使讨论中出现某些明显属于片面的观点也要充分肯定其合理的因素。现代心理学研究成果表明，每个人都寻求对自己价值的肯定承认，因此，教师客观地报道一个学生的进步，肯定他的能力，对学生心理健康的发展是十分有益的。换句话说，营建一个良好的对话氛围，是保证学生的主体意识得到张扬的必要条件。事实上，把握好了以上两点，讨论课也就进入一种良性运转状态了。[4]

四、"四环节"：预读、课堂学习、背诵、写札记

与"三课型"教学相联系，我们把古代文学课的教学流程分为四个环节：预读、课堂学习、背诵、写札记。这也就是说，在教学中不仅要看重五十分钟内的学习活动，还要注意把学生的学习活动引向课外。对于古代文学这门课程来说，要真正学好，这四个环节是环环相扣，不可或缺的。

要求预读，主要是为讲授课和讨论课的学习打基础。讨论课要求学生事先预读相关资料自不待言，某些讲授课，如果没有学生事先的预读，由文本语言障碍所构成的阻隔，将严重妨碍师生之间的信息交流。比如讲楚辞，讲庄子的文章，如果没有预读做铺垫，学生只能听得懵懵懂懂，根本不可能心领神会。预读的内容有时根据需要可以安排在课内，但由于课时的限制，绝大部分的预读都必须布置在课外，教师在课内可以通过提问方式抽查预读的情况。

我们坚持认为，在中国古代文学的教学过程中要求学生背诵一定数量的诗文是十分必要的，特别是在从先秦至唐宋文学的教学中更是如此。具体做法是：在学期开始的时候就布置要求背诵的篇目，并提出质量上的要求：准确、流畅、声情并茂；一般要求学生赶在教学进度之前完成，学期结束前通过口试的方式考核背诵情况，记入学生平时成绩。

最后一个环节是要求学生写学习札记。札记的写作比较自由，可以摘录点评，可以改写，可以记下点滴的感受，也可以写成小论文。写札记的目的是为了巩固课堂教学的成果并使之更加深入。特别是在讨论课后，学生可以把那些闪现着智慧火花的片断发言整理成文，这样，他们对所讨论问题的认识也就更加深化了。

注　释:

[1]我们目前选用的教材是袁行霈主编的《中国文学史》、朱东润主编的《中国历代文学作品选》。

[2]学生的课外自学也很重要，但不能完全代替课内目标明确的自读。更何况近年受各种因素的影响，学生课外阅读时间大大减少。

[3]学生学习的状态取决于多种因素，本文主要讨论教师可能施加的影响。

[4]受目前本科教学环境与条件的限制，一般很难开展具有学术研究性质的讨论。本科教学中的课堂讨论常是即兴的发言，但这种即兴的发言中常有电光石火般的灵性和智慧显现。文学的接受与研究是离不开灵性与感悟的。

中国古代文学史课程教学中的「三课型」、「四环节」——来自精品课程的试验报告

古典文学综论

当前古典文学研究中存在的问题·················陈友康

　　新时期近 20 年的古典文学研究取得了杰出成就，堪与 20 世纪上半叶以王国维、鲁迅、胡适、闻一多、朱自清、陈寅恪、郭绍虞等人为代表的学者创造的学术成果并称为 20 世纪中国古典文学研究领域的两大学术高峰。前一个高峰在使古典文学研究由传统形态向现代形态转化方面作出了划时代的贡献。新时期古典文学研究，无论在广度和深度上，还是思维方式和研究方法的变革上，都呈现出焕然一新的面貌，构成一个具有特异光彩的学术时代。

　　与此同时，新时期古典文学研究也存在一些不容忽视的问题。这些问题随着社会和文化的转轨在近几年变得日益突出。正视这些问题并注意克服，能使我们现在及将来的学术工作做得更加扎实和富有成效。基于此，本文将从治学态度、学术思想、学术规则等方面，对当前古典文学研究中存在的不良现象进行剖析，以期对古典文学研究的健康发展有所助益。

一、浮躁的治学心态使古典文学研究出现许多无谓的论争和不该有的失误

　　人文科学研究的终极目的是探求真善美，并以之为人类文明和人类自身的发展服务。古典文学研究作为一种阐释手段，它使历时性的古代文学作品重新被激活，共时性地活在现代人的生活中，参与人类精神的铸造和人类文明的进步事业。因此，作为精神性科学，对古典文学的研究是神圣的。"学术天下之公器"正是这种神圣性的古代表述。这就要求学术工作者必须以负责、严谨的治学态度来对待他所从事的工作。但是，在近些年的古典文学研究中，上述事关古典文学研究存在价值和学术质量的根本原则却被有些学者有意无意地忽视乃至践踏了。于是，

学术研究不再被作为精神和文化创造活动，而变成了沽名钓誉的工具。在这种心理支配下，学术研究并不是从对社会、对学术有所贡献的目的出发，也不是从事实出发，而是从论著能否发表及发表后能否引起轰动出发。治学态度和治学目的都严重世俗化、功利化了。这种急功近利、狭隘自私的浮躁心态使学术研究的出发点发生错位，这个错位必然导致研究成果与学术价值的背离。某些学术产品不仅不能解决问题，反而为学术研究增加了混乱，甚至影响学术研究自身的声誉。

以对《红楼梦》的研究为例。魏同贤先生曾将红学研究中的不良现象概括为："制作假古董，填补假诗词，蹈袭前贤成果，剽窃他人见解，坚持门户之见，廉价奉送桂冠，不以学术服人，先以声势夺人。"[1]这些现象，并非红学界所独有，其他研究领域也不同程度地存在。产生这些恶劣现象的原因，在于研究者治学态度的轻率和浮躁。如有一位青年声称他发现了"太极《红楼梦》"，说《红楼梦》可以按八卦原理任意组合。这种缺乏起码文学常识、哗众取宠的论调，在街头小报上张扬，本不必大惊小怪，令人奇怪的是领尽数十年红学风骚的红学大家周汝昌先生居然大为激赏，誉为"震惊人类的大发现"。[2]这种不顾常识、不负责任的吹捧当然受到了学术界的严正批评。这种极其轻率的态度和行为，被学者斥为"令人惊讶"、"令人齿冷"是咎由自取。[3]周汝昌先生是一位受人敬重、学术功底深厚、富于灵心慧解的资深古典文学专家，本不该出现这样明显的学术错误。他的失措和失态，实际上反映了当前部分学术工作者不甘寂寞、随时想借学术研究趋奉时尚，从而成为学术界乃至社会关注的人物的心理。

市场经济使个人潜能得以充分释放，也使个人价值显得格外重要。当人们担心在这种体制中不能赢得自身利益，或者会失落自认为该有的东西时，他的那部分破坏性潜能便会借助市场经济的宽容机制顽强地释放出来，以非健康的形态体现自身的存在及价值。这就是许多古典文学研究者产生浮躁心态，并由此导致不健康学术现象，特别是争名逐利现象日见增多的深层社会原因。在某些人看来，学术研究好比一个市场，于是他们就会想方设法占有市场，分割市场利益。这个看法也许没什么大错，问题在于他们不遵循市场规则，采用了不正当竞争手段，所以学术市场上就出现了假冒伪劣产品，有的人就热衷于人为地制造学术研究的轰动效应。更严重的后果还在于，如此一来，学术研究就彻底功利化了。

《红楼梦》的版本问题是最近红学研究中的一个热点。程甲本在先还是脂评本在先，两个版本孰优孰劣，是完全可以讨论的。引起我们关注的仍然是在讨论中所反映的学风和治学态度问题。推崇程甲本的人竟可以完全无视在自己的校注本出版以前程甲本已经由不同学者整理、不同出版社多次出版的铁的事实，宣扬自己为红学研究做出了前无古人的工作。[4]这种不讲起码学术道德和学术规则的现象的出现，使其他红学研究成果的可信度也受到了严重损害。作为红学研究者，不可能不知道程甲本在最近几年多次出版的事实，但有关人士却可以对这些事实熟视无睹，抹杀他人的学术贡献，自称天下第一。这种行为的背后，无疑隐藏着非学术的动机。

这实际上提供了一个商业原则介入学术研究的例子。商业广告总是恨不能用完天下最优美动听的语言来夸耀自己的产品，借以打动消费者，获取最大利润。如果说，称花城版程甲本《红楼梦》的出版是"建国以来尚属首次"出于商业目的（促销）是可以原谅的，那么，在学术界已经指出这种说法失实以后，还要在学术的范畴内再来强词夺理地论证它的"首次"性，就是十分可笑的了。花城版程甲本主要校注者、此次红楼版本热的发难人欧阳健先生为了回应学术界的批评，在自己主编的《明清小说研究》1994 年第 1 期上连续发表两篇文章，称颂花城版的"首次之功"。吴国柱在《"首次"之功堪称颂——花城版程甲本〈红楼梦〉读后》中说："花城版首次将著作权还给曹雪芹。"黄颂杰在《确认与捍卫了程甲本〈红楼梦〉真本的历史地位》中也说："花城本《红楼梦》旗帜鲜明地宣告《红楼梦》的作者就是曹雪芹。这是建国以来的第一次'壮举'。"都说得振振有词，气冲斗牛。姑且不论他们在这里已经犯了转移论题的错误——由程甲本在建国以来首次出版转换为首次确认曹雪芹是后 40 回作者，即使是他们对作者问题的看法与程甲本校注者的看法实际上也是有内在分歧的。就在同期该刊组织的《花城出版社新版〈红楼梦〉座谈纪要》上，南京师范大学陈美林教授指出："（花城版）'前言'前一部分，对该书是否为曹雪芹所作流露出明显的怀疑，后一部分又一再提'曹雪芹等'，前后不一致，自乱阵脚。"吴、黄二先生恐怕还没有真正弄懂欧阳先生的意图，就挺身出来"称颂"，结果当然是不会理想的。而欧阳健先生这种不顾逻辑的处置办法，也真让人不敢相信他有能力"对红学的方向前途产生巨大的影响"。[5]在版本问题的笔战中，有些学者讥嘲欧阳先生"信口开河、大言不惭、缺乏常识、挖空心思"[6]等，当时还觉得意用事，失之尖刻，现在看来，这些讥嘲并非事出无因。平心而论，笔者对欧阳先生的学术勇气和他的某些红学新见如辨伪论是相当服膺的，但由于他的粗心和浮躁，致使在一些重要问题上处置失当，结果授人以柄，这又不能不让人为他深感遗憾。

当代《红楼梦》研究存在一种自恋心理。《红楼梦》是伟大的小说，但说到底不过是一部小说。由于情人眼里出西施的缘故，一些红学家无限度地夸大《红楼梦》的价值，借书的价值来抬高研究工作的价值，于是才出现了一个红学成果而且是荒唐的成果也可以"震惊人类"的笑话，也才出现了用十来个"大家"加诸曹雪芹的过甚其词之举，[7]也才出现了"不治红学就不是真正的汉学家"之类自我陶醉、自我膨胀的绝对之论，[8]也才出现了什么"曹学"、"《红楼梦》探佚学"乃至"高学"等等所谓"红学分支学科"。其实，除了《红楼梦》，我们还能确切地知道曹雪芹的什么？离开了《红楼梦》这一文本，我们又能研究他的什么？而所谓曹学会已经堂而皇之地存在很多年了。如果说借红学研究来沽名钓誉的人在治学态度上缺乏的是高尚和责任，那么这类人缺乏的是冷静与科学，而其底蕴仍然是功利心过重。在学术研究中，不管以多么虔诚的态度来尊崇自己的研究对象，当这种尊崇超过对象所能承受的限度时，虔诚就会变成发昏，真理就会变成谬误。

急功近利、浮躁轻薄的治学态度已经造成有目共睹的后果：古典文学界发表的论著随时都在以直线上升，而真正有价值的学术成果却极其有限；论题的雷同，内容的陈陈相因及常识性重复固然已不成问题，甚至剽窃也可以心安理得。[9]古典文学研究背离了它的高尚目的和精神创造特性，它就沦为并不见得有效的贾利手段，并因此而丧失了它的存在理由。新时期古典文学高峰期的不少学者与第一次高峰中的大师们相比，最为欠缺的就是前辈学人那种纯正的治学目的和认真负责的治学态度。现在不少学者，三五年就可以著作等，名满天下。而这些著作，往往如过眼烟云，去留无迹。轻于著述，著述必然很轻。这样的著述，上焉者自生自灭，下焉者反滋混乱。《红楼梦》研究中的很多事实，已经证明了这一点。

也许，社会的现代化与经济的市场化会把一切都变得功利化和世俗化。这就使我们维护人文科学研究的精神性和纯正性变得更为困难。但是，如果人们不想把自己变成动物和工具，就必须抗拒现代化与市场化的消极面，为精神留下一片领地。记住人类曾经有过的精神传统，享用人类自己创造的文化财富，培育健康活泼的心灵和完美坚实的理性，从而历史地、理性地、审美地看待世界，这些能在一定程度上纠正社会和个体行为的偏失。正是在这一点上，古典文学研究才是有用的。而这又决定了这一工作必然是精神性的、崇高的。因此，每一个负责的学者都应该好好掂量一下"学术天下之公器"的分量，珍视自己的学术使命。坚持独立不羁、超迈俗流的学术品格，坚持学术研究的精神创造、文化创生特性，为人类也为自己的生存建构并护持一个温馨美好的人文环境和高雅和谐、生机盎然的精神世界，应该成为包括古典文学在内的一切人文科学研究者的终极价值追求。古典文学的研究是高雅的，它必须抗拒以之谋求世俗功利的行为，否则，古典文学研究本身将无地自容。

二、学术思想的偏颇导致某些研究工作步入误区

当前古典文学研究中出现的问题，与长期以来形成的一些不无偏颇的学术思想有着密切关系。对这些一向被视为天经地义的学术观念进行反思并对其重新定位，能澄清古典文学研究中许多无谓的争吵，淡化某些意义不大的研究热情。

这里要说的是怎样对待如下三对关系：作者与文本的关系；本事与文本的关系；作品本义与作品价值的关系。这三对关系又可归纳为实证与阐释的关系。在传统的学术观念中，古典文学研究界存在一个总的偏向：重视前者而轻视后者，并由前者来规定后者。这一认识偏颇和操作失当，给古典文学研究特别是小说研究造成了很多困扰和失误。

知人论世是我国传统学术的一个基本原则。这一原则，现在仍然是应该遵循的。但是，在无法"知人"的情况下，这条原则是否还是必须的？换言之，学术研究是否非得满足这一条件？这个问题，实际是怎样对待作者和文本的关系问题。在古典文学研究中，由于长期坚持作者中心论，我们对作者的关心往往超过对文本的关心，全面弄清作者的各方面情况被视为进一步研究的前提性条件。于是作者考证就成了小说研究中一个不冷的热点、一个最混乱的领域，甚至是最无聊的领域。而作为作者研究归宿的文本研究却被冷落了。研究作者的根本目的是为了更好地阐释作品，不能为研究而研究，更不能本末倒置。

小说在古代因为不登大雅之堂，有些作者不愿意在著作上签署真实姓名，这就为古典小说的研究留下了许多难以破解的难题。面对那些杰出的作品，我们不知道它们的创作者，当然是巨大的缺憾。为了更好地理解文本，弥补这一缺憾，在作者问题上做一些实事求是、确有成效的探求是完全必要的。但在研究工作中，有的研究者却背离了科学求实的学术精神，不管客观条件是否具备，偶得蛛丝马迹，便拼凑材料，穿凿附会，骤然立说。学术界往往也注目而视，评头品足，研究者于是暴得大名。学术界对作者考证的热衷和重视，根源于学术思想的偏颇：重作者而轻文本，重实证而轻阐释。

这种偏颇的学术思想助长了某些人的侥幸取宠心理，致使研究工作步入误区。在谈到《红楼梦》考证时，郭豫适先生曾指出某些人"为了达到宣传其主观意念的目的，他们是可以无视客观事实，或将根本不存在的东西'考证'成实有的东西，或者将实际存在的东西毫不犹豫地化为乌有"。[10]这种现象，在《金瓶梅》作者考证中同样严重存在。《金瓶梅》书的作者，现在已被考证出近五十人。[11]这个庞大的数字本身就说明了其中不知有多少虚假和无聊的成分，至于一些人的考证态度和考证方法，更是大成问题。有位学者，为了证实《金瓶梅》的作者是山东人，完全无视作品中已经明确指出书中出现较多的"金华酒"就是南酒，就是浙酒的铁证，硬要从李时珍《本草纲目》中一个并不准确的说法上绕山绕水地证明"金华酒"是"兰陵酒"，就是山东峄县的酒。这种无事生非的考证当然没有任何学术价值可言。因为他考证的作者贾三近有一部已经失传的笔记《左掖漫录》，作者秘不示人，他便想当然地认为是书中有淫秽描写，于是推论出该书是《金瓶梅》草稿。这样的推理，完全建立在主观猜测之上。而就是这种不成样子的考证，还有人赞誉说"《金瓶梅》作者呼之欲出"。关于这考证的破绽百出，李时人先生已作了有力的批驳，并严肃地批评了作者的治学态度。[12]不顾考据原则，不顾明显事实，生拉活扯，胡猜乱想，固然决定于治学态度，但寻根究底，也跟整个学术界的价值取向有关。既然《金瓶梅》作者问题被称为"古典小说中的哥德巴赫猜想"，是皇冠上的一颗明珠，那么，有那么多人试图摘取它就不足为怪了。问题在于，这一问题未必真有那么巨大的价值。不知道它的作者，《金瓶梅》同样是一部杰出的作品，阅读者同样可以从中读出意义。就像不知道它的作者无损于它的价值一样，即便真的考证出作者也未必能增加它的价值。杰出的作品，本身就是一个独立自足的艺术世界，并以此具备其阅读和研究价值。因此，作者考证对文本研究的价值是有限度的，在客观条件不具备的情况下，与其倾注极大热情和精力进行猜谜式考证，不如暂时将作者问题搁置起来，把精力用于文本研究，这种工作更具实质意义。

对作者考证的看重和热衷还导致某些人对虚假文物的病态迷恋，给居心不良者欺骗学术界以可乘之机。文物对作者考证有着特殊的重要性，一些人正是看中了这一点，迎合时代风气，附会或捏造文物，一再欺蒙学术界。发人深省的是，学术界一些专家对伪造的文物竟到了病态迷恋的程度，当有人指出"文物"的破绽时，他们仍然固执己见，同样用一些主观推理来论证"文物"之"不伪"，然后就把它们作为可靠的传记资料广泛使用。最典型的例子是"曹雪芹小像"作伪案。1963 年，河南省博物馆收购了一幅"曹雪芹小像"。一时间，红学界为之轰动，不少红学名家及书画名家竞相发表意见，视为至宝，顶礼膜拜。后来出版的有关《红楼梦》和曹雪芹的著述大量采用这一小像。但事实上，这幅小像是河南几个民间书画家为抬高他们手中一本旧册页的售价而在旧画的基础上修改伪造的。画中所谓"曹雪芹"是乾隆二十一年进士，字画修改者是商丘县民间书画家郝心佛、朱聘之、程德卿。[13]20 世纪 80 年代初，当小像收藏者河南省博物馆经过周密调查提出此画为伪作的报告时，周汝昌先生竟大感愤怒，斥为"河博报告中所得来并宣布的情况，全属虚诳"，并用一些道听途说的论据及主观臆想的推理来证明小像之"不伪"。[14]这一事件的真相确实该"使一些'大学问家'为之汗颜"，[15]而学术界应该深思的恐怕更多。更富戏剧性的是周汝昌伪造曹雪芹《题琵琶行》"佚诗"案。"当吴世昌先生撰文盛赞'雪芹此诗，是思想性和艺术性高度统一、浑成的优秀范例'之际，周汝昌先生却出人意料地站出来招承此诗乃具'补拟'。造假的人就站在面前，而吴先生仍撰写两万字的长文，引经据典证明佚诗'不伪'，甚至引阮瞻'即仆便是鬼'的话，断言周汝昌补不出这样的诗来。"[16]这件事，就周汝昌先生而言，反映的是学风问题；就吴世昌先生而言，则表现了过度的偏执（他后来还是承认了自己的失误）。在红学研究中，新中国成立后发现的凡是与曹雪芹有关的文物资料，差不多都存在一个普遍问题：不问其来历是否可靠，便用一些已知的但未必可靠的资料、传闻来与新"文物"比附，论证它的真实性，然后就作为信物来使用和膜拜。上述两例如此，"废艺斋集稿"、"曹雪芹书箱及芳卿题诗"、"曹雪芹与莎士比亚"[17]等，莫不如此。1993 年发现的北京通县张家湾"曹雪芹墓石亦可作如是观"。[18]

《红楼梦》研究中这些无聊而又纠缠不清的问题的产生，有治学态度、治学方法、学术风气等多方面的原因，同时也与学术界偏执作者中心论的学术思想有关。文学研究最重要的是文本研究，而我们常常忽视了这一点。因此，在小说研究中，一些学者热衷于搜寻有关作者的各种真假难辨、有用无用的资料，取重于学术界。[19]其实，姑且不论这些材料的真伪，即使是真实的，如果它们对文本研究并没有什么帮助，那么，千方百计把它们搜寻出来又有多少意义呢？数十年红学研究中的很多"新发现"，除了添加混乱和争吵以外，到底为《红楼梦》研究提供了多少真正有价值的东西呢？

在解释学和接受美学兴起并产生广泛影响的世界文学背景下，我们仍在过分依赖通过作者原初创作动机或创作过程的考证来揭示、确定作品的意旨及价值。对作者考证的注重源于这样的学术思想，对作品本事的考证也根源于这样的学术思想。事实的确如此，任何一个作品的创作都可能是受了某一具体事情的触发，但这一具体情事即本事对解读作品并不总是必要的或有价值的，以此为起点来阐释作品，只会使批评流于浅薄。[20]一个优秀的艺术品一旦产生，它就包含了一些可以脱离本事、超出作者原初意图的、生生不已的情志和艺术因素。对现代人而言，让人感兴趣的正是这些活的因素。现代研究者在注意本事本义的同时，揭示这些活的因素无疑更为重要，因为这些活的东西对现代人才是有意义的。但在研究工作中，特别是在学术成果的评价上，学界看重的是前者，即注重事实判断、轻视价值判断。当对一部作品意旨的理解发生争议时，人们习惯于用作者的本意来决定是非。而为了寻求这个本意，就不惜花费巨大精力去考证、争辩。这种做法，有时固然能解决问题，但也可能用已经僵死的旧事来窒息文本的生机。[21]理解的歧异正体现了文本的丰富，强求一致的考证则反映了研究的贫困。

邹志方先生的《刘长卿"碧涧别墅"发微》主要目的是考证刘氏名诗《碧涧别墅喜皇甫侍御相访》中的"碧涧别墅"在越州剡县南明山，即今绍兴新昌县城郊。这篇文章结论的错误及论证方法的漏失，已有储仲君教授《"碧涧发微"与考证误区》加以纠正。对这一问题我们要讨论的是：《相访》诗中"别墅"所在的具体地点是否有必要花费那么大的力气加以证实？或者说，作者创作时的客观事实对理解文本是必不可少的吗？事实上，在品鉴这首诗时，打动作者的是作品描写的旷远、幽静的景色和深厚的朋友之情，至于这些景色在什么地方倒是无关宏旨的。因为这些景色一旦被写进文本，它们就成了超越客观实相的自足的艺术存在，就是说，对读者发生作用的是经过创造的艺术之景而非实有之景。那么，这些实有之景在什么地方，亦即"碧涧别墅"在什么地方就不重要了，或者说就不成为问题了。

为了克服上述偏颇和弊端，在古典文学研究中，我们在坚持传统学术思想的长处的同时，还应该借鉴解释学和接受美学的一些积极思想和方法，强化如下两个基本观念。其一，文学研究是一种创造性活动，它的作用不仅仅在于阐明作者和作品本来怎么样，更在于阐明文本及各种文学现象对我们有什么意义，或者说，通过研究者的创造性阐释激活作品，使之与现实世界发生意义联系。文学作品的生命就存在于一代又一代的阐释之中。如果考证作者原初创作意图及相关背景成了研究的终极目的并因此被视为具有最高学术价值，那么这恰恰可能窒息学术研究和文本的生机。因为作者的原初意图和作品本事是恒定不变的，是可以穷尽的，一旦被确认，文学研究就无事可做，而文本的价值就被限定在一个极其狭小的范围内，甚至因此而丧失它的现代生存权利。如果承认研究是在文本基础上的再创造，那么，文本的意义就是一个随时生成的过程，一个永远说不尽的话题。由此，研究工作也就获得了它长青的生命。其二，在对作品意义和价值的理解上，应确立这样的观念：作品的意义和现代价值就衍生于研究者与文本的注视、交流和对话当中，是研究者和作品双向作用的生成义，而不是一成不变的原初意义。要赋予研究者以充分自由的阐释权利。[2]这样，对一个研究成果学术价值高低的评价，就不能只看它是否接近了作者的本意，是否符合历史的真实，而且还要看它是否有符合美学尺度和逻辑规范的创造性发现与发展。研究的目的不仅仅在于"还原"，更在于"创生"。即便研究者的阐释与作者本意是不完全吻合的甚至是背离的，但"作者之用心未必然，而读者之用心何必不然"（谭献《复堂词录序》），它也照样有存在的权利和价值。这两个观念的确立，一方面能使脱离文本而价值不大的考证热情降低，避免越考证距离事实真相越远，越考证越疏离文本的现象；另一方面能使学术研究更加贴近时代，更加贴近读者，从而使研究工作及其成果更好地发挥其社会作用，实现其价值。

最后，有两个问题是必须补充说明的。首先，本文强调文本研究，并不是要否认考证对于古典文学研究的重要作用，而是反对在一些无关宏旨的细枝末节上钻牛角尖，反对为考证而考证，反对脱离文本、违背起码事实和考据原则的猜谜式考证，反对重考证而轻阐释的偏颇做法。考证作为"一种弄清事实的基本方法，它强调实事求是，言必有据，注意材料的发掘、甄别和整理，要求对客观历史事实作出可信的说明"。[23]因此，它所具有的功能和价值是其他任何方法所不能替代的。其次，本文强调研究者对文本的自由阐释权利，但并不是说这种阐释是可以随心所欲的。在进行阐释时，研究者必须充分把握文本产生的历史时代和自身所处时代的本质特征，确立一种符合时代根本要求的价值坐标并据此去挖掘作品的内在意蕴，避免纯主观的价值取向，研究工作才不会步入新的误区。

三、忽视学术规则造成研究工作的相互隔膜与无效重复，窒息学术生机

近几年，学术界不时传出要求重建学术传统和遵守学术规则的呼声。这说明这两个关系到人文科学健康发展的重大问题在现实的学术工作中受到了忽视乃至践踏。

学术规则是指从事学术研究必须遵循的一些基本规范，它包括对学术思想、治学态度、治学方法等的原则要求。这里主要是从技术层面来探讨当前古典文学研究在这方面存在的不足及危害。就技术层面而言，最基本的一个原则是：研究者对与自身研究课题相关的前人的研究成果和同时代人的研究工作应有充分的了解与尊重，并以此为起点从事新的研究。确认并遵守这一规则，自身工作才不会与已有成果重复，同时使自身工作获得扎实可靠的基础。但正是在这个问题上，新时期古典文学研究存在相当严重的弊病。一种情况是，研究者虽然了解已有的学术成果，但仍然人云亦云，撰文著书；或者直接将别人有价值的见解加以改头换面，攫为己有，这实际上是变相抄袭。另一种情况是，研究者不了解已有成果，只是闭门造车，所得结论自矜为创获，实则别人早已解决。这两种情况的存在使古典文学研究出现一些让外国学者"甚感奇异"[24]的现象：论著大量增加，但多是原地踏步，屋下架屋。日本汉学家清水凯夫教授仔细检讨了 20 世纪中国研究钟嵘《诗品》"滋味说"的情况，指出从 1963 年开始到 1991 年发表的 16 篇关于"滋味说"的论文"作出的结论往往几乎是相似的"，20 世纪 90 年代的某些论文与 20 世纪 60 年代的论文"在研究水平上几乎没有变化"。就是说，30 年间，"滋味说的研究没有多大进展"，并指出"造成这种状态的原因是在中国没有充分地参考他人论文的研究成果。如果参考他人的研究成果并不断加以积累，论述就不会总是那么相似，而从不同的角度研究，必能有一定进展"。[25]清水氏所指出的情况绝非特殊，它可以说是当前古典文学研究中相当普遍的现象。下面再用关于"坎曼尔诗笺"的一个更具典型性的例子来透视一下这种情况的严重性。

徐希平先生在《西南民族学院学报》（哲社版）1993 年第 4 期发表《李白对少数民族诗人的影响》一文，《中央民族大学学报》1994 年第 2 期"文萃与信息"栏摘发了文章的主要内容。这篇论文看后也让人"甚感奇异"。奇异者在于唐代文学中一条早已被证伪的材料作者仍在若无其事地使用。这就是所谓"坎曼尔诗笺"

问题。文云："受太白影响的少数民族作者以北方为多，如坎曼尔、元好问等都是北方人。"作者以坎曼尔为例，大概是因为"坎曼尔诗笺"中有"李杜诗坛吾欣赏，迄今皆通习为之"两句。

"坎曼尔"是见之于"坎曼尔诗笺"的"回纥诗人"。所谓"坎曼尔诗笺"是20世纪50年代末新疆博物馆的"考古发现"，在1971年北京故宫举办的"无产阶级文化大革命期间出土文物展览"上首次公开展出并引起关注。诗笺写的是署"纥坎曼尔"自作诗3首及其所抄白居易《卖炭翁》，时间分别注明"元和十年"与"元和十五年"。无论是自作诗还是抄录诗都反映出"尖锐的阶级矛盾"，自作诗中的《忆学字》则表现了民族团结精神。由于诗的内容迎合了当时阶级斗争和反修斗争的特殊政治气候，曾盛传一时。郭沫若以满腔政治热情为之撰长文《坎曼尔诗笺试探》（见《郭沫若全集》考古编第二卷），给予高度评价。就诗笺的价值而论，在当时看来，确实不啻为文学史上一个有震撼力的重大发现，以后之唐诗选本及文学史论著多有选入或论及者。但这一重大发现，经过杨镰先生自1987年以来的艰苦考求，证实不过是新疆博物馆两个工作人员的捏造，所谓"坎曼尔"其人其诗都是子虚乌有。杨镰的工作成果《〈坎曼尔诗笺〉辨伪》发表于《文学评论》1991年第3期，《新华文摘》1991年第10期转载，中国人民大学《报刊复印资料·中国古代近代文学研究》亦曾转载。这是新时期文学研究领域做得最好的学术工作之一。当代学术史上这一重大作伪案的被揭穿，其影响虽然未必赶得上《诗笺》当年入京展出时的盛况，但是在学术界还是有很大震动的。可《影响》一文的作者为了论证自己的观点，竟然仍把已被确凿事实证伪的材料煞有介事地运用，这实在违背了起码的学术准则。或许有人会说："也许作者没有看过杨文，不必大惊小怪。"如前所述，尽可能了解自己研究领域已经取得的成果和新进展，尊重别人的学术工作和学术创造，是基本的学术规则，也是从事此项工作的人必备的素质和应有的自觉。现在的学术刊物很多，每种期刊都读是做不到的，也是不必要的。如果杨文讨论的是普通问题，发表后又毫无反响，《影响》的作者没有读到或不注意，确实不足为怪。但《文学评论》是国内外公认的中国文学研究核心、权威的刊物之一，《新华文摘》更是当今读书界品位高、读者面广、以摘载创造性学术成果为主的刊物，至于杨文所讨论问题的重要性及其已经产生的影响更是学术界有目共睹的。连这两家刊物都不翻一翻，连这样重大的问题都不留心，其他刊物，其他问题便可想而知。这样，研究者事实上就把自己隔绝在学术前沿之外，因而他的工作就难免出现不足。《影响》一文存在的毛病，正是不按学术规则操作，或如清水氏所说不读他人论文所造成的学术硬伤。

更发人深省的是，有关编辑未发现这一问题，让一篇有价值的论文带着刺眼的错误面世；甚至连带错误加以摘载，以讹传讹。这件事之值得重视，原因在于它反映了当前学术界存在的一个突出问题：学术中人不关心学术，同行在干什么，取得什么新成果，哪怕是重大成果，都可以不闻不问。这就造成学术研究的"独语"状态，大家都自说自话，缺乏必要的关心、交流和辩难，而学术的生机就在越堆越高、互不相干的论著中被窒息了。学术危机与学术界自身对学术的冷漠有关。这种冷漠不是说学者不关心他自己的学术，而是说不关心作为"天下之公器"的学术。关心自己的学术，也只注重于字数的堆积，而并非真正要为学术作出负责的、创造性的贡献。只要自己的论著印成铅字，就增加了炫耀的砝码，至于别人在干什么，那是事不关己的；自己的论著能否促进学术的进步，更不在考虑之列。此种陋风不革除，不仅今后仍将产生大量平庸无聊的学术论著，而且闪光的学术创造也会被湮没。这关乎学术发展者事小，凡负责的学术工作者都应有清醒的认识，在严肃认真地进行学术研究的同时，对同行的相关工作保持高度的热情和敏感，从而共同创造充满生机的、动态的学术运行系统和氛围，推进学术的进步与繁荣。

原载《宁夏大学学报》1997年第1期，《新华文摘》1997年第7期"论点摘编"转载。

注　释：

[1]转引自张国光《对红学界弄虚作假的不良学风和文风的论析》，载《湖北大学学报》（哲社版）1994年第6期。

[2]参阅张国光《对红学界弄虚作假的不良学风和文风的论析》，载《湖北大学学报》（哲社版）1994年第6期。

[3]张国光：《对红学界弄虚作假的不良学风和文风的论析》，载《湖北大学学报》（哲社版）1994年第6期。

[4]《扬子晚报》1994年1月5日专电中称："这种程甲本的出版，建国以来尚属首次。"其实，在此之前，程甲本至少已出版4次，并有校注本。详见吕启祥：《立此存照——关于程甲本〈红楼梦〉的"首次"出版及其评价》，载《红楼梦学刊》1994年第1期；冯其庸：《再论曹雪芹的家世、籍贯和〈红楼梦〉的著作权》，载《红楼梦学刊》1995年第1期。

[5]转引自张国光《对红学界弄虚作假的不良学风和文风的论析》，载《湖北大学学报》（哲社版）1994 年第 6 期。

[6]张国光：《对红学界弄虚作假的不良学风和文风的论析》，引蔡义江等人语，载《湖北大学学报》（哲社版）1994 年第 6 期。

[7]周汝昌，周伦苓：《红楼梦与中华文化》，文中说曹雪芹"是古今罕见的一个奇妙的'复合构成体'—— 大思想家、大诗人、大词曲家、大文豪、大美学家、大社会学家、大心理学家、大民俗学家、大典章制度学家、大园林建筑学家、大服饰、陈设专家、大音乐家、大医药学家……"见工人出版社 1989 年 2 月版，第 14 页。

[8]冯其庸：《在香港"红楼梦文化艺术展"开幕式上的讲话》，载《红楼梦学刊》1994 年第 2 期。

[9]参阅《文学遗产》编辑部《关于李知文抄袭问题的揭发》，载该刊 1993 年第 1 期。

[10]转引自陈大康《论〈金瓶梅〉作者考证热》，载《华东师范大学学报》（哲社版）1992 年第 3 期。

[11]据陈大康《论〈金瓶梅〉作者考证热》，载《华东师范大学学报》（哲社版）1992 年第 3 期。参阅李时人：《金瓶梅中"金华酒"非"兰陵酒"考辨》，《贾三近作〈金瓶梅〉说不能成立》，分别见《徐州师范学院学报》1983 年第 2、4 期。此据复旦大学出版社出版的《高等院校社会科学学报论丛·金瓶梅研究》，1984 年 12 月第 1 版。

[12]参阅李时人《金瓶梅中'金华酒"非"兰陵酒"考辨》，《贾三近作〈金瓶梅〉说不能成立》，分别见《徐州师范学院学报》1983 年 2、4 期。此据复旦大学出版社出版的《高等院校社会科学学报论丛·金瓶梅研究》，1984 年 12 月第 1 版。

[13]《文汇读书周报》1995 年 2 月 4 日，第 519 号。

[14]周汝昌：《曹雪芹小传》，百花文艺出版社 1983 年 4 月第 2 版，第 225 页。

[15]《文汇读书周报》1995 年 2 月 4 日，第 519 号。

[16]事见吴世昌：《红楼梦探源外编》，上海古籍出版社。此引欧阳健《红楼辩伪论》之陈述，见《明清小说研究》1994 年第 1 期。

[17]吴恩裕：《曹雪芹佚著浅探》，天津人民出版社 1979 年 11 月版；周汝昌：《曹雪芹小传》，百花文艺出版社 1983 年 4 月第 2 版，第 222 页。

[18]见《明清小说研究》1994 年第 1 期，严宽、霍国玲文。

[19]如关于施耐庵的材料及争论。聂绀弩先生说："我到苏北调查过施耐庵的材料，所有关于施耐庵参加过张士诚的起义的传说，以及别种传说，全是捕风捉影，无稽之谈，连施耐庵的影子都没有，还参加什么起义呢？"见所著《中国古典小说论集》，上海古籍出版社 1981 年 1 月第 1 版，第 4 页。

[20]如欧美新批评派所指出："大谈济慈如何在花园里听到夜莺的歌声，与我们评价这首诗究竟有多大关系？"参阅赵毅衡《新批评——一种独特的形式主义文论》，中国社会科学出版社 1986 年

8 月第 1 版，第 84 页。

[21]如李白名诗《蜀道难》为何而作，历史上聚讼纷纭，至少有六七种说法，迄今也未得确解。这种争论实际上没有多少意义。明人胡震亨早就指出："若第取一时一人之事实之，反失之细而不足味矣。"（《唐音癸签》卷二一）"不足味"自然使文本丧失其生机。诸家之说可参郁贤皓编《李白选集》，上海古籍出版社 1990 年 10 月第 1 版，第 69 页。

[22]参阅陈跃红《阐释的权利——当代文艺研究格局中的比较诗学》，载《北京大学学报》1994年第 1 期。

[23]傅璇琮：《唐诗论学丛稿》，陈允吉先生序，黑龙江人民出版社 1992 年 11 月第 1 版。

[24]清水凯夫：《〈诗品〉是否以"滋味说"为中心——对近年来中国〈诗品〉研究的商榷》，载《文学遗产》。

[25]清水凯夫：《〈诗品〉是否以"滋味说"为中心——对近年来中国〈诗品〉研究的商榷》，载《文学遗产》。

仪式化文学写作的困局及超越

——论和韵的特点和功能..陈友康

　　和韵即以已有文本之韵为诗。我们把它定义为"仪式化文学创作方式"，是因为它不只是一种创作手段，而且是一种社会交往方式，在交往过程中必须遵守一定的规范。规范主要表现在两方面：一是至少要以同一韵部的韵字押韵；二是和韵往往在雅集时进行，而雅集是典型的文人交往行为，有较强的仪式化特点。仪式化使和韵成为古代受约束最多的创作方式，应酬性和被动性成为其突出的负面元素，古人将其称为"自设困局"。但仪式化也有正面作用，它使和韵具有互动性、挑战性与趣味性特征，这驱使诗人必须充分激发心智投入创作，比才量力，争能斗巧，从而使写作过程富于魅力，并产生超越性成果。

　　和韵是中国传统诗词创作中独特而常见的一种方式。独特是指它仅存在于传统汉语诗歌写作中。常见是指它在古典诗词创作中十分普遍。和韵肇始于唐代，其后即绵延不绝，至今仍盛行不衰，并辐射到日本、朝鲜、越南等国家的古典汉诗写作中，从而使和韵成为汉文化圈具有普遍性的写作行为。和韵对于诗家及有一定诗词素养的人而言，已经是"习以为常"的事情，但这并不意味着人们在理性的层面对它已经有了深入、清晰的认识。和韵的特点、功能、价值、是非功过、长期存在的原因和未来的命运等都还是需要细心梳理、进一步追索和讨论的问题。笔者关于和韵的第一篇文章《和韵的产生与流变》对和韵的创立者、产生时代和原因、和韵的类型等进行了研究，[1]本篇主要讨论和韵的特点及功能。

一、关于自设困局问题

　　和韵有广义和狭义之分，狭义的和韵指次韵唱酬。本文讨论的主要是狭义和韵。次韵唱酬是元稹和白居易在唐宪宗元和年间创立的。元稹在《上令狐相公诗启》中说："同门生白居易，爱驱驾文字，穷极声韵，或千言，或五百言，小生自揣，不能有以过之，往往戏排旧韵，别创新词，名为次韵相酬，盖欲以难相挑耳。"[2]对元、白的这一行为，赵翼给予高度评价，认为是"古所未有"的方法创新，"另成一格，推倒一世"。他在《瓯北诗话》卷四中说："大凡才人好名，必创前古所未有，而后可以传世。古来但有和诗，无和韵。唐人有和韵，尚无次韵，次韵实自元、白始。依次押韵，前后不差，此古所未有。而且长篇累幅，多至百韵，少亦数十韵，争能斗巧，层出不穷，此又古所未有也。"依韵唱和为诗人交流感情、比试才艺开辟了一条新途径，一旦出现，便受到欢迎，逐渐成为诗人写诗必须学习的基本功，成为诗歌界的仪式化交往行为。

但和韵在发展过程中始终存在争议。为其从理论上辩护者有之，不问理论我行我素进行创作实践者更比比皆是；非议反对者也是此起彼伏，阐述理由，指斥其弊，有人甚至把它提到诗歌创作最大危害的高度加以批判。

对和韵批评最激烈的是严羽，《沧浪诗话·诗评》："和韵最害人诗。古人唱酬不次韵，此风始盛于元白皮陆。本朝诸贤，乃以此而斗工，遂至往复有八九和者。"郭绍虞先生的《沧浪诗话校释》释云："案《陵阳室中语》谓：'公（韩驹）平日虽有次韵诗，然性不喜为，尝云：古人不和，况次韵乎？'（《诗人玉屑》卷五引）又张戒《岁寒堂诗话》谓：'苏黄用事押韵之工，乃诗人中一害。'虽不专指和韵次韵，然亦透露此意。沧浪所言，或亦本此。和韵次韵亦非诗家所贵，故沧浪此言，后世论诗者多宗之。"[3]郭先生认同严羽"和韵最害人诗"的观点，并考释了这一观点的来源，但他们都没有阐述理由。唯韩驹涉及这一问题，但"古人不和，况次韵乎"是不成其为理由的，因为古人不做的事情，并不意味着没有价值。金人王若虚批评苏轼"集中次韵者几三分之一，虽穷极技巧，倾动一时，而害于天全者多矣。使苏公而无此，其去古人何远哉？"（《滹南诗话》卷中）指出次韵的害处是影响作品的"天全"，即自然和谐。这是一个值得重视的意见。但为什么会"害于天全"呢？仍有待追问。

袁枚的意见可以视为对这一问题的回答。袁枚对和韵是持保留态度的，他较为深入地阐述了理由。《随园诗话》卷一：

> 余作诗，雅不喜叠韵、和韵及用古人韵。以为诗写性情，为吾所适。一韵中有千百字，凭吾所选，尚有用定后不慊意而别改者；何得以一二韵约束为之？既约束，则不得不凑拍；既凑拍，安得有性情哉？《庄子》曰："忘足，履之适也。"余亦曰：忘韵，诗之适也。

袁枚从他的性灵说出发，认为诗的基本功能是抒写性情，性情的特点是追求自由适意，而和韵是削足适履，与诗的本性相违背。和韵必然受到原作制约，一制约便只能勉强凑合成篇。在这一过程中，性情就丧失了。所以他的结论是，诗歌要顺情适性惬意，最好是忘掉用韵问题。当然，真的"忘韵"就不成其为诗了，他的意思是，叠韵、和韵及用古人韵都是"韵"的意识太强，要保全性情，就要淡化"韵"的观念。

以韩驹之意见为说的还有杨万里。在韩驹的基础上，杨万里讨论了和韵的局限性问题，他认为和韵是自设困局。四部丛刊本《诚斋集》卷六七《答建康府大军库监门徐达书》：

> 大抵诗之作也，兴，上也；赋，次也；赓和，不得已也。……至于赓和，则孰触之？孰感之？孰题之哉？人而已矣。……今牵夫人而已矣，尚冀其有一铢之天、一黍之我乎！盖我未尝见是物，而逆追彼之见：我不欲用是韵，而抑从彼之用，虽李杜能之乎？而李杜不为也。是故李杜之集无牵率之句，而元白有和韵之作。诗至和韵，而诗始大坏矣。故韩子苍以和韵为诗之大戒也。
>
> 昔韩子苍答士友书，谓诗不可赓也，作诗则可矣。故苏黄赓韵之体不可学也。岂不以作焉者安、赓焉者勉故欤？不惟勉也，而又困焉，意流而韵止，韵所有，意所无也。夫焉得而不困？

和韵的局限，主要就是受人牵制，妨碍自由表达，也就是具有被动性。一是内容步趋别人而难出新意。杨万里从诗歌发生的根源来考察这一问题。诗歌是诗人对外物产生感应的产物。赓和时，自己并没有见过原作所写的情事，没有直观的感受和真切的体验，但又必须作诗，于是只能跟在别人后面亦步亦趋，"逆追彼之见"。这样的诗丧失了"天然"与"自我"，在内容上就不可能有创见。二是形式上受到抑制而陷入困境。我不想用的韵，却被强迫使用。诗意是流动变化的，固定的韵限制了自由流动，使思想受到伤害。所以，和韵是自设困局。文中"诗至和韵，而诗始大坏矣"也许正是沧浪"和韵最害人诗"的先声。

再往前追溯，最早提出和韵是自设困局的是与元稹、白居易、刘禹锡同时代的李德裕。宋欧阳守道在《陈舜功诗序》中说："沈休文长于音韵，自谓灵均以来，此秘未睹。唐李德裕非之，以为古辞如金石琴瑟，尚于至音；今文如丝竹鼙鼓，迫于促节。大概谓韵局则句累，不若不韵之为愈也。夫自局于韵，犹病累句，况一用他人之韵，不局且累乎？"[4] "迫于促节"之前是引述李德裕的观点，李德裕批评沈约"以音韵为切，轻重为难"，认为"声律之弊也甚矣"。后边几句是欧阳守道对李德裕观点的推衍引申，其要义归结起来就是自设困局问题。

赵执信也是反对次韵的，他明确提出了次韵限制创作自由的问题："次韵诗，以意赴韵，虽有精思，往往不能自由。或长篇中一二险字，势难强押，不得不于数句前预先为之地，迂回迁就，以致文意乖违。"[5]

这些就是反对和韵的人的基本观点，有一定道理。从最抽象的意义上讲，自由就是突破了外在的束缚，而实现了内在的愿望。外在的束缚越少，自由度就越高。而和韵是人为地增加了约束，会妨碍创作的自由度而影响随意表达，损害作品质量。尤其是仅将和韵当做文字游戏，争强斗胜，则危害更大。这种弊端，其实在和韵产生之初就出现了。元稹在《上令狐相公诗启》中陈述了他开创"次韵唱和"的做法后说："江湖间为诗者，复相仿效，力或不足，则至于颠倒语言，重复首尾，词同意等，不异前篇，亦自谓为元和诗体。"才力不足而以和韵为时髦，写一些意旨重复、语言雷同的所谓"元和体诗"，不只贻笑大方，而且浪费资源。明清时期，和韵积弊渐深，对其提出非议的诗论家也有所增加。除袁枚外，谢榛、李重华、沈德潜、吴乔、贺裳等都有批评性意见。[6]赵执信也有毫不留情的鄙薄："有专力于此，且以自豪者。彼其思钝才庸，不能自运，故假手旧韵，渔猎类书，便于牵合，或有蹉跌，则曰韵限之也。转以欺人，嘻！可鄙哉！"[7]

二、规范与自由

和韵会在一定程度上束缚创作自由、损害作品的"天全"，这些见解是有道理的，值得倾听和尊重。但因此而断然否定和韵的合理性和有效性，认为和韵是诗歌写作的最大危害，却无论如何不能让人接受。如果承认和韵是诗歌的大敌，就很难解释诗歌史上为什么会有那么多杰出诗人趋之若鹜，并且具有顽强的生命力而至今在旧体诗写作中盛行不衰？就很难解释为什么和韵之作中也有许多优秀文本？

在20世纪80年代中期以前的诗学研究中，在和韵问题上，主流的观念似乎更倾向于历史上的反对意见。如郭绍虞先生在笺释严羽之说时，不仅不像对严羽的其他片面观点那样有所商榷辩证，反而引申出"和韵次韵非诗家所贵"。王水照先生认为前述王若虚对苏轼的批评"击中要害"。[8]其他文学史也多持此类观点。郭绍虞、王水照先生都是当代学识渊博而通达的学者，他们主要从消极的方面看待和韵，不是他们对和韵有偏见，而是反映了一种时代性的认知。这种认知是在新文学运动成功的背景下产生的。旧体诗就是因为束缚太多而被宣判为"死的文学"被推倒的，再来肯定"和韵"这种诗歌创作的旁门左道和传统文人的"陋习"，就属于不识时务了。20世纪80年代中期以来，这种看法有所改变，多数研究者能够以持平的态度对待和韵。[9]但仍不乏不以为然乃至鄙夷者。郭预衡先生主编的《中国古代文学史》说："次韵排律虽为元稹首创，却意在争奇斗巧，总同文字游戏，并无艺术生命。"[10]易闻晓说："此风之成，实由元白酬唱，遂乃大开恶习。"[11]在20世纪尘埃落定以后，新旧体诗之间纠结的许多问题以及旧体诗的价值和命运问题都要重新审视和解答。和韵也是如此。和韵成为一种普遍性的创作现象和连绵不绝的传统，表明它虽不为所有诗家"所贵"，却也为很多诗家"所好"，它自有一种难以抗拒的魅力在。

我们认同赵翼的观点：和韵是诗史上的一个方法创新。赵翼是性灵派的副将，袁枚的诗友。在和韵问题上，他与袁枚看法不同，他充分肯定元、白"次韵相酬"的做法是"古所未有"的创举，认为他们"自创一格，推倒一世"，足以名垂诗史。所谓创新，就是发现或创造出以前没有的观点或方法，实现知识增长和技术进步。在诗歌写作中，和韵就属于创作中的新方法或新技术。它为丰富诗歌创作技巧，增加文人生活趣味开辟了新路径；和韵中也产生不少优秀文本，增加了有质量的精神成果，它对传统诗歌的发展是起了积极作用的。实际上，在唐宋以来的诗歌史上，几乎没有哪个以诗词称为名家的人没有和韵行为。袁枚"不喜"不等于"不为"，《小仓山房诗集》中仍有不少和韵之作。韩驹同样"不喜为"而仍有"为"。

诗的本性就像人的本性一样，它是生而自由的，但无所不在枷锁之中。诗是规范性要求最高的文体，天然地要接受约束，押韵就是约束条件之一。和韵作为特殊的押韵方式，并不必然导致与创作自由的背离和冲突。自由与制约是诗歌创作始终面对而且必须妥善解决的一个大问题，高明的诗人往往能处理好这一问题而创作出优秀文本。

和韵到底会不会束缚诗人的创作自由和创作个性？肯定有一定影响，但对才华和学养出众的人而言,这种束缚是有限的,它在诗歌创作的正常约束范围之内。因为,唱和者大多是"借韵为诗","因彼之意见吾之意","韵听乎他人而词出乎己意",韵是固定的、封闭的,但意是流动的、开放的。"韵"为其提供了一个形式框架,"意"在大体呼应对方的前提下,可以随作者的处境、见闻、感受随机生发,千变万化,不会被限死。而且,受原作之"意"的刺激、启发,和韵者还可以在原来的基础上有所拓宽、深化或者突破,从而丰富原有思想,创造新的精神成果。在此情况下,和韵不仅没有束缚诗人的创作才能,反而为其创作高质量作品提供了契机和参照。杨万里虽然批评和韵,但他也认为陈晞颜和陈与义诗"韵听乎简斋,而词出乎晞颜。"[12]东坡和陶是"用以自托","但用其韵",[13]因其才高学富,非但不受其拘牵,反而得心应手,大获成功。和陶诗与其他晚年诗作一样,"绚烂之极归于平淡",达到一个新的精神高度和艺术境界。和陶诗似不似陶、该不该似陶,论者有不少争议,但它的成就和价值是向来得到普遍认可的。这里仅以日本著名汉学家小川环树的意见为证。小川环树在谈到东坡流放惠州、儋州时期的诗作时说:"特别应该大书一笔的是他的'和陶诗'。所谓'和陶诗',是指使用与陶渊明诗韵脚相同的字写出新诗。……这些和陶之作,除深刻表明了苏轼由衷爱好并倾慕陶渊明的心境之外,诗的本身也有很高的成就,比其黄州时期所作,更让人感到作者心灵的澄明宁静。……在苏轼的全集中,这一时期的作品(不单单是和陶诗,而是全部)深刻无比,充满了人性的光芒,把作者的美好心灵完全呈现了出来。"[14]

和韵有被动性,确实存在"自设困局"的情况,但有大力者能轻松化解,甚而出奇制胜,写出超越原作的作品来。宋人费衮、欧阳守道在谈到东坡次韵诗时,均赞不绝口:"韵与意会","语意天成","皆出自然"。而他们又都认为,东坡之所以不受"他人韵"拘牵,就在于他的高才博学。费衮在《梁溪漫志》卷七中写道:"作诗押韵亦是一奇。荆公、东坡、鲁直押韵最工,而东坡尤精于次韵,往返数四,愈出愈奇。……盖其胸中有数万卷书,左抽右取,皆出自然,初不着意要寻好韵,而韵与意会,语皆浑成,此所以为好。"王安石、苏辙、黄庭坚、秦观、张耒、晁补之等也能达到此种境界。《四库全书总目提要》云:"次韵之诗,惟东坡变化不穷,称为独绝,而诸家才力亦颇足以相抗。"欧阳守道在《陈舜功诗序》中说:"近世往往以和韵争工,甚则有追和古作全帙无遗,如东坡之于靖节翁者,语意天成,一出自然,不似用他人韵也。由此言之,才力有余,虽用他人韵，亦复何局之有？……诗固难于正，而又甚难于奇，奇不失正，非胸次有纵横变化之妙，岂易得此！"[15]关于这段话，周裕锴先生有很好的评述："欧阳守道的看法更富有艺术论色彩。他认为，和韵争工而语意天成，乃是比不尚音韵更难以企及的艺术境界。对于'才力有余'的人来说，即使用他人之韵，也丝毫不会受到束缚，反而正是这种'奇不失正'的艰难，方显出艺术大师的本事。"[16]欧阳守道的话是为反对李德裕"声律之为弊也甚矣"而说的，但更像是在破解杨万里所说的次韵困局。

三、召唤与回应

和韵按照赓和的对象不同可以分为两种类型：共时性和韵与跨时代和韵。共时性和韵就是生活于同一时代的人在同一时段互相唱和，往复回还，交流是双向的甚至是持续多次的。这是和韵的主流，它已经成为旧体诗词写作中的一种常见方式，而且在诗歌史上时掀高潮。跨时代和韵以已经作古的诗人的作品为唱和对象，和者和原作只有单向交流，它实际上是唱和者仰慕前人及其作品而产生的一种精神对话行为，也是一种艺术训练方式。它不像前者那样普遍，在诗歌史上却也屡见不鲜。

共时性和韵在不同诗人、不同文本之间建立起互动机制，强化了诗歌技巧的讲求，客观上促进了思想内容和艺术形式的锤炼和提高。和韵是从元、白之间比试诗艺开始的，后来的唱和者不一定都有比试高低的意欲，但原作在前，客观上是一种挑战，和韵者就不能不格外用心，不是说和作非要压过原作，至少在相形之下不能过于凡庸和低劣。于是在诗意的提炼和诗艺的提升方面就会精益求精。在诱惑与回应、挑战与应战之间，原作与和作形成了互动。这种互动是有益于诗歌创作的。所谓"金石合奏"，[17]会产生更响亮的声音。这方面，白居易有切身体会，他在《与刘苏州书》中说："微之先我去矣！诗敌之勍者，非梦得而谁？前后相答，彼此非一。彼虽无虚可击，此亦非利不行。但止交绥，未尝失律。然得隽之句，警策之篇，多因彼唱此和中得之。"[18]

原作是一种思想的召唤、情感的召唤和艺术的召唤，和作所作出的回应既可能与之同声和鸣，扩大影响，也可能后出转精，达到新的高度，从而取得超越性成果。有时，次韵唱和会在无意之间引逗出传诵千古的杰作。这方面的典型例子是苏轼的《和子由渑池怀旧》。此诗是苏辙《怀渑池寄子瞻兄》的次韵之作。关于

"雪泥鸿爪",查慎行、冯应榴认为出自佛典,王文诰驳斥说:"诬罔已极。凡此类诗皆性灵所发,实以禅语,则诗为糟粕。句非语录,况公是时并未闻语录乎?"[19]王水照先生评判说:"王说较胜。苏辙原诗开头两句云:'相携话别郑原上,共道长途怕雪泥。'苏轼从'雪泥'引发,变实写为虚写,创造出'雪泥鸿爪'的著名比喻,喻指往事所留痕迹,以表示人生的偶然、无定之慨,不必拘泥佛典。"[20]苏辙诗只是写出了当年道别时大家说的一句实话,没有什么哲理内涵。东坡却受此启发,创造了一个贴切而独到的比喻,表达人生的无常感和动荡感,引起古今人的同声一叹。东坡和韵之作固然卓绝千古,但没有子由原作的引逗触发,也许就不会有这一名篇的产生。这是名副其实的抛砖引玉之作。魏庆之在《诗人玉屑》中评价东坡的《和陶咏三良》为"冠绝古今"。[21]在他看来,这也是后来居上之作。

跨时代和韵的对象一般是经过历史检验的经典性文本,它们的精神境界和艺术水准都是诗史典范。原作是一种召唤,同时也激励和韵者投入更多的心智进行创作。如果和韵者才学足以抗衡原作者,也能写出无愧原作甚至驾而上之的作品。跨时代和韵以苏轼和陶诗和钱谦益追和杜甫的《秋兴》而创作的《金陵秋兴》最为著名。陈寅恪说:"《投笔集》诸诗模拟少陵,入其堂奥,自不待言。且此集牧斋诗中颇多军国之关键,为其所身预者,与少陵之诗仅为得诸远路传闻及追忆故国平居者有异。故就此点而论,《投笔》一集实为明清之诗史,较杜陵尤胜一筹,乃三百年来之绝大著作也。"[22]钱仲联亦云:"这样的史诗巨制,为前代七律次韵诗所未有,在诗歌体式上是一种发展。"[23]陈寅恪先生以诗证史,以史论诗,凡诗关史事之大者,便赞不绝口,固然不乏偏颇之处,[24]但仅以诗论,谦益《秋兴》之沉郁博大、悲壮苍凉和格律精严,确实不减杜陵,允称佳作。

跨时代和作的评价标准,历史上有两种意见。一种认为与原作越相似水平越高。洪迈在《容斋随笔·三笔》卷三中说东坡和陶诗与渊明原作:"二者金石合奏,如出一手,何止子由所谓遂与比辙者哉?"纪昀也以此为绳尺评价东坡和陶诗。评《和陶时运四首》云:"居然似陶,猝不易别。"评《和陶杂诗十一首》云:"十一首俱浑圆深厚,逼近陶公。"评《和陶游斜川》云:"有自然之乐,形神俱似陶公。"[25]一种认为不必以似不似来评价其优劣,关键看作品本身的质量。王若虚在《滹南诗话》卷中说:"东坡和陶诗,或谓其终不近,或以为实过之,是皆非所当论也。渠亦因彼之意以见吾之意云耳,何尝心兢而较其胜劣邪!故但观其眼目旨趣之何如，则可矣。"王文诰与王若虚有近似看法，在注东坡诗时对第一种意见有一大段辨析：

> 公之和陶，但以陶自托耳。至于其诗，极有区别。有作意效之，与陶一色者；有本不求合，适与陶相似者；有借韵为诗，置陶不问者；有毫不经意，信口改一韵者。……每见诗话及前人所论，辄以此句似陶，彼句非陶，为牢不可破之说，使陶自和其诗，亦不能逐句皆似原唱，何所见之鄙也！唐时以欧、虞、褚摹《兰亭》为佳者，正取其各有已意，如必毫发似之，而后为工，此即双钩填廓，治木石者皆能为之，而欧、虞、褚之所不屑也。书且如此，而况诗乎？……查注引韩驹、洪迈诸说，纷然辨陶《归园田居》六首之是非，所见甚陋。公但用其韵，以纪游白水山事，又岂暇为陶较得失哉，此尤非知公者也。[26]

相较而言，第二种意见更有说服力。和韵者追和前人，往往是借前人的形式寄托自己的思想，表达自己的情志。似与不似不应该成为判断和韵诗优劣的根本标准。但第一种意见也并非一无是处。既然我们认定和韵对象是范本，是应该学习的，那么，和作近似于它，表明和诗也达到了一定的高度，这其实也是对和诗成就和价值的肯定。王文诰还有比拟不伦之处。唐人摹《兰亭》，现代普遍认为最好的摹本是冯承素本，原因就在于它最接近于王羲之原本。和韵与临摹区别很大，临摹是练笔之法，和韵是竞技之方，不宜简单比附。而这里更有价值的问题是，王若虚、王文诰都指出了苏轼和陶是"借韵为诗"，文本的思想内容并没有因为和韵而受到拘束，在同韵的框架内表现出意旨和风格的歧异，实现了思想自由，伸张了创作个性。东坡和渊明是两颗诗坛巨星，心胸均如光风霁月，才力又足以相敌，他们的诗金石合鸣，相得益彰，熠熠生辉，是和韵的千秋佳话，又是和韵的成功范本。

四、当下与永恒

和韵增加了诗歌创作的趣味，满足了人们对诗歌价值的当下需求。诗歌有政治功能、道德功能和娱乐功能。在和韵之作中，这三种功能都能有所实现，而娱乐功能发挥尤为充分。和韵彼此沟通政治见解，互相砥砺人格操守，即白居易所谓"张直气而扶壮心",然后作用于社会,实现其政治关怀和道德诉求。

娱乐功能有娱他和自娱两种情况。好的诗歌,任何人读了都会觉得愉快,这是不言而喻的。这里要说的是和韵能给唱和对方带来情感愉悦,是为"娱他"。和韵双方都有特定的感情投射对象,在感情的交流互动中各得其所。和韵者读到原作,感受到对方的情志,有种精神满足。原作者得到和韵,更是一种思想感情的回馈,而多一份慰藉。这样得到的精神愉悦就比作为局外人的一般读者要真切、丰富得多。自娱就是在唱和的过程中获得精神快感和美感:和韵是趣味性极强的一种创作活动,在唱和双方的往复回还中,诗人的感情得到表达和交流,心理能量得到释放,从而保持了轻松舒展的心情。诗艺的切磋砥砺,如果不是要刻意比试高低,那么在善意的竞胜斗巧中,同样能获致精神愉快。因此,和韵最后能达致"互娱"的效果。

以唱和主体而论,和韵往往是在关系比较密切的人之间进行,其间充溢着和谐、优雅、亲切的氛围,并且趣味盎然。欧阳修在《归田录》中描述了他的体验。嘉祐二年(1057),欧阳修知礼部贡举,在五十余天的锁院期间,同韩绛、王珪、范镇、梅挚、梅尧臣等"六人者相与唱和,为古律歌诗一百七十余篇,集为三卷"。"余六人者,欢然相得,群居终日,长篇险韵,众制交作……间以滑稽嘲谑,形于讽刺,更相酬酢,往往哄堂绝倒,自谓一时盛事,前此未之有也。"[27]这些作品被编为《礼部唱和集》。元祐三年(1088),苏轼知贡举时,和黄庭坚等也有一次唱和,规模空前,气氛热烈,"佳句无算"。[28]这次唱和所得以及苏门师徒的其他唱和之作,南宋邵浩编为《坡门酬唱集》二十三卷,收诗六百六十首,"多为同题次韵赓和"。[29]其间洋溢的轻松、热烈情调,令人神往。

以唱和场景而论,和韵主要是在游赏、宴会和雅集时进行,具有应酬性。这些场合产生的和韵诗有不少吟风弄月、无病呻吟、粉饰太平乃至谄谀上位者之作。时过境迁,意义就衰减乃至彻底丧失。人们因而怀疑和韵诗的品位和价值。此类文本与思想深邃、情感真挚、艺术精美的作品相比,在其价值的永恒性上确实不能同日而语。我们要指出的是,诗歌的超时空价值无疑是应该肯定和高扬的,但同时也应对其当下价值给以必要的关注和认可。所谓当下价值,就是在创作过程中产生的价值,就是写作活动本身的价值。在我们的诗歌研究中,它被严重遮蔽和忽视了。

要充分理解文学当下价值的重要性也许要从"文学是什么"这一终极性问题

说起。关于文学的定义，作家和学者们给出的不下千百条，这里用周作人的观点作基础："文学是用美妙的形式，将作者独特的思想和感情传达出来，使看的人能因而得到愉快的一种东西。"对于这一定义，周作人也认识到"毛病很多"，但它很符合我们对文学的阅读经验。与各种各样的定义相比，周作人最精致的思想是："文学是一种给人愉快的东西。"当然，他也指出，"愉快并不是指哈哈一笑而言"，[30]心中有痛苦郁闷，宣泄出来也是愉快，因此，表达人生中的缺失性体验如痛苦忧愁的文本也像表达幸福美满等丰富性体验的文本一样能使人"愉快"。在笔者看来，"使人愉快"是文学存在的根本性价值依据。一切学问和艺术都是为人的，文学能使人得到情感的满足、精神的愉悦和心理的调适，人需要它，于是它才获得存在的理由。周作人这里只谈到给"看的人"愉快，其实对"写的人"而言这种愉快更强烈。作家的创作快感和美感，来自两个方面，一是创作过程获得表达的愉快，二是因为写出优秀之作而有一种成就感和获得长时间的精神满足。对写作者而言，过程本身就有意义，就是价值。诗人写作固然不乏永恒性追求，但当下的快感应该是他们更直接的写作动机。这是中国古代写诗的人数量众多、诗歌历史源远流长的重要原因之一，也是有效地解释当代业余诗词作者队伍庞大、写作活动活跃之根源的重要视角。

和韵将过程的"愉快"放大，凸现了过程的价值。这种放大和凸现，具体表现为：一是将个人行为转化为两人之间的行为乃至群体行为，在互动中使写作行为更有趣味。在和韵过程中，文学写作的趣味被充分激发并共同分享。二是使日常生活雅化和诗化，提升了生活品位和质量。因此，即使和韵之作有很大一部分是没有恒久价值的，也不能因此而否定和韵行为的意义，不能因为追求文学的永恒性价值而忽视当下价值。

五、余 论

和韵在中国是有 1200 年历史的诗词创作方式，在日本、朝鲜、韩国、越南等国家的汉语诗歌写作中也受到尊崇，这一事实本身就说明了它是古典诗歌研究中不能忽视、更不能轻率否定的问题。它的出现和长期存在与汉语言的特点和汉语诗歌的形式特点有内在关联，体现出鲜明的民族性。它的被动性、应酬性带来了一定的局限性，但它的挑战性、互动性和当下性也使其具有难以抗拒的魅力。它确实存在一定弊端，但也以其特有的互动机制促进了诗词生产，在古典诗歌史上发挥了正向作用。

在 20 世纪初期的新文学运动中，旧体诗词的价值和命运受到质疑和否定，随后，旧体诗词丧失了在诗坛的正宗和主流地位，它在文学生产、消费和 20 世纪中国文学史中的合法性长期得不到确认。但事实上，旧体诗词并没有真正像人们预想的那样迅速衰亡而彻底退出历史舞台，相反，在新文学的背景下，旧体诗词仍在与新诗二水分流，双线并行，取得新的进展，成为 20 世纪中国文学和精神成果的重要组成部分。[31]

和韵作为旧体诗词特有的一种富于民族性和趣味性的艺术手段，像旧体诗词一样在现代社会保持了生命力，在旧体诗词创作中继续发挥着作用。一方面，差不多精于此道的作者都有唱和之作，唱和给作者带来了极大的乐趣并促进了旧体诗词创作；另一方面，唱和还被作为政治参与手段和特殊文学表达方式在社会生活和个人精神诉求中发挥作用。1945 年，毛泽东到重庆与国民党政府举行和平谈判，应邀创作了他的《沁园春·雪》，倾倒一时，各方文化人士群起唱和，构成独特的政治景观和文学景观。在毛泽东诗词中，他与柳亚子、郭沫若的和韵之作广为人们传颂。胡风被难以后，在狱中用鲁迅旧诗原韵写了大量旧体诗，回顾历史，反思现实，抒发幽怀，表达志节，大气淋漓，沉郁慷慨，和韵的作用被发挥到极致。[32]进入 20 世纪后期，旧体诗词随着国运的兴隆而呈现复苏态势，唱和风气弥漫旧诗诗坛。其中固不乏无知妄作、轻俗浅薄者，但唱和对诗词创作的引发、促进之功仍不应低估。上海诗人杨凤生 1995 年作《春申雅聚抒怀》七律一首，向爱好诗词同仁赓和，海内外共有 10 余个国家 30 多个省市的作者 1908 家赓和。杨凤生将其编为《千家酬唱集》出版（上海，学林出版社，1997 年）。数量如此之多，和韵之作便难免意旨重复，诗艺平平者，而独出胸臆，清新可喜之作亦大有可观，不得以哗众取宠视之。[33]这一案例表明，和韵有很大的自由空间供诗人驰骋，呼唤和回应能够促成更多精神成果的产生。我们可以乐观地推测，在现代社会条件下，和韵的合法性和有效性虽然还会受到质疑，但它因自身的特点和魅力而仍将与旧体诗词一道共生共存。

本文是 2006 年为庆祝著名古典文学专家、云南大学教授张文勋先生八十华诞而写的《论和韵》的一部分。《论和韵》以篇幅过长，析为二篇，第一篇是《和韵的产生和流变》，发表于《云南民族大学学报》2007 年第 4 期；这是第二部分，

古典文学综论

两文可以合参。

注　释：

[1]《云南民族大学学报》2007 年第 4 期。

[2]四部丛刊影明嘉靖本《元氏长庆集》"集外文章"。

[3]郭绍虞：《沧浪诗话校释》，人民文学出版社 1983 年版，第 194 页。

[4]欧阳守道：《巽斋文集》卷一二，转引自周裕锴《宋代诗学通论》，巴蜀书社 1997 年版，第 553 页。

[5]赵执信：《〈谈龙录〉注释》，赵蔚芝，刘聿鑫注释，齐鲁书社 1987 年版，第 80 页。

[6]谢榛：《四溟诗话》卷一，吴乔：《答万季野诗问》，贺裳：《载酒园诗话》卷一。

[7]赵执信：《〈谈龙录〉注释》，赵蔚芝，刘聿鑫注释，齐鲁书社 1987 年版，第 82 页。

[8]王水照：《苏轼选集》，上海古籍出版社 1984 年版，第 236 页。

[9]例如，王水照先生就改变了对东坡和韵诗的看法，充分肯定唱和的积极意义，认为苏门之内的唱酬赓和"使诗歌内容更趋日常生活化，加重了议论和思辨的成分；在艺术上也有切磋诗艺、因难见巧、争奇斗妙的作用"。见《元祐党人贬谪心态的缩影》，载《王水照自选集》，上海教育出版社 2000 年版。周裕锴先生在《宋代诗学通论》中对和韵的作用进行了深入的理论探讨，巴蜀书社 1997 年版，第 542 页。袁行霈先生主编的《中国文学史》肯定元、白次韵唱和"锻炼了诗人的智慧、技巧，丰富了诗歌的种类"。

[10]郭预衡：《中国古代文学史》第 2 册，上海古籍出版社 1998 年版，第 316 页。

[11]易闻晓：《中国古代诗法纲要》，齐鲁书社 2005 年版，第 327 页。

[12]杨万里：《诚斋集》卷七九，四部丛刊本。

[13]《苏轼诗集》第 7 册，王文诰辑注，孔凡礼点校，中华书局 1999 年版，第 2107 页，

[14][日]小川环树：《风与云——中国诗文论集》，周先民译，中华书局 2005 年版，第 202 页。

[15]欧阳守道：《巽斋文集》卷一二，转引自周裕锴《宋代诗学通论》，巴蜀书社 1997 年版，第 553 页。

[16]周裕锴：《宋代诗学通论》，巴蜀书社 1997 年版，第 553 页。

[17]洪迈：《容斋随笔·三笔》卷三"东坡和陶诗"条评东坡和陶诗语。

[18]朱金城：《白居易集笺校》第 6 册，上海古籍出版社 1988 年版，第 3696 页。

[19]《苏轼诗集》第 1 册，王文诰辑注，孔凡礼点校，中华书局 1996 年版，第 96 页。

[20]王水照：《苏轼选集》，上海古籍出版社 1984 年版，第 5 页。

[21]《苏轼诗集》第 7 册，王文诰辑注，孔凡礼点校，中华书局 1996 年版，第 2185 页引。

[22]陈寅恪：《柳如是别传》下册，上海古籍出版社 1982 年版，第 1168 页。

[23]钱仲联，钱学增：《清诗精华录》，齐鲁书社 1987 年版，第 5 页。

[24]钱钟书先生讲道"诗史成见，塞心梗腹，以为诗道之尊，端仗史势，附和时局，牵合朝政。……非慎思明辨者所敢附和"，似有所感而发。见《管锥编》第4册，中华书局1986年版，第1390页。关于"诗史"观念在诗学研究中被过度强化的问题，还可参看陈友康《当代古典诗学研究的重要成果——评蒋寅〈古典诗学的现代诠释〉》，中华书局《书品》2005年第3期。

[25]《苏轼诗集》第7册，王文诰辑注，孔凡礼点校，中华书局1996年版，第2218、2273、2319页

[26]《苏轼诗集》第7册，王文诰辑注，孔凡礼点校，中华书局1996年版，第2107页。

[27]《欧阳修全集》下册，中国书店1994年版，第1030页。

[28]王水照先生评元祐三年苏门唱和语，转引自陈元锋《北宋馆阁翰苑诗坛研究》，中华书局2005年版，第230页。

[29]陈元锋：《北宋馆阁翰苑诗坛研究》，中华书局2005年版，第250页。

[30]以上周作人的话均引自所著《中国新文学源流》，载《论中国近世文学》，海南出版社1996年版，第5~6页。

[31]陈友康：《20世纪中国旧体诗词的合法性和现代性》，载《中国社会科学》2005年第6期。

[32]绿原，牛汉：《胡风诗歌全编》，人民文学出版社1990年版。

[33]就一首原作而赓和千余首者，韩国高丽时代已有先例。根据李仁老的《破闲集》，李子渊模仿中国甘露寺而建楼阁，诗僧惠素为之作诗，"而金侍中富轼断之，闻者皆和几千余篇，遂成钜集"。见金卿东《乐天曾唱吾追和——高丽文人和白诗之类型与特点》，载《中国文哲研究通讯》第15卷第1期，台北中央研究院中国文哲研究所2005年。中国诗史上，清人王士祯《秋柳》写成后风行大江南北，次韵唱和之作数百篇。

中国古典接受理论的独特范畴：亲证

···陈友康

中国古典文学理论有自己鲜明的风格，而这种风格是由一系列独特的范畴、原理构成的。20 世纪以来，随着我国文学理论研究的现代化进程，这些范畴和原理不断得到归纳、揭示、阐述和运用，从而基本建立起一个东方化的文论体系。这应该视为 20 世纪中国文学研究的一个重大成果。这个体系的呈示和建构，还应该被视为古典文学理论向现代转换的成功标志。而中国古典文论积累深厚，它所蕴涵的思想智慧还有待进一步挖掘。本文将讨论一个还未被学术界充分认识的接受理论范畴：亲证。

有"古今第一名赋"之誉的苏轼的《前赤壁赋》，首段描写明月之夜长江的美丽景象和泛舟者的飘逸感受，潇洒神奇，出尘绝俗，向来被认为是东坡作品中的天仙化人之笔。其文曰："壬戌之秋，七月既望，苏子与客泛舟，游于赤壁之下。清风徐来，水波不兴。举酒属客，诵《明月》之诗，歌《窈窕》之章。少焉，月出于东山之上，徘徊于斗牛之间。白露横江，水光接天。纵一苇之所如，凌万顷之茫然。浩浩乎如冯虚御风，而不知其所止；飘飘乎如遗世独立，羽化而登仙。"南宋谢枋得《文章轨范》卷七说："余尝中秋夜泛舟大江，月色水光与天宇合二为一，始知此赋之妙。"他说他对该赋妙处的真正领悟是在与东坡大致相同的时间、相同的地点、相同的情景下漫游长江获得的。在这一过程中，谢枋得把自己的观察、体会与赋中情景描写的逼真传神。谢枋得在这里实际上是使用了文本阅读中的"亲证"方法。

亲证，是一种具有鲜明民族特色的文本解读方法，其特点是用读者的亲身经历去印证作品描写的情景，从而深入把握其思想内涵和艺术成就。这种方法在宋代基本成熟，宋人不仅在鉴赏实践中使用较多，而且明确提出了"亲证"概念。苏轼尤有精到的议论，而首先使用"亲证"一词的，当是惠洪："智觉禅师住雪窦之中崖，尝作诗云：'孤猿叫落中岩月，野客吟残半夜灯。此境此时谁得意？白云深处坐禅僧。'诗语未工，而其气韵无一点尘埃。予尝客新吴车轮峰下，晓起临高阁，窥残月，闻猿声，诵此句，大笑，栖鸟惊飞。又尝自朱崖下琼山，渡藤桥，千万峰之间闻其声，类车轮峰下时，而一笑不可得也，但觉此时字字是愁耳。老杜诗曰：'感时花溅泪，恨别鸟惊心。'良然，真佳句也。亲证其事然后知其义。"（《冷斋夜话》卷六）惠洪从他理解智觉禅师和杜甫诗的切身体会，推出最后一句结论性的话，揭示了亲证的本质内涵。当代学者研究亲证问题较深入的是四川大学的周裕锴教授，他的贡献，笔者在《体大虑周，新意迭见——评〈宋代诗学通论〉》[1]中已有所评述。限于体例，周裕锴教授的阐述还有未尽之处，本文在他的基础上作进一步讨论，用意则是希望引起学术界对这一范畴的更多关注。

亲证有极强的实践性品格。陆游在谈诗歌写作时说："纸上得来终觉浅，绝知此事要躬行。"（《冬夜读书示子聿》）写诗是这样，读诗也是这样。亲证要求阅读者或亲历文本描写的实地，或有类似于文本内容的生活体验，都强调生活实践对于理解作品的重要性。这些经历或体验使阅读者一方面能突破文字的抽象性，直接感知文本表现对象，获得身临其境的亲切感，而对文本的真实性和其妙处更有会心；另一方面有助于激发阅读主体理解文本形象的象征、隐喻意义，产生共鸣。清人吴曾祺说："写景之妙，非身历其境者不能言。每有作者身摹意会，偶然得一二佳语，而读者漠然不知，直至亲与之接，然后嗟叹以为不可及。"[2]从终极意义上说，文学来源于生活实践，也只有在实践中才能使其意义得到充分的呈现，从而实现对文本的全面、深入、有效的解读。亲证就是以实践的方式解读文本的文学鉴赏方法，这种方法是古代作者和学人对文学鉴赏理论和接受理论的一种独特而重要的贡献。

亲证可以分为狭义亲证和广义亲证两种。狭义亲证是指阅读者亲历文本描写的境地踏勘、观察和体会，把文本进行还原。这种方式适用于描写实境的作品。明人王世贞说："实境诗于实境读之，哀乐便自百倍。"（《艺苑卮言》卷三）宋人范温说："古人形似之语，如镜取灯，灯取影也，故老杜所题诗，往往亲到其处益知其工。"（《潜溪诗眼》）苏轼便是用此法读杜诗。《书子美云安诗》（孔凡礼点校本《苏轼文集》卷六七，中华书局，1986年版）："'两边山木合，终日子规啼。'此老杜云安县诗也，非亲到其处，不知此诗之工。"苏轼是四川人，到云安县不难，听他的口气，他是到过的，所以他知道"此诗之工"。《带经堂诗话》卷十三、十四"遗迹类"记载了王世贞寻访各地文学遗迹的见闻和感悟，其中就有不少亲证的例子。如卷十四第七十八条："余两使秦蜀，其间名山大川多矣，经其地始知古人措辞之妙，如右丞'秋山敛余照，飞鸟逐前侣。采翠时分明，夕岚无处所'二十字，真为终南写照也。"南宋费衮《梁溪漫志》卷四："东坡食荔枝诗有云：'云山得伴松桧老，霜雪自困楂梨粗。'常疑上句似泛，此老不应尔。后见习闽广者云：'自福州古田县海口镇，至于海南，凡岸上木，松桧之外，悉杂植荔枝，取其枝叶荫覆，弥望不绝。'此所以有'伴松桧'之语也。"费衮先是想当然地认为上句写得空泛，以东坡的才情不应该这样，后来听到熟悉福建、广东等地风物的人说起当地情景，才理解东坡之语并非虚发。费衮没有亲历实境，但"习闽广者"的陈述间接为他提供了"实境"的佐证。倘他能如王世贞所说"于实境读之"，效果无疑更佳。

广义亲证是用实有的事物、情境与文本描写的类似事物、情境进行比较，或把接受者置于相似的情景下体悟文本，证明文本描写的真实性和艺术性。这类亲证，在历史上用得最多。南宋胡仔《苕溪渔隐丛话》前集卷二十四："羊士谔《寻山家》诗云：'主人闻语未开门，绕篱野菜飞黄蝶。'余尝居村落间，食饱挂筇纵步，款邻家之扉，小立待之，眼前景物，悉如诗中之语，然后知其工也。"苏轼在解读陶渊明诗时用的就是将阅读者置于相似情景中的方法："陶靖节云：'平畴交远风，良苗亦怀新。'非古之耦耕植杖者，不能道此语；非余之世农，亦不能识此语之妙也。"（《苏轼文集》卷六七《题渊明诗》）张表臣进一步发挥："东坡称陶靖节诗云……仆居中陶，稼穑是力。秋夏之交，稍旱得雨，雨余徐步，清风猎猎，禾黍竞秀，濯尘埃而泛新绿，乃悟渊明之句善体物也。"（《珊瑚钩诗话》卷一）两人进行亲证的地方都不是陶渊明写诗的地方，东坡说他能领悟这两句诗的妙处是因为他家世代务农，张表臣则用诗化的语言描写了他置身于类似情景中看到的生机勃勃的景象和自己自由舒畅的感受。他们的共同点是强调必须有亲身从事农业劳动的经历才能悟出陶诗的精妙。叶梦得在《石林诗话》（卷上）中说，他初读黄庭坚《六月十七日昼寝》中的"马啮枯萁喧午梦，误惊风雨浪翻江"，不解其意。"一日，憩于逆旅，闻旁舍有澎湃铿鞳之声，如风浪之历船者，起视之，乃马食于槽，水与草齰齵于槽间，而为其声，方悟鲁直之好奇。"叶梦得在实际生活中偶然经历了与黄诗所写相似的事件，才使他的疑问迎刃而解，并体会了山谷诗比喻的新奇。

亲证的优点，一是有助于准确、深入地领悟文本的意义。我国古代文学理论有一个基本观点：文字的表达能力是有限的，解读作品必须注意挖掘言外之意，弦外之音，象外之旨。亲证把阅读者置于与创作者写作时相同或相类似的情景中，让感官受到外在景观全面、直接的刺激，从而获得大量信息。这些信息激活、补充、强化了文本信息，文本的深层意义也就得到敞开。在这种情况下，读者自然对文本意境了然于心，见得深透。上引张表臣解读陶渊明《怀古田舍》诗，他认同苏轼的说法，但只是赞扬陶渊明"善体物"，即长于观察和表达，这自然不错，但他并没有真正理解苏轼评语的用心。东坡强调要农民才能理解这两句诗的妙处，还另有深意在，这深意也就是陶诗的深意——表现一种劳动的喜悦，丰收在望的喜悦。陶渊明逃出官场的尘网，过着躬耕自食的生活，庄稼的生长关系到他的生存，因此他格外在意，而田园风光和农村又让他感到舒展和自由，这两方面都使他对新苗的生长情况异常敏感和关心。新苗在清风吹拂下生机勃勃的景象令他无比欣慰和满足，因而把它们外化为那两句看似平淡实则韵味无穷的名句。苏东坡步入仕途以后，没有像陶渊明那样归隐田园，但他始终没有忘记他的农民出身，常怀悯农之心。他说："余本田家，少有志丘壑，虽为缙绅，奉养犹农夫。"（《跋李伯时卜居图》）"崎岖世味尝应遍，寂寞山栖老渐变，惟有悯农心尚在，起占云汉更茫然。"（《立秋日祷雨，宿灵隐寺，同周徐二令》）因为有"世农"的经历和悯农之心，同时也有如陶渊明一样的高洁的心性，他便能深入体会陶渊明诗的意蕴而与之产生共鸣。

二是有助于贴切地把握文本的艺术特点，所谓"当境方知其妙"。什么样的诗才能称为"工"、"妙"？换言之，"工"、"妙"的衡量标准究竟是什么？从古人使用这些词的语境看，首先是要能准确、传神地描写客观景物的特征；其次是要能恰当地传达出主体之情和客观之景交融而形成的特定场景或氛围。从鉴赏角度看，把握住这两点，也就把握了文本的工妙处，即艺术性。而"当境"，使心中景与实有景相互映照，无疑更能领悟文本的工致贴切，并在实有景肯定了诗中景的真实性的情况下，产生一种"原来如此"或"果真如此"的阅读快感。苏轼《书司空图诗》云："司空表圣自论其诗，以为得味于味外。诗云：'棋声花院静，幡影石坛高。'吾常游五老峰，入白鹤院，松荫满庭，不见一人，惟闻其声，然后知此句之工也。"（《苏轼文集》卷六七）东坡在白鹤院亲身体验了宁静的气氛，才真正理解那两句诗在表现这种氛围上亲切得体，无可移易。宋人周紫芝在《竹坡诗话》中谈到他读杜甫诗的经历时也说得真切："余倾年游蒋山，夜上宝公塔，前临大江，下视佛屋峥嵘。时闻风铃，铿然有声。忽记杜少陵诗：'夜深殿突兀，风动金琅珰。'恍然如己语也。又偿独行山谷间，古墓夹道交荫，惟闻子规相应木

中国古典接受理论的独特范畴：亲证

间，乃知'两边山木合，终日子规啼'之为佳句也。又暑中濒溪，与客纳凉，时夕阳在山，蝉声满树，观二人洗马于溪中，曰：此少陵所谓'晚凉看洗马，森木乱鸣蝉'者也。此诗平日诵之，不见其工，惟当所见处，乃始知其为妙。"他所引杜甫三联诗，泛泛读去，只觉信笔写来，平淡乏味，但在实境下读之，便觉得或深邃清幽，或闲适恬淡，别有艺术魅力。在此情况下，诗中景致与实有景致相互映照激发，诗境就变得形象、鲜活，它的"妙"处也就格外鲜明地呈现出来。

三是有助于完成诗歌意境的建构。《诗经·周南·芣苢》："采采芣苢，薄言采之。采采芣苢，薄言有之。采采芣苢，薄言掇之，采采芣苢，薄言捋之。采采芣苢，薄言袺之。采采芣苢，薄言襭之。"这篇作品以字词和章句的反复重叠结撰成诗，没有深邃的思想，也没有新颖的意象和让人惊奇的表达方式，用现在的眼光去看，不免稚拙和单调。但当方玉润（1811—1883 年）用亲证和涵咏相结合的方式解读这首诗时，他却还原了诗歌建构的无比优美生动的意境，让人击节赞叹。《诗经原始》云："读者试平心静气，涵咏此诗，恍听田家妇女，三三五五，于平原绣野，风和日丽中，群歌互答，余音袅袅，若远若近，忽断忽续，不知其情之何以移，而神之何以旷，此则诗可不必细绎而自得其妙焉。今世南方妇女登山采茶，结伴讴歌，犹有此遗风焉。"方玉润是云南人，曾宦游陕西等地，并参曾国藩幕。所著《诗经原始》用"循文按义"的方法推求《诗经》本旨，是清人《诗经》学名著。他生长于少数民族地区，对原始民风的直接观察和体验，以之解释在类似情景下写成的《诗经》有关作品，便十分贴切和独到。解读《芣苢》，他强调要涵咏、品味，然后用诗化的文笔描写了诗中的意境，最后以南方民风证实之。反过来看，他实际是受到自己亲见的南方民风的启发才会有哪些美丽的联想，从而完成诗歌意境的建构。亲证在这里起了关键作用。

亲证法还能有效解决诗界的一些争议。李贺《雁门太守行》的开头"黑云压城城欲摧，甲光向日金鳞开"是向来被传诵的名句。王安石却认为两种景象不可能并存，诗歌所写违背常识，批评说："方黑云压城，岂有向日之甲光？"明人杨慎因议大礼得罪嘉靖帝，长流云南，他说在云南高原，他亲眼看到一边是黑云密布，一边是阳光灿烂的景象，因此认为李贺所写是真实的，并嘲笑王荆公"宋老头巾不知诗"。（《升庵诗话》）王安石解诗确实有较重的头巾气，如他指责李白诗"十九不离妇人与酒"，加以鄙视，就是心中的道学气作怪，在解读《雁门太守行》时，他又太老实和拘泥。杨慎用自己的亲历亲见解开了诗中似乎矛盾的现象，证实了李贺诗的真实性，纠正了王安石的错谬。类似争论还有关于张继《枫桥夜泊》的"夜半钟"是否失实的问题。欧阳修在《六一诗话》中说："诗人贪求好句，而理有不通，亦语病也。唐人有云：'姑苏城外寒山寺，夜半钟声到客船。'说者亦云，句则佳矣，其如三更不是打钟时。"胡仔的《苕溪渔隐丛话》前集卷二十三"夜半钟"条引叶梦得的《石林诗话》："欧公尝病其半夜非打钟时，盖未尝至吴中，今吴中寺实夜半打钟。"后集卷十五又引《遯斋闲览》说："尝过苏州，宿一寺，夜半闻钟声，因问寺僧。皆云：分夜钟，曷足怪乎？寻闻他寺皆然。始知夜半钟，惟姑苏有之。"这两条辩驳是极有说服力的。通过亲证，解决了诗史上这一聚讼纷纭的公案。

亲证法在解读诗歌时用得较多，但不意味着只能用于诗歌领域，其他文学体裁也同样适用。例如，脂砚斋在评点《红楼梦》十七、十八回时说："与余三十年前目睹身亲之人，现行于纸上。使言《石头记》之为书，情之至极，言之至恰，然非领略过乃事，迷陷过乃情，即观此，茫然嚼蜡，亦不知其神秘也。"鲁迅说："但看别人的作品，也很有难处，就是经验不同，即不能心心相印。所以常有极要紧、极精彩处，而读者不能感到，后来自己经验了类似的事，这才了然起来。"[3]小说多是虚构的，读者不大可能在现实中真正经历，但类似的生活经验是会有的。鲁迅已深刻指出，这种经验有助于领悟作品的"极要紧、极精彩处"。这是广义的亲证。亲证法在当代学术研究中也得到了运用，只是在概念上不那么自觉。20世纪80年代初，山东大学《杜甫全集》校注组曾沿着杜甫漫游和漂泊的路线踏勘，用实地景象印证杜甫作品，解决了许多问题，并写成《访古学诗万里行》出版（人民文学出版社，1984年）。现在，旅游已成为人们生活中的重要内容，在游览名山大川时，旅游者倘能用亲证法品味一下有关作品，当是别有韵味的。

最后要指出的是，亲证的作用是有限度的。亲证要求用接受者的真实经历验证作品的真实性，但文学作品表现的是艺术真实。艺术真实是在对生活真实进行提炼、加工的基础上产生的，是一种主客观相互转化、渗透、合一的独创性真实。接受者如果在解读作品时把文本中的真实完全等同于生活真实。用实际景象来衡量作品描写的真伪，一旦诗中景与实有景不相吻合就责怪作者失真，那不仅无助于理解作品，反而使作品变得索然无味。尤其是有些景和事根本就与实境无干，接受者倘若再拘泥于生活真实，就违背了文学创作规律和鉴赏规律。明人胡应麟、清人王士禛都对宋人解读韦应物的《滁州西涧》发生的失误进行了批评。《诗薮·外编》卷四："韦苏州'春潮带雨晚来急，野渡无人舟自横'。宋人谓滁州西涧，春潮绝不能至。不知诗人遇兴遣词，大则须弥，小则芥子，宁此拘拘？痴人前政自难说梦也。" 王士禛亲自踏勘滁州后说："西涧在滁州城西，宋太祖自清流关浮西涧以取滁州，亦非细流；昔人或谓西涧潮所不至，指为今六合县之芳草涧，谓此涧亦以韦公诗而名。滁人争之。余谓诗人但论兴象，岂必以潮之至与不至为据？真痴人前不得说梦耳。"（《带经堂诗话》卷十三）王士禛先是认为西涧水流不小，不能否定潮水的存在；然后同意胡应麟的观点，指出不能以潮之有无衡量诗之是非。他的看法较为辩证。接受者只有认识到亲证的限度，才不会变成古板拘泥的"痴人"。此外，时代不同，自然景观会有所变化，以今证古，便难免隔膜。谢枋得中秋夜泛大江，进一步领略了东坡赋之美，而今人恐怕再也看不到月白风清、水天一色的美景了，因为长江已经变得浑浊，东坡赋里的长江之美只能留存在记忆里，出现在想象中，想来令人浩叹。

原载《东方丛刊》2002 年第 1 期。

注释：

[1]中华书局《书品》2000 年第 1 期。

[2]《涵芬楼文谈·写景》，转引自黄鸣奋《论苏轼的文艺心理观》，海峡文艺出版社 1987 年版，第 143 页。

[3]《鲁迅书信集》上卷，人民文学出版社 1976 年版，第 399 页。

先秦至魏晋南北朝文学研究

夸父是谁？ ··张立新

一、死过两次的夸父

夸父是谁？这不是一个考据学或历史学的问题，而是一个神话学、宗教学、诗学问题，一个解释学问题。

夸父的故事记载于《山海经》，其《海外北经》所记"夸父逐日"之事最为著名：

> 夸父与日逐走，入日。渴，欲得饮，饮于河渭，河渭不足，北饮大泽。未至，道渴而死。弃其杖，化为邓林。

> 夸父国，在聂耳东，其为人大，右手操青蛇，左手操黄蛇。邓林在其东，二树木。一曰博父。

这是一个关于巨人的神话。这个巨人因追赶太阳而死，他的国家因此叫夸父国，桃林所在，也言之凿凿。但是夸父之死，另有一说，同样见于《山海经》。其《大荒东经》曰：

> 大荒东北隅中，有山名曰凶犁土丘。应龙处南极，杀蚩尤与夸父。

《大荒北经》更将二说合在一起：

> 大荒之中，有山名曰成都载天。有人珥两黄蛇，把两黄蛇，名曰夸

父。后土生信，信生夸父。夸父不量力，欲追日景，逮之于禺谷。将饮河而不足也，将走大泽，未至，死于此。应龙已杀蚩尤，又杀夸父，乃去南方处之，故南方多雨。

如果说神话中有着历史的影子，也就是说，我们把夸父认做中国远古洪荒时代的一位英雄，一位原始部落的领袖，那么历史是多么诡谲，在这相互矛盾的传说中有着怎样的历史迷雾？夸父是死过两次或死而复活的人。他是死于应龙之手还是死于追赶太阳的途中？他是怎样死里逃生或死而复活的？这一切，对于后人来说，都是千古之谜。

对于夸父死于应龙之手的说法，中国一般研究神话的学者大都认为夸父事实上是卷进了一场战争之中，因战败而被杀："盖夸父与蚩尤同为炎帝之裔，在黄炎斗争中，蚩尤起兵为炎帝复仇，夸父亦加入蚩尤战团，以兵败而俱被杀也。"炎黄之战以及黄帝蚩尤之战，史书多有记载，清代马骕著《绎史》时引《新书》云："炎帝者，黄帝同母异父兄弟也，各有天下之半。黄帝行道而炎帝不听，故战于涿鹿之野，血流漂杵。"战争的起因语焉不详，孰是孰非，已难作论断，但战争的惨烈与恐怖，却是不难想象的。"血流漂杵"这几个字，把历史的血腥与血污表现得淋漓尽致。

但问题是，为什么有夸父逐日的故事？夸父为什么要去追赶天上的太阳？如果历史的夸父与神话中的夸父有某种隐微的关联，那么这种关联是什么？

二、象　征

夸父逐日的故事常为后人所津津乐道，但似乎大都采取了历史的眼光。民间有种种夸父追日遗迹之传说。唐张鷟的《朝野佥载》卷五云："辰州东有三山，鼎足直上，各数千丈。古老传云，邓夸父与日竞走，至此煮饭，此三山者，夸父支鼎之石也。"《太平御览》卷四七引《郡国志》云："台州覆釜山……有巨人迹，云是夸父逐日之所践。"同书卷五六引《安定图经》云："振履堆者，故老云夸父逐日，振履于此，故名之。"当代的神话学研究者这样解释《山海经》所述夸父被应龙所杀与死于追日之间的矛盾："夸父似又为一巨人部族名。追日夸父仅此部族之一员，正如蚩尤兄弟有八十一人或七十二人，蚩尤特其首领然。"这些传说和解释，所用的都是历史的或史学的思维方式，他们似乎都相信，在华夏大地的远古时期，确实有一个被称为夸父的巨人，曾经不自量力地去追赶天上的太阳，他死于追赶太阳的途中。但如果这是一个真实的历史事件，它对我们有什么意义呢？我们有什么必要对它念念不忘津津乐道？就生的意义来说，追日的夸父与参加了蚩尤军团为炎帝复仇的夸父有何不同？就死的意义来说，追日而死的夸父与战败被杀的夸父又有何不同？夸父原本就是一个巨人，还是追赶太阳的举动使他成为一个巨人？

在实用理性的视野中，夸父逐日之举是绝对的痴愚和荒唐。想象一下，你在荒野之中突然碰上一个"珥两黄蛇，把两黄蛇"的奇怪男子，这男子在地上拼命地往前奔跑，他告诉你说他要去追赶天上的太阳,你心里是怎样一种感受？你能说他是一个理智健全的人吗？"这个疯子！天上的太阳是你追得上的吗？"每个人都会这么认为。是的，仅仅从生活的常识出发，每个心智正常的人都知道一个人无论怎样高大威猛或擅长奔跑，都不可能与悬于空中的太阳竞走，尽管当时的人类对这一现象背后的真相一无所知。但是，毕竟有了夸父逐日这个故事，而且这故事又是那样为人所津津乐道，那么，这故事到底触到了人的内心深处的哪根神经呢？

按照马克思给神话所下的定义：神话是"在人类幻想中经过不自觉的艺术方式所加工过的自然与社会形态"。这也就是说，神话具有艺术的特性，或者如黑格尔所说是"艺术前的艺术"，它与其他艺术形式一样，也是一种"有意味的形式"。而作为一种独特的艺术形式，神话思维最突出的特点就是隐喻与象征手法的运用。按黑格尔对艺术与美的理解，"美是理念的感性显现"，所以，在象征型的艺术中，理念"要在它本身以外的自然界事物和人类事迹中去寻找它的表现形式。理念既然要用这种客观事物隐约暗示出自己的抽象概念或是把它的尚无定性的普遍意义勉强纳入一个具体事物中，它对所找到的形象就不免有所损坏或歪曲。因为它只是随意性地把握这些形象，不能使自己和这些形象融为一体，而只达到意义与形象的遥相呼应，乃至只是一种抽象的协调"。正因如此，象征型艺术的"意味"是晦暗不明或模棱两可的。黑格尔认为，研究神话的科学就要以揭示这种隐藏的意义为它的任务，不管神话外在的形式怎样荒诞不经，夹杂了几多幻想或偶然成分，归根到底，它总是出自人类心灵，总要含有意义，而"就人类心灵所创造的图形和形象来找出人之所以为人的道理，这是一种高尚的事业，比起堆砌浮面史实的勾当要高尚得多"。这也就是说，神话是表现人的心灵的，尽管它可能与某些史实有关联，但我们从神话中要倾听的是古人的心声。就夸父逐日的神话来说，感性的世界是"歪曲"了的，夸父的行为因这种歪曲而显得荒唐可笑。但它要表达的"理念"是什么？是什么使这个外表荒诞的故事触动人心？

三、宗教旨趣与生存理念

当我们试图对夸父逐日作象征性解读的时候，首先碰上的一个问题是，从抽象的意义上说，太阳，这个人类每天都要面对，与人类的生活密切相关，既司空见惯又神秘难测的可望而不可即之自然物象，它所可能被赋予的象征意味是什么？换句话说，如果我们认为夸父不是一个疯子，而是一个英雄或神人，那么，是什么东西让他如此痴迷，如此执著，以至以生命为代价去追求？

读夸父逐日的故事，你会感觉其中有生气灌注，有宗教般的激情与虔敬。夸父逐日，会不会是暗喻人类精神的一种提升，表达远古人类对生命意义和价值的新的理解？为了说明这一点，我们不妨把那首名为《弹歌》的原始歌谣拿来和夸父逐日作个联系，因为它们都产生于原始社会，且有一个共同的主题——追逐。《弹歌》因保存在东汉人赵晔所著的《吴越春秋》中得以流传，几乎任何一部文学史的著作都要提到它：

断竹，续竹，飞土，逐肉。

一般文学史家都把这首歌谣引用来作为一个有力的证据，论证马克思主义关于文学艺术起源于劳动，文学艺术必然反映社会生活的观点，这当然是不错的。这是一首歌唱狩猎生活的歌谣。那个时代，狩猎，是人的生活的重要内容，是其主要的劳动方式。劳动创造了人类，也创造了艺术。能够制造劳动工具，是人类进化过程中一个质的飞跃，正是这个飞跃才使人从动物界分离出来。这是一件让人感到特别自豪特别得意的事情，所以，歌者一开头就唱："断竹，续竹……"歌声中似含有炫耀的意味。闭上眼睛，可以想象得到狩猎场面的鲜活与生动，猎手跃动的身姿如在眼前，激情的呐喊如在耳边。二言句式的短促节奏和透着野蛮气息的歌词甚至让你真切地感受到那急迫奔跑的脚步和急促的喘息之声。

对于人的生活或生存来说，《弹歌》可不可能为我们提供更多的思考？《弹歌》向我们展示的，是怎样一种生存状态？虽然人凭着自己的智慧可以制造工具，并借着这种工具捕获猎物以养肉身，这确实是一件值得炫耀的事情，但人的生存，却是以"逐肉"为基本内容。以"逐肉"为基本内容的生存是一种劣质的生存，在这样的生存境况中，人与幸福无缘。为什么呢？我们不妨把《弹歌》的意义略为引申一下。人既然已从动物界中分离出来，说明他已意识到自己高于禽兽，所以他运用自己的智慧和技能捕杀禽兽以满足自己物质生活的欲求就是一件天经地义的事情。不幸的是，人有时很难守住某些自以为神圣的界线：人与兽的界线、种族的界线、亲族的界线……人可以捕杀禽兽，也就可以因相同的理由用相同的手段捕杀同类。所以，从象征的意义上来说，处在劣质的生存状态中的人类社会，本质上就是一个狩猎场。正是在这个意义上，汉语中诸如"逐鹿中原"、"不知鹿死谁手"这样的话语，实在是意味深长。而这个狩猎场的诡谲之处却在于：每个人都是猎手，同时又可能都是猎物，场景不同，角色可能因此而转换。人走出了丛林，但仍生活于丛林之中。人自以为比禽兽高明，可最终很可能证明自己无异于禽兽，甚或比禽兽还要低劣。在人类进化的历史上，相关的案例不胜枚举，可信手拈来，比较极端同时也让人触目惊心的莫过于同胞骨肉的相互残害了。犹太《圣经》记有该隐杀弟的事件，中国的典籍说发生在中华先祖炎帝与黄帝兄弟之间的那场恶战，"伏尸百万，流血漂杵"。这是不是如马克思所说的人的"异化"？

《圣经》说，该隐杀死弟弟亚伯之后，"人才求告神的名"。人被自己的罪恶惊呆了。人深刻地意识到自己需要神的拯救，而这也即是人类"文明的开始"。中国神话中也有神的救恩，女娲补天的故事就象征了神的恩典。"四极废，九州裂。天不兼覆，地不周载。火爁焱而不灭，水浩洋而不息，猛兽食颛民，鸷鸟攫老弱"的深重苦难，可能来自于天灾，更可能起自于人祸。人在巨大的灾难面前深感自身的软弱与渺小，人需要神的拯救。至此，我们是否可以对夸父逐日这一怪异行为作一个神学的猜想：

　　涿鹿战后，夸父一身血污，死里逃生，"伏尸百万，流血漂杵"的恐怖场景让他惊魂不定，手沾的鲜血怎样也不能洗净。他在荒原中如死尸般游走，不知身在何处。……大约是某个早晨，他从噩梦中惊醒，抬头仰望苍穹。早先，他从未认真地面对过、留意过这个虚空。太阳出来了，红红的，圆圆的。阳光下的世界既丑陋又美丽。阳光照在夸父身上，照着他身上的血污，似乎要把那血污一点点舔去。冰凉的肉身慢慢有了暖意，这种暖意渐渐及于内心深处。就在那一瞬间，夸父有了一种沐浴神恩的感动。他知道自己获救了，他因这种感动落下了眼泪。这是他平生第一次流泪。让他感到惊奇的是，眼泪不仅浇灭了他心中那复仇的烈焰，也洗净了他身上的血污。他从地上站了起来，迈开大步迎着太阳跑去。也即从那一刻起，原先的那个夸父真的死掉了，一个新的生命开始了自己的人生旅程。

神话中带着宗教的旨趣，而艺术是"最早的对宗教观念的形象翻译"。黑格尔把古代神话的象征手法称为"不自觉的象征"，他举例说："古代波斯教把自然界的光，即发光的太阳、星辰和火，看做绝对的神，不把神和光分别开来，不把光看做仅仅是神的表现、写照或感性形象。神（意义）和光（神的实际存在）是统一的。如果把光看做善、正义、福气、生命的支援者和传播者，那也不是把光看做只是代表善的形象，而是把光和善看做一回事。"这也就是说，太阳，作为天空中最大的发光体，它给人的感觉是神圣的，它能引发人的无穷遐思。世界上很多民族都有过对太阳神的崇拜，《尚书》记载夏桀曾狂妄地以太阳自比，人民却诅咒他"是日何时丧，予与汝偕亡"，从反面证明太阳意象在当时生活中已具有神圣意义。《诗经·卷阿》歌唱王者之盛德："凤凰鸣矣，于彼高冈。梧桐生矣，于彼朝阳。"也明显给人以崇高神圣的感受。在西方经典中，约翰更把道成肉身的耶稣比作"光"："那光是真光，照亮一切生在世上的人。"作为人类文化中具有普遍意义的一个象征性意象，在经历了一个从不自觉象征到自觉象征的过程之后，太阳（或光）不仅可以象征神，也可以象征真理、正义、理想等与人的幸福密切相关的美好理念。

我们虽然不能确知夸父是否从殷红的血污中，从神秘的苍穹和暖暖的日光中窥见了神或黑格尔所说的"绝对"，也不可确知夸父心中的神有着怎样的"意义"，但有一点似乎是可以肯定的：在象征的意义上说，从"逐肉"到"逐日"的转变是人类社会质的飞跃，夸父逐日的故事中显然蕴涵着远古先民对生命意义的重新思考，其中隐含着一种与逐肉谋食完全不同的生存理念。夸父是中国文化史上第一个仰望太空思考神恩的人，是中国先民中第一个理想主义者。夸父身上有着神性的东西，他的执著精神，他的力量与意志，他的炽热之情，都是神性在凡人生活中的显现。正是这种神性的东西，使原本可能极普通的夸父成为一个巨人，一个伟大的人，但在世俗的眼中，夸父的行为又是不可理喻或不合乎人情的，称他为"夸"，就包含着这双重的意味。这是一个理想主义者和俗人的距离，也许正因为这种距离，夸父在人眼中才显出崇高和卓越的美的特质。回到前面的问题上，我更愿意相信，正是逐日之举，使夸父成为中国文化史上一位真正的巨人，那响自洪荒时代的足音，至今仍然如同激越的鼓点，催人奋进。

四、悲　剧

然而，夸父逐日故事的结局却有着浓厚的悲剧色彩。夸父死了。怎么死的？如果按照郭璞的注释，"入日"，"言及于日将入也"，那么夸父是被太阳烧死的。但又有不同的校本，说"入日"当为"日入"，意思是太阳下山了。夸父苦苦追赶太阳，可太阳对他来说永远是可望而不可即的。为了追赶自己眼中或心中的这个可望而不可即之物，他累死了，渴死了。想象一下那个凄凉而萧瑟的场景：夸父倒在了神州大地的某一座山梁上，晚风是他葬礼的哀乐，沉沉的夜色是他的棺椁……这个一生追寻理想的人，生命却被理想所烧毁；这个一生追求光明的人，死的时候却被夜色所笼罩。还有比这更令人惊心动魄黯然伤神的悲剧吗？

黑格尔认为，"原始悲剧的真正题旨是神性的东西，这里指的不是单纯宗教意识中那种神性的东西，而是在尘世间个别人物行动上体现出来的那种神性的东西……在这种形式里意志及其所实现的精神实体就是伦理性的因素。这种伦理性因素就是处在人世现实中的神性因素"。黑格尔所说的这种显现在尘世间个别人物行为中的具有神性的伦理因素是什么呢？就是理想。作为一种不自觉的象征艺术，夸父逐日的题旨应该就是黑格尔所说的这种"处在人世现实中的神性因素"。所以，夸父逐日不是神的故事，而是人的故事，它所表达的是人的生命体验。夸父形象所显现的崇高感，意志力，是人类心灵的声音。人渴望超越现实，超越异化的生存状态（逐肉），按照自己的理想去生存，去实现人的真正本质。但是，一个理想主义者的结局竟然如此悲凉，如果说，"艺术作品的任务只是把精神的理性和真理表现出来"，那么，这个悲凉结局的真理性何在？其中蕴涵了怎样的理性精神？

按黑格尔的悲剧理论来解释，悲剧产生于矛盾冲突。夸父悲剧命运的形成是因为理想与现实之间存在不可逾越的距离：从神话的表层结构来看，一个只能在地上奔跑的人，竟然痴迷地去追赶天上的太阳，一开始就意味着结局的悲凉。就悲剧人物的性格来说，"不自量力"，行为荒诞，不合乎人情，或者"知不可为而为之",都是可能的解释。而从神话的深层结构或潜在结构来看,如果"太阳"这一意象确实承载了某种理念的东西,比如:神、绝对、真理、正义、美德、幸福、爱情……谁能一开始就看清楚最终的结局?谁能不行动就明白上帝给自己所设的"疆界"?在"追日"的路上,生命难道不是一次又一次的探险和揭谜?更何况,就人的有限性而言,"神"或黑格尔所谓"绝对",根本上就是可望不可即之物。你从神恩分享神性的光辉,但你永远不可能成为神;你从现象中隐约窥见"绝对",但你本身永远是相对之物。你追寻真理、正义、美德,难保不被你所追寻之物灼伤;你追寻幸福和爱情,很难说却因此而坠入不幸或痛苦的深渊中。这似乎是人生的诡谲与无奈,但这是人必须要面对的。亚里士多德说,悲剧的作用在于"引起哀怜和恐惧"以达到心灵的净化,黑格尔说,真正的哀怜,"是对受灾祸者所持的伦理理由的同情,也就是对他所必然显现的那种正面的有实体性的因素的同情"。"悲剧人物的灾祸如果要引起同情,他就必须本身具有丰富内容意蕴和美好品质,正如他的遭到破坏的伦理理想的力量使我们感到恐惧一样,只有真实的内容意蕴才能打动高尚心灵的深处。"也许,夸父真正可以算得上是一位"具有丰富内容意蕴和美好品质"的悲剧人物,但夸父悲剧对人的心灵的净化,不仅是由于哀怜与恐惧,更是由于崇敬与震撼。如果你对夸父所持的伦理理由深表同情(认同),而你对人生的诡谲与无奈又有深刻的认识,那么,夸父身上的伦理力量和他的悲凉结局在你心头引起的情感就不是恐惧,而是一种深深的震撼。你心头的火焰会因此点燃,你生命的激情将如海涛般汹涌。如果说,生命的最终结局都是肉身的死亡,这是上帝给人的局限,那么,重要的是怎样生存。如果说,生命的意义不在于你最终拥有了什么,而在于你是否有过美好的理想和追求,那么,坦然面对人生的悲凉,甚至把生命中的痛苦也作为幸福人生的一部分来享受,就是一个理想主义者的必然选择。也许,正是在这个意义上,尼采对悲剧的产生及其作用所做的解释是富有启示性的。尼采认为悲剧艺术产生于日神精神与酒神精神的交融,"悲剧一方面像音乐一样,是苦闷从内心发出的呼号;另一方面,它又像雕塑一样,是光辉灿烂的形象"。他对代表迷醉状态的酒神精神尤其情有独钟:"肯定生命,哪怕是在它最异样最艰难的问题上;生命意志在其最高类型的牺牲中,为自身的不可穷竭而欢欣鼓舞——我称之为酒神精神,我把这看做是通往悲剧诗人心理的桥梁。不是为了摆脱恐惧和怜悯,不是为了通过猛烈的宣泄而从一种危险的激情中净化自己,而是为了超越恐惧和怜悯,为了成为生成之永恒喜悦本身——这种喜悦在自身中也包含着毁灭之喜悦。""相信我所说的狄奥尼索斯的生命与悲剧的再生吧！握住狄奥尼索斯的手杖吧！"尼采激情地呼唤。他在呼唤超人，呼唤超越恐惧与怜悯的诗意人生。夸父可否称为中国的狄奥尼索斯？

夸父死了，他死的时候是一个巨人。他的手杖神奇地化为一片桃林。《列子·汤问》说夸父"弃其杖，尸膏肉所浸，生邓林，邓林弥广数千里焉"。夸父的血肉，已融入中华文化的沃土，夸父的精神，将在中华文明之树上再生。旭日升起，千里桃林一派生机。"桃之夭夭，灼灼其华"，晓风为夸父吟唱生命的赞歌……

此文曾载于《南菁学人论坛》第 2 辑，云南人民出版社，2006 年。

信仰：《诗经》价值系统的重要维度

张立新

一

《诗经》是中国第一部诗歌总集，同时也是中国人第一部文学的读本。这个文学的读本在中国的文化史上曾发挥过非常重要的作用。收集在这个读本中的 305 首诗篇，据说产生于从西周初年到春秋中叶五百多年漫长的历史时期，但至迟到孔子的时代，这些诗篇已编辑成册，并在当时的社会生活中有着广泛而深刻的影响。"不学诗，无以言"，"人而不为《周南》、《召南》，其犹正墙面而立也欤"？孔子对学生的谆谆教诲，表明"诗三百"对于当时的士人来说，已是多么的不可或缺。"诗三百"在社会交往中的重要作用，使之具有某种今天的人们称之为"话语霸权"的地位，所以孔子说一个人如果没有关于"诗三百"的知识，你几乎不可以开口讲话。不仅如此，它还是人生实践的指南。孔子不仅强调"学"，同时也强调"为"，即强调其实践的意义。"正墙面而立"，似乎是比喻一种很局促尴尬的生活境况，没有方向，也没有前途。"诗三百"在孔子眼中是如此重要。在《诗经》的接受史上，不同时代的人们受特定时代文化观念的影响，他们对《诗经》的阅读旨趣表现出了极大的差异来。汉代的经学和文学原本混杂，其文化上的共同旨趣在于美刺与教化。诗人被称为"风人"，而"风"与"讽"相通，《毛诗序》说"上以风化下，下以风刺上，主文而谲谏"，所以整个汉代的文学思想是以讽谏为基本原则的，"以三百篇为谏书"，自然成为《诗经》接受史上的一件趣事。[1]汉代社会的统治思想同时又直接承袭了荀子"隆礼重法"的理念，所以汉儒解诗每每牵附到礼教上去，把对《诗经》的解读与王道政治联系在一起。[2]到了宋代，程朱理学"尊天理，窒人欲"，而他们所理解的天理，又多半指的是儒家所认可的纲常伦理之类，所以此时思想极端的儒者，竟然把《诗经》中一些表达男女之间爱欲的篇章，直接指斥为淫诗，把那些自由恋爱的女子斥为淫妇，这种态度，与孔子所说"诗三百，一言以蔽之曰，思无邪"已相去甚远了。[3]五四新文化运动之后，学术界对《诗经》的接受可以说换了一个全新的姿态：由于自由恋爱观念的深入人心，早先被解读为刺诗或淫诗的篇章，因此获得了正面的积极的价值认同而被称之为美丽的恋歌，而后又由于马克思主义社会学和文艺学的影响，《诗经》中那些反映下层社会劳动者生活与情感的篇章受到了特别的重视。人们从《诗经》中读到了阶级压迫，读到了阶级的反抗与斗争，读到了对统治者罪恶的控诉与批判……《诗经》是周代社会的一面镜子，是中国文学中现实主义（写实主义）的滥觞，几乎是学术界众口一词的定论。纵观两千多年的《诗经》接受史，尽管有着鲜明的时代烙印，但人们在强调《诗经》某些内容的时候，似乎都有意无意地抹杀或回避着《诗经》中的另一些内容。人们很少注意《诗经》各个部分之间的关联性，根本就没有把它作为一个相互联系不可分割的整体来接受。

在"诗三百"的时代，宗教情感曾被视为人的情感中最高级的东西。《周礼》中讲到"大师教六诗，曰风，曰赋，曰比，曰兴，曰雅，曰颂"，流传至今的《诗经》文本，在编排上也是以风、雅、颂为序的。为什么这样呢？按笔者的理解，这体现了一种循序渐进、由低到高逐级提升的过程。西周的文化原本重教化，所谓礼乐文化就是一种重教化的文化，后来孔子将一个君子成长的过程概括为"兴于诗，立于礼，成于乐"。"诗三百"在当时应该说就是一部由官方编定的启蒙教材。"六诗"，又称为"六义"，相当于说与"诗三百"相关的知识有六个重要的范畴或关键词。后人多认为风、雅、颂是诗三百的类型，是以乐调的不同所做的分类，赋、比、兴是歌词创作所用的艺术手法，但为什么《周礼》和《毛诗序》提到"六诗"或"六义"的时候却以风、赋、比、兴、雅、颂为序呢？这有点让人百思莫解。[4]让我们尝试回到大师施教的情景之中。教学从学习通俗易懂的《国风》入手，大师把学子们带进风诗的情感世界中，然后要求学生对艺术的手法有所认知（事实上，赋、比、兴的方法在《国风》中的运用是最为普遍也最为鲜明的），最后再来学习那些文字古奥艰涩的雅诗和颂诗，由浅入深，由易到难，正是一种合乎逻辑的认知方式。但这里令我感兴趣的不是大师的教学方法，而是"诗三百"从文化视角来观照的雅和俗的分野及合流。

中国文化历来有所谓"雅"、"俗"之别。"雅"与"高"相关，曰"高雅"；"俗"与"低"相连，曰"低俗"。低俗不是罪，而是一种生存状态。在艺术的领域，高雅的命之为"阳春白雪"，低俗的呼之为"下里巴人"。这一文化上的分野，源头当自"诗三百"开始。"雅者，正也。"（《毛诗序》）把"雅"乐解释为正乐，似乎不仅仅是音乐的旋律上与地方土乐的不同，其所唱歌词的内容与国风的差异也很大，且雅诗多为贵族之诗，风诗多有民歌风味。[5]从诗歌语言的风格来说，雅、颂因出自贵族之手，内容上又多半与国家的政治及宗教活动相关，因此也相应地显现出威仪典重的特色，后人也就把这样的艺术风格称为"雅"；国风多采自民间，内容多与日常的生活相关，因此更多地显出自由奔放和口语化的特色，后人把这样的艺术风格称为"俗"。如果我们把"诗三百"的内容按文化类型来做一个划分，则大致可以划出三个不同的层面来：

第一层，人生活在纯感性的世界中，其喜怒哀乐皆源自最基本的生存诉求，"食、色"二字可以概括之。

第二层，人的生存上升到理性和政治的层面，人不仅关注自身的生存，也关心国家与社会，诗人出于理性的思考，出于理想主义的激情，对当下的存在往往持批判的态度。

第三层，宗教的、信仰的层面。充满苦难与纷扰的人类，抬头仰望太空，祈求神恩。

简言之：风、雅、颂构成了《诗经》价值系统的三个维度：饮食男女—家国天下—宗教信仰。160首风诗中约140首直接关涉饮食男女和日常生活，雅诗则80％以上关乎家国天下。颂诗原本就是庙堂之歌，自然与宗教信仰相关。颂诗中鲜明地显示出神鬼并祀，祖先崇拜与上帝崇拜相混杂的特点。从普世宗教的意义上来说，单纯的祖先崇拜是没有价值的，因为普世宗教关注的是人生终极的价值，只要人生的目的不被理解为传宗接代，单纯的祖先崇拜就显然不具备终极的价值观。如果颂诗的功用在于"美盛德之形容"，那么，盛德之根源，也当出自那具有本体论意义的至高神。只有敬畏上帝的祖先，才是可称颂的。[6]所以，决定周人宗教信仰状态的，是上帝崇拜，而如果宗教信仰不仅仅是一种公开的仪式，它还关乎生命个体的精神状态，那么，"诗三百"雅诗中的上帝观念更值得关注。上帝在雅诗中（特别是大雅中）频频出场，说明周代的贵族精英较普遍地怀有宗教的精神：对一个至上神的信仰与崇拜，同时也表明这种宗教精神已渗透到政治生活的层面。[7]限于文章篇幅，本文重点讨论《诗经》价值系统的第三个维度：宗教信仰。

中国文化中上帝崇拜的源头或许可以追溯到"诗三百"以前的时代。按照《尚书》和《论语》的相关记载，尧、舜、禹三世的禅让制度就是建立在上帝崇拜的宗教文化基础之上的。当尧准备把天子之位传给舜的时候，有一番谆谆告诫："咨！尔舜！天之历数在尔躬，允执其中！四海困穷，天禄永终。"舜把天子位传给禹，也有一番话语："予小子履，敢用玄牡，敢昭告于皇皇后帝，有罪不敢赦，帝臣不蔽，简在帝心。[8]朕躬有罪，无以万方；万方有罪，罪在朕躬。"（《论语·尧曰第二十》）我们不难体会到这些话语中浓浓的宗教文化氛围"天之历数在尔躬，允执其中"，等于说是上帝拣选了你，上帝把责任交在你肩上了，你要按上帝的旨意行事，执政要公平。"天禄"，是上帝所降的福分，如果你把天下弄得一团糟，使之陷入困穷之境地，上帝的恩典将与你无缘。这是一种很严重的警示。用一头黑色的公牛做牺牲，虔诚地向上帝祈祷：上帝呵！罪与罚，皆出自您的裁决，我把这赦罪的权柄，也交托给您，作为上帝的仆人，我在上帝面前无所隐瞒；上帝呵！一切选择，都出于您的智慧与大能，但我既为天子，我愿为天下苍生向您祈祷：如果我身陷罪中，请不要因我的罪过祸及天下百姓；如果罪在天下百姓，也请让我一人来承受上天的惩罚吧！"朕躬有罪，无以万方；万方有罪，罪在朕躬"，这就是后世深受儒家文化所称赏的神圣君王的崇高人格，俨然有一个宗教家"担荷人类罪恶之意"了。孔子曾满怀敬意地对他的学生谈及尧：

> 大哉！尧之为君也。巍巍乎，唯天为大，唯尧则之。荡荡乎，民无能名焉，巍巍乎，其有成功也。焕乎，其有文章。（《论语·泰伯第八》）

孔子说，尧真是历史上一位伟大的君王呵，他就像是屹立于一座高山之巅，雄视千古。可尧之所以伟大，却在于他敬畏上帝，行上帝之道。"唯天为大，唯尧则之"，在尧的精神世界中，天（上帝）是至高至大者，而这世间，也只有如同尧那样的人才能行上帝之道，按上帝的法则行事，一般庸人，对那至高至大而又似乎虚无缥缈的上帝却并不认识。如果《论语》所记是真实可信的，那么我们可以得出这样的结论：早在尧、舜时代，华夏民族就已经产生了类似于犹太宗教的一神教的信仰。我们虽然无法考证华夏文明与地域上与之相距不是太远的犹太文明在其早期形成过程中有无相互的影响，但就宗教形态上来看，二者的相通是显明的。[9]

二

现在让我们回到"诗三百"中雅诗相关文本的阅读，以此来了解周人的宗教观念。

> 皇矣上帝，临下有赫。
>
> 监观四方，求民之莫。

　　这是《大雅·皇矣》开篇的诗句，起头便用十分肯定的语气确认上帝之在，赞美上帝的伟大与崇高。[10]这四句诗也表达了周人对上帝属性的认识：上帝是至高无上者，人在下，神在上，人在上帝面前是卑下的；上帝是光耀者，是光明之源，他像火炬一样穿透世间的黑暗；上帝具有人的位格，他有一双明察秋毫的巨眼，静观人间；他是人间正义的主持者，是人为善的根据。在信仰者心中，没有什么东西可以如上帝那样显赫；没有人的眼睛可以如上帝的慧眼那样明察；正因为相信上帝本质上是善的，他关心着众生之疾苦，所以人之善行才显出其意义和价值。上帝之公义，上帝之仁慈，上帝之大能，在《皇矣》、《大明》等诗篇中一再受到肯定和称颂。"上帝耆之，憎其式廓。乃眷西顾，此维与宅。""帝省其山，柞棫斯拔，松柏斯兑。"商的败亡和周的兴起，让人深深地感受到了上帝拣选的公义和惩恶扬善的大能。[11]人信仰上帝，就从神恩分享神性的光辉，从大能的上帝求得信心和力量。《大明》记载武王伐纣时曾誓师牧野的事件：

> 殷商之旅，其会如林。
>
> 矢于牧野，维予侯兴。
>
> 上帝临女，无二尔心。

　　强敌当前，周人以为克敌制胜的法宝不是别的，而是从上帝那儿获得的信心和勇气。勇士呵！上帝与你同在，你将无所畏惧，无坚不摧！由此，我们可以看到上帝崇拜对周代社会的深刻影响。

　　"雅诗"文本不仅确认了上帝之在，确认了上帝公义与善的属性，同时还确认了上帝与人的父子关系：

> 厥初生民，时维姜嫄。生民如何？克禋克祀，以弗无子。履帝武敏
> 歆，攸介攸止，载震载夙，载生载育，时维后稷。　　诞弥厥月，先生
> 如达。不坼不副，无菑无害，以赫厥灵。上帝不宁，不康禋祀，居然生
> 子。诞置之隘巷，牛羊腓字之；诞置之平林，会伐平林；诞置之寒冰，

鸟覆翼之。鸟乃去矣，后稷呱矣。实覃实讦，厥声载路。

以上引自大雅《生民》中的这节诗讲述了周族始祖后稷出生的相关神迹。司马迁在《史记》中也有着相似的记录：

> 周后稷，名弃。其母有邰氏女，曰姜原。姜原为帝喾元妃。姜原出野，见巨人足迹，心忻然悦，欲践之，践之而身动如孕者。居期而生子，以为不祥，弃之隘巷，马牛过者皆辟不践；徙置之林中，适会山林多人，迁之；而弃渠中冰上，飞鸟以其翼覆荐之。姜原以为神，遂收养长之。初欲弃之，因名曰弃。

作为历史学家的司马迁，看来是相信了《诗经》中关于后稷的神迹。当代的《诗经》学者一般把《生民》视为周族史诗，认为后稷的故事是关于周族始祖的一个具有较浓神话色彩的传说。更有人以科学的思想来解读后稷神话："稷"为五谷，姜嫄即姜水平原，鸟是太阳。后稷神话反映了古代人类对自然现象的认识："田地长庄稼，太阳使种子发芽。"[12]这样的解释固然简单明了，但却与人类的精神无关。与对夸父神话的解读一样，后稷神话，也不应该以科学的思维来解读，因为后稷神话契合了宗教观念中的"上帝有灵"之说，其宗教意味远远超过了史学的或科学的价值。[13]我们解读《生民》全诗，有五个要点是不应该忽视的：（1）姜嫄感神灵而生后稷；（2）后稷被弃并以"弃"为名；（3）后稷历经险境而不死；（4）后稷成为农业文明的开创者；（5）后稷对上帝的虔敬侍奉。

在这个传说中，人不仅认可了上帝之存在，而且还明确了人与上帝的关系。周族始祖后稷既是人之子，又是上帝之子。通过后稷，人指认上帝为自己的父亲，从而建立了自己与上帝在精神上的联系。但按着《生民》的叙事，上帝之子——一个伟大民族的古老父亲，竟然曾经是一个可怜的弃婴，这真叫人感叹歔欷。后稷为何被弃？又因何而得救？这个问题曾经让楚国诗人屈原困惑不解，他在《天问》中发问说："稷维元子，帝何竺之？投之于冰上，鸟何燠之？何冯弓挟矢，殳能将之？既惊帝切激，何逢长之？"[14]他说后稷既然是上帝之子，上帝为什么要毒害他？既然把他弃于寒冰之上，又为何让一只大鸟来温暖他？他既然让上帝受了惊吓，上帝又为何让他长大？屈大夫百思莫解。后稷被弃的事件到底有着多大解释的空间？

如果这一事件与信仰相关，那么我们可以看出的是：姜嫄似乎是信仰上帝的，"克禋克祀，以弗无子"说明她曾经祈祷，求上帝赐给她儿子。可当叙述到姜嫄顺利分娩，生下的胞衣不破裂之时，为何要说"上帝不宁，不康禋祀"呢？[15]上帝为什么不安？为什么对"禋祀"感到不快乐？一种可能的解释是：明察秋毫洞悉人心的上帝，知道姜嫄的心思并不虔诚。人一方面祈求上帝，另一方面并不相信上帝的大能，并不全身心地倚靠上帝，并不准备把自己完全交给上帝；人在其隐秘的内心深处总是疑虑重重。这种信仰的状态在宗教的历史上并不鲜见，即便在一个宗教文化传统十分深厚的民族中也是如此，[16]更何况华夏民族的宗教文化土壤远远说不上深厚。尽管姜嫄使上帝不安宁、不快乐，但上帝还是想成就周人，"居然生子"，显示了上帝特别的恩赐。但上帝似乎还是要试炼姜嫄的信心，要显出他的灵异来，所以才有"不坼不副"的怪异与反常。十月怀胎，生下个圆圆的大肉球；向神祈祷，得到的却是一个怪物。这件事肯定把姜嫄吓坏了。《生民》没有解释后稷为何被弃，只是陈述后稷被弃这一事实。司马迁大约觉得这么重大的一件事，不解释一下说不过去，于是说："（姜嫄）以为不祥。"这样一来，一个宗教哲学的问题显现出来了：人在何种意义上能认识上帝？"克禋克祀"的姜嫄也许对上帝一无所知。上帝应许她，使她蒙福，她却不知感恩；上帝拣选她，让她感神灵生子，她却满腹狐疑。上帝之子被她视为不祥之物，说明她的心是瞎的。人呵！当你无奈与无助之时，常常呼唤神，祈求神的恩典，可当上帝向你显灵的时候，你为什么就看不见呢？后稷被弃，在史学的意义上讲，不过是生命中的一次偶然。很少会有史学家对这样的偶然感兴趣，史学家感兴趣的是所谓"历史的必然要求"。但是，在神学的意义上，后稷被弃则深刻地表达了人内心的黑暗与悖逆。当上帝之灵以人之子的姿态降临人间的时候，人却不认识他，不相信他，不接纳他。[17]后稷以"弃"名世，似乎也是为了让人记住曾有的悖逆。

上帝之子被弃。弃于何地？隘巷、平林、寒冰。是随意乱扔，还是有所选择？地点的更换似乎是由近及远，对生命的抛弃竟然如此绝情！一而再，再而三，必欲置之死地。是谁实施了这一行为？他的心为何那么刚硬？其间有没有过犹豫、怜悯、痛苦、悔恨……这一切都无人知晓，连善于铺叙的司马迁也对此避而不谈。但是，有一双眼睛静静地看着所发生的这一切。那是上帝的眼睛！如果没有这双眼睛，后稷的被弃和受难将毫无意义。

现在让我们来从"人之子"后稷的角度思考一下人的处境。人被母亲所遗弃（不要怨恨她，她其实不明白自己做了什么事），世俗所倚重的亲情因此被割断，生命的脆弱与无助没有更甚于此时了。人呵！此时你当倚靠谁？此时你能倚靠谁？你被视为"不祥之物"，如同一堆垃圾被弃于"隘巷"。人间的"隘巷"哟，它是怎样逼仄局促。你虽然身处人境，但你似乎注定要被践踏。牛羊可以践踏你，野狗可以撕咬你……如果没有上帝，后稷不过是这"隘巷"中的一堆秽物，他必死无疑。所幸有天父在，神迹再次向人间显现：牛羊从隘巷经过时竟然会小心避开不踩踏后稷，竟然会爱之乳之。[18]除了上帝，谁能显如此的灵异？后稷的生命因上帝的护佑而得以存活。但姜嫄似乎并没有从上帝的神迹中得到启示，人对上帝的大能往往视而不见。后稷的厄运并没有结束，他被人从村落中的小巷移到荒郊野外的丛林里。从"隘巷"到"平林"，生命再度陷于绝境。丛林是野兽出没之地，后稷被弃于丛林，意味着生命将遭遇更严重的威胁。丛林中的狼群肯定比隘巷中的牛羊和野狗凶残百倍。人呵！你看不起被你驯养的畜生，也鄙视那些不通人性的野兽，可曾想有朝一日，上帝会把你交在它们足前。被弃丛林的后稷将会怎样？被狼吃了？或者，被狼收养，喝狼奶长大？有人好像很喜欢后一种结果，因为它富有想象力，也很刺激。但是，上帝不愿意后稷被狼吃，也不愿意他成为狼崽。人成为狼，不是上帝的目的。上帝再次暗暗地拯救了后稷。后稷最后所经历的苦境是"寒冰"，这似乎是真正的绝境。在隘巷中，你还有望遇人怜悯；在丛林中，狼奶也不失为生命的乳汁；这幼小的生命被投于寒冰之上，除了被冻死之外，还会有什么奇迹呢？后稷呵，你若真是一粒种子，在这寒冰之上岂能发芽！人之子呵，你被弃于这生命的绝境，你当倚靠谁？你能倚靠谁？除了上帝，你还能指望谁？来了！他来了！他没有遗弃你。他的眼睛从来就没有离开过你。一只神鸟，不，是一个天使，带来了上帝的救恩。

《生民》以最极端的方式将人的处境、人的软弱无助与上帝的救恩表现得极其鲜明。它如同一部启示录，深刻地揭示出人的诞生（或复活）所经历的重重苦境：这个罪恶的（异化的）世界本质上就是隘巷与丛林，或者就是冰雪荒原，人被弃于这世界，必定受践踏，遭残害，遇冷眼。只有靠了神的救恩，人才能脱离苦境，得以存活。或许，《生民》所歌唱的就是一个复活的主题：历史上那个被母亲当做孽种祸根抛弃的婴儿其实早就死了，他不是被踩死，就是被咬死或冻死；或死于隘巷，或死于丛林，或死于寒冰。是上帝的大能大力使之复活。复活了的后稷已是一个全新的生命，他已经在神的救恩中分享了神性的光辉。[19]

分享了神性光辉的后稷成为中华农业文明的一个伟大开创者[20]："艺之荏菽，荏菽旆旆。禾役穟穟，麻麦幪幪。瓜瓞唪唪。"同时他似乎又是一个大祭师：

> 诞我祀如何？或舂或揄，或簸或蹂。释之叟叟，蒸之浮浮。载谋载惟，取萧祭脂。取羝以軷，载燔载烈，以兴嗣岁。卬盛于豆，于豆于登。其香始升，上帝居歆。胡臭亶时，后稷肇祀。庶无罪悔，以迄于今。

祭祀上帝的活动很隆重，而且一直延续下来。由此可见周人已有着较为长久的上帝崇拜的传统。[21]

也许，正是通过后稷的诞生、受难、复活，上帝向人类显现了他的大能并暗示了他的拯救计划；人在上帝的救恩中感受上帝之在，与天父相认。人对上帝的景仰、崇拜、畏惧、依赖、呼告，就是一个成长中的儿子对父亲的情感依恋；而上帝对其子民的呵护、关怀与教训，也正像一位仁慈而威严的父亲。我们读大雅中的《皇矣》、《文王》、《大明》诸作，都可看到这样一个父亲的形象。

三

人以上帝为父，在上帝崇拜中分享神性的荣光，也分享神的大能。但人的信仰之旅并非一帆风顺：人一方面崇拜上帝，另一方面又时时背离上帝，人与上帝的紧张关系不仅在犹太经典中有鲜明的表现，在《诗经》雅诗中也时时可见。上帝的震怒和人对上帝的恐惧，是雅诗中又一个引人注目的主题，《板》、《荡》、《菀柳》、《小旻》等诗中尤其有生动的表现："荡荡上帝，下民之辟"；"上帝板板，下民卒瘅"；"上帝甚蹈，无自暱焉"；"旻天疾威，敷于下土"，展示在人们面前的是一个暴怒而威严的上帝。[22]他的大能大力如同滔滔洪水，顺之者生，逆之者亡。上帝是做人的法度，上帝的旨意便是人行为的准则，然而世人却不守诚信之道，由此引起上帝的震怒，反其常道而行，与人反目成仇。这些诗如同警世的洪钟，警告世人不可自鸣得意："无然宪宪"，"无然泄泄"，"无然谑谑"，"无为夸毗"，因为上帝的惩罚即将降临。在上帝的绝对权威面前，人感觉到了大恐惧，发誓要"敬天之怒，无敢戏豫。敬天之渝，无敢驰驱"。[23]对一个公义上帝的敬畏之心，成为人类宗教情感的重要内容之一。

　　但是，承受了上帝惩罚的人类在敬畏之余却不无困惑：上帝的利剑所到之处，往往玉石俱焚，有时甚至于让恶人得志，让好人遭殃。善良的人们觉得天理不公，他们要与神理论，要向上帝讨个说法，于是，就有了那些夹裹着怀疑与怨愤之情的"天问"。[24]小雅中《雨无正》一篇可以说是最典型的"天问"。在惊天动地的社会大变故中，诗人目睹了国家败亡的惨相，痛心疾首，仰诉苍天，对冥冥之中主宰人类命运的神灵发出责难：

浩浩昊天，不骏其德。

降丧饥馑，斩伐四国。

旻天疾威，弗虑弗图。

舍彼有罪，既伏其辜。

若此无罪，沦胥以铺。

　　他说你这苍茫无际不可测度的老天爷哟，你对世人的恩德，为什么不能长久？你降下动乱和饥荒，让天下四方刀兵相见，互相杀伐。上帝呵，你为什么变得如此暴虐近乎疯狂？你丧失理智了吗？做事为啥欠考虑，不思量？你降下灾难，让玉石俱焚，不仅是罪人受到惩罚，也使多少无辜者受害。其他如《节南山》、《正月》、《小弁》、《巧言》、《巷伯》等诗，都夹裹着类似的怨愤。处于生存困境之中的诗人，在进退维谷、走投无路之际，往往呼天以泄愤："有皇上帝，伊谁云憎？""何辜于天，我罪伊何？""苍天苍天，视彼骄人，矜此劳人！"他说你这冠冕堂皇的上帝，你的爱憎是非之心有没有搞错？你为什么让恶者得势让善者困窘呢？老天爷呵，我在什么地方得罪了你呢？我不明白自己有什么罪过！你看那恶人多么骄横，何不可怜可怜那劳苦之人呢！所有这些，都表达着诗人内心的困惑。凭其有限的知解力，人不明白上帝主宰下的世界何以这般丑陋。他们以自己关于善恶的观念来论断上帝。他们质问上帝，但是，上帝无言。他们感到上帝离自己远去了。信仰的危机悄然降临，对上帝的怀疑弥漫于诗篇之中。那个在《尧典》的记载中曾经在尧心中以之为法则的上帝，那个在《生民》的记忆中曾经从绝境中拯救过始祖后稷的上帝，在《雨无正》一类诗中的上帝已是是非颠倒，全无善良与公义可言了。作为立法者与拯救者的上帝，已沦落为受诅咒者。我们不知道当年的"大师"是如何向其学子解读雅诗中的这些篇什的，也不知莘莘学子对上帝的"在"与"不在"有怎样的思考，但雅诗中收录了大量与宗教信仰相关的抒情诗并让这些诗进入官方的教育体制中这一事实，却表明信仰在当时统治者的价值系统中应该具有极其重要的地位。

与犹太文化相比较，《诗经》中没有约伯式的谦卑，没有忏悔的意识，没有回归上帝的呼告。如果没有上帝，世界会怎样？人会怎样？没有人去想这样不切实际的问题。"神若不在，一切皆无"，这类柏拉图式的思维也从未出现于中国古代的典籍中，但是，"雅"、"颂"之诗毕竟保存并传递了有关上帝的诸多信息，让我们清楚地看到周代社会源自上古时代的文化脉络。如果说在夸父神话的叙事结构中，人对神恩的思考仅仅是我们的一种臆测，人与上帝的关系还晦暗不明的话，那么，在《诗经》的语境中，上帝（天）作为一个重要的文化意象在诗篇中反复出现，则明白无误地说明了一个事实：中国远古时代的先民，其实曾有过很浓的宗教情结，那个时代的人们，也曾思考过诸如"上帝之在"，"上帝与人"之类的问题。如果我们认真注意到宗教与人的精神需求的联系，注意到一种好的成熟的宗教信仰对于人格提升所起的积极作用，注意到宗教信仰与理想主义的激情总是如影随形密不可分，那么，我们对洋溢在《诗经》中的宗教情感，就不应该等闲视之。

四

如前所述，《周礼》所记春秋时代"大师教六诗"，以风、赋、比、兴、雅、颂为序，而风、雅、颂从内容上看又蕴涵着三种不同的文化类型，分别代表不同的价值维度，并由此构成整部《诗经》的价值体系。"诗三百"文兼雅俗，它不鄙弃食色文化，饥者歌其食是很自然的事情，男女之间缠绵情思的吟唱也是很自然的事情。它倡导带有浓郁理想主义色彩的王道政治，并试图把这种理想与一个一神教的宗教信仰结合在一起。在"诗三百"的文化视阈中，较少文化偏颇，其价值谱系相对完整。《诗经》价值系统的三个维度又恰好对应了人的存在中三个相互依存的方面：感性生活、理性精神、宗教信仰。在人类文明发展史上，曾有哲学家把人的认识水平、审美情趣和生存状态分为不同的层次，比如古希腊柏拉图的"分割线"理论，中世纪普罗提诺的"美的阶梯"论以及近代克尔凯郭尔"生命历程三阶段"的理论。在柏拉图的"分割线"隐喻中，人的理智和知识的最高境界是认识善的"相"，而善的"相"是"所有美的，公正的事物的万能的创造者"；在普罗提诺的美学思想中，最高的境界，绝对的美，则是神；在克尔凯郭尔"非此即彼"的人生选择中，人生最终要实现的是"信仰的飞跃"。有意思的是，中国最古老的儒家经典《诗经》中风、雅、颂的选材和编排的顺序，似乎无意间与西方哲人的生存智慧暗合了。

注　释：

[1]一位名叫王式的博士，受命做汉昭帝的儿子昌邑王的老师，专门讲授《诗经》。昭帝驾崩之后，昌邑王继承了皇位，旋即以荒淫无度而被废，王式受牵连下狱，罪状说他没有写过谏书。王式辩解说："臣以三百艅五篇谏，是以无谏书。"

[2]参阅张立新《神圣的寓意——诗经与圣经比较研究》第3章："汉儒比兴解诗与中世纪寓意解经。"（云南大学出版社1999年版）

[3]如对《卫风·氓》的解读，《诗序》说："《氓》，刺时也。宣公之时，礼义消亡，淫风大行，男女无别，遂相奔诱，华落色衰，复相弃背。或乃困而自悔，丧其妃偶。故序其事以风焉。美反正，刺淫佚也。"朱熹在《诗集传》中说："此淫妇为人所弃，自叙其事以道其悔恨之意也。"

[4]这在《诗经》学中被认为是一个无解之谜，因为从逻辑的角度说，一次分类只可用一个标准，而古人却把"六诗"并列地排在一起，而且以风、赋、比、兴、雅、颂为序，似乎表现出逻辑上的混乱。孔颖达在《毛诗正义》中云："六义次第如此者，以诗之四始，以风为先，故曰风；风之所用，以赋比兴为之辞，故于风之下，即次赋、比、兴；然后次以雅、颂。雅、颂亦以赋、比、兴为之，既见赋、比、兴于风之下，明雅、颂亦同之。"朱熹云："大师之教国子，必使之是六者，三经而三纬之。……三经是风、雅、颂，是做诗底骨子；赋、比、兴却是里面横串底，故谓之三纬。"傅庚生认为："风、雅、颂为诗之类别，或以风谏、雅正、颂容分，或以里巷、朝廷、郊庙分，或以广大、恭俭、诸音节分。于古必有本然之义，于今难作的然之解。"（《中国古代文论研究论文集》，上海古籍出版社1989年版，第150页）

[5]朱熹说："凡《诗》之所谓风者，多出于里巷歌谣之作，所谓男女相与歌咏，各言其情者。……若夫雅颂之篇，则皆成周之世朝廷郊庙乐歌之辞……其作者往往圣人之徒。"（《诗集传》）

[6]犹太人总是说他们所颂扬的是亚伯拉罕的神、雅各的神。亚伯拉罕和雅各都是犹太先祖。

[7]风诗基本与上帝观念无涉，雅诗中计有30篇关涉上帝（天），大雅中就有16篇，占一半多。40篇颂诗中有16篇关涉上帝。

[8]后世君王登基常会"大赦天下"，但舜与禹一起面对上帝说"有罪不敢赦"，其意当为赦罪的权柄在上帝不在我。"臣"的基本意义是仆役，古代汉语中用作谦卑的自称。后世常以君、臣对称，但此处舜与禹面对上帝称臣，当含有天子实是上帝的仆人之意。"简"，通"柬"，意为选择。"简在帝心"，是说一切都出自上帝的拣选。尧让位于舜，不是出于尧之德，而是因为上帝拣选了

舜；舜让位于禹，也是同样的道理。这些观念都把人之为善的根源，归结为宗教的信仰。

[9]"以巴勒斯坦为中心的古代游牧民族，随着气候的变化和雨水的有无而迁徙流动，曾南抵埃及尼罗河流域，将古埃及文明和古巴比伦文明有机的结合起来，形成了古代世界一个极为独特的文化圈，并在这里孕育出令人瞩目的希伯来文明和基督教文明。"（卓新平：《圣经鉴赏》，中国社会科学出版社1992年版，第3页）《圣经》学者把《旧约》所记的亚伯拉罕、以撒、雅各的时代定于公元前1950年—前1700年，而中国史家一般把夏确定在约公元前21世纪，本此，则尧的时代当近于亚伯拉罕或略早。

[10]在西方学术史上，上帝之"在"一直是一个备受关注的命题。古希腊哲人柏拉图说："神若不在，一切皆无。"中世纪神学家阿奎那图从运动、致动因、必然存在、完满性和秩序等五个方面证明上帝之在。17世纪数学家同时也是思想家的帕斯卡让人以赌徒心理来思考上帝之在。他说如果上帝不存在，我们信或不信，固然无所得失；但如果上帝存在，我们信他，将会得到无限大的奖赏，我们不信，就会失去同样多的奖赏。所以"我们将被迫信仰上帝，因为他许诺了更大的可能的奖赏"。

[11]据《史记》，商纣王是一个自以为是不信上帝的人，"资辨捷疾，闻见甚敏；材力过人，手格猛兽。知足以拒谏，言足以饰非。矜人臣以能，高天下以声，以为皆出己之下。……慢于鬼神。大最乐于沙丘，以酒为池，悬肉为林……"

[12]参阅杨公骥《中国古代文学》。

[13]《旧约·创世纪》说："耶和华按着先前的话眷顾撒拉，便照他所说的给撒拉成就。当亚伯拉罕年老的时候，撒拉怀了孕。到上帝所说的日期，就给亚伯拉罕生了一个儿子。……撒拉说：'上帝使我喜笑，凡听见的必与我一同喜笑'。"《新约·马太福音》说："耶稣基督降生的事记在下面：他母亲马利亚已经许配了约瑟，还没有迎娶，马利亚就从圣灵怀了孕。她丈夫约瑟是个义人，不愿意明明地羞辱她，想要暗暗地把她休了。正思念这事的时候，有主的使者向他梦中显现，说：'大卫的子孙约瑟，不要怕！只管娶你的妻子马利亚来，因她所怀的孕是从圣灵来的。她将要生一个儿子，你要给他起名叫耶稣，因他要将自己的百姓从罪恶里救出来。'"

[14]（竺（dú）通"毒"；燠（yù）暖。后稷善射及能将兵之事不见于《生民》，也不见于其他典籍。"惊帝激切"或即指《生民》中的"上帝不宁"，或疑另有传说。

[15]《毛传》解释说："不宁，宁也；不康，康也。"不安宁就是安宁，不快乐就是快乐，显然不通，与上下文语义的连接也不顺畅。

[16]在西奈山以色列人曾背弃耶和华去拜金牛犊，耶和华对摩西说："我看这百姓真是硬着颈项的百姓。你且由着我，我要向他们发烈怒。"（《出埃及记》卷32：9~10）

[17]《约翰福音》这样说耶稣的降临："光照在黑暗里，黑暗却不接受光。……他在世界，世界也是借着他造的，世界却不认识他。他到自己的地方来，自己的人倒不接待他。凡接待他的，就是信他名的人，他就赐他们权柄作上帝的儿女。……道成肉身，住在我们中间，充充满满地有恩典有真理。我们也见过他的荣光，正是父独生子的荣光。……从来没有人看见上帝，只有在父怀里的独

生子将他表明出来。"（卷1：5~18）

[18]"牛羊腓字之"，《毛传》："腓，辟；字，爱也。天生后稷，异之于人，欲以显其灵也。"牛羊因爱而乳后稷。

[19]《圣经·雅各书》："我的弟兄们，你们落在百般试练中，都要以为大喜乐；因为知道你们的信心经过试验，就生忍耐。但忍耐也当成功，使你们成全、完备、毫无缺欠。……忍受试探的人是有福的，因为他经过试练之后，必得生命的冠冕；这是主应许给那些爱他之人的。"（卷1：2~12）

[20]后稷对农业文明的贡献，古代典籍多有记载。《山海经·大荒西经》云："帝俊生后稷，稷降以百谷。"《书·吕刑》云："稷降播种，农殖嘉谷。"都说后稷从天上取来百谷之种育植于人间。《海内经》云："后稷是播百谷，稷之孙曰叔均，是始作牛耕。"《国语·周语》云："稷勤百谷而山死。"《淮南子·氾论训》云："周弃作稼穑而死为稷。"

[21]从"后稷肇祀"这一句来看，华夏民族的上帝崇拜可能起源很早，《尚书·尧典》已见上帝崇拜之迹，而后稷与尧当为同时代人。《史记》说姜嫄是帝喾元妃，而史家一般都认为商始祖契、周始祖弃与尧、挚都是帝喾之子。

[22]"荡荡"，水奔突有所涤除也；"辟"，法度也；"板"，反也；"蹻"，顿足踏地也；"疾威"，暴虐之甚也。

[23]诗见《大雅·板》。"无然宪宪"，等于说：不要扬扬自得。"泄泄"，喋喋多言；"谑谑"，戏谑不敬；"夸毗"，以柔顺取媚于人。"驰驱"，放纵。

[24]《天问》为屈原作品，"天问"即向天而问，质询上帝。《旧约》中不仅约伯对义人无辜受难提出质询，先知哈巴谷和耶利米也曾质询上帝："耶和华，我呼唤你，你不应允要到几时呢？……行诡诈的，你为何看着不理呢？恶人吞灭比自己公义的，你为何静默不语呢？"（《哈巴谷书》卷1：12~13）"耶和华呵，我与你争辩的时候，你显为有义，但有一件，我还要与你理论：恶人的道路为何亨通呢？大行诡诈的为何得安逸呢？你栽培了他们，他们也扎了根长大，而且结果。"（《耶利米书》卷2：1~2）笔者以为正是对这一问题的不同回答导致了中、西方宗教思想的分道扬镳。

老、庄美学思想管窥张立新

一、关于《老子》"天下皆知"章的解读

《老子》文中直接论及美学问题的文字并不多，论述也不严密，但却一下子触及了美学最核心、最内在的问题。其第二章曰：

> 天下皆知美之为美，斯恶已；天下皆知善之为善，斯不善已。故有无相生，难易相成，长短相形，高下相倾，音声相和，前后相随。是以圣人处无为之事，行不言之教。

对于这一章的解读，历来颇多歧见。以下几条解释代表了不同的意见：

> 夫人之所恶皆生于情，以适情为美，逆情为恶，以致善不善亦然。然所美者未必美，所恶者未必恶；所善者未必善，所不善者未必不善。如此者何？情使然也。夫人之性大同而其情则异，以殊异之情外感于物，是以好恶相谬，美恶无主，将何以正之哉？
>
> ——（唐）陆希声

> 天下以形名言美恶，其所谓美且善者，岂真美且善哉？彼不知有无、难易、高下、声音、前后之相生相夺皆非其正也。方且自以为长而有长于我者，临之斯则短矣。方且自以为前而有前于我者，先之斯则后矣。苟以其所美而信之，则失之远矣。
>
> ——（宋）苏辙

> 美恶善不善之名相因而有，以有恶故有美，以有不善故有善。皆知此之为美，则彼为恶矣；皆知此之为善，则彼为不善矣。欲二者皆泯于无，必不知美者之为美，善者之为善，则亦无恶无不善。
>
> ——（元）吴澄[1]

今人李泽厚先生解释说："老子认为美与恶（丑）是相对而言的，就如有无、难易、长短等等是相对而言的一样。正因为天下皆知美之为美，于是才有了与美相对立的丑。没有美，就无所谓丑。老子朴素地认识到美与丑是相比较而存在这个事实。"[2]陈鼓应先生的解释与李泽厚相似："天下都知道美之所以为美，丑的认识就产生了。"[3]此说得到较普遍的认同，影响甚大。窃以为上面诸多的解读都与老子原意不尽相符，同时也未能触及老子审美经验最核心的东西。要准确理解老子的原意，首先需要来一番咬文嚼字，从汉语词汇学入手，把开头这句话的语义弄清楚。任何解释都必须顾及语言学内在的逻辑关系。《老子》第二章开头的这句话中，有三个词是很重要的，需要特别咀嚼一番。首先是那个"皆"字，它的意思是无一例外，"皆"表明了这个句子是一个全称肯定判断。其次是那个"知"字，这个词是句中前面一个分句的谓词，其基本意义是认知，可以讲做"知道"或"认为"。再次是那个"斯"字，在古代汉语中常用为代词，相当于现代语词的"这"或"这样"。如《论语·颜渊》："于斯三者何先？"《楚辞·渔父》："何故至于斯？"这个代词是句中后一个分句的主词，它的谓词是"恶"。那么，要紧处在于，作为主词的"斯"，它所指代的内涵是什么？从语流上考查，应当是上一个分句，即"天下皆知美之为美"。同时，不难体会到，这是一个假设关系的复句。全句的语义应当是这样的："如果这个世界上所有的人都认为美的东西是美的，这就糟糕了（这个世界将丑陋无比）。"李泽厚和陈鼓应的解释都忽略了那个至关重要的主词"斯"，而把本来是谓词的"恶"看成主词，又自作主张地给"恶"凭空添上了一个谓词。这样的解释就让人感觉很牵强，因为在汉语中，如果上下文之间没有相关的表述，谓词省略的情况是极少见的。

接下来讨论的问题是"天下皆知美之为美"，这是可能的吗？这是一个真命题还是一个虚假的命题？这样，老子就把我们带进了审美的经验世界中。现代美学对审美活动的研究成果可能会对我们理解老子的审美经验提供一些有益的启发，特别是对审美活动中主体和客体之间互动关系的理解：

> 审美活动像任何一种人类活动一样，其实质就是主体与客体之间一种动态的关系。主体只有在与对象的联系中并只有通过对象才能显示自身，只有通过某种特殊对象的现实规定，主体才实际表明自己是某种特定的主体。……同样，对象本身也非自在的、给定的：一方面，对象只有在与主体的活动相联系，并成为主体活动实际指涉的客体时，它才作

为对象而存在；另一方面，对象本身并不是一种现成的存在物。就是说，对象不仅只有在主体的活动中改变自身的存在状态，只有在主体的活动中才能完成自己，而且它只有在主体能动的作用中实际改变着自身的形态时，才实现着确证着自己作为对象的现实性。[4]

这样对人的审美实践的认识是真实的。也就是说，由于主体与客体这样相互依存的关系，在人类感性的经验世界中，并不存在某种先验的、自在自为的美与丑的事物，美只存在于人的审美活动中。同时，在审美活动中，审美主体是作为个体性而存在的，审美对象作为主体"实际指涉"的客体，它必定是具体而特殊的。离开了审美个体，离开了具体的特殊的客体，美的概念是没有意义的。孔子曰："岁寒，然后知松柏之后凋也！"松树、柏树在孔子的审美活动中显现出美的特质，同时也彰显了主体"君子固穷"的人文精神。但是在一个工匠或樵夫的眼中，它们所显现的很可能是实用的特质，与审美没有多少关联。永州郊外一小丘，"农夫渔父过而陋之"，而柳子厚"由其中以望，则山之高，云之浮，溪之流，鸟兽之遨游，举熙熙然回巧献技，以效兹丘之下。枕席而卧，则清泠之状与目谋，瀯瀯之声与耳谋，悠然而虚者与神谋，渊然而静者与心谋"。只有在柳子厚的感受中，永州的一山一水一草一木才显现出美的特质，同时也彰显着主体的清峻与孤傲。这就是人们一般所谓审美主体的差异性。尽管审美主体除了个体性之外还有社会性，历史文化的积淀也会使民族的或人类的审美趣味表现出一些共同的倾向，但共同是相对的，差异是绝对的。由于主体审美趣味的差异而导致审美判断的差异就是一种必然。在这一点上，陆希声对老子的解读是对的。他说："人之性大同而其情则异，以殊异之情外感于物，是以好恶相谬，美恶无主，将何以正之哉？"他点明了由于主体审美情趣的差异而必然导致审美判断的差异这一事实。也就是说，要想让这个世界上所有的人面对同一客体都无一例外异口同声地做出相同的审美判断是一件绝对不可能的事情。"天下皆知美之为美"是一个虚假的命题。

接下来我们可以提出的问题是：在什么样的条件下，这个虚假的命题会变成一个真命题？或者更准确一点说，这个在老子看来根本上完全虚假的命题会让人感觉像是一个真实的命题？只有一种可能：除非有人能为天下人确立一个统一的审美标准，培育统一的审美趣味。有了统一的标准，统一的情趣，美与丑、善与恶，就可以泾渭分明了。这对于一个文明社会来讲，似乎是做了一件功德无量的善事。但是老子站起来说："不！"他说这不是一件善事而是一件坏事。你想让天下皆知美之为美，结果却让天下变得极其丑陋。老子的这个判断是不是真实的呢？笔者以为是真实的。我们试反思中华文明的历史，有不少伟大的人物或自以为伟大的人物其实都曾努力去做过这件愚蠢的事情。儒家以"礼"教化天下，孔夫子告诫人"非礼勿视、非礼勿听、非礼勿言、非礼勿动"；"季氏八佾舞于庭，是可忍也，孰不可忍也"！越了礼的舞蹈，会让夫子勃然大怒拂袖而去。荀子隆礼重法，"是非以圣王为师"。他们的教诲苦口婆心。可到了胡适与鲁迅的时代，"礼教吃人"的呼声却使人振聋发聩。鲁迅笔下的狂人说自己把古久先生的陈年流水簿翻看了半夜，只看出两个字是"吃人"，几千年的文明史遂被颠覆。而我们从理论的逻辑上去分析，伟大人物想通过制定统一的不可怀疑的有关美丑善恶的标准来统一天下人的思想的努力，必然带来两个恶劣的后果：一是抹杀人的个体性，人失去了个体性也就不成其为主体。没有主体，审美活动如何可能？二是由于伟大人物也是人，是人就有人的局限，他们如何能确保自己所认定的美与善是真美真善或全美全善？在这种情况下，他们却要把自己审美的标准强加于人，除了他们所认定的标准之外不许有其他的标准，这当然会使本来丰富多彩的世界变得丑陋不堪。更有甚者，在善与美的旗帜之下，很可能酿造血腥的罪恶，白色恐怖或红色恐怖都会以某种貌似正当的理由而降临人间。这难道不是人间之大恶？在老子那里，美学思想、哲学思想、政治思想是相互联系合而为一的，所以在第二章的结尾处说："是以圣人处无为之事，行不言之教……"一般人往往忽视前后文之间的逻辑联系，就是因为对开头的句子没有很好地理解。也许，正是因为看清了某些伟大人物努力所做的愚蠢之事给人类带来的灾难性后果，老子才告诫人们，一个真正的聪明人，应该明白自己的局限，有些事情，是你不可以去做的！

就文学艺术领域来说，北宋的苏轼曾对政治家兼文学家的王安石提出过很尖锐的批评，其在《答张文潜书》中云："文字之衰未有如今日者，其源实出于王氏。王氏之文，未必不善也，而患在于好使人同己。自孔子不能使人同，颜渊之仁，子路之勇，不能以相移，而王氏欲以其学同天下。地之美者同于生物，不同于所生。唯荒瘠斥卤之地，弥望皆黄茅白苇，此则王氏之同也。"东坡此番言语，正好可为《老子》第二章作一个注脚，故引于此。

二、从积极的意义上评估"怀疑论"和"相对主义"

老子对审美经验的感悟必然要导向哲学认识论中的相对主义。这种相对论，不仅如苏辙所谓"方且自以为长而有长于我者，临之斯则短矣。方且自以为前而有前于我者，先之斯则后矣"。也不仅如吴澄所谓"美恶善不善之名相因而有，以有恶故有美，以有不善故有善"。更重要的还在于"二者皆泯于无"。也就是说，美与丑、善与恶的观念，不仅仅是相比较而言，相对立而存在，更重要的还在于它们之间的界限并不是清晰的和确定的。"美之与恶，相去几何？"再清楚不过地表明了老子美学思想中相对主义的立场。

对于老子的美学思想，当代不少学者都曾给予积极的评价。张文勋先生认为："在我国古代美学思想发展史上，老庄思想的影响尤为显著，在不少方面，它弥补了儒家文学理论和美学思想之不足，使我国古代美学思想不致流于清一色而单调无味的教条。"[5]李泽厚也说："由于老子是立足于对文明社会的批判来观察美与艺术问题的，因此他处处揭露文明社会中美与艺术所包含的种种内在的矛盾，如美与真、美与善、美与丑的矛盾。老子竭力要动摇孔子认为美与真、善必定是统一的，美与丑的区分是绝对的这样一些观念。这就使得老子那些看来是虚无主义、相对主义的言论后面包含有一种强烈的辩证的批判精神。"[6]但是，对于哲学上的相对主义，不少学者却持一种否定的意见。李泽厚称老子的辩证法"是一种消极的辩证法，它经常通向相对主义"。这种相对主义表现在"他由此得出了取消美丑的对立，随遇而安，既不肯定美，也不否定丑，采取一种超出美丑对立之上的生活态度。……在这一点上，老子的美学又远逊于孔子的美学"。这样，一种奇怪的逻辑就产生了，对于老、庄的相对主义，我们既肯定它，又否定它，或者在美学的层面肯定它，在哲学的层面却否定它。可我们不要忘记了,哲学上的相对主义是老、庄美学思想的基石,否定了相对主义，就毁掉了道家认识论的根基,道家美学的大厦就会坍塌。如果我们在自己的审美实践中体认到老子美学思想的价值，我们就必须从哲学层面上论证相对主义的实在性，而不应该简单地把它判断为是一个思维的陷阱。从哲学上讲，相对主义中包含着极深刻的怀疑论思想，或者说相对主义和怀疑论是一对孪生兄弟。李泽厚所看到的"批判精神"就源自老子思想中的怀疑论。在中国哲学史上，老子的怀疑论从未受到积极的评价而引起人们的关注，但在西方哲学史上，怀疑论思想家自有其崇高的地位和美誉。西方哲学史上怀疑论的渊源可以上溯到公元前 5 世纪前后（正好是老子的时代）出现在雅典的智者派，"智者们不仅居住在不同的国家，有着不同的习俗，他们还通过对多种文化事实的观察收集到大量的信息。他们对不同文化广博的知识使他们怀疑达到任何绝对真理的可能性，而社会或许就是靠这种真理来规范人们的生活的。他们迫使富有思想的雅典人考虑希腊文化是建基于人为的规则还是自然。他们令雅典人追问自己的宗教和道德规范是依照传统的从而是可变的，还是自然的因而是永恒的"。此后，埃利斯的皮罗正式创立了怀疑论学派，皮罗主义流传后世，对许多世纪的哲学都具有特殊的意义和深远的影响。"怀疑主义坚持不断地探索，怀疑主义并不否认找到真理的可能性，也不否认人类经验的基本事实，它不如说是一种持续研究的过程。在这个过程中，对经验的每一种解释都要受到相反经验的检验。"在文艺复兴时期，古希腊的怀疑主义再度复兴，成为这一时期最重要的哲学发展之一。著名的人文主义大师蒙田就曾在他的《论文集》中"表述了一种令人倾倒的古典怀疑论观点"。"古典怀疑主义的核心是把探讨的氛围与过一种完善的、值得人仿效的人类生活的欲望结合起来。他特别为这样一种生活方式所吸引，即在允许他不断地发现新的视野的同时，又可以享受到他作为一个人所具有的一切力量。""蒙田真诚地相信，建设性的怀疑主义态度可以防止残酷行为的大爆发。在真正的怀疑主义的态度下，人的活力将被引导到他们可以驾驭的问题和目的上，而不是在那些关于宇宙和其命运的莫明其妙的事情上相互斗争。"[7]笔者以为,这样一种对怀疑论的理解是十分有益的，它同样适合于我们去积极地认识和评价相对论。

但是，怀疑论与相对主义对善恶美丑判断的"悬置"常常被指责为虚无主义，不少学者在行文中常把相对主义和虚无主义并列在一起等量齐观。那么我们就有必要进一步追问：从知识论的角度说，怀疑论和相对主义的"实在"性或真理性何在？我们怎么知道在人类文明进程中对一些有争议的问题，怀疑论与相对主义的"悬置"是一种明智的选择，而独断论却是一种真正的愚拙？对这一问题的思考，将把我们带到那个伟大而神秘的"本体"——"道"或"上帝"面前。

三、本体论的视野

在人类文明史上，哲学家们一直在思考的一个重要问题是：对于人的生存来讲，什么东西是最根本因而也是最真实的？他们认为，最真实的对象是那种其余事物都依赖于它的对象，是那种本身不会被创造或毁灭的对象，是那种永远不会改变的东西。他们把这种对象称为"实在"或"本体"。与现象界相比，本体是最根本的"实在"。在犹太和基督教文化中，上帝被认为是最高的本体，代表着最高的真，最高的善，最高的美。在中国文化中，具有本体论特征的文化意象是老、庄所言说的"道"和墨子所尊奉的"天"。从美学思想的角度说，老子理解意识中那个神秘的宇宙本体是最值得我们关注的。老子对这个伟大本体的创生性、绝对性、实在性作了如下表述：

> 有物混成，先天地生。寂兮寥兮！独立而不改，周行而不殆，可以为天下母。吾不知其名，故强字之曰道，强为之名曰大。（《道德经》二十五章）
>
> 道之为物，惟恍惟惚。惚兮恍兮，其中有象。恍兮惚兮，其中有物。窈兮冥兮，其中有精。其精甚真，其中有信。（《道德经》二十一章）

凭其天才的直觉和深邃的洞察力，老子感悟到了一种与宇宙和人生相关联的东西。这种东西混混沌沌，模糊难识，不是人的肉眼所能看清楚的。它是一个超越于人的感官的"绝对存在"。天地间没有什么是永恒的，唯有它是永恒的。它是世界的本源，是世界存在的根据，是最为真实可信之物。这是老子凭其精神视角所体察到的东西，并为它取名曰"道"（又称之为"大"，似有至高无上或不可穷尽之意），大约有言不尽意之感，故曰："强字之。"

面对这样一个伟大的本体，老子深刻地感受到人的局限性，人的知识的有限性。老子说："知不知，尚矣。不知知，病矣。夫唯病病，是以不病。圣人不病，以其病病，是以不病。"（《道德经》七十一章）老子说出了一个真正的智者的自知之明：只有懂得自己的无知的人，才是富有智慧的人。或者说，人的最高智慧就在于懂得自己的无知。一个人如果不懂得自己知识的有限性，是十分有害的。正是出于这样理性的思考，老子认为，那个创生了宇宙万物之美的"道"，真是"玄之又玄"，对于人来说，它是个永远的秘密。"道可道，非常道；名可名，非常名"，那个永恒的"道"，是不可定义，不可言说的（相当于《圣经》中上帝向摩西宣示他的名：I am who I am）。老子对"道"的体验正部分地对应了西方人对上帝的体验。西方基督教思想家一直都在思考的问题是："上帝在或不在？"

"人如何在自己的存在中与上帝之在相遇?"他们说, "上帝是世界的奥秘", "人的奥秘源于上帝的奥秘", "上帝的奥秘显现于寻常之中", 但是, "上帝是无法定义的", "我们永远也不能成功地说出上帝是什么", 因为, "上帝是在各个方面无限地超逾了人的知解力和判断力的奥秘。上帝是更大的真和更大的奥秘, 总是比人在其最高的智慧和分辨力中 (人的智慧和心灵的分辨力可能相当了不起) 所能把握的更大"。[8]要理解老子和基督教思想家的这种感受其实不是很难。我们可以在纸上画出内外两个大小不同的圆 (姑且先不去考虑大圆和小圆的比例关系), 我们用小圆代表人类现有的经验、知识和以后所可能获得的经验、知识, 用大圆代表宇宙和上帝的奥秘或老子所说的神秘的"道"。那么, 理性和常识告诉我们, 无论小圆再怎样以几何级数加速膨胀 (人都说现今社会是一个知识爆炸的时代), 其外延总归不能与大圆相重合, 因为宇宙的边际和"道"的秘密是不可穷尽的。然后我们再画一个圆, 用这个圆代表"一" (老子所说的"道生一"), 并尝试着去计算并标明人类的经验和知识在这个"一"中到底占了怎样的比例。我们会发现, 这是一件不可能做的事情, 因为对于一个分母无穷大的数, 我们怎样去标明它的数值呢? 而这也就意味着, 人的智慧的"疆界"无论如何不可能与上帝的疆界相等同, 在伟大的绝对的本体面前, 人的知识几近为零。这就是人的知识的真实情况。这样说并不是贬低人类, 而是说人要明白自己的"真实处境"。施特劳斯认为柏拉图的洞穴图景"描述了人类的根本处境", 而在中国文化中, 老子对道的绝对性和神秘性的理解, 庄子对宇宙无穷而人生有限的认识, 都和西方学者的怀疑论与相对主义相通。《秋水》中那个曾经"以天下之美为尽在己"的河伯, 经历了远游, 有幸面对大海, 从而认识了自己的浅陋。庄子说:

> 计人之所知, 不若其所不知; 其生之时, 不若未生之时; 以其至小, 求穷其至大之域, 是故迷乱而不可自得也。由此观之, 又何以知毫末之足以定至细之倪, 又何以知天地之足以穷至大之域。(《秋水》)

无论就宏观世界还是就微观世界而言, 宇宙对于人来讲, 都是一个永远的秘密。因此, 任何一个人, 无论他如何了不起, 都是某种意义上的"井蛙"。庄子说, 如果你不明白这个理, 你将"迷乱而不可自得"。

庄子的这些话, 似乎是说给儒者听的。在中国文化中一直占了主流地位的儒学，它的演变过程可以说是一个逐渐疏离和背弃本体的过程。《诗经》中的"皇矣上帝，临下有赫。监观四方，求民之瘼"，《尚书》中的"天视自我民视，天听自我民听"之类的观念，在孔、孟的话语中还依稀可见。比如"天将以夫子为木铎""天之生此民也……""天将降大任于斯人也"之类。但是，也许因为"天道远，人道迩"，儒家知识分子很少有对本体论的深入思考。到了荀子，终于"迷乱"，以为人可胜天。《圣经》说人曾受蛇的蛊惑生出狂妄之念，以为食了禁果之后即可变得"如上帝"。荀子倒好，他不仅说人可以"如上帝"，甚至认为人可以超越上帝。这样我们就不难理解荀子的思想为什么具有那么鲜明的专制与独断的色彩。相信"人定胜天"的荀子彻底抛弃了本体论的观点而热烈地鼓吹圣人崇拜："圣人备道，全美者也"，"圣人也者，道之管也，天下之道，管是矣"。（《儒效》）把圣人看成最高的美、完全的美（当然也包括了最高的真与善），实际上是把圣人当做本体，但这是一个虚假的本体。而当这一虚假的本体等而下之变成了"圣王"，说是"凡言议期命，是非以圣王为师"（《正论》）的时候，情形就更加不堪。没有了本体，人的主体地位就无从确立，人因此而失去自由意志，人因此与审美的生活无缘。也许正因虑及圣人崇拜的不良后果，庄子曾以非常激烈的言辞来反对偶像崇拜。放弃了本体论视点的人，极容易因迷信权威而成为人间偶像的囚徒，他们甚至已经忘记了用自己的眼睛去观察，用自己的耳朵去倾听，用自己的大脑去思考。人因此而失其明，失其聪，失其智。所以庄子就要用他的铁锤来敲碎一切思想和文化的偶像，使人重新获得主体地位。"塞师旷之耳"，"胶离朱之目"，"攦工倕之指"，"钳杨、墨之口"，话说得很夸张，也很极端，但他不过是以此来表明反对偶像崇拜的态度。他教人们用怀疑的精神探求真知，不仅要"求其所不知"，更要懂得"求其所已知者"，"非其所已善者"，人类需要对已知的所谓真理进行不断叩问，对已然的价值观进行重新审视和评估。儒学放弃了本体论的思考而选择了圣人（圣王）崇拜，于是中国的文化有了难以克服的教条与僵化之弊，所幸中国文化的发展还是给道家留下了地盘，这才有了中国古典艺术的多样性。

从老、庄本体论视角出发的审美判断必然要牵出两个问题。首先是对审美判断的真实性的质疑：既然在人的知识和经验的范围，人的理性永远不可能达到对本体的完全把握，那么人对真、善、美的认识和感知，就永远只能是相对的。这种相对性包含两个方面，一是我所感受到的美与预设中那个绝对的美和绝对的真与善的本体未必契合，它们可能出现错位。于是我所感受的美可能是真实的，但也有可能是一种错觉。这也就如苏辙和陆希声所言："天下以形名言美恶，其所谓美且善者，岂真美且善哉？""所美者未必美，所恶者未必恶；所善者未必善，所不善者未必不善。"二是我从自身审美经验出发做出的审美判断与别的主体从他的经验出发做出的判断未必契合，在我们的审美判断出现差异时，我既不能以我的感受为标准去否定别人的审美判断，同样，别人也不能以他的审美感受为标准来评断我。[9]在这种情况下，唯一明智的选择就是"悬置"。我们把这个问题挂起来，不去裁判它，以避免贸然论断与裁决造成对人及艺术的伤害。

需要强调指出的是，老、庄建立在"道"的本体论之上的相对主义的审美态度与文化立场至今还很少为中国知识分子所真正理解和接受。不少学者虽然对老、庄美学思想赞赏有加，但最终的论断却是否定性的。李泽厚以儒家伦理来评断老子的相对主义，得出"老子美学远逊于孔子美学"的结论，就十分具有代表性。李泽厚虽然也谈老子的本体论，但他论断老子用的是独断论的思维方式。在真正本体论的视野下，儒家杀身成仁、舍生取义的精神固然值得敬佩，但儒家理念中"仁"与"义"的内涵及其合理性，难道不可以叩问？儒家仁义论从根本上说是一种"人义论"，其中并没有本体论的视界。在基督教文化中，具有本体论视界因而比人义论更高的是神义论，因为"人不可自以为义"，"若无上帝，则无正义"，人"因信而称义"。在老、庄的本体论文化视野中，与"神义论"相通的很可能是"道义"这个词（可惜这个词在中国文化中并未得到充分阐释）。这个词也可引出"因信称义"之说：你心中没有那伟大的绝对的本体，不相信大道之行，不相信"天网恢恢，疏而不失"，甚或企图编织人网以冒充天网，你就不懂什么是真正的"道义"。张文勋先生显然看清了儒家美学思想的重大缺失，所以他说老庄的思想"弥补"了儒家文学理论和美学思想之不足，才避免了中国古代美学思想陷入单调乏味的教条之中。张说算是切中肯綮之论。

从本体论视角出发的审美判断必然要牵涉到的第二个问题是美感的不同层次。古希腊的柏拉图有著名的"分割线"隐喻，"象征着可见世界中发现的低级的实在和真理与在理智世界中发现的更大的实在和真理形成比照"。3 世纪的普罗提诺发表过"美的阶梯"论。在他看来，单凭感官就可以感受到的美，即自然之美，肉体之美，那是最低层次的美；而依靠心灵才能体会的美，即超感性的美，理性的美，道德的美，才是较高层次的美；而最高的境界，绝对的美，则是神。19 世纪的克尔凯郭尔描述了他所感受的"生命历程的三阶段"。他把"我根据本能冲动和情感行事","在很大程度上受我的感性的支配"的存在称为"美学阶段"。他认为这是一种"相当劣质的存在","具有毁灭性的吸引力和内在局限",所以"我必须通过一种意志行动"来做一个非此即彼的选择,以使自己进入下一个阶段,成为一个"伦理的人","认识和接受理性所制定的行为准则"。但是,当我意识到我没有能力实现道德律,"我体验到我的自我异化,从而认识到上帝的存在","对我自己的有限性以及对自己正在远离上帝的发现",促使我面临新的非此即彼,我通过承诺实现了"信仰的飞跃"。[10]这就是克尔凯郭尔所经历的人生诗意存在中的逐级攀登。

有着本体论视野的老、庄有没有自己的审美趣味和生存的智慧呢?有。《老子》第十二章说:

> 五色令人目盲,五声令人耳聋,五味令人口爽,驰骋田猎令人心发狂,难得之货令人行碍。

五色、五声、五味、田猎、难得之货代表着感性的世界,老子在这里并没有说感性的世界不美,没有否定这些对象可能给人带来的快感,但是他对人们发出了一个警示:一个有理性的人,不应该沉溺于这样单纯从感官上获得刺激或欲望得到满足的快感中。一旦你沉溺于这样的快感中,你的理性就可能迷失,你可能会成为一个精神上的瞎子、聋子、白痴或狂徒,你的行为就可能偏离正道。显然,老子也像克尔凯郭尔一样认为这样的快感对于人来说具有一种"毁灭性的吸引力",人沉溺于其中,是一种"相当劣质的存在"。所以,人需要理性和信仰来提升,使自己获得真正美的生活。这就说明,对审美判断选择相对主义立场的老子,其实是一个理想主义者,而他的审美理想,又与他的本体论,与他对"道"的本质属性的理解相联系。老子曰:"道大,天大,地大,人亦大。域中有四大,人居其一焉。人法地,地法天,天法道,道法自然。"(第二十五章)老子认为,人在宇宙间虽然很了不起,但人必须从天地间万事万物之中去获取智慧,而天地万物之美既生于道,也必然回归于道,必然要以道为最高的准则,而老子所感悟到的"道"的属性,就是"自然"。所以,在审美的范畴内,"自然",就是老、庄美学思想的最高原则,就是他们的审美理想。自然,就是主体精神的自由、无碍,就是精神空间的无穷开放，就是心境的澄明。康德说："美是无一切利害关系的愉快的对象。"老子讲："涤除玄览"，讲"致虚极，守静笃"；庄子讲"心斋"、"坐忘"，追求"无己"、"无功"、"无名"的"无所待"之境，讲的都是探求真理和审美观照时的一种自然因而也是自由的状态。人的内心如果被纲常名教或种种患得患失的欲念所塞满，他离"大道"就远了，真理就将离他而去，美也就离他而去了。

此文曾载于张文勋教授八十华诞学术纪念文集《沧海求珠》，云南大学出版社，2006年。

注 释：

[1]以上3条解释见于《四库全书·老子翼》

[2]李泽厚，刘纪纲：《中国美学史（先秦两汉编）》，安徽文艺出版社1999年版，第201页。

[3]陈鼓应：《老子今注今译》，商务印书馆2003年版。

[4]朱立元主编：《美学》，高等教育出版社2001年版，第109页。

[5]张文勋：《儒道佛美学思想源流》，云南人民出版社2004年版，第145页。

[6]李泽厚，刘纪纲：《中国美学史(先秦两汉编)》，安徽文艺出版社1999年版。

[7]参阅[美]撒穆尔·伊诺克·斯通普夫、詹姆斯·菲泽著，丁友三等译：《西方哲学史》，中华书局2005年版。

[8][瑞士]H.奥特：《不可言说的言说》，林克、赵永译，三联书店1996年版，第29页。

[9]李泽厚说："在老子所生活的那个社会里，以至两千多年来一切剥削阶级统治着的社会里，美之与丑，相去几何的现象是普遍存在的。在统治阶级说成是美的东西的后面，常常隐藏着丑。公然视丑为美的情况也屡见不鲜，更何况统治阶级所谓美丑的观念是那样的变易不定。"（《中国美学史》）这种解释并不准确。老子在审美判断中所持的相对主义是一种文化立场，与时代和阶级没有直接关联。一个严肃学者的文化立场应该是超越政治和阶级局限的。老、庄不仅"怀疑一切"，他们也怀疑自己。而这恰是相对主义和怀疑论的可贵之处。

[10]参阅[美]撒穆尔·伊诺克·斯通普夫，詹姆斯·菲泽著：《西方哲学史》，丁友三等译，中华书局2005年版。

尊天立教，兼爱世人

——论墨翟的宗教理念..................................张立新

张立新

一

在中国思想史上，最为寂寞的先知要算是墨翟了。似乎很少有人能认识到他的伟大。司马迁算是汉代一个具有较广阔文化视野的人，《史记》不仅给历代王侯和圣贤立传，而且还有"游侠"、"滑稽"、"佞幸"、"酷吏"等传，可对于墨子，他只在《孟子荀卿列传》的结尾处附了二十四个字："盖墨翟，宋之大夫，善守御，为节用。或曰并孔子时，或曰在其后。"这实在过于简单了。以太史公之博学多识，他不会不知道墨翟之学乃先秦时与儒、道相匹敌之显学，为何如此吝惜笔墨？而"善守御，为节用"这六个字又怎能就概括了墨子的思想呢？其中缘由，颇耐寻味。

司马迁说墨翟是"宋之大夫"，可能有所根据，但我们现代的人们却很难再从别的资料中找到旁证了，于是他的身世也是一个谜。而我们从墨子及其后学留下来的文字里，仍然可以窥见这位先知的风采：他是一个博学的人，而且做学问是很勤勉的，他甚至在出行的时候都要在车里装很多的书——从出行可以坐车这一点看，他在社会上又是一个体面的人。他称自己"上无君上之事，下无耕农之难"，也就是说他既没有做官者的那些麻烦事，也没有处于社会底层的农人的生活艰辛。他似乎是一个很自由的人。他自由，但他又不是后来儒、道文化所衍生出来的"隐者"，他一直以炽热之情去干预现实的生活。他的一生，都献给了和平与社会的正义。可以看得出墨子是当时能量很大且相当活跃的一位社会活动家，他的门徒众多，《吕氏春秋》称"孔墨徒属弥众，弟子弥丰，充满天下"。《淮南子》也说："墨子服役者百八十人，皆可使赴汤蹈火，死不旋踵。"还有一个可注意的现象是，墨子的弟子中一定有不少人受命到各国的朝廷中担任了重要的职务，而他们做官的目的，却在于行"义"。所以，无论墨子的出身如何，他都当之无愧是一位饱学之士，一位著名的社会活动家，一位精神领袖。在精神品格上，那些一生在名利场上或相互撕咬，或蝇营狗苟的帝王及其卿相们，永远也无法望其项背。

秦汉之后，墨学成为"绝学"，很难寻到墨学研究的踪迹。直到近代，始有人认识到墨学中有着我们民族一向所缺乏的逻辑思维和科学精神，梁启超为此感慨万端："只可惜我们做子孙的没出息，把祖宗遗下的无价之宝，埋在地窖子里两千年。"梁先生以为这是我们民族的耻辱。胡适也认为："墨翟也许是在中国出现过的最伟大人物。"此话虽说得有所保留，但"最伟大"一语，却道出了胡博士的景仰之意。然而，虽然梁启超与胡适都给予墨子很高的评价，但二人的着眼点又有所不同。梁从墨学中看到逻辑与科学的思维，而对其宗教精神却似乎视而不见，他说："吾国有特异于他国者一事，曰无宗教是也。浅识者或以为是为国之耻，而不知是荣也，非辱也。宗教者，于人群幼稚时代虽颇有效，及其既成长之后，则害多而利少焉。何也，以其阻学术思想之自由也。吾国民食先哲之福，不以宗教之臭味混浊我脑性，故学术思想之发达，常优胜焉。"[1]但胡适却以十分肯定的语气说墨翟"是唯一真正创立了一个宗教的中国人"，称道他"具有高度的宗教气质"。这一分歧是很值得注意的。事实上，就现代的中国学术界来讲，能否真正接受墨子，在很大程度上取决于我们对宗教精神的理解，只有那些对宗教精神有着深刻理解的学人，才能走进墨子的文化视野。因为在先秦诸子中，墨子最为独特之处，就在于他要尊天立教，兼爱世人。浓郁的宗教情结，是墨子思想的灵魂，舍此，什么逻辑与科学，对于墨子，恐怕都是雕虫小技。而那些视宗教与科学为对立不可调和之物的人们，也当于墨子身上得到些许启发：在中国的思想文化史上，为什么恰恰是墨子而不是别人，能够集宗教、逻辑和科学的精神于一身？

关于宗教信仰，有一点我们必须首先明了：人类在经历了无数的灾难之后，已成长得更加理性，更加富有宽容的精神。不仅具有不同信仰的人们在寻求沟通，无神论者与有神论者也在寻求沟通。这就是我们所理解的宗教信仰的自由。但是，有没有信仰是一个问题，具有什么样的信仰又是一个问题。如果我们认为人的宗教信仰的状况与人的精神品格相关联，那我们就得越过崇拜对象的外壳——无论他叫上帝，叫耶稣，叫释迦牟尼，叫穆罕默德或别的什么，而更关注信仰的本质内核——信仰者是如何言说他心中的神明的。在这个意义上，追踪一个民族的宗教史可能会让人对民族精神成长的历程有一个较清楚的认识。

拙著《神圣的寓意——〈诗经〉与〈圣经〉比较研究》曾关注过《诗经》时代的宗教信仰状况。笔者以为那是一个中国原始的宗教信仰产生深刻危机从而转向裂变的历史时期。中国上古确曾有过与犹太人相类似的一神教崇拜，"皇矣上帝，临下有赫。监观四方，求民之莫……"《大雅》中频繁出现的上帝意象与犹太先知言说中的天父耶和华何其相似！上帝总是瞪着他那双明察秋毫的巨眼，静观人间。他是一个超越了人类知解力的神明，同时又具有鲜明的人格特征。人对上帝的景仰、崇拜、畏惧、依赖、呼告，恰如一个成长中的儿子对父亲的情感依恋，而上帝对其子民的呵护和关怀，也正像一位威严而仁慈的父亲。但是，当重重苦难降临人世的时候，《诗经》时代的智者并未能如犹太先知那样论证了神的无可怀疑的"正义"性，从而坚持对上帝的信仰，相反，他们在种种困惑与怀疑之下疏远了上帝。笔者以为这种宗教信仰的分道扬镳是源于中国先民与以色列人对上帝的诉求不同：以色列人诉求于上帝的是公平与公义，是圣洁、良善、公义的美德，所以无论现实世界如何的丑恶，他们也不愿放弃上帝的旗帜；而中国人诉求的却是"江山永固、百业兴旺、万寿无疆"那样近乎贪婪的洪福，故而当人"最终不能从上帝那儿有所得，上帝于是成为虚妄。在《诗经》中，上帝对人来讲始终是外在的，他从来也不曾进入到人的心中。人对上帝有敬畏之心，有怨愤之情，而从来没有想到要回归上帝。人，最终疏离了上帝"。[2]这一转变，有的思想史著作概括为"神本观念的明显衰落和人本思潮的广泛兴起"，"承继着西周文化的发展趋向，充满实证精神的、理性的、世俗的对世界的解释越来越重要，而逐渐忽视宗教的信仰、各种神力及传统的神圣叙事"。[3]

　　但是，当我们的研究视野突破了儒学的视界而兼及道家和墨家，特别是当我们进一步注意到《圣经》中所反映出来的犹太人宗教观念的发展变化过程之后，我们会发现，我国古代的先知中其实也并不缺乏如同阿摩司、以赛亚甚至保罗那样的智者，因为我们在墨家的著述中发现了几乎完全和他们相同的宗教旨趣。大致说来，《诗经》时代人们对上帝的诉求似可对应着以色列人在《摩西五经》时代的宗教诉求。那个时代的犹太人祈求于上帝的，不也更多的是物质的而非精神的东西吗？亚伯兰与上帝立约，是因为上帝应许他"后裔极其繁多"；以撒临终给儿子雅各的祝福是："愿上帝赐你天上的甘露，地上的肥土，并许多五谷新酒。愿多民侍奉你，多国跪拜你。愿你作你弟兄的主，你母亲的儿子向你跪拜。凡诅咒你的，愿他受诅咒；为你祝福的，愿他蒙福。"这种祝福和《诗经》中的诉求并无不同。摩西出埃及，虽然有了一层寻求自由的文化内涵，但眩人眼目的却是那"流奶与蜜之地"，然而，犹太人的自由与幸福的获得，却是以血腥的屠杀为代价的。《约书亚记》有一节叙述犹太人攻取艾城时的情景，实在是令人发指：

> 以色列人在田间和旷野追赶一切艾城的居民。艾城人倒在刀下，直
> 到灭尽；以色列人就回到艾城，用刀杀了城中的人。当日杀毙的人，连
> 男连女共有一万两千，就是艾城所有的人。约书亚没有收回手里所伸出
> 的短枪，直到把艾城的一切居民尽行杀灭。唯独城中的牲畜和财物，以
> 色列人都取为自己的掠物，是照耶和华所吩咐约书亚的话。约书亚将艾
> 城焚烧，使城永为高堆、荒场，直到今日；又将艾城王挂在树上，直到
> 晚上。日落的时候，约书亚吩咐人把尸首从树上取下来，丢在城门口，
> 在尸首上堆成一大堆石头，直到今日。

这淋漓的屠城血证，见证了上帝信仰之下的罪恶；流奶与蜜之地，招来的竟
是腥风血雨！只是经过了先知运动，又经过了耶稣和保罗，摩西一神教才生出了
公义与爱的根苗并成长起来，最终演化出基督教那样的普世宗教。而在中国文化
中，能够将"爱"与"义"这样的人道精神建立在宗教信仰基础之上的人，唯有
墨翟。

二

人们都知道，人道精神原是儒家伦理最重要的内容，仁爱与正义是孔子学说
的基本命题。通常的说法是，墨子原来也是学儒的，但他后来对儒家礼教那一套
繁文缛节实在厌烦透了，于是便逃离儒学，自立门户，并做了一个儒学的批判者。
从《非儒》残篇和其他相关文章可以看出，墨子对儒学的批判，主要集中于它的
所谓"亲亲有术，尊贤有等"观念及"繁饰礼乐"、"久丧伪哀"的礼法之上。
应该说，这种批判是十分成功的。儒学从孔夫子倡导的"仁者爱人"，"己欲立而
立人，己欲达而达人"演化（或退化）为对亲疏尊卑的着意强调和对繁文缛节的
刻意坚持，实在是一种反动。但墨子的卓越之处却在于他不仅能批判，而且还能
有思想的创新。针对儒家看重血缘和等级的思想局限，墨子打出了"兼爱"的大
旗。"天下兼相爱则治，交相恶则乱"，这是墨子对社会动乱的根由进行深入思考
之后所下的结论。当一个社会里人的私欲极度膨胀，自私自利、损人利己成为社
会的常态之后，这世界就不安宁了。"国之与国相攻，家之与家相篡，人之与人

相贼"，每个人都陷在这动乱中深受其害。所以，墨子大声疾呼：

> "今天下之君子，忠实欲天下之富，而恶其贫；欲天下之治，而恶
> 其乱，当兼相爱，交相利。此圣王之法，天下之治道也，不可不务也。"

墨子以为这是仁人君子应当做的一件"兴天下之利，除天下之害"的大事业。由上面这段话我们可以看出，墨子的理想，是要让人类社会摆脱贫困，走向富裕，摆脱动乱，走向和平。而在他看来，只有当人类理性地认识到兼爱和互利的法则之后，人类才可以得到他们想要的幸福。

在墨子的思维中有一点是最可注意的，他在论述到社会动乱的根由时总是平等地看待不同的社会成员："臣子之不孝君父，所谓乱也。子自爱，不爱父，故亏父而自利；弟自爱，不爱兄，故亏兄而自利；臣自爱，不爱君，故亏君以自利，此所谓乱也。虽父之不慈子，兄之不慈弟，君之不慈臣，此亦天下之所谓乱也。"我们知道在儒学的话语中有"乱臣贼子"之说，但在墨子的逻辑中，还可能有"乱君贼父"。每一个人都应当为社会的安定承担责任。所以，墨子认为人当"爱人若爱其身"，而不应当刻意地去分别什么亲疏或尊卑的界线。

应该说，墨子所倡言的带有平等意识的兼爱思想，无论对于社会的进步——这种进步表现为人在和平的社会环境中发展生产力并得到物质财富的不断富有——或是对于人的精神的成长，即人超越了动物性变得具有更高尚的品格，都是极有价值的，而人的精神成长和人的幸福之间的因果逻辑关系，墨子是看得很清楚的。但对他的"兼相爱，交相利"之说，却不断有人提出质疑。李泽厚先生在《中国思想史论》中如是说：

> 同样讲"爱"，它与儒家把爱建立在亲子血缘关系的心理基础上有
> 根本不同。这种不同，具有许多重要的后果。第一，儒家的爱是无条件
> 的、超功利的；墨家的爱是有条件而以现实的物质功利为根基的。它不
> 是出自内在心理的"仁"而是来自外在互利的"义"。基于"利"的
> "义"是小生产劳动者的准则尺度。而这，却又为后来法家斥仁爱为虚
> 伪，一切以现实利害计较为根本提供了基础。第二，由于儒家从亲子血
> 缘和心理原则出发，于是强调"爱有差等"，由近及远；墨子的"兼爱"

是以"交相利"出发，所以不主张甚至反对爱有差等。但前者由于具有现实的氏族血缘的宗法基础，获得了强有力的现实支柱；后者要求无分亲疏的兼相爱以免于战乱的大功利，反而成为脱离实际的空想。[4]

　　笔者不知道是否还有其他人如李泽厚一样论证过儒学着意强调的讲求尊卑亲疏即所谓"爱有等差"比墨子倡言的兼爱更具合理性或合目的性。但从文化效应（后果）来看，若"爱"以尊卑论等差，则最受爱戴的必是君王，芸芸众生就很可能命如草芥。远的且不说，我们该不会忘记 20 世纪 60 年代那场以极端的个人崇拜为前提发动起来的"动乱"给我们党和国家造成的伤害吧！我们为那样的"爱"而付出的代价难道还不够沉重吗？若"爱"以亲疏论等差，则人最亲的恐怕莫过于自身——难道不是吗？那么，在利害攸关之际，一切为谋取一己私利的罪恶勾当岂不也变成了天经地义了。这样的逻辑结果显然又与孔子倡导的仁义之学背道而驰。在笔者的阅读感受中，孔子本人并不是特别讲求尊卑和亲疏的。他办学讲的是"有教无类"，即主张人人都有受教育的权利；他的学生冉雍，出身原本低贱，孔子却称赞他具有王者的资质。在"己欲立而立人，己欲达而达人"这样的经典语录中我们也看不出对亲疏的刻意强调。再者，如果孔子那么在意于亲疏，他干吗要离开父母之邦而到处去演讲并指望得到别国君王的任用呢？他不是甚至还说过"道不行，乘桴浮于海"那样的话吗？所以，笔者以为对尊卑和亲疏的刻意强调，其实是建立在封建宗法关系基础之上的专制体制的伦理要求，儒学在其发展过程中迁就和屈从了这种要求，而随着儒学成为专制体制的思想工具，其仁学思想中的精华也就日益消解了。这样，被李泽厚称为"获得了强有力的现实支柱"的儒家的等差之爱，也就合乎逻辑地衍生了中国文化中的关系网、任人唯亲、结党营私、人熟好办事等等，同时也合乎逻辑地衍生出数不清的外戚专权、宦官专权与党锢之祸。

　　也许，记载于《左传》中的一个小故事早就对儒学的所谓亲亲之爱构成了幽默的嘲讽：郑国一个叫雍姬的女子，发现她的亲爱的夫君和父亲卷入了宫廷中可怕的权力斗争的旋涡并成为敌对的双方，她于是跑去向母亲提了一个问题："父与夫孰亲？"母答曰："人尽可夫，父一而已，胡可比也。"结果是这位女子保护了父亲却出卖了丈夫，让丈夫做了父亲的刀下之鬼。这个故事听起来让人哭笑不得，雍姬式的思维方式难道不正反映了爱有等差、亲疏有别吗？而雍姬的行为只能说明她是一个没有灵魂的躯壳，而绝对谈不上"出自内在心理的仁"。也许，雍姬的问题和母亲的回答都没有错，甚至雍姬的选择，也未必就是一个错误。但我们应当想到的是，当一种文化把血缘关系强调到可以抹杀其他任何一种关系的时候，爱、真理、正义，这些人类精神文明的更高追求，也就没有生长的地盘了。

李泽厚说墨子的爱是有条件并以现实的物质功利为根基的，似乎不如儒家无条件和超功利的爱来得高尚，他甚至于把墨子的"交相利"与法家的"一切以现实利害计较为根本"的思想相联系，这实在是对墨子思想一个不小的曲解。我们应该不难领会到，墨子的"交相利"，绝非指中国人习以为常的人际交往当中的投桃报李，更不是体现着物质交换原则的情感投资或精神放债。墨子及其门徒摩顶放踵，利天下而为之，从来也没有以他们自身的"现实的物质功利"为条件或目的。他们可以称得上是那个时代最无私、品格最为高尚的人。按笔者的理解，墨子所谓的"兼相爱，交相利"，乃是一种因果的关系。前者为因，后者为果；前者为条件，后者为结果——李泽厚的解释显然倒置了因果。墨子的意思是说人类只有学会爱人如己，才可求得人类共同的幸福。人类的历史固然充满了利害关系的较量以及由此引发的矛盾冲突，但人的内心若能多怀几分善意，少一点损人利己的邪恶念头，完全可以双赢（交相利）。如果说墨子有什么功利目的的话，他所求的也是天下之利——这难道不是自古及今一切伟大的思想家、科学家、政治家孜孜以求的事情吗？保罗告诫其门徒说："弟兄们，你们蒙召是要得自由，只是不可将你们的自由当做放纵情欲的机会，总要用爱心互相服侍。因为全律法都包在'爱人如己'这一句话之内了。你们要谨慎，若相咬相吞，只怕要彼此消灭了。"（《加拉太书》卷 5：13）保罗之言与墨子的兼爱、非攻之理难道还有什么本质差别？人类只有努力去实践"爱人如己"的兼爱之道，才有望获得他们所渴求的自由与幸福；如果继续"相咬相吞"相互残害的恶习，则末日的审判恐怕不会很遥远了。

墨子的"兼爱"被视为"小生产者常见的乌托邦意识"，是"脱离实际的空想"。在此我们有必要对"乌托邦"（Utopia）一词作必要的辨正。16 世纪的英国思想家托马斯·莫尔以《乌托邦》一书而被人称为"空想社会主义的奠基人"，于是乌托邦一词似乎也就成了"空想"的代名词，含有明显的贬义。但我们要知道乌托邦其实是莫尔所描绘的一个理想国，所以它同时又是理想主义的一个代名词。而莫尔在《乌托邦》中表达的理念则是："人类的幸福包括两种，即灵魂的和肉体的，灵魂的幸福是真正的幸福，它既包括精神的快乐，又包括符合自然生活和健康人天性的肉体快乐，而平淡庸俗、缺乏理智、一味追求物质享受的快乐则是令人鄙视的虚假幸福。"[5]会心的读者当不难领会其间理想主义的光辉和深邃的思想内涵。笔者以为，真正的思想家大多是乌托邦的，太现实的人，太着意于现实功利的人绝对成不了思想家。人类文明史上一直有人在呼唤和平、自由、平等、博爱，并为之进行了艰苦卓绝的努力，但人类至今还困扰于恐怖主义、专制主义及种种贫困和暴力，我们能放弃这种理想转过身去认同恐怖、仇杀和专制吗？笔者不知道如果没有乌托邦的支撑，人类会堕落到一种怎样的境地！

于是，我们看到，无论从人类历史的经验还是从理性的逻辑推理来看，建立在人与人平等观念基础之上的"兼爱"思想都远比儒学所强调的以亲疏尊卑论等差的"爱"更为有益于人的发展和社会的进步。儒家的"爱有等差"可能确实因为有氏族血缘的宗法制为基础，因而获得强有力的现实支持，但它不可能提升人的品格；而墨家的兼爱思想若能得到社会的认同，则可能对民族品性的提升产生积极的影响。

三

提倡"爱人若爱其身"，"视人之国，若视其国；视人之家，若视其家；视人之身，若视其身"的墨子，要进一步将自己的信念建立在宗教信仰的基础之上，于是有了关于"天志"的言说和"法天"、"尊天"的主张。

> 我有天志，譬若轮人之有规，匠人之有矩。轮、匠执其规、矩，以度天下之方圆，曰："中者是也，不中者非也。"
> 天之志者，义之经也。

在墨子之前的中国思想家中，老子和孔子对于从夏、商、周三代延续下来的上帝和天命的观念虽然没有明确地否定，但态度却是暧昧的。老子讲到"天"，往往天地并提，淡化了"天"的人格神的特征；孔子有"畏天命"之说，但他又主张"敬鬼神而远之"，说什么"祭如在，祭神如神在"。而墨子却以其鲜明的宗教色彩而独树一帜。他坚持认为一个有意志的"天"的存在，就像犹太先知和基督使徒坚持认为上帝的存在一样。"天志"，就是上帝的旨意，是上帝所喜悦或所厌恶的。敬畏上帝，遵从上帝的旨意，一直是犹太和基督教文化一个重要的命题，它同时也是墨子思想的重要命题。墨子指斥那些离弃了上帝的人们，只知道畏惧家长、畏惧国君，却不知畏天；他们不敢得罪家长、国君这些世俗的权威，却不怕得罪上帝。墨子说他们是"知小而不知大"。换言之，墨子以为违背了家长或君王的意志也许算不上人生的什么大罪过，唯有天志，是万不可违背的。这又正如耶稣所言："那杀身体不能杀灵魂的，不要怕他们；唯有能把身体和灵魂都灭在地狱里的，正要怕他。"（《马太福音》卷 10：28）

那么，墨子理解意识中的"天志"是怎样的呢？或者说，先知墨子从上帝那儿得到了什么样的启示呢？墨子说：

> 然则天亦何欲何恶？天欲义而恶不义。然则率天下之百姓，以从事于义，则我乃为天之所欲也。我为天之所欲，天亦为我所欲。然则我何欲何恶？我欲福禄而恶祸祟。若我不为天之所欲，而为天之所不欲，然则我率天下之百姓，以从事于祸祟中也。……天下有义则生，无义则死；有义则富，无义则贫；有义则治，无义则乱。……顺天意者，兼相爱，交相利，必得赏；反天意者，别相恶，交相贼，必得罚。

我们如果把墨子的这段话加以浓缩，其要义为：上帝代表着正义，上帝兼爱世人。他希望人类兼爱而非交恶。对上帝的信仰与人类的幸福密切相关，因为"爱"与"正义"与人类的幸福相关。人类只有通过对上帝的信仰培养出"爱"与正义的品格，才可避免灾祸，并有望获得自己所追求的幸福。墨子对"天志"的言说，完全接通了犹太先知和基督教对上帝属性的言说。犹太先知说上帝所希望于以色列人的，是圣洁、良善和公义的品格，"唯愿公平如大水滚滚，使公义如江河滔滔"。（《阿摩斯书》）而耶稣基督对人说"你要尽心、尽性、尽意爱主——你的上帝。这是诫命中的第一，且是最大的。其次也相仿，就是要爱人如己。这两条诫命是律法和先知一切道理的总纲"。他们都是要把人类对"爱"与"义"的诉求建立在信仰的基石之上。

在中国原有的文化背景下，墨子的"法天"和"尊天"的思想与儒家思想的更重要分歧恐怕还不在于有神与无神。正如基督教对上帝的崇拜潜藏着反对专制主义的文化资源一样，墨子的"尊天"其实也构成了对王权政治的挑战。从人类文化史的角度来看，这无疑又是对儒学的一次成功的反叛。这一点我们在《法仪》、《尚同》篇中也可以看得十分清楚。关于"同"，孔子说过一句很有名的话"君子和而不同，小人同而不和"，可知孔子的理想是要寻求社会的和谐，而不是要人们的思想整齐划一，更反对那种以丧失人的诚信为代价的心口不一的舆论一律。但是，由于儒学所支持的社会政治制度从根本上说是一种王权至上的专制体制，所以人们很难做到和而不同。恰恰相反，体制内的人们为了生存的需要，常常是貌合神离，同而不和，趋炎附势，甚至于钩心斗角，互相倾轧。所以，如果按照孔子的标准来判断，那个体制又可以说是培育小人而残害君子的。帝王专制的弊病，犹太先知是早就预见到的，当以色列人要求立王的时候，先知撒母耳就曾"警戒"他们，告诉他们那"主"将怎样"管辖"他们。撒母耳临死的时候还对以色列民众说了一句意味深长的话："其实耶和华——你们的上帝是你们的王。"

　　而在中国，最明确地对王权至上的文化进行否定的是墨子。墨子说："天下之为君者众，而仁者寡。若皆法其君，此法不仁也。法不仁，不可以为法。"这样公然地对王权和王法的真理性和正义性提出质疑，在中国文化史上实在是一件了不起的事情（而这一点，很可能正是墨学在秦汉之后的中国思想史上失踪的真正原因）。正是在这样的思想背景下，墨子打出了尊天的旗号。墨子理解意识中那个"行广而无私"、"施厚而不德"、"明久而不衰"的神明成了高于王权的权威。

　　可以说，孔子和墨子都是在思考着拨乱反正，但孔子想得比较多的是建立一种稳定的社会政治秩序，而墨子却在思考人类怎样在沟通中获得共识，从而避免纷争，达成和解。所以，墨子话语中关于"同"的论说与孔子所言"君子和而不同"的思想并不冲突，他甚至还说过："君必有弗弗之臣，上必有谔谔之下，分议者延延，而支苟者谔谔，焉可以长生保国"。（《亲士》）不同意见的论争不仅合法而且是一个国家具有活力、长治久安的重要条件。反之，如果"臣下重其爵位而不言，近臣则喑，远臣则吟，怨结于民心。谄谀在侧，善议障塞，则国危矣"。（同上）可知墨子"尚同"，也不是要搞众口一词的舆论一律。墨子"尚同"，是希望人类能够寻求到具有普适意义且对人类有益的价值观。或者说，墨子试图寻找到一条沟通人类的有效途径。思想价值观上的歧见很可能导致一个社会的分裂，所以需要沟通与整合。但这种整合，不能指望哪一个王者凭其权势来统一人们的思想。因为，在现实中没有一个王者能做到。墨子说，上帝设置官长并非让他们骄奢淫逸，而是让他们给万民"兴利除害，富贵贫寡，安危治乱"的，但现实中那些王公大人们所作所为却与此相反，他们任人唯亲，为所欲为，必然引起民众的不满。上下不同一，"上之所赏，则众之所非"，"上之所罚，则众之所誉"，这世道怎么能不乱呢？这些王公大人们实在不足以让人信赖。所以，墨子的尚同，不是同于某位圣人，也不是简单的下级服从上级，他说即使"天下之百姓皆上同于天子，而不上同于天，则灾犹未去也"。（《尚同》）这也就是说：这王者不是真理的裁判者，真理握在上帝（天）的手中。这样，墨子理解意识中那个具有正义属性并平等地兼爱世人的神明，便被设定为高于王权的权威。由此，社会正义的原则和人与人平等互爱的原则便成为墨氏宗教的信条并将以此引导世人在纷争中寻求和解——这大约是墨子想做而没有能够做到的事情——我仿佛听到了中华文明史上一声延续了几千年的沉重的叹息。

此文曾刊于《云南民族大学学报》2005 年第 2 期。

注 释：

[1]胡道静主编：《国学大师论国学》，东方出版社 1998 年版，第 24 页。

[2]张立新：《神圣的寓意》，云南大学出版社 1999 年版，第 89 页。

[3]陈 来：《古代思想文化的世界》，生活·读书·新知三联书店 2002 年版，第 10 页。

[4]李泽厚：《中国思想史论》（上），安徽文艺出版社 1999 年版，第 64 页。

[5]孙鼎国：《西方文化百科》，吉林人民出版社 1991 年版，第 200 页。

从《秋水》意趣看"逍遥"之境······················张立新

一

《庄子》一书，既多谬悠之说，荒唐之言，在理解上更极易生出歧见。比如开篇之《逍遥游》，有人或许一下子就被那"水击三千里，抟扶摇而上者九万里"的鲲鹏意象所折服，心向往之，飘飘然有凌云之志，正所谓"好风凭借力，送我上青云"，然后可以俯视和蔑视地下那些渺小而低能的生物。也有人会以为所谓逍遥之境不过是一个生活中的失败者（或曰没落阶级，或曰阿 Q 式的失意者）"自我超脱的空想"，文笔虽妙，但若寻其意义，恐与痴人说梦也没有太大的区别。怎样理解这位荒诞派的艺术大师与哲学大师？笔者赞成打破内篇、外篇和杂篇的界线来理解庄子，并主张从《秋水》入门来进入庄子思想的堂奥。悟透《秋水》意趣，才可以通往"逍遥"之境。

《秋水》共七章，而最要紧的是开头一章。那是神与神的对话，似乎是一种天外传来的声音：

> 秋水时至，百川灌河，泾流之大，两涘渚崖之间，不辨牛马。于是焉河伯欣然自喜，以天下之美为尽在己；顺流而东行，至于北海；东面而视，不见水端。于是焉河伯始旋其面目，望洋向若而叹，曰："野语有之曰'闻道百，以为莫己若'者，我之谓也！且夫，我尝闻少仲尼之闻，而轻伯夷之义者，始吾弗信；今我睹子之难穷也！吾非至于子之门，则殆矣！吾长见笑于大方之家。"

> 北海若曰："井蛙不可以语于海者，拘于虚也；夏虫不可以语于冰者，笃于时也；曲士不可以语于道者，束于教也。今尔出于崖涘，观于大海，乃知尔丑。尔将可与语大理矣。

> "天下之水，莫大于海；万川归之，不知何时止，而不盈；尾闾泄之，不知何时已，而不虚。春秋不变，水旱不知。此其过江河之长，不可为量数。而吾未尝以此自多者，自以比形于天地，而受气于阴阳；吾在天地之间，犹小石、小木之在大山也……"

这是一次非同寻常的对话。在认识论的意义上，它大约是相对主义思想最早的表达，而且表达得如此形象生动。这里包含着庄子对宇宙图式的猜想和对人类生存境况的深刻理解。宇宙，无论从空间还是从时间上而言，它都是不可穷尽的；而生存于宇宙间的人类，由于其生命的短暂和生存空间以及文化视野的相对狭小，其知性总是有局限的：

> 计人之所知，不若其所不知；其生之时，不若未生之时；以其至小，求穷其至大之域，是故迷乱而不能自得也。由此观之，又何以知毫末之足以定至细之倪？又何以知天地之足以穷至大之域？

是呵，无论就微观世界还是就宏观世界而言，宇宙对人来讲，似乎都是一个永远的秘密。所以，任何人，都是或一意义上的井蛙。

读庄子"坎井之蛙"的寓言，总让我联想到柏拉图那个神秘的洞穴。柏拉图笔下的洞穴图景当然可以引申出多种象征的意味来，而当代西方的一位思想家施特劳斯认为，"柏拉图式的洞穴图景描述了人类的根本处境，人是其所处时代及场所中权威意见的囚徒，一切人由此开始，大多数人也在此结束"。[1]柏拉图的洞穴之喻与庄子的"井"意象似有异曲同工之妙，但若论到对"人类的根本处境"的象征性表达，笔者以为庄子的比喻更有别样的意味。在柏拉图的洞穴里，人所见的一切都是虚幻的影子，这似乎永远排除了人类求真的可能性——人自以为看到了世界的真相，但其实那不过是幻影！在庄子的"井"中，蛙（人）所见未必不真实，但所见实在太小，如果他以此自美自傲，那就显得很可笑。但"蛙"毕竟是可以跳出井的，就是说人是可以不断突破自身的局限，不断拓展自身视野的——由此也许可以成就人的伟大（尽管他也永远具有局限）。比如河伯，原先也曾"以天下之美为尽在己"，可是当他有幸面对大海的时候，他认识了自身的浅薄，并由此获得了北海若那样的智慧。

把"井蛙"之喻说成是庄子"对人的根本处境的理解"，可能会遭非议。有学者以为，在中国文化中，"天地人三才，人可以参天地化育，这在许多宗教是不可思议的，人怎么可以做上帝的事情呢？"他们由此认为"中国文化中人的地位很高"。[2]似乎这是中国文化的一大优点。这真的是中国文化的优点吗？把人的地位看得高（和神一样高），人的地位就真的高了吗？但我们看到，在《秋水》中，庄子总是强调人的渺小和知性的有限。博大深奥如北海若者，也能清醒认识到"吾在天地间，如小石小木之在大山也"。同样，很多中国人也无法理解犹太《圣经》中所描述的亚当、夏娃之罪。为什么人想"如上帝"便是罪？人"如上帝"有什么不好？《圣经》为什么要那样贬低人类？但笔者想，摩西的意思（如果《摩西五经》真为摩西所写）其实与庄子相通：人当明智地认识到自己的渺小和无知，全知全能的只有上帝。在这个问题上，人想充当上帝，就是罪，也就是庄子所说的"迷乱"，而人必须为自己的迷乱付出代价。我们试反思一下人类的历史，人类因自己的狂妄之罪而惹的灾祸还少吗？

二

笔者以为，以上所说这些，当是《秋水》意趣所在。我们悟透了这层意思，再来读《逍遥游》，才可以领会逍遥之境到底何事？毫无疑问，"逍遥"是庄子学说的关键词，而庄子对后世中国知识分子的影响又是那么深远，但世人所理解的"逍遥"与庄子所思是否相契合？刘小枫先生以《拯救与逍遥》为题纵论中西文学精神之差异，可谓慧眼独具，让人耳目一新。但如果我们不是泛论中国文学，而是专注于先秦诸子，则中国文化原本其实也并不缺乏拯救的意识。孔、孟与墨子自不用说，即便如庄子这样被人解读为"消极"、"没落"或"空想"的思想家，其思想的出发点仍然是救世而不是玩世。或者说，在庄子的逍遥中其实就包含了拯救，在中国的文化环境中，无逍遥则无拯救。

《逍遥游》以描绘鲲鹏的形象开篇，在视觉上给人以强烈的震撼：

> 北冥有鱼，其名为鲲；鲲之大，不知几千里也；化而为鸟，其名为鹏；鹏之背，不知几千里也；怒而飞，其翼若垂天之云。是鸟也，海运，则将徙于南冥。南冥者，天池也。

蜩与学鸠从自身的经验出发，无法理解鲲鹏为何要飞那么高、那么远，它们因不理解而嘲笑它。这时，一个画外音似从天边传来："之二虫，又何知？小知不及大知，小年不及大年。"庄子说这叫"小大之辩"。但问题是：作为一个寓言故事，那硕大无朋的鲲鹏意象在庄子话语中象征什么？至高无上的君王？富甲天下的商界巨子？学问上的泰山北斗？世间所谓做大事业大学问者是否就是那"绝云气，负青天"的大鹏？庄子没有说。他只是说，世间之人，无论是地方小官还是一国之君，他们每每为自己的那么点所谓智慧、业绩、道德、能力而沾沾自喜，他们的眼光其实与学鸠、斥鴳之类一样短浅。所以，在《逍遥游》的语境中，所谓小大之辩，是一个精神世界的问题，与俗世人的地位的高低贵贱应无太大的关系。

《逍遥游》中的学鸠、斥鴳之类其实就是《秋水》中的井蛙，他们的可笑与可怜之处在于不懂得自身的局限性，他们只知道在自己的经验世界里沾沾自喜。那么，鲲鹏呢？鲲鹏自视如何？他有没有过河伯那样由"以天下之美为尽在己"的欣然自喜到"吾常见笑于大方之家"的敬畏之情的转变？我们不得而知。但有一点似乎可以断言，一个人（无论他多么了不起）如若以鲲鹏自况自美，那他即刻也就表现出自己其实是一只可怜的井蛙。"水击三千里"有什么了不起？"抟扶摇而上者九万里"难道就是"飞之至"？所以，尽管大鹏之飞与学鸠、斥鴳之飞不可同日而语，但它并不就是庄子所说的逍遥之境。宋荣子"举世誉之而不加劝，举世非之而不加沮"算不得逍遥，列子御风而行也算不得逍遥，大鹏之游当然也算不得。

那么，怎样的境界才是逍遥之境呢？庄子曰：

> 若夫乘天地之正，而御六气之变，以游无穷者，彼且恶乎待哉？
> 故曰：至人无己，神人无功，圣人无名。

显然，逍遥之境是庄子精神世界的最高境界，达于这个境界的，可称之为至人、神人、圣人（三者名异而实同）。"乘天地之正，御六气之变"表达着道家顺应自然的认知方式，人的灵魂其实可以在自然的神殿中（天地间万事万物中）获得感应。而人的精神，却应超越现实的束缚而游于至大无穷之境。庄子所谓"无所待"，一般都解释为"无所恃"、"无所凭借"或"无所依赖"，而这也即是一种精神的超越。陈鼓应先生曾解释说："至人是个自由超越者，他从形象世界的局限中超越出来，而获得大解放，而达到'无待'的境界——心灵无穷地开放，与外物相冥合。"[3]陈先生把"无所待"释为"心灵无穷地开放"，是极有见地的。但"无穷开放的精神空间"是否可能？人的精神之旅能否超越世俗的种种羁绊而获得自由呢？如果说，人的生存与世俗所谓功名，所谓荣辱得失难分难解，人时时要面对它们的诱惑和挤压，那么，人的精神，人的思想的意志力，能否承受得住这种诱惑和挤压？庄子认为，真正的智者，应该而且可以做到。特别是具有先知情怀的智者，他总要全力超越自我有关祸福得失的欲念，超越以追逐现实功利为目的的实用理性的羁绊，然后他的思想才可以获得大解放，他才可以无所"恃"地"独与天地精神相往来"——这世间有多少人是"有恃无恐"，他是因无恃而得以逍遥。

在此处我们把庄子与荀子做一点联想也许是有意义的。从语义上讲，庄子的"无待"与荀子的"善假于物"恰恰构成了一个对照。荀子曰："登高而招，臂非加长也，而见者远；顺风而呼，声非加疾也，而闻者彰。假舆马者，非利足也，而致千里；假舟楫者，非能水也，而绝江河。君子生（性）非异也，善假于物也。"（《劝学》）他说的道理浅显易懂。荀子之学与庄子之学显然不在一个平面上。荀子讲的是"经世致用"之学，学问与功名是分不开的；庄子却奋力要摆脱功名对精神的束缚。荀子之思是在可视的经验世界中，或者说是在已知的知识海洋中，而且还常常画地为牢。他可能是一位学问家，在知识的崇山峻岭和大江大海中遨游，但他的舆马舟楫所至，终不能越封建礼法之樊篱，而其所登、所见、所呼，也就可想而知了。而庄子虽然"博学无所不通"，但他却似乎不满足于做一个学问家，而是一心要做一个思想者。他似乎对未知的世界更感兴趣，而对世人公认的"真理"抱着怀疑与警惕。他的内心总有一种冲动，渴望突破那已知"真理"的樊篱，让思想在无穷之域自由翱翔。他不知道自己能飞多远，但他渴望自由。

施特劳斯认为，教育就是要让人从柏拉图式的"洞穴"中"获得解放，就是上升到某种立场，从那里能够看到洞穴。苏格拉底断言，他只知道自己是无知的（Only I know what I don't know），这说明他获得了这样的立场，从这里他看到，被他当做知识的，只不过是意见——被洞穴生活的必然性所规定的意见。任何形式的哲学都假定，通过无所凭借的理性，人总能够超越给定的东西，找到一种不武断的标准，以对抗那些用来衡量它的东西（against which to measure it），正是这种可能性构成了人之自由的本质"。[4]从庄子文中，我们看到了苏格拉底式的立场。世俗的成见和所谓功、名，难道不是"被洞穴（井）生活的必然性所规定的意见"？"逍遥"之游，就是要"通过无所凭借的理性"，"超越给定的东西"，让思想获得自由、获得解放。

从《秋水》意趣看「逍遥」之境

曾有论者把庄子与西方的尼采相比较，庄子所谓"大浸稽天而不溺"，"大泽焚而不能热，河汉沍而不能寒，疾雷破山，飘风振海而不能惊"的神人、至人的风采也容易让人联想到尼采所说的具有强力意志之超人。可尼采的所谓"强力意志"之论，却很容易导致偏执的自我。而庄子所谓至人，却是在肯定自我意志和独立人格的前提下，要求超越自我。宋荣子所谓"举世誉之而不加劝，举世非之而不加沮"的处世理念，或许可以理解为是一种具有鲜明个性的强力意志的表现，庄子说这种人固然可贵，但他"犹有未树"。说他可贵，是说他超越了功名的计较（无功、无名），说他"犹有未树"，是说他的理性可能为偏执的自我所遮蔽。庄子认为，一个真正的智者（至人、神人、圣人），不仅能持守，而且能改变。"乘天地之正"是讲持守，"御六气之变"是求变化。他知道，自我的偏执也是思想的牢笼。

笔者以为，《逍遥游》其实是一个思想者庄严的人生宣言，他向世人宣告了自己生命的意义及生存的法则。正因为深刻地理解了人的真实处境，他的内心旷达而澄明。他要尽自己的全部心力游于逍遥之境，不断突破自身的种种局限，去探寻那无穷之域的秘密。这是真正意义上的"人的觉醒"。如果说，在中国传统文化的语境中，人的精神被王权至上、君臣之义等封建礼法给捆住了，人的灵魂已沦落为封建礼法的囚徒，那么，像庄子这样的智者，就是要用逍遥的精神来拯救人的灵魂。因为，逍遥不仅是"悠然"之境，更重要的还是"自由"之境。"采菊东篱下，悠然见南山"固然逍遥，但并不就等同于庄子的逍遥。从积极的意义上说，自由，才是逍遥更本质的内涵。

《庄子·在宥》有言：

> 出入六合，游乎九州，独往独来，是谓独有。独有之人，是之谓至矣。
>
> 处乎无响，行乎无方。挈汝适复之挠挠，以游无端。出入无旁，与日无始。颂论形躯，合乎大同。
>
> 大同而无己。无己，恶乎得有"有"？睹"有"者，昔之君子；睹"无"者，天地之友。

由上面这番话也可以推演出一种永远追求真理的自由精神，而这也正是伟大先知的情怀。"处乎无响"，即守望寂寞；"行无方，游无端"则是思想的自由与学海无涯。他是天地之友，眼中关注的不是"有"，而是"无"。未知的世界对他来说更充满诱惑。这难道不是"逍遥"的题中之意？

三

要逍遥，就必须疏离王权政治，所以庄子特别推崇许由。[5]被王权政治统治太久远，官本位思想渗入骨髓的国人恐绝难相信中国历史上出现过像许由那样的人物。中国人自从发明了科举，天下英雄入其彀中，延至大清帝国，终于陶铸出范进那样的文人典型。金榜题名可以让人高兴得发疯，做官的欲望让中国的知识分子心智迷乱。至于"得天下"，更是中国文化一个永远的话题，强烈的占有和控制的欲望常常导致"伏尸百万，流血漂杵"，至于说王宫之内围绕着王权的争夺所酿造的种种罪恶，更是令人发指。取天下就如同火中取栗，有人拱手相送，却避之唯恐不远，这是很难令人相信的。但笔者宁愿相信许由的存在不仅仅是传说。许由大约是中国远古时期一个纯粹的知识分子，他知道自己需要什么，也懂得自己不可以做什么。庄子在精神上与许由相认同，他对王权政治的轻蔑还可以从《秋水》中所描写的一个故事中表现出来：庄子的朋友惠子在梁惠王那儿做了国相，庄子去拜访他，还没见上面，却有小人在惠子面前进谗言："庄子来，是要与你争夺相位，你可要小心点。"为了这句话，惠子竟命人四处搜捕庄子，一直折腾了三天三夜。庄子对他这位老朋友真不知说什么才好，于是给他说了个比喻：

> 南方有鸟，其名为鹓鶵，子知之乎？夫鹓鶵，发于南海，而飞于北海；非梧桐不止，非练实不食，非醴泉不饮。于是，鸱得腐鼠，鹓鶵过之；仰而视之，曰："赫！"今子欲以子之梁国而"赫"我邪？

王权政治下的权位争夺可以让朋友反目，让骨肉相残，而庄子却认为让人类付出如此代价去争夺的东西不过如同一只"腐鼠"。庄子这样对待政治的态度，自然与世俗的价值观相背，同时也会受到来自"士"阶层的质疑。士人有了知识，总是渴望着为世所用，让自己的价值得到社会的承认，"怀才不遇"，是士人最沉痛的感伤与哀怨。这种情怀表达得最为深刻的要算是《韩非子》中那个有关"和氏璧"的故事。据《韩非子》载，战国时代楚国有一个叫卞和的人，在山中得到一块玉石，可能是出于对君王一片忠心，或许也是觉得自己不配受用，不如借它讨个封赏，总之，他把玉石拿去献给厉王。厉王爱宝而不识宝，就请了一位专门研究玉石的专家来做鉴定。专家说：这只不过是一块山沟里极普通的石头。于是，厉王以欺君之罪砍掉了和氏的左脚，以儆效尤。厉王死后，即位的是武王，和氏又要把那块玉石献给武王，结果，他以同样的罪名被砍掉了右脚。也算这和氏的命大，遭了那样的灾祸，不仅顽强地活了下来，且一直熬到武王死去，文王即位。这时的和氏虽有献宝之心却已无面君之胆了，他抱着他的那块玉石在楚山下放声大哭，直哭了三天三夜，"泣尽而继之以血"。终于惊动了文王，他派人来调查事情的原委，和氏说了一句最让君王感动的话语："让我痛心的不是我的两只脚被砍掉了，让我痛心的是他们竟然把宝玉当成石头，把一个忠心耿耿的人说成是骗子！"于是，经过重新甄别，和氏冤案得以平反，那块玉石经雕琢后大放异彩，被称为"和氏璧"，算是对其肉体和精神伤害的一种补偿。这个故事想来应是真实发生的事情，不像是韩非凭空杜撰，司马迁《史记》中那个很有名的完璧归赵的故事，也证明了这块价值连城的美玉的存在。但是，韩非讲这个故事的时候却赋予它以讽喻的意义。在韩非想来，他的满肚子的学问就是准备着要献给帝王的无价之宝，所以，他把自己的智慧比成一块美石，哭天喊地望眼欲穿地巴望着君王的鉴赏。庄子则把自己的智慧比作一棵不中绳墨的大树，这棵大树植根于"无何有"之乡——与现实经验世界相对立的未知之域，根深叶茂，万古长青。在这棵大树下，必能形成一片绿荫，让人"彷徨乎无为其侧，逍遥乎寝卧其下"。庄子对这"大树"可谓情有独钟，再三致意。难道这就是庄子所看重的中国知识分子的精神之树？如果说在韩非与庄周的寓言中分别蕴涵着中国知识分子的两种极不相同的人格，那么，庄子的精神之树，当更具有现代的以及世界的意义。

此文曾刊于《云南民族大学学报》2004 年第 2 期。

注　释：

[1][美]布鲁姆：《巨人与侏儒》，秦露等译，华夏出版社 2003 年版，第 8 页。

[2]《中国大学学术讲演录》，广西师范大学出版社 2003 年版，第 5 页。

[3]陈鼓应：《老庄新论》，上海古籍出版社 1992 年版，第 127 页。

[4][美]布鲁姆：《巨人与侏儒》，秦露等译，华夏出版社 2003 年版，第 8 页。

[5]相传尧曾想将天子之位让给许由，许由不受而逃，隐于箕山。他认为尧的话玷污了自己的耳朵，曾临河洗耳。

从《秋水》意趣看「逍遥」之境

长路求索，九死不悔

——屈原的人生境界························张立新

路曼曼其修远兮，吾将上下而求索。

——《离骚》

如果你跟随你的星，你将不会失去光明的港口。

——《神曲》

在笔者的意识中，屈原应该是中国古代思想史上最后的先知，一位诗人先知。为了较好地表达笔者对屈原的理解，笔者把他与意大利诗人但丁放在一起来讨论。屈原和但丁是中西方文学史上影响最为深远的两位诗人，同时又是极具典型意义的文化伟人，在他们的作品中凝聚着中西方文化精神中一些最重要的因素。他们真正可称为中西方的诗人之魂——永远的灵魂！虽然屈原生活于中国战国时代的后期，而但丁却生活在西方中世纪末期的佛罗伦萨，二者相距一千五百多年，可说是十分遥远，但由于这两位诗人都生活在社会处于剧烈动荡和变革的时期，他们又都兼有政治家和诗人的双重身份，其人生经历约略相似，且在诗界又都享有崇高的地位，所以，对他们的研究早已进入了比较文学的视野，钱钟书、茅盾等学界巨子有文论及，目下也有不少学人涉足其间，见仁见智，不无裨益。而笔者所关注的是：作为诗人之魂的屈原和但丁，他们的作品中到底蕴涵着怎样的文化精神，这种文化精神在现代文化的视野中在何种意义上还具有崇高的价值取向？而中西方人文精神的巨大差异，或许也从中可见端倪。

一、先知诗人

屈原和但丁的人生经历确有着极大的相似性。首先，他们都出身贵族家庭，且都曾经是政治舞台上极活跃的人物。屈原官至左徒，"入则与王图议国事，以出号令；出则接遇宾客，应对诸侯"。但丁做过佛罗伦萨市的执政官，在民众中享有极高的声誉。但是，他们后来在政治斗争中都失败了，流放，是他们共同的命运。这不幸的命运成就了他们作为诗人的伟大。卡莱尔说，如果但丁成为佛罗伦萨一个成功的市长，"那么10个无言的世纪就会默默地过去，10个其他的倾听着的世纪将会没有《神曲》可听"。[1]屈原也是这样。如果他在左徒那样一个位子上寿终正寝，我们到哪里去读"可与日月争光"的千古绝唱？尽管如此，我们还是有必要对他们的政治使命作一个简要的评说，因为，失败并不能必然地证明他们的无能，也许可能恰恰是因为他们太优秀。这是先知的特殊命运。

　　早先中国文化界对但丁的描述中也曾纠缠着一个很恼人的问题：但丁的阶级立场。有人说但丁是处在一个社会的转型期：封建主义走向没落而资本主义正在勃然兴起，意大利政治斗争的实质就是封建贵族与市民阶级的较量。而不识时务的但丁，"在此两势力之间动摇了一些时，终结却是投向了贵族派一边"。投向一个代表着没落阶级的党派，能有什么前途呢？因此，"《神曲》——这恐怖的孔雀鸣声，事实上只是中世纪贵族文化之最后的哀声罢了"。[2]连他饱含辛酸的流亡生活，也受到无情的揶揄和嘲讽。但是，又有另一种截然相反的说法，说但丁"始终不渝地处在时代运动中，在实际斗争中生活着和活动着。他迎着历史的风暴，站在勃然崛起的新兴市民阶级一边，用舌与剑，进行着反对封建贵族阶级的政治斗争"。[3]你看，毁与誉，都与但丁当年的政治立场悠悠相关，而结论却是如此不同。人们都知道但丁当年曾卷入一场称为黑党和白党的政治斗争并为此而蒙难，但这黑白两党到底谁代表了历史前进的方向呢？你看，画线站队的思维方式无处不在，不仅老庄、孔孟、墨子等中国先贤要在这圈子中就范受辱，连但丁那样的西方文化伟人也难逃厄运。可有一个不容任何人否认的事实是：不是但丁所属的党使但丁成为伟大者，但丁伟大是因为他是但丁而不是因为他是白党。

　　也许，但丁的意大利同胞马里奥·托比诺所著《但丁传》更可让我们看清楚但丁的伟大。但丁曾以饱满的政治热情投身于意大利的政治改革，托比诺这样描述但丁的政治活动："他为了自由和正义，为了建立置于党派之上的法律，为了消除互相残杀的内战，为了实现一个理想的教会国，整日召集民众大会，鼓舞和激励人们的信念。"但丁激烈地反对教皇逢尼发西，不是因为教皇代表教会，而是因为这个教皇"完全被傲慢和贪婪所束缚，一心只迷恋于玩弄权术"。但丁清醒地看到了教皇专制的弊端，主张政教分离，反对教皇干涉世俗政权。而他之所以反对以科索为首的黑党，是因为黑党奉行独裁和充满血腥的暴政。特别需要指出的是，但丁后来甚至与他的白党同志也格格不入了，因为他看到那些家伙一心只想着复仇，他们的内心里其实与黑党一样充满着邪恶。而"笃信人道而神圣的正义，谋求避免喋血的和平"是但丁对待党争的原则立场。于是，但丁"成了众矢之的，受到流亡同伙的责难。一切幻景都消失了。往日的政治热忱，激奋情绪，重见英俊的圣约翰之美好愿望，如今在他心中完全淡漠了"。但丁成了一个真正的孤独者，而托比诺这样评价但丁的孤独："一个茕茕孑立、穷困潦倒、没有祖国的人，将那些属于以复仇为快、杀人为乐的贵族之家的罪人，钉在耻辱柱上，成为正义的卫护士。"[4]笔者以为，这正是《神曲》得以诞生，但丁成为一个伟大诗人的光辉起点。

屈原也是一个有理想的政治改革家，他把自己的政治理想叫做"美政"，其核心的内容是举贤授能、修明法度。

> 惟草木之零落兮，恐美人之迟暮。
> 不抚壮而弃秽兮，何不改乎此度？
> 乘骐骥以驰骋兮，来吾导夫先路。

一种强烈的使命感在鞭策着他，他觉得时不我待，他心甘情愿地去承担一个先驱者的命运。屈原的政治生活中没有公开的党争，但暗地里的拉帮结派相互倾轧从来就没有停止过。屈原把那些结党营私之徒称为"党人"，正是这些家伙把国事弄得一团糟。所以屈原的美政理想也是超越了阶级和派系之争的，他奉行的是儒家"君子不党"的原则，他只是忠于君王及其代表的国家利益。在这一点上屈原与但丁是极其相似的。屈原这样表达自己的耿耿忠心："余固知謇謇之为患兮，忍而不能舍也。指九天以为正兮，夫唯灵修之故也。"屈原因小人的妒忌和谗毁而被楚王疏远以至放逐，楚国也在腐败中一天天沦落而最终被强秦所灭，这是楚国贵族的悲哀而非屈原的悲哀，如同但丁所做的一样，上天把另一种更重要的使命放到了屈原的身上。

二、精神丰碑

有人说但丁的《神曲》是"中世纪的史诗"，可《神曲》与我们理解意识中一般意义上的史诗，比如说荷马史诗显然不同。《神曲》所关注的不仅是历史层面的东西，它更关注灵魂的归宿。它不仅是展现了中世纪佛罗伦萨及整个意大利的社会生活画卷，更表现了"人，由他自由意志之选择，按其功或过，应得到正义的赏或罚"这一严肃的主题。[5]也就是说，它既是反映生活的，又是表现灵魂的。而在这一点上，屈原的创作与但丁也十分相似。屈原不仅揭露了一个昏乱世界的腐败、堕落和荒谬，给人以厚重的历史感，更表现了一颗痛苦灵魂的挣扎，给人以精神的震撼。所以当我们把《神曲》和《离骚》称为史诗的时候，我们应从两个层面上来理解其史诗特性，而笔者，更愿意把它们视为表现灵魂挣扎和提升历程的史诗。或者说，屈原和但丁的诗歌是中西文学史上的两座精神丰碑。

《神曲》与《离骚》都与精神的漫游相关，而这种漫游的起点又是那样地相似，即他们都曾处于人生旅途的困境及灵魂的迷失和彷徨之中。《离骚》中的"路幽昧以险隘"和《神曲》开篇所描述的那座"昏暗的森林"实在是有着相同的象征意味。在屈原的其他诗歌中，我们也常可读到对人生困境和心灵迷失的象征性表达：

> 入溆浦余儃徊兮，迷不知吾所如。
> 深林杳以冥冥兮，乃猿狖之所居。
> 山峻高以蔽日兮，下幽晦以多雨。
> 霰雪纷其无垠兮，云霏霏而承宇。
>
> （《涉江》）

但是，我们看到，但丁和屈原从相同起点开始的灵魂之旅却极不相同，因而是各具异彩的。

但丁用象征的手法写他的灵魂之旅。他在幽暗的森林中寻找出路，当他正准备向晚霞的余晖奔去时，迎面碰上了三头拦路的猛兽：豹子、狮子和狼，正当那头容貌恐怖的母狼"向我走来，一步步把我逼回到'太阳'在那里沉寂的地方"的时候，古罗马的诗人维吉尔突然降临。在维吉尔的引导下，但丁之魂游历了地狱和炼狱，然后由他所钟情的美丽女子贝阿特丽彩引导游历天堂。人们一般都可以认同这样的解读：森林象征人生的迷途，豹子象征淫邪，狮子象征野心，狼象征贪婪。正是这些邪恶的情欲阻碍了人的灵魂通向光明。三界的设定当然也是象征性的：地狱象征现世，天堂象征至善至美的理想，炼狱则是从现世通往理想的必由之境。而维吉尔象征理性，贝阿特丽彩象征信仰，处于黑暗之中的灵魂在理性的引导之下，可以脱离罪恶的地狱，经过忏悔和洗涤，获得新生，然后在信仰的引导之下升入充满光明的天堂，达到崇高的境界。熟悉基督教文化的人都知道，但丁运用象征主义的艺术手法，演绎了一个灵魂得救的生动故事。这似乎是中世纪基督教经院哲学的老生常谈。但我们要知道但丁是中世纪诗歌艺术的集大成者，《神曲》的整体构思当然离不开那一时代的文化背景，在但丁那个时代，艺术除了充当人与上帝的中介之外，没有其他的使命。而《神曲》中所凝聚的，无疑是中世纪基督教文化的思想精华。但丁，这位杰出的天才，似乎是受了神的启示，用他的生花妙笔，把丰富深邃的人生感受与基督的神示结合为一体而天衣无缝。在笔者看来，《神曲》在文化精神上其实是继承了以色列先知文化的特质并加以发扬光大的。犹太宗教原本包含着哲学的高度智慧，承受了民族苦难的先知更是集宗教精神、哲学思辨和社会关怀为一身。他们关注现实，敢于直面惨淡人生，但他们绝不放弃理想；他们承认人的罪性，同时又对人的作恶倾向保持警惕；他们认识到人生充满着悖论，但又坚持为人的完善性而努力。我们在《神曲》中看到的就是这样一种文化精神的延伸。《神曲》中关于地狱、炼狱（净界）和天堂的描绘当然隐含着作者的道德评判，但那种以为但丁把他的仇敌打入地狱而把他的友人捧上天堂的评论却是极其肤浅的，似乎这位天才的诗人其实是小肚鸡肠，他正在冒充上帝对政治上的异己实行打击报复。如前所述，但丁的思想是超越了党派之争的，令他憎恶和痛心疾首的是人类精神的堕落。凭其天才的想象力，但丁把灵魂在永劫的地狱中经受苦刑的凄惨表现得无以复加，令人不寒而栗，把天堂描绘得充满光明令人向往，正表现着他的救世的精神。事实上，《神曲》以最优美的语言和幽深的意境表现出了那个时代基督教世界对于人的生存价值的最高理解。即便放到今天来看，但丁所达到的高度也是令人叹为观止的。比如：但丁为什么要写那伙"在人世过了无毁无誉的一生"的灵魂？这些幽魂聚集在地狱之门哭泣。

　　他们对神不叛逆，也不忠诚；只顾到自己。
　　天堂把他们逐出，为了使自己的美不受损害；
　　幽深的地狱也不收容他们，
　　怕罪恶之徒还可以向他们夸耀。

但丁借了维吉尔之口说"这些幽魂没有死灭的希望，他们盲目的生命是那么卑鄙，凡是其他的命运，他们都嫉妒"。他们是一群"从没有生活过的可怜的家伙"。不是说被打入地狱的底层就是对灵魂最严厉的惩罚吗？可这群幽灵，他们竟然连进地狱的资格也没有！这里表达的生存理念是发人深省的。诗人对那些在地狱中受折磨的灵魂所持的态度是很不一样的，他写到林菩狱中那些异教徒的时候，怜悯中满怀了崇敬，他虽然说他们"没有希望地生活在欲望中"，发着"由忧愁而起"的叹息，但却肯定他们是"高贵的人"，"伟大的精灵"。他写那些"使理性受淫欲役使"的灵魂，生活在"完全无光的地方"，"地狱的暴风雨，无时休止，把那些阴魂疾扫而前；席卷他们，鞭打他们，以使他们苦恼"。但是，诗人又很急切地要与一对犯淫欲罪的恋人谈话，在听了他们对自己所犯罪行的诉说之后，诗人"竟因怜悯而昏晕"。而当写及那些"饕餮者"和"愤怒者"的时候，诗人却丝毫也不掩饰自己的鄙视和厌恶之情。他说他们是"空洞无物的躯壳"；他们在一个沼泽里，满身泥泞，赤身露体，满面怒容，"他们互相殴打，不单用手，而且用头，用胸膛，用脚；用他们的牙齿互相撕成片片"。他们甚至会"用牙齿咬自己的身体"。但丁说，一些生前"自以为伟大的帝王"，其灵魂"却像猪一样躺在泥污里"。再比如，诗人肯定了人的理性和自由意志，他借维吉尔之口说："你随我来，让人们去议论吧！要向一座坚塔一般，什么风吹，塔顶都永远岿然不动。"但维吉尔同时又说："谁要是希望人的理性能够走遍三位一体的神所走的无穷的道路，谁就是疯狂。"在《神曲》中，象征理性的维吉尔终究不能直接将但丁引入理想的天国，正表明但丁清醒地认识到了人的理性的局限。我们知道后来的文艺复兴和启蒙运动都是以张扬理性为旗帜的，而西方现代文化思潮中却又出现了对理性主义的质疑和反思。我们把但丁放在西方文化演进的过程中去考察，似更可见出这位天才诗人的不同凡响。但丁所担负的使命，似乎不仅仅是揭露现实，唤醒人心，给意大利指出政治上、道德上复兴的道路，使一个纷争混乱的世界拨乱反正。《神曲》的意义，远远超越了现实主义、爱国主义而具有更普遍的价值。

屈原的作品也是一个象征的艺术世界，所谓"善鸟香草以配忠贞，恶禽臭物以比谗佞；灵修美人以媲于君，宓妃佚女以譬贤臣；虬龙鸾凤以托君子，飘风云霓以为小人"。[6]而这个象征体系所显现给人的，也是一个充满着罪恶的荒谬世界。

先
秦
至
魏
晋
南
北
朝
文
学
研
究

方
典
文
学
仑
集

　　固时俗之工巧兮，偭规矩而改错。

　　背绳墨以追曲兮，竞周容以为度。

（《离骚》）

　　自前世之嫉贤兮，谓蕙若其不可佩。

　　妒佳冶之芬芳兮，嫫母姣而自好。

　　虽有西施之美容兮，谗妒入以自代。

（《惜往日》）

　　昏君佞臣当道，忠贞耿介之士孤立无援，到处是妒忌、谗毁、趋炎附势和阿谀奉承。用《渔父》中的话说便是"举世皆浊"——这个比喻与但丁地狱中的"沼池"不谋而合。而与这种解读相关联的一个十分重要的问题是：我们怎样认识屈原的精神？或者说：屈原在何种意义上担负了上天的使命，揭示了宇宙的秘密而可以被我们称为一个先知诗人？我们知道对屈原的评价早在汉代就有过很激烈的论争，刘安、司马迁、王逸等人都给屈原以很高的评价，说他的精神"虽与日月争光可也"。他们对屈原满怀一种崇敬之情。而班固则跳出来反对，说不要把屈原说得那么伟大，他在本质上只不过是一个"露才扬己"的"狂狷"之士。班固只是称美屈原辞赋的"弘博雅丽"，而对其中的人文精神是不屑一顾的，他对屈原最为宽容的评价是："虽非明智之器，可谓妙才者也。"为什么会有这样严重的分歧呢？那是因为他们学术的导向不一样。有学者曾指出班固的学术导向是唯当朝君主马首是瞻。有一次汉明帝召集班固等人讨论司马迁的《史记》，说司马迁虽然成一家之言，扬名后世，可"微文刺讥，贬损当世"却是很要不得的。汉明帝还把司马迁与"污行无节"的司马相如做一对比，说相如"但有浮华之辞，不周于用"，可他病入膏肓的时候还在写文章"颂述功德"，真是一个忠臣的典范，"贤迁远矣"。听了这番最高指示的班固心领神会，于是便要指斥屈原的"数责怀王，怨恶椒兰"了。而刘安、司马迁和后来的王逸所坚持的，却是先秦传统儒学的价值评判标准。[7]指出这一点是很重要的，在传统的儒学中，"正道直行，竭忠尽智"乃是一个忠臣最重要的品质，由"忠爱"而生的怨刺是受到肯定的。孟子说："亲之过大而不怨，是愈疏也。"荀子说："逆命而利君谓之忠。"而到了班固等人手上，却成了"进思尽忠，退思补过，去而不讪，谏而不露"。儒学已经完全堕落为封建君主的驯服工具了。但是，我们也要注意到他们的共同倾向却都是从封建政治道德的角度来评断的，他们都着眼于君臣之道，区别只在"逆"、"顺"之间。那场论争的结果，是奠定了屈原作为一个忠臣，一个爱国诗人的历史地位。一直到 20 世纪，整个楚辞学界对屈原的定位大致如此，而对其文化品格却缺乏更深入的研究。

虽然屈原和但丁都有爱国诗人的桂冠，他们对祖国的深挚热爱是无可怀疑的，且他们都为这种深爱付出了相似的代价，但光是一个爱国者还不足以说明他们的崇高。要认清这一点，我们只需把屈原与汉代的苏武略作比较。那个由班固树起来的忠君爱国的样板，其内心世界与屈子相比，真乃天地悬隔。《汉书·苏武传》曾这样写道苏武对李陵倾诉的一番肺腑之言：

> 武父子亡功德，皆为陛下所成就，位列将，爵通侯，兄弟亲近，常愿肝脑涂地。今得杀身自效，虽蒙斧钺汤镬，诚甘乐之。臣事君，犹子事父也。子为父死，无所恨。愿勿复再言。

一个臣子因为自己整个家族受到皇上特别的恩宠而感恩戴德，并因此把自己生命的全部意义视为对皇上的效忠，这样的精神世界与真正的崇高是无缘的。而屈原袒露给我们的，却是真正的崇高。崇高，历来是与卑鄙，与平庸相对立的，那是一种真正的特立独行。屈原早在《橘颂》中就表达了对崇高品格的向往，这种崇高的品格被融进了橘的精神之中：受命于天地，"苏世独立，横而不流"。可以说，屈原后来的全部创作，就是以此为基调的。立志要以清醒的人生态度独立于世，哪怕面对怎样的横波逆流和苦难的折磨，也决不随波逐流，这种精神在本质上与但丁诗中的理性是相通的。屈原果然实践了他的这一人生信条。《离骚》中这样倾诉其坚持理想的决心："亦余心之所善兮，虽九死其犹未悔。"生于一个只知取巧和作伪的时代，除了妒忌、谗毁、迎合与趋炎附势之外再没有什么规矩和法度，屈原面对着他托付赤心的君王和他可爱又可气的同胞大声地说"不"！他泪流满面伤心痛苦地对他们发出精神叛逆的誓言：

> 忳郁邑余侘傺兮，吾独穷困乎此时也。
> 宁溘死以流亡兮，余不忍为此态也。

　　他居然以孑然一身来与这腐朽之极而又强大无比的世俗社会对立，以此显出他的高洁和卓异。

　　笔者觉得，只有这种精神，才能真正使屈原得以不朽。李太白曾有诗曰："屈原辞赋悬日月，楚王台榭空山丘。"在李白的眼中，屈原辞赋的价值早已超越了王权政治而得以不朽。而笔者以为，屈原诗歌的全部意义其实在于：一颗高尚的灵魂怎样在民族品格堕落的关头试图力挽狂澜。他以生命为代价去承受了上天托付给他的这一庄严使命。孟子早就说过："天将降大任于斯人也，必先苦其心志……"他们都是以清醒的理性精神看到了一个优良的民族必须具有优良的文化品格，在孟子叫"大丈夫"，在屈原，便是"橘"的精神。屈原事实上代表了中国正统的儒家知识分子在政治实践中所可能达到的最高精神境界，他对人的生存意义的认识，他的政治理念及个体人格修养，在中国思想史上彪炳千秋而又发人深省。

三、灵魂的提升与沉沦

　　鲍桑葵曾这样评价《神曲》："再没有任何作品更富于普遍性，再没有任何作品更富于个性了，甚至再没有任何作品更富于作者个人的悲欢恩怨色彩了。"[8]我们把这话移来评价屈原的作品，不也是很恰当的吗？说起来，屈原的命运远比但丁悲惨。但丁虽然也饱尝了漂泊之苦，深切地体味到"吃人家的面包，心里如何辛酸，在人家的楼梯上上去下来，走的时候是多么艰难"，但是，他毕竟在国外遇到过如亢格郎和诺勿罗那样的知己。他不愿意接受屈辱的条件回到祖国，他意识到自己是为维护共和国的独立和自由而遭到放逐的，他把这种命运看成是一种光荣。他在自写的墓志铭中留下一句话："我但丁躺在这里，是被我的祖国拒绝的。"最终，但丁"带着一副从未有过的安详面容，与世长辞"。[9]而屈原的结局却是愁思苦毒，愤懑沉江。屈原之魂是至死也未得到安息呵！

　　我们从《离骚》和《神曲》来看，两部作品都可以说是人类在生存困境中苦闷心灵的表达，然而，但丁在维吉尔的引导下走出了"幽暗的森林"，在地狱中遍阅了人间罪恶和灵魂所受的惩罚之后步入忏悔涤罪的境界，然后在贝阿特丽采的引导下升入天国，在天国，他与那些得道的灵魂和天使作了很好的交流，使人生的许多困惑得到了解答。这是一个美好的结局，所以但丁的诗歌被称为"神圣的喜剧"。贝阿特丽采，这个但丁九岁时就一见钟情的"幼小的天使"，后来一直被但丁视为"上帝派到人间来拯救自己灵魂的天使",但丁对她的爱,完全是一种精神之恋,这种精神之恋在一定意义上与基督教对耶稣的信仰具有同构性。《圣经》中的先知以西结就曾用自己的婚恋隐喻人与上帝的关系,正因此,这位纯洁无瑕的美人便在但丁的诗歌中成了一个"上帝之爱"的象征。因此,我们可以说,是基督信仰提升了但丁的灵魂,《神曲》中贝阿特丽采的设置启示人们:只有靠信仰,人类处于漂泊中的饱经苦难的灵魂才能最终得到升华。

我们再来看屈原的灵魂之旅。屈原的灵魂从始至终是一个处于艰难的人生选择之中的挣扎着的灵魂。屈原身上也具有很清醒的理性精神,正是这种理性精神使他有可能以孑然之身与包围着他的那个昏乱污浊的世界对立。那个世界因失去了理性而美丑不分是非颠倒,只知道趋炎附势。但我们同时也看到屈原内心深处的巨大矛盾。不少研究者都注意到《离骚》中有一个似可与贝阿特丽采相对应的女性,她叫女媭。考据家说她是屈原的姐姐或者侍女。这个身份不明的女子对屈原有着无比深挚的关爱,但表现出来却是一副凶巴巴的样子。"女媭之婵媛兮,申申其詈余。曰:鲧婞直以亡身兮,终然殀乎羽之野。……世并举而好朋兮,夫何茕独而不予听?"那些由关爱而生的絮絮叨叨的责骂,表达的是《渔父》中那个让人灵魂消解的声音:"世人皆浊,何不淈其泥而扬其波?众人皆醉,何不餔其糟而歠其醨?"从文化意义上来讲,女媭既不代表理性,更不代表信仰,她是一种与此相反的力量。以儒文化的视角看,她代表世俗的人生选择;以基督教的文化视野看,她是犬儒主义,是屈原内心深处的魔鬼。她的缠绵之情与对猩红历史和黑暗现实的恐惧交织在一起。她想死死拽住屈原的衣角,将他拖入泥沼之中。在这个意义上,女媭与贝阿特丽采实在是不可同日而语。笔者以为,《离骚》中这一女性形象的设置其实很深刻地表达着一个痛苦的灵魂怎样在理想和现实的矛盾冲突中进行艰难的抉择。灵魂的挣扎总是让人触目惊心,谁能说伟大崇高的灵魂不曾有过软弱和卑怯?屈原摆脱女媭的纠缠在一定意义上讲是理性精神对于情欲的一次重大胜利,屈原由此才可以开始他的"上下求索"的灵魂漫游。

"就重华而陈词"向人们展示了屈原的历史观以及他最终的价值取向,而上下求索的历程却可以看做是一次灵魂的探险。这次探险是在一个神话世界中完成的:

> 驷玉虬以乘鹥兮,溘埃风余上征。
>
> 朝发轫于苍梧兮,夕余至乎县圃。

············

路曼曼其修远兮，吾将上下而求索。

　　屈原的神话世界中没有地狱，他生活的现实世界在本质上就是地狱，但是却也有一个天庭。屈原上天庭去的那一节诗开头写得热闹非凡，激情洋溢，结果却是很萧瑟。诗人被拒于天门之外。"吾令帝阍开关兮，倚阊阖而望予。时暧暧其将罢兮，结幽兰而延伫。"那是怎样的一种落寞和无奈呀！屈原想象中的天庭是怎样一种景观，我们不得而知，笔者疑心那不过是宫门九重的幻影罢了。在天庭吃了闭门羹的屈原转而到下界寻找可结同心的美人，但三次求女，都以失败告终。"闺中既以邃远兮，哲王又不悟。怀朕情而不发兮，余焉能忍与此终古。"[10]在这天地之间，屈原竟然找不到一个知己。也即是说，那满怀激情矢志不渝上下求索的结果，竟是一无所获。这怎能不让人伤心绝望呢？呵，谁能拯救这可怜的灵魂！

　　如果按照但丁的思想，人类灵魂的得救必得依赖于信仰的引导，那么，屈原有无信仰，有什么样的信仰，就是一个十分重要的问题了。我们从屈原作品考察其可以称之为宗教观念的因素，无非是两种成分：一种是从中原儒文化而来的对"皇天无私，唯德是辅"的信念，另一种便是楚文化中的以占卜预测吉凶祸福为基本特征的巫教。中原儒文化中虽也曾有过对天（上帝）的信仰，但这种信仰早在西周社会晚期就受到普遍的怀疑因而日见衰微，并未形成成熟的宗教形态，其影响灵魂的能力是相当有限的。更何况，屈原写过著名的《天问》，类似《圣经》中约伯对上帝的质询。可《天问》只是诗人的独语，上帝无言。按王逸的说法是："嗟号昊旻，仰天叹息。"屈原并没有感受到上帝的"在"，他感受到的只是"天命反侧，何罚何佑"的虚无。难道是对天道的怀疑将屈原推向了绝望的深渊？而楚地的巫教，则完全是一种原始的形态，它根本就与人的灵魂无缘，况且，屈原对这些东西也是将信将疑。《离骚》写屈原在孤立无助万般无奈之际去求助于神巫。灵氛得出"两美必合"的吉占："勉远逝而无狐疑兮，孰求美而释女？何所独无芳草兮，尔何怀乎故宇？"在灵氛和巫咸的劝勉或怂恿之下，屈原开始了灵魂的第二次出行。他的出行总是那样壮观：

　　　　屯余车其千乘兮，齐玉轪而并驰。
　　　　驾八龙之婉婉兮，载云旗之委蛇。

> 抑志而弭节兮，神高驰之邈邈。
>
> 奏《九歌》而舞《韶兮》，聊假日以媮乐。

看来这颗饱经忧患的灵魂有望得救了。但是且慢，在那阳光灿烂，一片光明的太空之中，当那颗高贵的灵魂一低头看到可爱的家乡的时候，连那神马，也"蜷局顾而不行"了。

灵魂的第二次出行其实是又一次挣扎，它表现的是屈原内心深处的又一深刻矛盾，这种矛盾曾体现于中国两句古老的政治格言之中：忠臣不事二主；良禽择木而栖。内怀忠贞之志的屈原内心一片悲凉。《悲回风》这样写道屈原超然高举与俯瞰大地时的悲凉：

> 上高岩之峭岸兮，处雌霓之标颠。
>
> 据青冥而摅虹兮，遂倏忽而扪天。
>
> 吸湛露之浮源兮，漱凝霜之雾雾。
>
> 依风穴以自息兮，忽倾寤以婵媛。
>
> 冯昆仑以瞰雾兮，隐岷山以清江。
>
> 惮涌湍之礚礚兮，听波声之汹汹。

笔者疑心这是屈原的绝笔，他投江前一定在某一座悬崖上多次徘徊。即便是书写悲凉，屈原诗中的意象也总是那样的雄伟。这来源于先秦儒家文化的超越精神与英雄气概，但儒文化的局限也使屈原只能俯瞰大地而不能仰望蓝天。屈原最终未能选择天空，他选择了清流。选择天空象征着自由和高驰，选择清流则意味着洁身自好式的沉沦。这是一个中华文化的千古悲剧。客观地说，屈原汨罗江边的一跳并没有在后世的中国文化人心中激起悲壮崇高的情感，他们更多只限于同情和惋惜。汉儒扬雄的一段话颇具代表性："君子得时则大行，不得时则龙蛇。遇不遇，命也，何必湛身哉？"[11]而从此之后，屈原式的先知诗人在中国文化史上也就失踪了。这是我们民族的悲哀！笔者曾想，假如屈原能够进入但丁的文化视野，让东西方的这两颗伟大灵魂相遇，但丁也许会对屈原抱以足够的敬意并怜悯他的痛苦。但屈原之魂不可能随但丁进入天堂，他恐怕只能在林菩狱中发永远的叹息。

周国平《守望的距离》有这样一段文字：

> 人一再发出呼唤，世界却固执地保持沉默。
>
> 人发现自己遭到遗弃，他像弃妇一样恸哭哀号，期望这哭声能打动世界的冰冷的心。但是覆水难收，世界如此绝情，只有凄厉的哭声送回弃妇自己耳中。[12]

也许，屈原真是这样一位"弃妇"，他的《离骚》、《九章》、《九歌》、《天问》，都是一个弃妇的"恸哭哀号"："悲莫悲兮生别离，乐莫乐兮新相知"；（《少司命》）"昔君与我诚言兮，曰黄昏以为期。羌中道而回叛兮，反既有此他志"。（《抽思》）满纸的美人、芳草、幽路、回风，满纸都是眼泪与呜咽。那么，屈原是否也算是周国平所说的那种"在一个沉默的世界上无望地呼唤，在一片无神的荒原上孤独地跋涉"的人呢？如果是，那也就显出了他的伟大，同时也就显出了其生命的意义。

对理想的执著追求，对善与美的爱恋，是中华文明一种永恒的民族精神。洪荒时代夸父逐日那沉重的足音，"蒹葭苍苍"中那秋水伊人似真似幻的容颜，让人魂牵梦萦，心驰神迷。不知有多少个夸父倒下了，大地上有了片片桃林；也不知有多少凄美的梦境破灭了，可秋水伊人还是那般可人。屈子曰："知前辙之不遂兮，未改此度。车既覆而马颠兮，蹇独怀此异路。"（《思美人》）儒家把这叫做"知不可为而为之"。有人说这是痴愚，有人说这叫执著。但痴愚、执著的屈原却选择自杀，这是否意味着他最终的绝望？

刘小枫的《拯救与逍遥》一书专门讨论过屈原的自杀，他说"屈原是被儒家信念逼死的"，又说"屈原死于信念的探险。……屈原自杀至少是一个祈求的象征，一个精神品质的问号"。[13]确实，这是中西方文化史上唯一以自杀方式结束生命的先知，他的自杀留给后人太多的思考。屈原的信念中既无上帝之手救助他逃离苦难，又无庄子的疏离意识使之超越王权政治。他的灵魂遭遇了双重的放逐——上帝的放逐和王权的放逐，他魂无所依。他的自杀似乎是必然的。说屈原以死"祈求一位爱的上帝的临在"，可能略显牵强，但屈原的自杀让我们看到了上帝缺席之下人的悲惨境遇，却是真的。当然，说屈原是被儒家信念逼死的，也还有些问题：是被儒家的什么信念所逼？我们知道在屈原之前的儒学大师孔子与孟子，虽然在政治上也是那么的失意，可他们就没有动过自杀的念头。儒家的信念没有逼死孔、孟，却逼死了屈原，也许正深刻地揭示出儒学发展面临的危机。屈原是中国文学史上第一位伟大诗人，从他开始，中国诗坛有了纯个人的歌唱。但是，先秦诗坛以"关关雎鸠，在河之洲"那样充满和谐祥瑞气氛的男女情话开始，来谢幕的却是"游于江潭，行吟泽畔，颜色憔悴，形容枯槁"的屈大夫，也真切地表白了历史的悲凉与无奈。

此文节选自《先知的智慧》，学林出版社，2004年。

注　释：

[1]卡莱尔：《英雄和英雄崇拜》，张峰，吕霞译，上海三联书店1996年版，第141页。

[2]茅盾：《世界文学名著杂谈》，百花文艺出版社1982年版，第73页。

[3]吕同六：《论但丁的政治观》，载《外国文学研究集刊》（第7集），中国社会科学出版社1983年版。

[4]马里奥·托比诺：《但丁传》，刘黎亭译，上海译文出版社1984年版。

[5]但丁：《致斯加拉大亲王书》，载伍蠡甫主编：《西方文论选》，上海译文出版社1979年版。

[6]王逸：《离骚经序》。

[7]熊良智：《楚辞研究的价值定位》，载《四川师范大学学报》，1994年第4期。

[8][英]鲍桑葵：《美学史》，张今译，商务印书馆1985年版。

[9]马里奥·托比诺：《但丁传》。

[10]关于《离骚》求女，有多种解读：喻求贤臣、贤士；喻求贤君；喻求贤后；喻求善美等。
（参阅袁行霈主编《中国文学史》第1卷，第150页）

[11]班固：《汉书·扬雄传》，上海古籍出版社1986年版。

[12]周国平：《守望的距离》，东方出版社1996年版，第118页。

[13]刘小枫：《拯救与逍遥》，上海三联书店2001年版，第135页。

古典文学计算

全球化语境中诸子文化资源的整合 ··············张立新

先秦至魏晋南北朝文学研究

一

　　海德格尔说："思最恒久之物是道路。而且，思想的道路在自身拥有那种神秘的性质，它允许我们在思的道路上自由徜徉，向前或向后，而且只有向后之路才能引导我们向前。"[1]这也就是说，思想最恒久的东西不是某个思之结果，而是思之本身。可当我们在思想的道路上向前或向后自由徜徉而与先哲灵交之际，还是感受到了一种如同天启般醍醐灌顶的警醒。我们在此讨论"文化资源的整合"这一问题，是希望先哲的思想智慧仍然能够有益于现代人的生活。讲"整合"，当然首先要碰上的问题是对这些文化遗产的意义及价值的评估。而从接受学的观点看，先秦思想文化的意义与价值，也只能"存在于解释者的理解意识之中"，思想文化的接受也与文学的接受一样，与生命个体对人生的体验密切相关，而特定的历史文化背景对接受主体的精神文化视野是一个限制，由此而形成文化阐释与接受的个体差异与时代特征。同时，就一个社会而言，文化资源的整合还与"目的"相关——我们是出于一种什么样的考虑而选择这种文化观念，扬弃那种文化观念。后一点也许更加重要。

　　按照时下学术界流行的观点，先秦诸子百家争鸣之后思想整合的工作，曾经由荀子所完成。他被称为"先秦时期集大成的思想家"[2]，他的贡献在于"解诸子之蔽，取百家之长"，"吸取百家学术的精华，融会贯通，自成一家"。[3]但我们仔细审视荀子思想的内核，不过是"隆礼重法"、"法后王"、"明于天人之分"那样一些东西。说他很"唯物"或者很"现实"，那倒不错，但若说这些东西就是"百家学术之精华"，却是大可质疑的。别的且不论，单就儒学的传承来说，从荀子开始，儒家仁学中富有生机与活力的内核被极大地抽空和淡化了，被强化了的却是僵化的、具有鲜明教条主义倾向的"礼"的规范。孔子的仁学被修正为礼法，从外在的形式上为封建专制统治提供了思想支持，这与其说是"适应了时代的要求"，不如说是迎合了那些以强权为统治手段的统治者的心理。而荀子培育出来的那两个弟子韩非和李斯，真可以说是中国思想史上撒旦式的人物。让韩非死于其学说的崇拜者秦王嬴政的监狱和老同学李斯之谗毁，又让李斯死于那个将"法、术、势"玩得炉火纯青能够指鹿为马的赵高之手，真可以说是上帝一件精彩绝伦的大手笔，正应了《圣经》中的一句名言："主叫有智慧的，中了自己的诡计。"但国人似乎并未从中悟到什么，所以两千多年来韩非鬼魂不散。

不错，韩非是一个文章高手，文风老辣犀利，条分缕析，他还很善于用一个个意味深长的寓言故事来宣传他的政治思想，他的求变求新和依法治国的思想似乎正可补救儒家泥古不化和德治思想的缺陷，这一切使得韩非在中国文化史上具有独特的魅力。但稍作理性的思考就知道，"变"与"新"本身并不一定就是好事情，因为它们并不必然地导向善与美，也并不必然地代表着进步。鲁迅曾感喟在中国搬动一张桌子也难，因循的国民意识实在太浓，但把一张桌子由甲地搬到乙地，或者干脆另换一张新的，也得要看看搬的意义何在，新的是否真比旧的要好。儒家"法先王"的理念中虽有教条主义之弊，却也隐含着继承文化传统的意味，而从荀卿的"法后王"到韩非的"以吏为师"、"以法为教"，表面上是求新求变，实际则是谋求以新教条代替旧教条，其文化视野比之儒家更为狭窄，其思想上专制与独断的特色更加鲜明。

人都说韩非的思想"承接老子"，可写过《解老》、《喻老》，醉心于"君人南面之术"的韩非并不相信老子那隐微难识的"大道"，更把老子"绝圣弃智"之诫置于脑后；他也不相信什么柔慈之力，而是笃信刚硬之功，故而当他大讲"严刑峻法"神力无比之时，也就忘记了老子的那句名言："民不畏死，奈何以死惧之。"他相信权杖即魔杖，据有至高无上之权威而执赏罚二柄的君王，即便是一个庸人，也能玩弄天下于股掌，但他应该想到的是：权杖化为魔杖，是以人间沦为地狱为代价的。韩非实在离老子远矣！

其实，韩非思想中最重要的东西绝不是来自老子，而是来自那个大名鼎鼎的政治改革家商鞅，甚至他们的人生遭际都有几分相似。商鞅变法是中国历史上的大事件，他因此而获得了广泛的赞誉与同情。但从思想观念上来说，商君是一个极现实的人，他对社会"进化"的看法是："上世亲亲而爱私，中世尚贤而悦仁，下世贵贵而尊官。"当今之世，什么亲亲、爱人，什么贤与仁，早已不合时宜了，这个世界就是谁能做官，谁就受人尊敬。可知他的处世哲学与李斯的"老鼠哲学"并无区别。[4]而商鞅改革的内容，最主要的是实行连坐法、奖励军功和重农抑商，其结果是在使秦成为一个军事强国而崛起的同时，也使其堕落为一架暴力机器。至于商鞅法治理念中的"壹刑"，主张"一任于法"，似乎是在法律面前人人平等：

"自卿相、将军以至大夫、庶人，有不从王令，犯国禁者，乱上制者，罪死不赦。有功于前，有败于后，不为损刑；有善于前，有过于后，不为亏法。忠臣孝子有过，必以其数断。守法守职之吏有不行王法者，罪死不赦，刑及三族。"这确乎是平等了，但这种平等，只是为了让每一个臣民都平等地匍匐于王者的权杖之下。[5]从思想史的角度来看，商鞅改革并没有为中国社会的良性发展提供什么有益的文化资源，倒是他所遭遇的车裂之祸颇发人深省：洞察世事的商君，为什么就没有想到自己也会落进他一手编织的法网之中，成为秦国暴力机器的一件可怜的牺牲品呢？是什么东西蒙住了他的智慧之眼？

由韩非集其大成的所谓"法治"思想，要紧处不过是"法、术、势"那三个字，而这三个字，是建立在韩非对人情世故的深刻理解的基础之上的。"凡治天下，必因人情"，韩非相信自己看透了世道人心，相信自己对人性有最深刻的认识。他说人情（人性）其实再简单不过了，"趋利避害"而已，所以治天下不用讲什么仁义，用严刑峻法足矣。如果我们认识到一个民族的精神成长对于这个民族的生存具有怎样重要的意义，我们就当明白，法家政治理念危害尤烈者，正在于他们对人性弱点的利用以及对人性极其冷酷的蹂躏与践踏。认清这一点并不困难，只需把由赵高一手导演的那场"指鹿为马"的闹剧仔细品味一番——每当想到那个故事，笔者就有一种欲哭无泪的感受。笔者总觉得司马迁记下的这个故事实在是法家政治文化中一个最为经典的读本。当位高权重而又精于算计的赵高令人把一头鹿牵到秦二世和文武百官面前并态度强硬地坚持说那是一匹马的时候，秦朝宫廷里的空气肯定凝固了，每个人的灵魂都受到撒旦的试探与挤压。有谁能拯救这些可怜的灵魂！对于赵高而言，这一招是出奇制胜，敌人和朋友，一下子泾渭分明。谁应该提拔重用，谁是依靠和团结的对象，谁还有利用的价值，谁的脑袋应该及时砍下来，赵高一下子全有了底。指鹿为马的游戏其实就是法家所谓"法"、"术"、"势"的一次珠联璧合的精彩表演。赵高所用者为"术"，其"术"所赖者唯压人之"势"与治人之"法"。在心理上，赵高一定是一个虐待狂，他就那么毫无恻隐之心地把可怜的人性粗暴地踏在脚下，他肯定从中得到了某种快感。从指鹿为马的故事，我们可以明白中国人为什么会把说真话看成是一种很勇敢的德行。鲁迅的阿Q骂他的同胞为"虫豸"，而尼采说虫子被踩之后蜷缩起来是很明智的。正为此，我们该诅咒一切使国民变为虫子的学说，同时更要诅咒使人变为魔鬼的学说。《马太福音》第4章写耶稣受撒旦的试探：

> 魔鬼又带他上了一座最高的山，将世上的万国与万国的荣华都指给他看，对他说："你若俯伏拜我，我就把这一切赐给你。"耶稣说："撒旦退去吧！因为经上记着说：'当拜主——你的上帝，单要侍奉他。'"于是，魔鬼离了耶稣，有天使来伺候他。

不难理解，那座"最高的山"，其实就象征着权力的巅峰，人要满足自己对权势的贪欲，要享受"万国的荣华"，就得把灵魂交给魔鬼。而如果说基督教先知是在告诫人们要小心防范魔鬼的诱惑，那么中国的韩非之流却正好相反，他告诉人们：上帝原是虚空，你不如就拜了那魔鬼，只有撒旦能给你带来现世的荣耀与幸福。

法家的法治理念建立在"人性本恶"的基点上，这似乎与植根于基督教原罪说的西方现代法制理念相通。但由基督教原罪理念开出的法制之花，强调的是天赋人权和上帝面前人人平等，强调的是权力的相互制衡。换言之，基督教文化懂得人性的弱点，所以它要用法制来防范由于人性的弱点可能给社会带来的危害。法家也懂得人性的弱点，但他们却是要利用人性的弱点来控制人。二者天地悬隔，真不可同日而语。所以，后来真为中华民族的生存与发展而思考的人，大多对法家都十分的警惕。冯友兰指出"把法家与法律和审判联系起来，是错误的。用现代的术语说，法家所讲的是组织和领导的理论和方法。谁若想组织人民，充当领袖，谁就会发现法家的理论与实践仍然很有教益，很有用处，但是有一条，就是他一定要愿意走极权主义的路线"。总之，法制与民主相辅相成，而法治与极权结伴而行。先秦诸子百家争鸣的局面，由法家思想占统治地位而收场，实在是我们民族历史的大悲哀。

秦汉以后，说是"独尊儒术"，但据说儒学不过是"润饰"，真正玩的是"引法入儒"和"阳儒阴法"，一直把一个老大帝国玩得日益衰朽。五四一代学人激烈地反传统，后来又是"救亡图存"，再后来是以"唯心"、"唯物"二元对立或阶级斗争为标准的"画线站队"——先秦诸子的思想文化资源，从来就没有被真正从积极的意义上整合过。

如果说，中国的思想文化经过了 20 世纪的百年苦旅变得更加丰富和成熟了，我们整个民族的精神文化视野比以往任何时候都开阔了，那么，我们似乎有能力重新审视这份遗产，从中获取更多的精神启示。毕竟，我们现在所处的研究背景是中国文化史上从来没有过的。改革开放二十多年来，中国社会发生了极深刻的变化，世界格局也发生了极深刻的变化。对于学术界来说，这种变化最重要之处在于：（1）世界经济和知识全球化的趋势带来了民族文化的对话与沟通；（2）中国义无反顾地走向世界；（3）伴随着思想解放运动而来的民主和法制建设的推进为学术自由提供了较大的空间。简言之，中国的改革开放和知识全球化趋势构成了文化研究的大背景，而"民族精神重建"命题的提出，则表明了学术界应该承担的历史使命。我们不必标榜什么"为学术而学术"，也不必指望一项研究成果就对当下的社会产生什么立竿见影的效果，但我们心里要明白，我们的探索与研究，要有益于民族和人类的发展，我们关心民族的未来，我们关心人类的幸福，我们希望我们这个民族成长得健康而强壮，我们希望我们民族的文化精神能与世界相沟通并有益于人类的幸福。我们在这个目的之下来讨论诸子文化资源的整合，或许会有新的洞见。同时，在对文化资源进行价值评估时，我们也要小心历史决定论所设的陷阱。历史决定论潜藏着"成者为王，败者为寇"的逻辑，这样的思维会影响我们对中国古代思想文化资源的开发。我们进行文化资源的整合是为着民族和人类的未来，我们所要寻求的是具有现代意义和世界意义的思想资源。这也就是笔者所理解的全球化语境。

二

文化研究既然是一个具有鲜明主体意识的接受过程，当然存在一个人们对文化精华与糟粕的不断再认识的问题，套用一个很时兴的词：文化研究也要"与时俱进"。我们讲文化整合，当然也是整合那些我们认为是精华的东西。那么，在全球化的趋势之下，就我们当下的文化视野来看，先秦诸子文化中那些东西可以被称之为"精华"而被当代生活所吸纳呢？这是一个很复杂的课题，需要学术界下工夫去做。笔者不揣浅薄，愿粗陈陋见，就教方家。

首先说以孔孟为代表的先秦儒家文化。笔者并不赞同现代新儒家对儒学前景的乐观主义的瞻望，也不相信什么三十年河东，三十年河西，风水轮流转的预言，但笔者确信儒学中确实有一些好的生活理念可以被整合到当代思想中来，为民族品格的提升作出贡献。在儒学接受史上，孔孟之道曾被利用作为封建专制体制的"润饰"，孔丘和孟轲做了近两千年的文化偶像，并为帝国的衰朽背了近一个世纪的黑锅。这多少有些冤枉。宋代大儒朱熹早已鸣冤叫屈了，他说中国统治者一千多年"不肯变"之法实乃"尽是尊君卑臣之事"的秦之法，至于尧、舜、三王、周公、孔子所传之道，"未尝一日得行于天地之间也"。这样说，坏事的是法家，背黑锅的是儒家。但话又说回来，儒家本身独断论的思维方式，王权至上和圣人崇拜的理念，毕竟是封建专制制度最重要的基石，从这一点上说，后来的儒法合流也是顺理成章的事情。儒学在其形成过程中曾有过一些带有民主和法制意味的尝试，最引人注目的是郑国的政治家子产，"铸刑书，立谤政，不毁乡校"。这也就意味着，郑国不仅有了成文的法典，而且对政府持批评意见是完全合法的，人们甚至可以在公众场所（乡校）自由地议论国事。这似乎是容忍了政治上的反对派。在郑国的政治土壤中还生长出了邓析那样的人物，他精通法律，曾教民诉讼，"学讼者不可胜数"，似乎可以办一所像样的政法大学了。而邓析的辩才又十分了得，"以非为是，以是为非……所欲胜固胜，所欲罪固罪"。更有甚者，邓析对郑国原来的刑法不满意，竟然自己动手写了一部竹刑，而颇为有趣的是，这部法典后来竟被政府采用了。可是，这位兼有法学教授、大律师和立法者资质的天才，最后还是遭受迫害。有人说是子产下的手，也有人说邓析被杀之事发生在子产去世后 20 年，是一个叫驷颛的郑国执政官杀了邓析。不管怎样，邓析的被杀标志着子产政治改革的夭折。[6]在笔者看来，在中国古代屈指可数的政治改革中，子产革新是唯一具有民主与法制意味的一次政治改良，惜乎不能善终！从此以后中国再也没有出现过第二个邓析。孔子十分推崇子产，并与子产有着兄弟般的友谊。子产为政讲宽猛相济，孔子也是。[7]所以孔子当鲁国司寇的时候，一上台就以乱政之罪杀了一个叫少正卯的贵族，而所谓乱政，不过是"妖言惑众"之类。所以，儒学离民主和法制实在很远，我们切不可指望在儒学中会自行开出现代意义上的民主与法制之花来。

一般说来，把儒学的思想精华定位在伦理学的层面上是不错的，虽然孔孟很多讲仁义的话语都进入了政治的层面，孟子甚至还有了自己王道政治的理想国的蓝图，但仁义之学事实上并未真正体现在儒家的政治结构之中，而是停留在个人伦理修养的层面上。比如孔子仁学中的"仁者爱人"，"己欲立而立人，己欲达而达人"，"己所不欲，勿施于人"，"恭、宽、信、敏、惠"；他所强调的生命个体对社会公义的自觉持守；他所倡导的君子人格："固穷"、"坦荡"、"和而不同"，"周而不比"等等。又比如孟子所张扬的英雄主义的人生观："居天下之广居，立天下之正位，行天下之大道。……富贵不能淫，贫贱不能移，威武不能屈"；他的"求放心"的心性之说，他的"兼善"之志与"独善"之意等等。这些伦理诉求由于没有相应的制度支持，同时也可能由于民族教育水平的低下，所以在历史上并没有真正影响民族品格的形成——五四时代鲁迅等人对国民劣根性的批判并没有错。很多研究中国文化的人都会感觉到，中国的经典文化是一回事，世俗文化又是一回事，水是水，油是油。19 世纪末一个叫明恩溥的基督教牧师在中国待了多年之后写了一本谈论中国人素质的书，说了一些让中国人没面子的大实话。比如中国人的死要面子，缺乏同情心，互相猜疑，言而无信等等。其中有一节这样谈到中国人政治生活中诚信的缺失：

> 各级官员颁布的告示比比皆是，内容包罗万象，措辞精巧得当。缺的只有一个，那就是真实，因为这些堂皇的命令并没有打算实施。所有有关人员都明白这一点，从未有过误解。中国政治家的生活与国事文件，好像卢梭的忏悔一样，充满着最崇高的情感和最卑鄙的行为。……毫无疑问，中国也可能有清廉正直的官员，但很难找到，而从其置身的环境来看，他们完全是无助的，根本无法实现自己心中可能存有的美好愿望。[8]

笔者想，任何一个能够正视中国社会现状的人，都会明白这位基督教牧师并非心怀恶意地胡说八道，我们甚至不能简单地认为这些都是那些自以为是的西方人心怀的偏见，因为我们心里知道，这些东西也正是连我们自身也深恶痛绝只恨不能除去的陈年老病。本来，诚信在儒家思想体系中被看得很重要，"诚者天之道"，"不诚无物"，"民无信不立"，可为什么在一个以儒学为国学的国度里，情形却如此不堪？这当然与阳儒阴法相关联。中国历代的统治者从来没有真正关心过民族品格的提升，他们关心的只是江山永固。所以在制度建设上历来考虑的重心都是为了政权的暂时的稳定，很少考虑到社会的制度安排会对民族品格的形成产生什么样的影响。在这种情况下，儒学仅仅成为"润饰"就没有什么可奇怪的了。至于说教育，中国社会历来是政教合一，儒学虽被尊为国学，但它从来没有获得过像基督教在西方那样的崇高地位，它始终只能战战兢兢如履薄冰地匍匐于王者的权杖之下苟延残喘——这当然是孔孟所不愿看到的，所以儒学影响民众的力量实在是微乎其微。再加上中国的科举取士，目的只在"笼络"（这个词实在是意味深长）天下人才，而儒生们的皓首穷经，多半也只为着世俗的功名与前程，与读书明理或提升灵魂之类非功利的目的已相去甚远了。从这个意义上讲，"中国无教育"并不算是一句太偏激的话——如果我们还认为教育与人的灵魂相关的话。孔孟当初并没有意识到，他们那些美好的社会理想和人格理想在一个集权专制的制度中绝无生长的可能。但是，在新的历史背景下，随着中国民主化与法制化进程的加快，也随着全球化程度的加深，儒学的这些思想资源将会闪现出新的光芒来。因为这些伦理诉求着眼于民族品格的提升，人与人的和谐相处；而不是把人变为"虫豸"，更不是把人类导向"一切人反对一切人的战争"。它似乎是先哲一个永远的乌托邦之梦，可其实又是人类当下的现实需求。而这些东西，恐怕也是未来人类伦理，或者说全球伦理所当倡导的核心的东西。

其次说以老子、庄子为代表的道家文化。对老、庄思想的理解和阐释历来就多歧见。把老子视为阴谋家，把庄子视为阿Q式的失意者；简单地把老、庄思想理解为消极避世，说他们是站在人生边缘上冷眼看人生，把儒、道文化的差别说成"入世"与"出世"之别；或者仅仅把他们的思想看成人在精神痛苦时自我解脱、自我宽慰的药剂，都可能忽略老、庄思想中最有价值的东西。即便是称道庄子的哲学为审美的哲学，说他的人生"实乃艺术的人生"，似乎也低估了其思想的意义——并不是艺术家才需要庄子智慧的滋润。老、庄之文，熔铸了炽热的诗性激性与深邃的理性智慧，但他们首先是思想巨子。而在笔者看来，老、庄思想最有价值、最有意味的地方可能在于其宇宙观和认识论方面。在中国传统文化中，老、庄的思想是最具开放性与超越性，因而也是最富有生机与活力的。这种开放性与超越性来自于其对宇宙与人生思考的哲学洞见之中。比如，老子对于"道"的存在，"道"的创生性和神秘性的理解，其实为人类探寻宇宙与人生之谜开启了思想的大门，为人的思想自由提供了终极的理论支持。庄子的相对主义也常为学术界所诟病，但庄子的相对主义是建立在他对宇宙无穷和人的理性的局限的深刻理解基础之上的。任何一个人，无论他多么了不起，都是或一意义上的"井蛙"。庄子文中的"井"意象，与柏拉图的"洞穴"图景异曲同工，"描述了人类的根本处境"（施特劳斯语），而庄子以为，人应该经历河伯那样的远游，获取北海若那样的智慧——用施特劳斯的话说："上升到某种立场，从那里能够看到洞穴。"正为此，庄子才要用他全部的心力和意志力去追求那"无所待"的逍遥之游——一种超越自我，超越现实功名，"独与天地精神相往来"的人生境界。笔者常想，老子的"涤除玄览"，庄子的"坐忘"、"心斋"，听起来玄乎乎的，让人望而却步，其实讲的都是人认识世界的方式。"涤除"与"坐忘"，都是为了达于"虚静"之境，而所谓"虚静"，也就是心灵的自由与开放。一个人如果心下总惦记着什么，个人私欲也好，纲常名教也罢，他怎么可以"与天地精神相往来"？怎么可以在自然的神殿中获取灵感？怎么可能在对宇宙和人生思考中去感悟"大道之行"。从老、庄的宇宙观与认识论，其实可以生发出科学精神，生发出自由与平等的观念，生发出与儒、法两家截然不同的民主与法的观念来。在认识论与价值观上，儒、法两家曾有"法先王"与"法后王"之争，我们试把这种争执放到老、庄认识论的视野中去看，你会看到那些争执是多么苍白而浅陋。中国文化长期困扰于教条主义和文化专制主义，而教条与专制的思想根由，就在于"法先王"与"法后王"的独断论的思维方式。中国如果要走现代民主与法制的道路，必须在认识论上挖除独断论的根苗；而如果要在传统文化中寻求思想支持，老、庄的认识论可能是一种适当的选择。笔者在这里想强调一点，有学者曾指出中国政治文化传统中有一种"反智论"或"反知识分子"的气氛，这固然不错，20世纪中国社会曾广为流传一句名言"知识越多越反动"，从中不难嗅到"反智主义"的血腥味。但若从文化的源头上去寻找"反智论"的渊源，笔者却不赞成把老、庄与"反智论"联系在一起。认识到人的知性或理性的局限，认识到人的知识的相对性，并不必然导致关闭思想的大门，堵塞探求真知之路，相反却能激发人们永远的求索精神。这样的一种思维方式从根本上说来就与所谓的"反智主义"毫不相干。说到"反知识分子"，即便用今天的人们对知识分子最严格的定义来看，老子和庄子都可以说是中国古代社会最纯粹的知识分子，说一个最纯粹的知识分子主张反知识分子，在逻辑上可能是讲不通的。而余英时在《中国思想传统的现代诠释》一书中，称庄子的立场为一种"超越的反智论"，指老子为道家"反智论"影响及于政治的"始作俑者"，则恐怕关涉解释学的某些问题。我们知道，在先秦诸子的文章中，老、庄之文的解读是最为困难的，这一方面是因为《道德经》的言简意丰，《庄子》多"谬悠之说，荒唐之言"，另一方面也因为汉语语汇的多义性所致。余先生指老子为"反智论"的始作俑者主要根据的是如下的一些话语：

是以圣人之治也，虚其心，实其腹，弱其志，强其骨。恒使民无知无欲也，使夫知不敢，弗为而已，则无不治矣。

绝圣弃知，民利百倍。

民多智慧，而邪事滋起。

为邦者非以明民也，将以愚之也。民之难治也，以其知也。故以知知（治）邦，邦之贼也；不以知知（治）邦，邦之德也。

看来这真是铁证如山，老子公开教唆圣人搞愚民政策，"决不许人民有自由的思想和坚定的意志"。[9]他可真成了中国专制主义的罪魁祸首了。让笔者尝试着为他作些辩护。我们知道，老子话语中本就有一些在今天的人们看起来似而非，似非而是，甚至自相矛盾的地方，这些地方也正是解释的难点和误区所在。比如，老子说："知者不言，言者不知。"字面上可直解为两种意义："知道的不言语，而言语的其实不知道"；"有智慧的不言语，言语的其实无智慧"。如果有人当面问老子："你说过知者不言，言者不知，那你写《道德经》五千言干什么呢？你是要证明你的'知'，还是要证明你的'不知'呢？"笔者不知道老先生将怎样作答。老子讲"绝圣弃知"，讲"虚其心"，"弱其志"，讲"非以明民，将以愚之"，确乎有"反智"的嫌疑，但他又到处讲圣人的智慧，讲"以百姓之心为心"，讲"大智若屈，大巧若拙"（苏轼后来引申出"大勇若怯，大智若愚"），却又似乎是"主智"的，甚至他在说"知者不言，言者不知"的时候，也是主智的。按照笔者的理解，老、庄话语辩证思维的特点，决定了他们所用的词常常被赋予了正反对立的双重意义。你如果用儒家的思维方式来解读老、庄，有时会完全弄错。"虚其心"，未必是主张"决不许人民有自由的思想"，为什么不可以是"虚怀若谷"，不狂妄自大，内心坦荡，没有被物欲、权欲所塞满？"弱其志"，也未必就是不许人民有"坚定意志"，它为什么不可以是一种柔弱如水而又无坚不摧的品性？不为强梁、不专横、不霸道、不野心勃勃的人难道就没有坚定意志？"将以愚之"之"愚"，王弼的注解就是："无知（智）而保真也。"可见愚则"无智"，而"无智"则是与"保真"相关联的，那么老子所反之"智"，应该是很明白的了。国民的品性，如果失去了淳朴天真之气而变得诡诈与巧滑，那可不是什么好事情。[10]正因如此，老子才警告政治家不要耍手腕，不要卖弄那点所谓的智慧："以知治国，国之贼也；不以知治国，国之福（德）也。"此语所包含的政治及人生的智慧，与《圣经》中所说的"上帝叫有智慧的人中了自己的诡计"也相通。笔者以为，中国传统文化中真正"反智论"的渊源，还是应该追溯到法家的思想体系中（如果这种所谓"反智论"是以反知识、反理性并进而反对知识分子为基本特征的话）。你只需读过韩非的那篇大作《五蠹》，你就可以明白中国文化中为何有这样的东西。从思维方式上来说，"反智论"应该与专制主义是连体的双胞胎，韩非既然给统治者开出了极权主义的药方，当然处心积虑思考的就是怎样把持和控制天下。讲"法、术、势"，其实就是在讲一种如何把持和控制的理论。他要"以法为教、以吏为师"，要除"五蠹之民"，也是要把持和控制。而老、庄的整个思想与这种把持和控制的思维方式是格格不入的。老子说："夫天下，神器也，非可为者也。为之者败之，执之者失之。"此言一语道破一切专制政权之必然结局。"为"与"执"，就是政治上的把持和控制，最终都必然以失败而告终，这恐怕也是古今不易之理。要说政治智慧，韩非讲的是手腕与伎俩，老子说的才是天启的大智慧。而我们以上所说的这些，都要回复到老、庄的宇宙观和认识论上去，才能想得清楚。对于一种文化来讲，宇宙观和认识论是大问题，中国的文化要有长进，必须突破儒、法两家在认识论上的局限，真正吸纳老庄的大智慧，使之成为主流文化的重要成分。

最后，笔者想再谈谈对墨子精华的认识。笔者以为中国传统文化的现代整合，不能缺少墨子的智慧，而对于墨子精华的认识，学术界的分歧也是很大的。在中国思想史上，墨学经历了一个从显学到"绝学"的过程，直到近代，才有人认识到墨学中有着我们民族一向所缺乏的文化精神，这方面可以以梁启超和胡适为代表。然而，虽然梁启超与胡适都给予墨子以很高的评价，但二人的着眼点又有不同。梁从墨学中看到逻辑与科学的思维，而对其宗教精神却似乎视而不见，但胡适却以十分肯定的语气说墨翟"是唯一真正创立了一个宗教的中国人"，称道他"具有高度的宗教气质"。梁、胡的这一分歧是很值得关注的，它一直深刻地影响着当代的墨子研究。由于梁的反宗教而倡科学的态度，后来的很多中国学者都把宗教与科学视为水火不容的东西，故而在墨子的研究中，大多注重他在科学思想和逻辑学上的贡献，而对其宗教理念，则视为一种思想上的倒退，或者直接宣判为"神秘主义的糟粕"。在此笔者想再次提到李泽厚对墨子的批评。作为当代中国思想界一位影响巨大的学者，李泽厚在思维方式上没有跳出唯心、唯物二元对立和以阶级论画线站队的圈子，他在给墨子贴上了"小生产劳动者的思想典型"的阶级标签之后，对墨子"为什么需要一个活灵活现的上帝人格神"做出了如下解释：

传统宗教意识也更容易存留在这些见闻有限、闭塞落后的小生产者的心理和观念中而不被触动，经常成为传统习惯势力的顽强的保存者、卫护者。从社会存在方面（小生产者的散漫狭窄的生产生活环境和地位）和社会意识方面（宗教传统的残存），小生产者都易于产生一个拥有绝对权威的人格神来作为最高主宰的幻想。……小生产劳动者总是把自己的意愿欲望折射到天上，希望有一个公平正直的主宰来统治世界和制约贵族，自己也好匍匐在这个构造出来的主宰面前而献出一切。

李泽厚还这样评断墨子的宗教思想：

这比起儒家"子不语怪力乱神"，"未能事人焉能事鬼"，强调人本身的独立价值和优先地位，显然就落后多了。这种落后又正是小生产劳动者与拥有文化成果的统治者之间的差异所造成的。[11]

宗教理念、信仰需求是否必然地只与小生产劳动者发生联系？我们只需把眼界扩大到世界范围来看一看，就会明白李泽厚所作的阶级分析是毫无道理的。历任美国总统为什么都是虔诚的基督徒？爱因斯坦为什么也信仰上帝？难道他们也算是"闭塞落后的小生产者"？美国总统宣誓就职为什么要手按《圣经》？难道是一种毫无意义的装腔作势？再说了，人匍匐在上帝面前难道说就一定比匍匐在人面前（事人）要卑贱吗？李泽厚说儒文化强调人本身的独立价值和优先地位，所以比墨子的"尊天"要先进，但我们试回顾一下，在中国儒、法文化占主导地位的王权至上的社会里，人获得过本身的独立价值和优先地位吗？特别是作为生命个体的人，中国人没有匍匐在上帝脚下，却卧倒在王权淫威之下几千年，难道这就是我们的先进？李泽厚似乎很肯定"近代的个人主义"，但西方近代的个人主义难道与"上帝面前人人平等"的宗教理念没有关联？

所以说，就现代的中国人而言，能否真正接受墨子，真正认识墨子在中国文化史上的重要地位，同时在文化建设中吸纳墨子思想的智慧，在很大程度上取决于其对宗教精神的理解。只有那些对宗教精神有着深刻理解的人，才能走进墨子的文化视野。因为，在先秦诸子中，墨子最为独特之处，就在于他要尊天立教，兼爱世人。浓郁的宗教情结，是墨子思想的灵魂，舍此，什么逻辑与科学，对于墨子，恐怕都是雕虫小技。而所谓墨家十大纲领，也当以尊天最为要紧，这相当于《圣经》中所说的："义人因信而生。"

关于宗教信仰的积极意义，关于宗教与迷信的区别，这些年国内学术界已有一些很深入的探讨。宗教得以正名，不再简单地被斥为"精神鸦片"，人们惊奇地发现宗教理念中其实也蕴涵含着人生的大智慧。墨子可以说是儒学的一个批判者，针对儒家看重血缘和等级的思想局限，墨子打出了兼爱的大旗。墨子的理想，是要让人类社会摆脱贫困，走向富裕，摆脱动乱，走向和平。而在他看来，只有当人类理性地认识到兼爱和互利的法则之后，人类才可以得到自己想要的幸福。

提倡"爱人若爱其身"的墨子，要进一步将自己的信念建立在宗教信仰的基础之上，于是有了关于"天志"的言说和"法天"、"尊天"的主张。在我们所论及的这几位中国思想家中，墨子以其鲜明的宗教色彩而独树一帜。他坚持认为一个有意志的"天"的存在，就像犹太先知和基督使徒坚持认为上帝的"在"一样。"天志"，就是上帝的旨意，是上帝所喜悦或所厌恶的。墨子指斥那些离弃了上帝的人们，只知道畏惧家长、畏惧国君，却不知畏天；他们不敢得罪家长、国君这些世俗的权威，却不怕得罪了上帝。墨子说他们是"知小而不知大"。在墨子的话语中，上帝（天）代表着正义，上帝兼爱世人。他希望人类兼爱而非交恶。对上帝的信仰与人类的幸福密切相关，因为"爱"与"正义"与人类的幸福相关。人类只有通过对上帝的信仰培养出"爱"与正义的品格，才可避免灾祸，并有望获得自己所追求的幸福。在墨子那里，人间帝王不是真理的裁判者，真理握在上帝的手中。墨子理解意识中那个具有正义属性并平等地兼爱世人的神明，被设定为高于王权的权威。由此，社会正义的原则和人与人平等互爱的原则便成为墨氏宗教的信条并以此引导世人在纷争中寻求和解。从唯物的观点看，墨子的尊天是一种倒退，而从民族宗教精神的发展来看，墨子的宗教理念第一次超越了人的物质诉求而上升到精神的层面，具有提升民族精神品格的意义。

如果说墨子倡言"天志"是坚持上帝的"在"或"出场"，那么墨学在中国思想史上的中绝便意味着上帝的缺席。而如果上帝是"人的尺度"，上帝的缺席便意味着人失去了尺度。没有尺度的人生会是一种怎样的生存状况呢？这有我们的历史为证。但有意思的是，墨学虽然中绝（其主要原因笔者以为是一个高度专制集权的体制容不得那样一种宗教形态），而统治者似乎还是隐隐相信"天志"的存在，要不然秦皇汉武为什么那么煞有介事地搞什么泰山封禅？明朝永乐皇帝为什么要在北京建天坛祭天？只不过他们所祭的并不是墨子的兼爱之天，而仍然是那个在他们的幻想中能保佑其江山永固的虚无之天。更可笑的是，祭天也成了最高统治者的专利，别人是不能染指的，由此你可以想见这些独裁者是何等自私与贪婪，他们不仅要垄断地上的一切——普天之下，莫非王土，他们甚至想要垄断神的恩典。上帝能喜欢他们吗？

三

如果以上我们对诸子思想文化精华的认识没有什么大错的话，我们就可以进而提出这样的问题：老、庄建立在对"道"的永久神秘性的理解和宇宙无穷、人生有限的认识基点之上的相对主义的认识论，孔、孟以仁学为基础的伦理诉求，墨子以"兼相爱，交相利"为核心的宗教理念，是否可以通过整合而成为我们民族当代文化精神的有机组成部分呢？这是一个很值得研究的问题。笔者以为一种优秀的民族文化，一是要有道德感，二是要具有开放性和创新的能力，以保持民族文化永久不衰的生机与活力，而先秦道家的认识论、儒家伦理与墨家的宗教观正好具有这样潜在的势能。在中西文化比较的视野中，这些思想资源也正可与西方基督教文化相交流与沟通，足可应对世界文化的挑战。儒、墨两家在伦理诉求上与基督教文化的诸多契合之处无须赘述，就认识论来说，基督教话语中有两个看似十分矛盾的论题：第一，上帝是可以感知的，人当尽心、尽性、尽力去热爱上帝，认识上帝，追寻上帝；第二，上帝是不可知的，它的存在及其旨意都超越了人的知解力，上帝对人来讲是一个永远的秘密。然而，正是这种悖论导致了西方文明史上信仰主义与怀疑主义思潮的相互激荡，从而构成西方文明的洋洋大观。从《旧约》到《新约》，从柏拉图到尼采，西方文化的发展正是这两种思潮相互激荡的结果。约伯对上帝的质询原本就包含了双重的意义：一方面相信上帝的"在"，另一方面又深刻地感到人无法完整地理解上帝；一方面张扬人的理性，另一方面又深刻地认识到理性的局限。在中国文化中，老、庄论"道"，孔、孟讲"仁义"，墨子明"天志"，儒、墨、道的理念都可以在一定意义上通往信仰主义。墨子对"天志"的言说，完全接通了犹太先知和基督教对上帝属性的言说。他们都是要把人类对"爱"与"义"的诉求建立在信仰的基石之上。而老子"道法自然"的理念又适可纠正礼法与宗教的某些偏执，庄子的相对论更可以通往怀疑主义，从而为知识分子的精神自由和批判意识提供了理论支持。信仰主义力图为人类的价值追求寻找一个终极的依据，而怀疑主义则是人类思想发展与创新不可缺少的动力。在原有中国文化的格局中，儒、道、墨的思想资源在整合中应该可以实现这样的互补。

此文曾刊于《上饶师范学院学报》2005 年第 2 期，略有修改。

注 释：

[1]海德格尔：《人，诗意地安居》，郜元宝译，广西师范大学出版社 2002 年版，第 38 页。

[2]袁行霈：《中国文学史》（第 1 卷），高等教育出版社 1999 年版，第 118 页。

[3]肖萐父，李锦全：《中国哲学史》，人民出版社 1982 年版，第 223 页。

[4]（李斯）年少时，为郡小吏，见吏舍厕中鼠食不洁，近人犬，数惊恐之。斯入仓，观仓中鼠，食积粟，居大庑之下，不见人犬之忧。于是李斯乃叹曰："人之贤不肖譬如鼠矣，在所自处耳"。（《史记·李斯列传》）南怀瑾讥其为"老鼠哲学"。

[5]冯友兰说："在法律和君主面前人人平等。可是，法家不是把平民的行为标准提高到用礼的水平，而是把贵族的行为标准降低到用刑的水平，以至于将礼抛弃，只靠赏罚，一视同仁。"（《中国哲学简史》）

[6]胡适：《先秦名学史》，学林出版社 1983 年版；沈起炜编著：《中国历史大事年表》，上海辞书出版社 1983 年版。

[7]郑子产有疾，谓子大叔曰："我死，子必为政。唯有德者能以宽服民，其次莫如猛。"疾数月而卒。大叔为政，不忍猛而宽。郑国多盗，取人于萑苻之泽。大叔悔之……兴徒兵以攻萑苻之盗，尽杀之。孔子曰："善哉，政宽则民慢，慢则纠之以猛。猛则民残，残则施之以宽。宽以济猛，猛以济宽，政是以和。"（《左传·昭公二十年》）

[8][美]明恩溥：《中国人的素质》，秦悦译，学林出版社 2001 年版，第 247 页。

[9]余英时：《中国思想传统的现代诠释》，江苏人民出版社 2003 年版，第 52 页。

[10]冯友兰先生解释说："'愚'在这里的意思是淳朴和天真。圣人不只是希望他的人民愚，而且希望他自己也愚。老子说：'我愚人之心也哉！'道家说的'愚'不是一个缺点，而是一个优点。但是，圣人的'愚'果真同孩子的'愚'、普通人的'愚'完全一样吗？圣人的愚是一个自觉的修养过程的结果。它比知识更高；比知识更多，而不是更少。"（《中国哲学简史》，北京大学出版社 1996 年版，第 90 页）

[11]李泽厚：《中国思想史论》（上），安徽文艺出版社 1999 年版，第 66~68 页。

重新把握《兰亭集序》 ....陈友康

东晋穆帝永和九年（353 年）三月三日，王羲之与当时名士孙统、孙绰、谢安、支遁等四十一人宴集于会稽山阴之兰亭。与会者轮流赋诗，各抒怀抱，记下了他们的千古风流。王羲之为这些诗所作的《兰亭集序》更以其文采书艺双绝而脍炙人口。但长期以来，人们在解读这篇杰作时，要么指责它情调消极，要么泛泛而论，未能揭示它内涵的精神。因此，有些评析文章，名为鉴赏它，实为糟蹋它。而这种由偏狭文艺观造成的弊病在文学评价中实在是相当普遍的。

魏晋时期通常被认为是我国历史上人的自觉和文的自觉的时代，魏晋人对人自身和外在于人的客观世界都有深广精微的体认和探求，并在文学中表现了这种体认和探求，从而使这一时期的文学作品中充溢着浓郁的人生意识和宇宙情调。从这一角度去解读《兰亭集序》，也许能使我们更趋近于文本的内在精神。

一、澄怀者眼里的自然
——兰亭诗序对读

《兰亭集序》开头的景物描写历来让人击节赞叹："此地有崇山峻岭，茂林修竹；又有清流激湍，映带左右。……是日也，天朗气清，惠风和畅。"它以简净雅洁、铿锵有致的语言写出了宴集时兰亭的优美环境和融和天气。这些景物，清澈明朗，晶莹亮丽，生机盎然。反复吟咏，读者的心胸也会变得灵秀爽快，明净透亮。

我们要强调指出的是：这里的自然是经过王羲之心灵漱涤过的自然，是澄怀者眼里的自然。晋人讲"含道应物"、"澄怀味象"（宗炳《画山水序》），认为以澄明的胸怀来对待自然万物，那么万物无不是"道"的生机流动。王羲之以高洁脱俗的情怀、美好自由的心灵去领悟客观世界，自然在他的眼里就有了活泼的生机和灵性，因而他以理解、尊重的态度来对待自然、表现自然，所以他笔下的景物才显示出上文所说的特点。

把王羲之的《兰亭诗》和《兰亭集序》对读，更能看出序中的自然绝不是纯粹的客观自在之物，而是贯注了诗人心性的情致化之景。诗有二首，其一云：

　　仰视碧天际，俯瞰渌水滨。寂阒无涯观，寓目理自陈。大哉造化
工，万殊莫不均。群籁虽参差，适我无非新。

　　诗中包含如下思想：其一，宇宙万物在无声无息中体现着"理"。万物不会言说，但它们一进入人的视野，它蕴涵的"理"就自然显现出来。其二，宇宙万物是平等的。宇宙造物无所偏私，所以万物在外在形态上虽有差别，但它们都体现了相同的自然之理，它们的生命和价值是平等的。其三，宇宙万物虽有差别，但它们给作者的感受都是崭新的、可爱的。这三点贯穿着一个基本精神，即对自然美的发现、理解和尊重。特别是"群籁"一联，表明万物在作者眼中无所不美。这里实际上已凸显了接受者的精神世界对感应美的重要性。缺乏宽厚博大的情怀，缺乏自由活泼的心灵，是不会有如此动人的感受的。

　　诗中的"无涯观"、"万殊"、"群籁"正是序中的崇山峻岭、茂林修竹、清流激湍和惠风暖日。它们是理的体现者，它们有灵性。但事实上，这种理和灵性都是观赏者赋予万物的，是观赏者内在精神的外射。因此，这里的自然是主客体交融的自然。自然美不美，自然以何种形态表现于文本中，很大程度上取决于主体心灵。参差的"群籁"、"适我"，即自然景物与观赏主体相遇，主体的心境是澄明的，它们才具有同样的美。而对于尘渣满怀或器局褊狭的人来说，面对不同景物，他们会妄生优劣判断和好恶评价，就无从感受宇宙中无所不在、千姿百态的美。高洁的胸怀、爱美的心灵、对自然的深情才使王羲之写出了如此生动亮丽的景物，促成了如此优美的写景文字的诞生。

二、深情者眼里的人生

——兼评"乐不生悲说"

　　《兰亭集序》主旨在于探索人生哲理，发表对人生忧乐和生死问题的看法，即所谓"畅叙幽情"。魏晋名士自称"情之所钟，正在我辈"。（《世说新语·伤逝》）王羲之作为魏晋风度的代表人物，更是深于情者。深情的人对事物往往别有一种敏锐、深刻的感受，对人生更有一份特别的热爱和执著。

　　生死问题，始终是中外文学和哲学关注的一个重大问题。对生死问题的关注又集中于对死亡的恐惧和忧虑。人的生命只有一次，人注定要死亡，任何有情的生命都无法抗拒时间的无情吞噬。"人生似幻化，终当归空无"（陶渊明《归园

田居》）写出了人类的千古同悲。《兰亭集序》在描述了兰亭美景和修禊之乐后，突然转到对人生忧患的议论。这段议论的底蕴也是死亡恐惧，"死生亦大矣，岂不痛哉"指明了这一点。同时，王羲之还思考并揭示了人生忧患的来源。首先来自外在世界的流转不定，难以依靠。"人之相与，俯仰一世"写出时间的急促，低头昂首之间一生就过去了。"向之所欣，俯仰之间，已为陈迹"，写出了事物变化之速。时间的快速流逝，事物的急剧变化，给人一种煎迫感、动荡感，更显出生命的脆弱，所以"尤不能不以之兴怀"。其次来自个体生命的短暂有限。"修短随化，终期于尽"揭示了此点。人不能主宰自己的命运，生命最终要归于毁灭，这可以说是与生俱来的人生大患。再次来自生命本体永不满足的内在欲望。人当他"欣于所遇"，便"快然自足"，但转眼之间，"所之既倦，情随事迁，感慨系之矣"。这就是说，人的欲望，人对美的感受都不是凝固不变的，得到的东西即使很好，很快也会厌倦，于是又产生了新的欲望，人的心灵永远处于无止境的渴望和追求之中。这既使生活更有活力和色彩，同时也伴生了更多的不满和烦恼。这一看法揭示出生命的一个真理。近代德国哲学家叔本华就认为人生的最大痛苦就在于欲望的无穷无尽和无法最后满足。但是，这种不满足可以转化为生命动力，使人们在无止境的渴求之中，开拓新的生命境界，丰富生活内涵。以上三点，我们并不陌生，在王羲之以前的文学和哲学著作中我们早已读到。不过，这也证明了死生问题的重大和无法回避，不同时代的人们总是要反复关注它、言说它。这种关注和言说，使人们对探寻生存的意义和价值保持敏感与热情，使人们对生命的悠长和局限拥有清醒的认识，从而扬长避短，在有限人生中进行无限的价值创造。因此，王羲之对人生忧患的喟叹，不能认为是消极的。

20 世纪 60 年代中期，郭沫若先生曾发起一场关于《兰亭》真伪问题的大讨论。他认为现存《兰亭序帖》不是王羲之的字体，当时不可能有如此成熟的行草。为了证实这一点，他进一步认为现存《兰亭集序》文本也不是王氏原貌，而经过后人增改，序中关于死生问题的一大段议论就是后人伪托。伪托者是隋僧智永。郭氏证明这段文章为伪托的理由不少，本文要讨论的有两条，一是他认为王羲之性格倔强洒脱，勇于进取，不会有如此悲观消极的思想；二是文章前面写极乐，突然悲痛，是"无病呻吟的绝顶"，"贪生怕死，百无聊赖"，"悲得太没道理"。（郭氏关于《兰亭集序》的文章共 5 篇，收入《郭沫若全集》历史编卷三。以上引文见该书第 604、642 页，人民出版社 1984 年 8 月版）这可称为"乐不生悲说"。

其实，郭沫若先生这两条理由都是站不住脚的。首先，人对生命短促、世事无常的感叹，或说对死亡的恐惧和忧虑在快乐得意时产生，在中外历史上都不是偶然现象。曹操在赤壁大战之前作《短歌行》不太可靠，姑且不论，汉武帝在《秋风辞》中说"欢乐极兮哀情多，少壮几时兮奈老何"却道出了这种现象的正常和普遍。李白的《春夜宴从弟桃花园序》也属此类。古希腊史学之父希罗多德在其《历史》中提供了一个更有说服力的例子。伟大的波斯王克谢尔克谢斯率领波斯历史上最大的一支远征军向希腊进军，在阿比多斯海湾，他检阅全军。他的陆军遮天蔽地，他的水师布满海湾。他感到荣耀，感到幸福，但随后他又伤感起来，而且潸然泪下，对他叔父说："当我想到人生的短暂，想到再过一百年后，这支浩荡的大军中没有一个人还能活在世间，便感到一阵突然的悲哀。"（参阅许苏民《历史的悲剧意识》，上海人民出版社1992年1月版，第224页）波斯王在人生巅峰产生"突然的悲哀"当然不是"无病呻吟"、"百无聊赖"，而是根源于他对生命局限性的深刻洞察和对时间无情的恐惧：时间无穷无尽地奔流，是吞噬一切的无底洞。一个人，他所从事的历史活动越是伟大，他的自我意识就越是强烈，他对生命有限性的感受往往也越是深刻和凝重。但是，这种悲哀、这种对时间和死亡的恐惧并不必然导向消极悲观，反而会激发出更强烈的创造冲动，使他们以现实的努力来抗拒人生的虚幻和时间的奔流。历史上凡悲叹人生有限、世事无常的人往往都是最富于进取心并为世界创造了不朽价值的杰出之士。如刘彻、曹操、陶渊明、李白、苏轼等。当然，进取心不能狭隘地理解为只是热衷于政治，凡在社会人生的任何领域开拓创造、自强不息都属进取心。这也就是我们要指出的第二点：对生命局限性的清醒认识及由此产生的悲哀不能简单笼统地视为悲观消极；人生悲哀与刚强性格也不矛盾。曹操的性格不可谓不刚强，而他"人生几何"的感叹却不可谓不悲哀，但这种悲哀最后导致的不是消极无为而是一统天下的豪情壮志。同波斯王一样，王羲之在兰亭修禊时，"仰观宇宙之大，俯察品类之盛"，感到宇宙万物之美，心情自由舒畅，非常快乐，但是，想到美的东西包括生命本身随着时间的流逝总要归于消亡，于是便产生了浓浓的惆怅和哀痛。这是十分正常的。同游的孙绰也有相同的感受，他在《兰亭后叙》中说："乐与时去，悲亦系之。往复推移，新故相换。今日之迹，明复陈矣。"郭沫若先生把这视为王序中"伪托"文字的"母胎"。其实，把它们看做人同此心更合情理。在同样的情况下，既然孙绰可以有这种想法，那王羲之为什么不能有呢？

对这一问题，郭氏不从常理方面去判断，而偏执一端作推想，是因为他先在地把人生忧患一概视为百无聊赖、悲观消极。悲哀不等于悲观，忧患也不必然导致消极，已如前述，这里还要指出另一点，即《兰亭集序》在忧生叹逝中包含着对美的幻灭的悼惜。解读它时，我们要从感伤的背后，发现作者对人生、自然之美的执著和热爱。正因为人生、自然是美的，有价值的，它们的消亡才让人痛苦。毫无价值的东西消亡了，没有人会感到伤心。因此，《兰亭集序》是消极其表，执著其里；悲感弥漫于外，深情激动于中，一往情深，恻然动人。它对老、庄"一死生"、"齐彭殇"的否定，表现出王羲之抗拒人生虚幻的执著努力。而王羲之"飘如游云，矫如惊龙"的潇洒风神和天机流布、挺然秀出的书法艺术在一定意义上又可视为这种努力的结果，因为他知道，抗拒人生虚幻性的真正行之有效的办法只能是在给定的生命限度内进行最大可能的价值创造，为悲叹而悲叹无济于事，齐一死生寿夭更是自欺欺人。

三、人类认识的尴尬

《兰亭集序》中"后之视今，亦犹今之视昔，悲乎"是一句经常拨动人们心弦因而引用率很高的话。那么，"悲"在何处呢？动人处又何在呢？悲在人类认识上无法彻底摆脱的局限性，动人处则在于它揭示了这种局限性。现实总会有一定缺憾，人们身处其境时往往意识不到这种缺憾，因而也就无法弥补和纠正，只为后人留下很多惋惜。我们现在看过去，对过去的是非得失都看得一清二楚，但我们看现在、看自己时却是扑朔迷离的。人永远不能彻底地"认识自己"。远距离审视历史、旁观别人，一切都显得豁然醒目，而对最熟悉的自己和现实却难以了然于心，这实在写出了人类认识的尴尬。这就造成如下结果：我们看前人、看过去会为他们感到遗憾，后人看已经成为历史的我们也会感到遗憾；而且，这是一种先验必然，人类的任何主观努力都不能彻底摆脱这种认识局限，所以也就为人类留下了永远弥补不完的缺憾，永远抒发不尽的惋惜和惆怅。不过，在一代一代的叹惋中，人类同时就一步一步地前进了，因为它是在清楚认识历史、吸取历史智慧的基础上从事现实的历史创造的。它当然也不能彻底地认清现实以完全克服现实行为的缺憾，但至少已经发生过的历史缺憾不会再发生或少发生。如果说王羲之对人生局限性的认识只是在重新言说一个人类总要关心的老问题，那么，他在这里表达的对人类认识局限性的认识就极富创意了。"后之视今，亦犹今之视昔"

是可以看做一个深刻的哲学命题的，但对这句话的含义，人们多不深究，今揆以己意，阐释如上。

原载《名作欣赏》1997 年第 4 期。

先秦至魏晋南北朝文学研究

古典文学论集

唐宋文学研究

永州山水诗文：自然美的发现与提升········陈友康

柳宗元在《邕州柳中丞作马退山茅草亭记》中说："夫美不自美，因人而彰。兰亭也，不遭右军，则清湍修竹，芜没于空山矣。"这里提出一个重要的美学命题：自然美因为人的欣赏而使其价值得到呈现，文学家发现和彰显了自然之美。对永州而言，柳宗元也起到了这样的作用。永州十年，他为排遣心中郁闷而寻幽探胜，发现许多美丽的景观，并且用生动传神的文笔加以描写，留下了在柳宗元作品中最富于艺术性的文本。这些文本随着柳宗元作品的经典化和普及化而传扬天下。永州文本以其对自然美的发现和提升为中华民族提供了新的精神资源，值得善加珍惜，认真研究。

一

唐顺宗永贞元年（805 年），柳宗元因参加王叔文革新失败而被贬为永州司马，至宪宗元和十年（815 年）被召回京改刺柳州，共在永州十年。从现存柳宗元集来看，这十年是他创作成就最大的时期。而其中艺术性最高并脍炙人口的就是山水诗文。山水诗文为人们描绘、建构了一个诗化的世界。柳宗元以文学形式发现、彰显并提升了永州的自然美。在柳宗元永州文本中，永州山水经历了一个"遗弃—发现—改造—提升"的过程。

唐代的永州还是蛮荒之地。《旧唐书·柳宗元传》云："既罹窜逐，涉履蛮瘴。"《新唐书》本传亦云："贬永州司马。既窜斥，地又荒厉。"所谓"蛮瘴"、"荒厉"，主要是指开化程度不高，即人的活动还没有充分影响自然界。这样的结果是自然本身的美也没有向人充分地展开。永州处于江南丘陵地区，钟灵毓秀，山光水态自成一格,自然景物具备美的特质。但由于没有人欣赏,它仅仅处于原始状态而没有体现出美的价值。这就是柳宗元作品中一再出现的"遗弃"问题。

> 所谓东丘者,奥之宜者也,其始茷之外弃地。(《永州龙兴寺东丘记》)

> 以兹丘之胜,致之丰、镐、鄠、杜,则贵游之士争买者,日增千金而愈不可得。今弃是州也,农夫渔父过而陋之,贾四百,连岁不能售。(《钴鉧潭西小丘记》)

> 吾疑造物者之有无久矣。及是,愈以为诚有。又怪其不为之于中州,而列是夷狄,更千百年不得一售其伎,是故劳而无用。(《小石城山记》)

后两段议论,寄寓柳宗元本人的身世之感,这是历来的研究者都注意到的。我们要讨论的是,小丘和小石城山的遭遇也是写实。同样的小丘,在京城附近因游览者众而价值日增,在荒厉之地因无人理会而廉价不售。这就蕴涵着一个深刻的美学问题:是人的审美实践使自然山水的价值得到呈现。本来,山是天然生成的,是自在的,无所谓遗弃问题,"遗弃"是审美主体去评价它而得出的结论。自然山水没有进入人的审美视野,成为人的审美对象,那么,它的存在就是没有意义的,这就是"遗弃"的实质。当时的永州山水,就处于这样的状态。因而,柳宗元的到来,对永州山水和历史而言,就具有划时代的意义。因为他大量地发现、发掘了永州的自然美,使其价值得到充分呈现。柳宗元在《自衡阳移桂十余本植零陵所住精舍》诗中有句云:"南人始珍重,微我谁先觉?"这里谈的是桂花,也可以借用来陈述他对永州山水风物的作用。是他"先觉",然后人们才开始知道它的价值而加以珍重。从美学上看,自然景观有异彩纷呈、生机盎然的天然形态,它的质料、结构、状貌及变化形式都给人一种感染,这是自然美产生的基础和前提。但自然美又必须是在与人的关系中实现的,因此,审美主体是否具备感悟美的能力对于自然美是否能呈现其价值就至为重要。柳宗元以"僇人"(《始得西山宴游记》)身份贬谪永州,心中抑郁不安,"恒惴栗",便"自肆于山水间"(韩愈《柳子厚墓志铭》),寻访自然胜景,"幽泉怪石,无所不到",用自然美的陶醉来排遣满腔的忧愤,慰藉寂寞的心灵。他天姿秀异,富于灵心慧性和超群的文学才华，所以他能发现被普通人熟视无睹的山水之美，并用文字的形式把它表现出来。于是，永州山水就以自然与人文交融的特性进入人们的审美领域，展示出它的价值与魅力。前引《邕州柳中丞作马退山茅草亭记》作于元和六年，柳宗元到永州不久，"美不自美，因人而彰"应是他在永州思考所得，也是他的切身体验。王羲之彰显了兰亭之美，而他彰显了永州之美。

《永州八记》每一篇都是一次美的发现。元和四年九月二十八日发现西山，写成《始得西山宴游记》。得西山后八日，又得钴鉧潭，写成《钴鉧潭记》和《钴鉧潭西小丘记》。《袁家渴记》以下诸胜景，也是"永之人未尝游"，柳宗元最先得之，"余得之而不敢专也，出而传于世"。八记是有着内在联系的组文，它按照发现的顺序连锁地写出各种景观的特点和游览的感受，组成一组空前的山水美文。《愚溪诗序》将冉溪拟人化，使一条平凡的小河有了诗性的美。其他如《永州韦使君新堂记》、《永州崔中丞万石亭记》、《游黄溪记》、《零陵郡复乳穴记》等在自然景观的发现方面，都有披荆斩棘之功。柳宗元的审美感受力十分敏锐。《永州法华寺新作西亭记》说他在法华寺看到"庑之外有大竹数万，又其外山形下绝。然而薪蒸筱簜，蒙杂拥蔽。吾意伐而除之，必将有见焉"。于是命仆人砍伐灌木杂草，果然有美丽的景致。关于这个问题，南开大学孙昌武教授有出色的讨论："柳宗元的短短的山水记，每一篇都是艺术上的发现，特别是在人与自然的关系和自然美的表现上，更有重大的突破，因而也取得了不朽的艺术价值。"[1]

柳宗元永州诗文在记载发现自然美的同时，还进一步表现了对自然美的改造。永州山水原来处于原始状态，美丑混杂，妍媸难分。《永州韦使君新堂记》云："（永州）有石焉，翳于奥草。有泉焉。伏于土涂。虵虺之所蟠，狸鼠之所游，茂树恶木，嘉葩毒卉，乱杂而争植，号为秽墟。"这是当时永州自然景观的写照。柳宗元和他的同伴以审美的智慧和辛勤的劳动对自然景物进行加工改造，使美的景物得到凸显。而且，经过劳动的改造，自然景物对人也产生亲和力。《钴鉧潭西小丘记》写他和李深源、元克己买到小丘后。

> 即更取器用，铲刈秽草，伐去恶木，烈火而焚之。嘉木立，美竹露，奇石显。由其中以望，则山之高，云之浮，溪之流，鸟兽之遨游，举熙熙然回巧献技，以效兹丘之下。

唐
宋
文
学
研
究

　　小丘周围山水、鸟兽、白云对小丘的亲昵，让人感受到自然界的和谐之美，这最有一种温馨和亲切。《石渠记》也说："予从州牧得之，揽去翳朽，决疏土石，既崇而焚，既酾而盈。"以劳动改造自然美，这样的内容此前的文本中还没有出现过，柳宗元的永州诗文第一次加以表现，为中国文学贡献了新的内容。这样的内容在永州诗文中是相当多的。《永州韦使君新堂记》、《永州崔中丞万石亭记》、《零陵三亭记》《永州法华寺新作西亭记》等都描述了他们改造自然的过程和结果。过程不乏艰辛，结果则是各种景物"咸而有若增广者"，更加美丽动人。人按照自己的审美观念改造自然，使自然之美得到凸显并有锦上添花之妙，这是"美不自美，因人而彰"的又一含义。

　　柳宗元及其同伴改造自然的方式，一是除恶祛秽，让美的景观得到显现。这使原始古朴而陷于蛮烟瘴雨中的永州自然景物实现了初步人化，成为人们的审美对象。二是栽培花木，增添美景。《永州龙兴寺东丘记》记他在得到东丘后，原有景观仍然保留，"凡坳洼坻岸之状，无废其故"。但要对其进行加工美化："屏以密竹，联以曲梁。桂桧松杉楩柟之植，几三百本。嘉卉美石，又经纬之。偃人绿缛，幽荫荟蔚。"经过这一番经营，此地就"温风不烁，清气自至。水亭狭室，曲有奥趣"。三是修建路桥亭阁，以凝聚景观，方便游览。《法华寺新作西亭记》说西亭是柳宗元"取官之禄秩"修建的。《永州崔中丞万石亭记》在写御史中丞崔能发现万石胜景后，"于是刳辟朽壤，剪焚榛秽，决洎沟，导伏流，散为疏林，洄为清池。寥廓泓渟，若造物者始判清浊，效奇于兹地"。进一步"乃立游亭，以宅厥中"。并把它命名为"万石亭"。人在亭上，可以从不同角度欣赏山崖林壑之美。永州耄耋老人看后，赞叹不已："吾侪生是州，艺是野，眉庞齿鲵，未尝知此。岂天坠地出，设兹神物，以彰我公之德欤？"万石胜景当然不会因崔能到来而突然"天坠地出"，它是早已存在的，只是当地人不善发现而已。万石亭因为崔能的经营和柳宗元的表彰从此成为永州名胜。欧阳修曾慕名过访其地，并写下《永州万石亭》诗，高度评价柳宗元的永州经历和文学创作："投其空旷地，纵横放天才。山穷与水险，下上极沿洄。故其于文章，出语多崔嵬。"

　　柳宗元还提升了永州自然景观的美学品位。提升的方式，首先是赋予自然景观人文内涵。人类审美经验的历史证明，自然景观在具备了美的基本物质基础后，它所拥有的文化内涵越丰富，它的审美价值就越大。而这种文化内涵，往往是由重要历史事件的发生或杰出人物的登临歌吟而形成、积淀下来的。永州山水，就其自然形态而论，实际上并不具有名山大川那种震撼人心的美感力量，但它的美学品位并不低，原因就在于柳宗元赋予它深刻的文化内涵。对永州山水而言，柳宗元这一中国历史上杰出思想家、文学家的登临游览本身就是一个历史性事件，何况他还以其卓绝之才为山水传神写照，留下许多美文，揭示、升华山水之美。在后人看来，他文章中的思想就成了永州山水的组成部分，它作为一种精神气韵弥漫于水光山色之间，这就是柳宗元赋予自然景观的文化内涵。其次是用文学作品加以传扬。柳宗元把他的审美经验和在山水间的所见所闻所思记录下来，转化为超时空的物质形态——文学文本。随着这些文本的经典化和普及化，永州山水之美就闻名遐迩，盛传古今。这是人们的公论。卢文子说："天欲洗出永州诸名胜，故谪公于此。观其穷一境，辄记一笔，千载下知永州有钴鉧、石渠、西山、石涧、袁家渴诸地者，皆公之力也。"汪藻亦云："至今言先生者必曰零陵，言零陵者亦必曰先生。零陵徒先生居之之故，遂名闻天下。"又南宋张敦颐在《柳先生历官纪并序》中说："零陵，极南穷陋之区，先生居十年，披荆剪芜，搜奇选胜，放于山水之间，而独得其乐。如愚溪、钴鉧潭、南涧、朝阳崖之类，往往犹在，皆先生昔日杖履徜徉之地也。凡零陵花草泉石经先生题品者，莫不为后世所慕，想见其风流，况在当时哉?"[2]

柳宗元的《永州八记》和其他山水游记，有一个基本的写作模式：发现—改造—欣赏—感叹。模式化写作一向为人们诟病，但我们读柳文，却没有雷同感和单调感。究其原因，一是这样一种序列是他实际的审美经历，每个地方都是他和同伴第一次发现，经改造以后成为可观可游之地。他客观地记载了从发现美到陶醉于美的过程。这体现出写作上的自然美，而不刻意作人为的布置经营。二是每一种景物都有鲜明个性，作者以天仙化人之笔写出了它们各自的特征，而使文章力量充盈，摇曳生姿，美不胜收。这个模式的反复呈现，凸显了柳宗元对发现、改造、提升永州山水所作的杰出贡献。

二

柳宗元永州文本发现和表现的自然美丰富多彩，将有关作品加以抽象概括，可以归结为四个方面：形象之美、幽静之美、生命力之美和品格之美。

形象美是自然美的外在表现形态。关于美的本质，古今哲学家和美学家众说纷纭，迄今没有完全一致的看法，但有一点是人们大体认同的，就是美一般要以感性形式显现出来。黑格尔关于美的著名定义"美是理念的感性显现"体现了这一点。因此，事物的美，首先来自于人们对其外在形象的直观感受。山水风光尤其如此。柳宗元永州文本中的山水之美，首先同样表现为由地质地貌、色彩线条、形状、声音、结构及其变化形式等构成的外在形象之美。这也是古往今来论者最为称道的。柳宗元善于用比喻、拟人等修辞手法描摹景物，使之形象生动，栩栩如生。如《钴鉧潭西小丘记》：

> 其石之突怒偃蹇者，负土而出，争为奇状者，殆不可数。其嵌然相
> 累而下者，若牛马之饮于溪；其冲然角列而上者，若熊罴之登于山。

描其形状，传其精神，把石头写得活灵活现。类似描写，在永州山水记中不胜枚举。清人林云铭说柳宗元永州诸记"语语指划如画，千载之下，读之如置身于其际"正指出其形象性特征。

幽静美是永州山水在情调和境界方面体现出来的特征。在山水诗文中，柳宗元喜欢营造清幽、宁静的境界。最典型的是《至小丘西小石潭记》：

> 潭西南而望，斗折蛇行，明灭可见。其岸势犬牙差互，不可知其源。
> 坐潭上，四面竹树环合，寂寥无人，凄神寒骨，悄怆幽邃。以其境过
> 清，不可久居，乃记之而去。

这种特征的形成，有两方面的原因。一方面是他所写的永州山水多是首次发现，人迹罕至，又荫蔽于深山古树之中，人气不旺，所以显得"过清"。这也是一种美：虽然没有俗世的喧嚣，却静谧怡然，有超逸之趣。另一方面与柳宗元的心境有关。自然景物以什么形态呈现于文本中，与创作主体的心态有很大关系。[3] 柳宗元在永州的心情是寂寞、忧郁而又孤傲的。这种心绪在观察、选择和表现景物时必然会发生作用，那些清幽脱俗、卓尔不群的景物容易与他的心境产生同构，因而他喜欢写"千山鸟飞绝，万径人踪灭"似的清静幽邃境界。主客体的交融互动，使他的作品中飘荡着幽静的气韵。《新唐书》本传说柳宗元永州文本"读者咸悲恻"。这种"悲恻"一部分是来自清幽情调。

幽静的境界，一般具有相对封闭、视阈较小，但景物层次感强，景观丰富的

特点。它处于围合空间之内，自成一体。《钴鉧潭记》："其清而平者且十亩余，有树环焉，有泉悬焉。"树木环绕，把水潭围合成相对独立的空间。而树林之间，还有泉水飞挂，增强了画面的动感和色彩，使景观丰富而不单调。柳宗元对此十分满意，感叹说："孰使予乐居夷而忘故土者，非兹潭也欤？"《至小丘西小石潭记》中的小石潭也是如此。

但幽静不等于缺乏活力。柳宗元毕竟是有着内在精神力量的文学家，他把这种力量投射于客体，使笔下的景物也表现出生机勃勃的力量感，这就是永州山水的生命力之美。苏东坡曾盛赞《袁家渴记》中"每风自四山而下，振动大木，掩苒众草，纷红骇绿，蓊勃香气"的描写"造语入妙"。（《柳宗元集》注引）这固然不错，但本段景物最激荡人心的应该是洋溢于其中的蓬勃生机。接下来的"冲涛旋濑，退贮溪谷，摇飏葳蕤，与时推移"也是气机流动，姿态横生。《石渠记》："风摇其巅，韵动崖谷，视之既静，其听始远。"都是在表面的平静下，蕴涵着蓬勃的生命力量。

被推为唐人五绝压卷的《江雪》就在表面的宁静下积蓄着顽强的生命力量。作品描绘了一个寒冷、空旷、幽寂的境界，表面看来似乎与禅家空灵之境一致，实际上作品并没有禅意。渔翁不畏严寒，顶风冒雪，孤舟独钓的行为，曲折地反映出柳宗元不随波逐流的高贵品质，独立不倚的坚定意志和不屈不挠的抗争精神。由于诗中包含这么多的人生感慨和社会内容，所以，胡应麟竟从寂静的诗境中读出"闹"来。《诗薮》内编卷六云："'千山鸟飞绝'二十字，骨力豪上，句格天成。然律以《辋川》诸作，便觉太闹。"以禅家的眼光看，便觉心不净而显闹，但"骨力豪上"却正确指出了这首诗的内在精神力量。有的学者没有看到这种内在的执著和沉重，认为"《江雪》是一首无一禅字而通篇洋溢禅意的佳作"。这种看法是极其表面化的。[4]禅家空灵之境，多一分平和，而少一分力量；多一分超逸，而少一分绚烂。柳宗元承担了一分生命中必须承受之重，但他的生活方式更能展示生命的丰富和光辉。

品格美是指永州山水体现出的一些人格特征，主要是特立独行，高洁脱俗。永州山水因为处于所谓"蛮夷"、"荒厉"之地，长期无人欣赏，这是它的不幸，但另一方面，没有俗人染指，却也保持了它的天然个性，所以超尘绝俗。当它们向柳宗元等知音者初次展现出来时，便风姿绰约，玉洁冰清，有一种让人惊叹的纯净、高洁之美。

山水作为自然物，本来无所谓品格，这些特性其实是柳宗元赋予它们的。换言之，永州山水是柳宗元塑造出来的因而打上了主观烙印的人化自然。品格美就是自然山水最重要的人文内涵。柳宗元把自己的人格理想投射到景物中去，他也从景物中发现自身的影子。当二者合一的时候，让他感到极度的舒展和自由。《始得西山宴游记》写他登上西山，看到其他山低矮渺小，只有西山高峻绝俗，"然后知是山之特立，不与培塿为类。"研究者公认，这是作者的自况。他在自然中找到同类，在蛮夷之地遇到天涯知己，孤独的心灵获得慰藉，于是抑郁的情绪得到宣泄，"悠悠乎与颢气俱，而莫得其涯；洋洋乎与造物者游，而不知其所穷。……心凝形释，与万化冥合"，彻底忘记了自己的存在，而与自然完全同一。这实际上是一种极度自由舒展的精神状态。往深里说，柳宗元确认了自己特立的品格本来就与世俗小人不同以后，他就不会再计较，有所坚持有所放弃，而海阔天空我自飞，进入"独与天地精神往来"的自由境界。美是人的本质力量的对象化。柳宗元从自然中发现自己的本质，因而他从永州山水中获得极大的审美享受。

三

在柳宗元笔下，永州有时是荒陋恐怖之乡，有时又是善美温情之地，似乎是矛盾的。这一现象，前人已经注意到。《游黄溪记》："北之晋，西适豳，东极吴，南至楚越之交，其间名山水而州者以百数，永最善。"宋文《傥补注引邵太史》曰："子厚此记云'永最善'。然别云'永州于楚为最南，状与越相类。仆闷则出游，游复多恐'。何言之不同也？"按邵氏的引文，后者出自《与李翰林建书》。但认真推敲，并不矛盾。首先，"永最善"是陈述其自然风光，而"游复多恐"是指开发程度不高，所以在出游时会遇到许多暗藏的危险，它们是两个层面的问题。就其客观性而言，自然风光并不会因为人们未开发它就丧失其美。其次，已如前述，自然景观美不美，它以什么形态出现于文本中，又与作者心境关系极大。就是说，主体对美的价值的实现起着重要作用。[5]柳宗元对永州山水的感受不是一成不变的，因其心境而异。当他感到被无辜贬谪南荒而愤激不平的时候，他会诅咒永州，实际上是诅咒迫害他的政治势力。当他苦闷的时候，永州山水会给他慰藉；愉快的时候，永州山水更给他兴奋和满足。在这些情况下，他就觉得永州是美的，从而给以最高的礼赞。美的价值是在主客体相互作用下实现的。

邵氏发现的问题是柳宗元在具体描述中产生的，理论上柳宗元也有类似"矛盾"。他一方面谈"美不自美，因人而彰"，另一方面又说："有美不自蔽。"（《湘岸移木芙蓉植龙兴精舍》）同样，从本质上讲，二者并不矛盾。前者谈的是美的主观性的一面，后者谈的是美的客观性的一面。讨论这一问题，是想强调，柳宗元的美学观是辨证的、深刻的。有些人看到"美不自美，因人而彰"命题，便容易产生唯心主义的联想。以唯物唯心的简单划分来谈论美学问题本身就是力不从心的，何况柳宗元并没有浅薄到完全离开事物的客观性来谈美的地步。古人的许多理论观点，不是在正规的学术性论文中提出的，没有形式逻辑的严密性，往往随文而异，这就造成了表面的矛盾。找出他们思想的内在理路，这些所谓的矛盾就迎刃而解，因为它们压根就不存在。

除强调柳宗元美学思想的辨证性和深刻性之外，还要强调他对永州山水的重要性。既然美是客观性和主观性的统一，美的价值是在主客体相互作用下实现的，那么，由什么样的主体来应对客体、揭示它的美就显得至为重要。永州有幸，遇到心性高洁，才华俊秀，知识渊博，审美感受力敏锐独到的柳宗元，经过柳宗元的发现、改造和提升，而使其山水风物乃至整个永州从蛮荒草野之中升腾起来，以光彩照人的形象呈现于审美领域和中国文化领域。可以肯定，没有柳宗元和他的山水文本，永州的历史和在人们心目中的形象不会是现在的样子。而永州山水诗文作为柳宗元作品中最富艺术价值和美学品位的部分，早已经典化和普及化，与各时代的人成为一种共时性存在，有效地影响了柳宗元以后一代又一代中国人的精神生活。永州山水文本至今仍是传统文化中最具活力和影响力的精神资源。它启迪着人们的审美智慧，净化着人们的审美感情，让人们努力追寻人与自然的和谐共处，从而使人与自然相亲相近，并互相激发和照亮。在人与自然的关系处于高度紧张的当代社会，重新学会尊重自然，爱护自然，以审美的态度对待自然是解决我们面临的日益严重的环境问题的必经之路。

最后要说明的是，《邕州柳中丞作马退山茅草亭记》为本文提供了基本理论支点，但它的著作权在历史上是有争议的。明人王应麟最早发现该文又见于《独孤及集》，怀疑它"非子厚之文"。（《困学纪闻》卷一七。转引自中华书局整理本《柳宗元集》第 4 册"辩伪杂录"，2000 年 1 月影印本。以下各文同。它在《文苑英华》中也署名独孤及）清人王士禛在《香祖笔记》卷五中将其直接作为独孤及文进行评述，推为"杰作"。其后，何焯的《义门读书记》、陈景云的《柳集点勘》加以考证，证实王士禛之说。姚范在《援鹑堂笔记》卷四三中又进行辨析，认为该文既非柳作，亦非独孤及作，而是一般人的"俗笔"。按作者的身份判定文本的雅俗是不恰当的，本文就内容和写法论，无愧"杰作"。不过，有价值的是，姚范从写作时间上论证，推翻了独孤及作的可能性。更明确地反对王士禛的是纪昀等四库馆臣。《四库全书总目提要》卷一五〇集部别集类三辩论说："《邕州柳宗丞作马退山茅草亭记》乃柳宗元作。后人误入及集。士禛一例称之，尤疏于考证矣。"《四库提要》在学术史上向称严谨，它的说法值得认真对待。今人吴文治先生检核现存柳宗元集各种版本，认为"诸本《柳集》皆收此文，文字风格亦似宗元"，因而赞同《四库提要》之说。[6]吴先生的论证是有说服力的。按照本文揭示的柳宗元山水记"发现—改造—欣赏—感叹"的模式去衡量，《邕州柳宗丞作马退山茅草亭记》若合符契，这也可以为论证柳宗元作提供一个新的角度和证据。总之，本文尊重历史事实和纪昀、吴文治之说，认为该文两见，是柳文误入《独孤及集》而不是相反。因此，它为本文提供的理论支点是可靠的。

原载《云南民族学院学报》2003年第1期。

注　释：

[1]孙昌武：《唐代古文运动通论》，百花文艺出版社1984年版。

[2]均见《柳宗元集》第4册附录，中华书局2000年版。

[3]林云铭：《古文析义》初编卷五，转引自孙昌武《唐代古文运动通论》，百花文艺出版社1984年4月版。

[4]关于这个问题，笔者有专文讨论，参阅《误读的唐诗》，载《阅读与写作》1998年第9期。

[5]陈友康：《重新把握〈兰亭集序〉》，载《名作欣赏》1997年第4期；《审美主体的生成与人生意义的实现——苏轼人生魅力论》，载《东方丛刊》2000年第2期。

[6]吴文治：《柳宗元》，载《中国历代著名文学家评传》第2卷，吕慧鹃等编，山东教育出版社1984年版。

《长恨歌》的文本接受史分析......................陈友康

唐代有作为的风流天子李隆基和倾国倾城的大美人杨玉环之间的爱情因为故事本身曲折离奇而极富传奇色彩，加之事关大唐国运，非同寻常，所以自故事发生时起，就成为诗家关注的题材。

对李杨故事特别是马嵬之变，历代诗家多有吟咏。清人张采田云："杨贵妃马嵬之变，千古伤心之事也。唐人彰之诗篇，或嘲或刺，或怜或悯，美矣，备矣"！（《玉溪生年谱会笺》）其实岂止唐人，自唐代到今天，歌咏此事的诗作形成了一个规模可观、意蕴丰富的文本系列。在李、杨题材的诗作中，最杰出的无疑是白居易的《长恨歌》，它对后世的影响甚至超过了历史本身。诗作对李、杨荒淫误国的一面有所揭露和抨击，但更多的是对他们真挚、忠贞爱情的肯定和礼赞，以及对他们爱情悲剧的深厚同情。这是一篇有浓烈抒情气息和理想色彩的歌行体叙事长诗，情深意丰，婉转流美，风华绝代，堪称中华歌行第一。这首诗本身，古今讨论极多，无须赘言，这里从一个新的角度切入，通过后人相关文本的分析，揭示该诗的丰富性和接受可能性。所谓相关文本就是后人在表现李、杨故事时以《长恨歌》内容为叙述与评说基础的诗作。我们注意到，后人的很多马嵬诗是针对《长恨歌》所写李、杨爱情故事展开的。（樊玉俭《马嵬坡》）这些诗歌文本可以视为是对《长恨歌》的阅读回应，它们实际上构成了《长恨歌》的接受史。题目中的"文本接受史"就是通过诗歌创作接受《长恨歌》的历史。品读这些诗作，不仅可以更深入地理解《长恨歌》，而且能发现很多有趣的问题。本文选择其中较有代表性的作品加以评析，重点揭示其深层文化意蕴。

一、红颜祸水论

红颜祸水论可用"女祸由来惯覆邦"概括。"女祸由来惯覆邦"是清代毕沅《过马嵬怀古》中的一句诗。他在陕西任巡抚时曾修葺杨妃墓，后人屡有称述。他这句诗概括了正统观念较强的一部分诗人对马嵬之变的基本看法。这种看法把安史之乱及大唐衰亡的主要责任推给杨妃，并从杨妃的个案出发，推出美人是破国亡家的祸水这个一般性结论。

这种看法在马嵬诗史上屡见不鲜。晚唐大诗人李商隐的《华清宫》就有类似见解：

> 华清恩幸古无伦，犹恐蛾眉不让人。
> 未免被他褒女笑，只教天子暂蒙尘。

诗作讥刺杨妃以美色眩惑玄宗，玄宗报以极宠，造成天下大乱。它将杨妃与褒姒进行比较，说杨不如褒，褒姒让西周灭亡，而杨妃只是让玄宗逃跑，暂时忍受一下沾染灰尘的委屈罢了。笔锋犀利，极尽挖苦。清人屈复在《玉溪生诗意》中评论说："轻薄甚，玉溪往往有之。本朝国母，如此揶揄可乎？"现在看来，此诗的问题不在于李商隐揶揄"国母"，而在于他把安史之乱发生的主要责任算在杨贵妃身上，玄宗似乎倒成了受害人。对杨氏的指责在唐人相关作品中相当多，这大概是由于唐人亲身承受了安史之乱的严重后果因而对她恨之入骨的缘故。这个系列的典型作品还有：

> 佛殿前头野草深，贵妃轻骨此为尘。
> 从来绝色知难得，不破中原未是人。
>
> （唐末罗隐《马嵬驿》）
>
> 深情只拟乾坤久，绝宠宁知咫尺休。
> 路边三尺妖姬土，长带千秋万古羞。
>
> （明薛宣《马嵬》）
>
> 渔阳古鼙声动地，翠华出都百余里。
> 六军不发无人管，破国亡家尽妃子。
>
> （清张映辰《马嵬驿》）

这些诗作严厉谴责杨妃破国亡家的罪行，并赤裸裸地宣说"红颜祸水论"。这一思想在告诫最高统治当局警惕荒淫误国方面有一定积极意义。因为历史一再证明，君主对美色无限度的贪恋、宠幸和骄纵，往往是国事腐败的起点并最终导致难以收拾的结果。当权者闹情欲似乎是个人的事，但当他为了放纵自己的情欲而忽视自身的责任，进而违背社会道德乃至践踏国家法度的时候，他的个人行为就超出了私生活的范围而变成社会的破坏性力量，其性质和后果都是极其严重的。

对此不能掉以轻心。即以玄宗而论，他为了讨好杨贵妃而让杨家"姊妹兄弟皆列士，可怜光彩生门户"（《长恨歌》），权倾朝野，势炎张天，就破坏了社会公正，而其严重后果也是有目共睹的。

但是，把亡国的主要责任算在女人身上，又是片面和浅薄的；以偏概全，认定天下美女都是害人精，更是偏激和迂腐。鲁迅曾说，中国一亡国，就骂两种人，一是女色误国，二是书生误国，这实际上是为统治者推卸责任。一个王朝即古代所谓"国"的衰亡，常常有当权者荒淫的原因，女人确实也在其中起一定作用，但是否宠幸那些被指为祸水的女人导致王朝颠覆，起决定作用的是男人。安史之乱的爆发，祸根就在玄宗身上。对此，清陕西巡抚赵长龄《马嵬》早已明确指出："不信曲江信禄山，渔阳鼙鼓动秦关。祸端自是君王启，倾国何须怨玉环。"他的看法是深刻的。

让女人来承担亡国的责任，还反映了中国传统政治文化中一个极其阴暗的方面：太平时把女性作为宣欲的对象，而在紧要关头，女人却成了政治斗争的砝码，于是，美人计、和亲、残杀等都会堂而皇之地施行。在这里，女性被物化了，她们只有使用价值，而没有自身独立的生命价值。她们的命运掌握在男性手中，全方位处于劣势，丧失了以自身为本位的人生选择权利。因而，美丽给她们带来的就不是幸福而是祸害。对此，欧阳修在《再和明妃曲》中有精辟的概括："红颜胜人多薄命，莫怨春风当自嗟。"美女的命运大都不好，不要埋怨别的，你们就自我叹息吧。这当然是愤激之辞，但也揭示了传统社会一种残酷的真实。明朝画家唐寅在《题太真图》中也说："古来花貌说仙娥，自是仙娥薄命多。"美丽本是上天所赋，是人生的无价之宝，但在病态的政治文化中它却成为女性悲剧命运的祸根。这从最深刻的意义上反映了封建社会的非人道和女性无可逃避的悲剧命运。

按照陈鸿在《长恨歌传》中的解释，白居易作《长恨歌》的目的也是要"惩尤物"，即谴责杨妃。只是白氏在具体运作时以一个悲怆动人的爱情故事完全冲淡了他先在的主观意图。我们从《长恨歌》中看到的杨贵妃，一是美丽娇媚，二是忠于爱情，由表及里都是美的；即使有些毛病，也不至于让人讨厌。因而，杨贵妃之死，不是罪有应得，而是美的陨落，是一出"将人生有价值的东西毁灭给人看"的悲剧。多读白氏作品，会发现他有很多迂腐、伪善的时候，在写《长恨歌》时，他却突破了自身的思想局限和女色误国论的传统模式，以青春的热情写出一曲真爱的悲歌。我们要感谢他。

二、江山与美人的两难选择

与上述作品相反，另有一类诗作同情、赞扬杨贵妃，而谴责玄宗负情。这类作品识见特高，其中一些精辟的看法超出期望之外，给人特别的惊喜。

清代著名诗人袁枚，性格倜傥，风流自命，绝少头巾气，对人生价值有一番独到的见解。在《再题马嵬驿》之二中，他提出了江山美人孰轻孰重的问题。

诗曰：

> 到底君王负旧盟，江山情重美人轻。
> 玉环领略夫妻味，从此人间不再生。

诗作围绕玄宗长生殿发誓的故事展开，即《长恨歌》所说："七月七日长生殿，夜半无人私语时；在天愿为比翼鸟，在地愿为连理枝。"据《长恨歌传》："昔天宝十载，（杨贵妃）侍辇避暑骊山宫。秋七月，牵牛织女相见之夕，夜殆半，休侍卫于东西厢，独侍上。上冯肩而立，因仰天感牛女事，密相誓曰：愿世世为夫妻。言毕，执手各呜咽。"在诗中，袁枚把玄宗平时的信誓旦旦和关键时刻的违心背盟作对比，指出他的自私和软弱。而杨贵妃看到自己钟爱的男人如此不守信义，她就会看穿"愿世世为夫妻"的虚伪，不再对人间抱什么奢望，也就不会说什么"天上人间会相见"的痴话。最有意思的是，袁枚既然认为玄宗以江山为重而抛弃美人是错误的，那就意味着，在他看来，美人比江山更重要。这在封建时代，可谓振聋发聩。

晚清林则徐曾任陕西巡抚，作有《题杨太真墓》八韵。因其名重，唱和之作甚多。安徽崔光斗两次步韵，作诗十六首。他们的诗中都有和袁枚相近的看法。和袁枚同时代的诗人祝德麟，以作《诗经原始》著称的云南学者方玉润也有佳作，可以合观。

> 才过生日咒长生，谁料生天促此行。
> 六月佛堂凉似水，梵王挥手竟无情。
>
> （林则徐《题杨太真墓》之三）

旧宠珍同掌上珠，一朝割爱掷泥途。

玉环倘有重生日，可愿三郎再作夫？

（崔光斗《咏马嵬》之五）

和门谁息六军哗，一死终能护翠华。

毕竟大家非好色，不曾并命殉梨花。

（祝德麟《马嵬》）

三郎多情信有无？忍看绝代委征途。

六军不发无人管，却把阿环作护符。

（方玉润《马嵬怀古》）

"梵王"、"三郎"、"大家"均指玄宗。梵王是代称。三郎是爱称，因玄宗系睿宗第三子而得名。这些诗都认为玄宗负情寡义，杨贵妃负曲含冤。读了这些诗作，会促使我们重新审视古代中国人的爱情观念。客观地说，在一般情况下，中国人并不把爱情看得多么重要，它只不过是饱暖之余才会"思"的"淫欲"，它不比生命重要，更不比权力重要。因此，在江山和美人之间，人们一般不会作出"不爱江山爱美人"的价值判断和实际选择。于是，我们在古代文学中就难以看到西方文学里那种热烈奔放、生死以之的爱情歌咏，更看不到"生命诚可贵，爱情价更高"的人生价值观。不过，少量有才情、有识见的杰出之士也会作出超迈流俗的价值评判。上述诗人及作品就冲破了世俗观念，在对玄宗的拷问中强调了爱情对于人生的重要，并且认为既然相爱，就必须忠贞不渝，生死与共。这是对爱情价值的充分肯定，是对圣洁爱情的彰显和捍卫。这些诗中也蕴涵着美人不比江山轻的意味，在他们看来，两者至少是等值的。

既然古人都有这样一些通脱而可贵的认识，那么，将玄宗与爱德华五世相比就不算牵强了。今人袁第锐先生在《马嵬坡怀古》中就有这样一首诗：

生生世世语堪夸，绝似英伦爱德华。

辛浦夫人齐耄耋，三郎终竟负娇娃。

爱德华原是英国国王，爱上辛浦森夫人并要与她成亲。与爱氏相识之前，辛氏已结过两次婚。英国王室和政府认为，这样的婚姻有辱大英帝国形象，决不能

《长恨歌》的文本接受史分析

接受，向爱德华提出，要么断绝与辛氏的关系，继续当国王；要么退位，与辛氏结婚。爱德华"不爱江山爱美人"，选择了后者，与辛氏结为连理。退位后，其弟继任，他则被封为温莎公爵。爱德华与辛浦森夫人相爱相敬，在美满爱情中幸福地走完一生。他们的故事是 20 世纪最动人的爱情佳话之一。在诗中，作者将玄宗和爱德华对比，指出他们在夸耀"愿世世为夫妻"方面是绝对相似的，但结果却截然相反：为了履行自己的诺言，爱德华不要江山要美人；玄宗却背弃了诺言，眼看着美人香消玉殒。诚然，在当时的情势下，玄宗已经丧失了"不要江山要美人"的选择权力，但他至少可以选择与杨贵妃共存亡，然而他没有做到，只是"回看血泪相和流"，苟且偷生，残喘于人世间，并在晚年独自品味失去权力与爱情的双重痛苦和无奈。人生中有很多艰难的选择。选择信义、美丽、崇高有时要付出很大代价，甚至生命，但没有付出，世界又哪来动人的光华？付出才能印证人性的庄严，付出才能凸显世界的意义。

也许正是考虑到人生中总有艰难和无奈，清代名诗人张问陶在《重过马嵬》中才写道：

儿女谁甘负好春，红闺几见可怜孽？
三郎不合为天子，苦被江山误美人。

诗说玄宗像天下所有有情儿女一样也知道青春和爱情的美好珍贵，不愿辜负，但特殊的社会角色使他不能像凡人那样爱其所爱，他当皇帝是一个错误。这当中，同样包含着对爱情价值的充分肯定。据《长恨歌》，玄宗也算得上一个多情天子。作为天子，他有广选天下美女的自由；也正因为是天子，他必须承担对国家的责任，所以他又没有保护爱妃的自由，只能眼看玉环魂断马嵬，血泪交流。

上述作品都围绕江山美人孰重孰轻、玄宗马嵬抉择的是非进行言说。他们的看法是启人心智的。美人与江山等值，或美人比江山更有价值，这些观念对疏解中国社会普遍存在的由权力迷恋而造成的人生价值遮蔽具有积极的作用。其实，走出权力崇拜的笼罩，我们会发现人生中还有很多无比广阔的价值空间。权力并不一定给人带来幸福，同样，幸福并不一定要通过权力才能获得。

三、关怀底层

在马嵬诗中，还有一种观点特具卓识：承认李、杨悲剧值得同情，但普通百姓的遭遇比他们更惨，他们要为人民的苦难负责。这方面的名作是袁枚的《马嵬》之二：

> 莫唱当年长恨歌，人间亦自有银河。
> 石壕村里夫妻别，泪比长生殿上多。

此诗就《长恨歌》和杜甫《石壕吏》两首名诗写的故事发表议论，指出安史之乱造成的平民百姓的生离死别比李、杨更多、更惨重。它突破了一般诗人写马嵬之变时仅局限于对一对贵族夫妇的命运进行思考的思维定式，把关注的目光投向社会底层，显示了诗人认识事物的独特性和深刻性。

如果不囿于李、杨爱情悲剧本身，而把马嵬之变放到唐王朝整个历史背景上考察，我们就不能不承认，他们的结局是咎由自取；而无辜的民众却要与他们一同承受由他们荒淫误国所带来的灾难，无疑更值得同情，更需要关怀。皇帝、贵妃与普通百姓地位有差别，但生命的价值是同等的，我们不能因为同情前者的不幸而无视后者的悲惨。须知，安史之乱使唐朝人口由乱前的 5000 万下降到 1600 多万。也就是说，有 3400 万人死于战乱。这是一个触目惊心的数字，其中包含的数不胜数的惨剧绝不是李、杨绵无绝期的长恨所能抵消的。安史之乱造成的惨相，杜甫用如下诗句作了逼真的描述："万国尽征戍，烽火被岗峦。积尸草木腥，流血川原丹"（《垂老别》）；"十年杀气盛，六合人烟稀"（《北风》）；"萧条四海内，人少豺虎多"（《别唐十五》）。杜甫正是由于亲身经历了这种深悲剧痛，所以他在《北征》中对马嵬发难的将士们给予由衷的感谢和高度的评价："桓桓陈将军，仗钺奋忠烈。微尔人尽非，于今国犹活。"这里体现的是一种清醒的历史理性。

袁枚诗中的意思早在金人高有邻的《马嵬》中就出现过：

> 事去君王可奈何，荒坟三尺马嵬坡。
> 归来枉为香囊泣，不道生灵泪更多。

高有邻，字德卿，遂城(今河北徐水)人，金大定三年进士，官至工部尚书。有邻官比袁枚大，但诗名远不能和随园相比，这首诗在写法上也没有随园精致，所以鲜为人知。诗作指责玄宗返京后只为杨贵妃哭泣，却不想想百姓的泪比他的苦更多。用了一个"枉"字，表明玄宗历经浩劫以后仍执迷不悟，找不到悲剧的根源。

这类诗中都有民本思想的底蕴，即站在人民的立场考虑问题。关怀社会底层，始终是诗家的良心和职责所在。因为这个问题本质上是社会公正问题，而承受最多不公正的就是底层民众，他们需要诗人为他们说出生存的真相。历来的诗家，或为立场所误，或为才情所限，并不是所有人都能做到这点，相比之下，高有邻、袁枚的诗就更加难能而可贵。

四、女性视角

传统社会是男权社会，男性享有绝对的话语霸权。社会考虑问题的基本立场、视角都是男性化的，很少想到女性权益。对马嵬之变的言说也不例外。言说者主要是男性，不管是指责还是怜惜杨贵妃，都是站在男性立场，从男性角度发言。这是总体情况，这里还要指出的是，也有少量女性陈述并评价了这一事件。她们当然没有女性主义批评的自觉，但天然的女性角色使她们对问题的看法与男性有明显差异。清代女诗人李娓娓，有《幽香馆存稿》。其《咏杨妃》云：

> 宠极从来祸亦奇，休将七夕说佳期。
> 红尘飞骑渔洋鼓，无复当年进荔枝。
> 云鬟花颜致杀身，霓裳一曲起烟尘。
> 君王重色轻天下，误国何须怨美人。

从诗艺看不见得很高明，原想写成七律结果成了古风，但从诗意看却有可贵之处。首先，她能看穿生活中炫目的表象，发现极宠当中隐伏的奇祸。第一句话自然有老子"福兮祸所倚"的影子，但这里表现的主要是对女性生存境遇的深邃思考和清醒体认。女性受君王宠幸，在凡人看来，是何等繁华荣耀，令人艳羡。然而，在男权社会中，女人是否受宠完全取决于男性，那么，女人一旦受宠实际上就把生命的自由包括躲避灾祸的自由也交到男性手中。所以当男性不再宠爱或无力宠爱的时候，女人的祸殃就接踵而至了。在封建社会的宫中，宠极悲来的例子俯拾皆是。绝色赢得极宠，极宠招致奇祸，这样的故事每个王朝都会重复上演。李娓娓以女性的灵慧和对历史的深刻洞察看到了这种悲剧的必然，所以用了"从来"加以概括。既然美丽的光环下掩盖着无法躲避的灾祸，那么，女性所要追求的就不应该是献媚争宠，而应该是平凡恬美的真爱。"休将七夕说佳期"体现了她对君王之爱的怀疑。其次，"云鬓花颜致杀身"明确指出女性招来杀身之祸的原因就是美丽本身。这是对封建社会男性霸权的控诉。再次，尾联翻出一层新意：一般人认为，马嵬之变中玄宗抛弃杨贵妃是因为"江山情重美人轻"，而李娓娓认为，在江山和美人之间，玄宗其实并没看重江山。那么，"轻天下"是否就意味着"重爱情"呢？否。"轻天下"并不等于"重美人"、"重爱情"。在君王那里，重色实际上是"重欲"，为了满足私欲，他们可以把天下置之度外，"春宵空短日高起，从此君王不早朝"。(《长恨歌》)也正因为"重色"不是"重情"，在紧要关头，他又可以硬着心肠把美人抛弃。理由是冠冕堂皇的，妻子如衣服，旧的不去，新的不来，"欲"是任何美色都能给予满足的，何须苦恋一个女人？对江山和爱情都不能倾情投入并找到一个平衡点，使玄宗最后两无归依，人生的价值依托被彻底抽空。这恐怕才是玄宗晚年悲剧中最警醒世人的一点。

清翰林院编修蔡殿齐之妻万梦丹，著有《韵香书室吟稿》。集中有多首述及李、杨故事。《书长恨歌后》云：

> 翠华西巡唤奈何，六军兵谏逼金戈。
> 拼将一死纾君难，愧杀从行将士多！

作品把杨贵妃的勇烈和玄宗的无能、六军的无赖进行对比，突出杨贵妃的无私无畏。她让事件中的所有男人们都处于羞惭的境地，无疑带有为天下女子出口气的豪迈。这里体现的是非常典型的女性立场。又《杨妃》：

> 佛堂掩面太无情，辜负长生殿上盟。
> 此后仙山须稳住，人间岂忍说重生？

此诗反《长恨歌》中的"但令心似金钿坚，天上人间会相见"而作，告诫杨

《长恨歌》的文本接受史分析

唐宋文学研究

贵妃，对女人而言，人间布满危险，有什么值得留恋？就在蓬莱仙山好好住着吧。又《读唐书》云：

> 灯影官门血染尘，佛堂匹练怨魂新。
> 三郎最是无情种，惯向军中杀美人。

此诗将玄宗在马嵬之变中的表现与他早年平定韦氏之乱时杀死韦庶人、安乐公主等美人联系起来，指出他杀美人已成"习惯"，是最冷酷无情的人。把两件性质不尽相同的事件相提并论，明显地显示出她有心与男性立异的思维方向。在思考女性历史中的境遇这个问题上，万梦丹比李娟娟更多一些彻悟。

陈葆贞，自号静宜女史，清嘉善人，有《绮余书屋诗稿》。《杨太真》云：

> 一死能教国难平，马前值得早捐生。
> 红颜若向升平老，未必君王不负盟。

这首诗也很有新意。她认为杨贵妃死于马嵬并非不幸，反而应该高兴，因为一可以消弭国难，青史留名；二如果在太平年代活到老，年老色衰时必然会被君王抛弃，也不可能有幸福，两者相较，倒是现在死去更好。

还有一些代言体的男性作品，表现出与女性作品相同的旨趣。这是因为发生了角色换位，男性用女性视角观察问题的结果。清代著名史学家和文学家赵翼《马嵬诗》云：

> 鼙鼓渔阳为翠娥，美人若在肯休戈？
> 马嵬一死追兵缓，妾为君王拒贼多。

诗前有序："古来咏杨妃者多矣，多失其平，戏为一绝。"该序表明，赵翼写这首诗是要帮杨贵妃打抱不平，所以他替杨贵妃翻案，赞扬她以疏解君难国难而献身的精神。比起把杨贵妃夸饰为大唐再造功臣之类矫枉过正的说法，赵翼的看法是较为平允的。

"一代兴亡说太真，诗骚论断总无因。"诗人们对李、杨故事特别是马嵬之变的所有看法，都是仁智各见的一家之言，历史可能比诗人的想象还要复杂。不过，这些见解，无论高低优劣，都能给我们有益的启迪。其中最值得注意的是，考察从唐代到清代乃至当代的重要文本，我们能够明显感觉到中国人观念的进步，即对传统道德观念的质疑越来越多，诗人们更看重个体的价值、爱情的价值，体现出人性解放的历史趋势。

原载《中南民族学院学报》2000 年第 3 期。

《长恨歌》的文本接受史分析

古典文学论集

晚唐诗·新月诗·朦胧诗

——试论中国诗语"意"、"象"的非一致性特征………曾庆雨

　　众所周知，晚唐诗、新月诗和朦胧诗分别属于中国历史上三个不同的社会形态和时代产生的诗歌创作时期。文学史上的晚唐，一般指的是"文宗大和以后的约八十年（828—907年）时间"。[1]在这一时期，不论是社会状况、诗人的创作，还是诗歌的风格与人们所熟悉的"盛唐之音"有了很大的不同，李商隐是最具代表性的诗人。新月诗则产生于我国20世纪初，以反帝、反封建为主旨的五四运动为新文学的历史性"亮相"拉启了大幕。一些热衷于文学革新的青年人，在诗歌创作的形式风格上进行了大胆的尝试，把西方的诗歌格律形式引入到中国白话诗的创作中来。新月诗派的创作便是当时具有影响的新诗流派之一，以徐志摩、闻一多为代表。朦胧诗是我国20世纪最后的诗歌运动的产物，这些"思想并非显露、感情比较隐秘、形式上颇为怪异的作品"[2]引起了那时文坛上的巨大震荡，其中具有代表性的诗人是北岛、顾城和舒婷。

　　这三个时代迥异、抒情主题相异、创作形式有别的诗歌流派看起来并无什么关联，可仔细分析一下就会发现，三者之间有着一种"基因的传承"。从社会、诗人、作品等方面找到其中的"基因"传承与演变关系是此文的用意所在。由于功力尚浅，不能算是"引玉"的"砖"，充其量是颗问路的石子罢了。

一

　　曾听闻一句话："悲愤出诗人。"证以晚唐，认为言之有误。因为，晚唐是一个使人连悲愤的力气都没有的时代，社会经济渐趋凋敝，权力集团里党争不止，朝廷之中钩心斗角，社会时局被宦官所控制，守边大员与中央对抗，地方势力想乘机自立，文人们在相互倾轧与各自逃避的漩涡里进行着身不由己的选择。人们看不到前途与光明，拥有的只是无奈的沮丧与深深的失望。在这个悲凉和凄婉的时代里，被政治抛弃的诗人们已无需去歌功颂德应酬唱和，被社会冷淡的诗人们也无力担当"社会的良心"，去抒写"史诗"的篇章，他们只能把自己的沮丧和失

望的心情反复吟唱，而最具代表性的就是李商隐。

李商隐的诗作，充溢着的萧瑟、哀愁和深深的忧郁之感。这正是诗人内心情感的述说，对人生幻灭的情绪表达。在他的诗作中，有对于表层心理感受的抒发，也有着深层心理体验的展示。

> 永巷长年怨绮罗，离情终日思风波。
> 湘江竹上痕无限，岘首碑前洒几多？
> 人去紫台秋入塞，兵残楚帐夜闻歌。
> 朝来灞水桥边问，未抵青袍送玉珂。

这篇题为《泪》的诗写的是人生中的六种不幸，诗人把第六种视为六种不幸中的大不幸，这是深切地融合着诗人自己的身世之感。正如严复在《诗意》中所言："深宫之怨，离别之苦，湘江岘首生死之伤，明妃出塞之恨，项王夭亡之痛，以上数者皆不及朝来灞桥青袍寒士送玉珂贵人穷途饮恨之泪也。"李商隐在诗中抒发的是诗人穷途抑寒、壮志难抒的痛感。而这样的痛楚，往往是文人士子们生平际遇中的常态写照，容易让人产生共鸣和理解。这种易引人共鸣和理解的表层心理感受的诗作，在李商隐的作品中占有一定数量，也往往成为人们解读李商隐的方便之门。

但是，李商隐对自己深层心理体验展示的作品因反映了"较为广阔意义上的个体心灵对沉重人生的内向关照"[3]，以及奇特的意象组合的创作技巧而受到世人的瞩目，并由此而开创了一种诗意幽深，意象朦胧，充满象征意味的新的创作方法，而这些新颖的诗境都对后世的诗歌创作产生了深刻的影响。诗人也常常把这类诗冠以《无题》之名，似乎诗人面对内心深处的惆怅与悲凉也难以名状。

> 相见时难别亦难，东风无力百花残。
> 春蚕到死丝方尽，蜡炬成灰泪始干。
> 晓镜但愁云鬓改，夜吟应觉月光寒。
> 蓬山此去无旧路，青鸟殷勤为探看。

诗中写相思苦，离愁苦，追求苦，牵挂苦，寄托苦，隐喻了人的生命中充斥

晚唐诗·新月诗·朦胧诗——试论中国诗语「意」、「象」的非一致性特征

着的种种苦痛，可是诗人并没有对苦痛的原因有所明示。而这些痛苦的综合，正是人生处处失落、世间不能完美的诗意表述。由于这类诗中蕴涵着莫名的惆怅情绪，意象的组合所形成的象征性也较为广泛，使得这种深层心理体验的表达变得难以捉摸，也不易解读，以至有人戏言"李商隐诗人人说好，人人不懂"。其实，这是因为李商隐的诗语大异于前人的结果。"意"与"象"的距离感，造成解读的不确定性，以这首《无题》为例，诗的前四句中"难、残、死、灰"等字，其"意"与"象"尽是苦痛到极点，十分的吻合。后两句中的"意"却不再那么痛苦，"愁"、"寒"两字字义与前四句相比，程度有所减轻，因为，不论人愁与不愁，"云鬓改"是不可改变的人生状态，而月光的寒与不寒也只是"应觉"，不是必觉，这就不同于情绪层层推进的诗歌创作的通常手法。最后两句对"意"、"象"的一致性进行了最终的消解，蓬山旧路，所指何事？青鸟殷勤，所为何来？人们都很难有一个确定的把握，当然也难有趋同的理解。这种"意"、"象"之间的距离感，对缺乏形体变化的汉字而言，会造成意义的不确定性。距离越大，不确定性就越大，解读越难。对李商隐《锦瑟》诗的众说不一，解读之难，正是一个很好的明证。

李商隐的诗是他所置身的那个时代的产物，这种说法似乎并不新鲜。可有意思的是，当历史的发展一旦有与晚唐时期的社会相近似的情况出现时，李商隐的诗歌精神就会成为诗人们抒发自己内在心理的一种范式。这种情形在后来的清代有过短暂的显示，王士禛的诗中就透露着浓重的人生幻灭感。当然，他与李商隐的幻灭感并不完全一样，带有自己的时代特征。但在他的诗歌中同样很容易找到"意"与"象"的距离，仍存在着解读上的不确定性。譬如他的《秋柳》诗中的句子："新愁帝子悲近日，旧事公孙忆往年。记否青门珠络鼓，松枝相映夕阳边。"表达的意思可以是对似水流年的追忆，可以是对繁华美景的遥想，可以是对人生苦短的喟叹，可以是对滚滚红尘的勘破……总之，这样的诗语所蕴涵的能指功能相较于盛唐诗，已有了很大的延展性，也就更加的意味深长。

二

从 1840 年始，中国沦为了半封建半殖民地社会。尽管辛亥革命后，封建的皇权统治被推翻，建立了共和制，但是，中国并没有改变自己贫弱的国力和任人宰割的命运。人们在这样的国度里，看不到前途与光明。强大的帝国主义、西方列强的入侵迫使国人认识到走出国门，去寻找救国救民的路。这样，一批批的有志青年漂洋过海，希望以新的文化思想，给古老破旧的国家注入些生命活力。

以五四运动为标志的新文学运动，在反帝反封建的声浪中轰轰烈烈地展开了。初期，"五四是一个新时代的开始，那时的诗人很少做无病呻吟的诗，很少有个人寂寞悲苦的申诉"。[4]文学标"新"，当然离不开新的内容，但更离不开新的形式。五四新文学运动以白话文创作为追求的形式，企图以此来消减旧体文学的影响。可旧体文学形式，尤其是诗歌的形式已是十分的精致和成熟，白话文诗歌须有更好的形式表达才能与旧体诗分庭抗礼。于是，以徐志摩、闻一多等人为代表在他们主办的《新月》诗刊上发表的大量作品，对白话诗的"新格式与新音节"的形式问题进行了十分有益的探索，使白话诗在社会上产生了很大影响，为白话诗进入文坛奠定了坚实的艺术根基。而"这里面在当时享名最盛的是徐志摩，他努力于体制的输入与实验，最讲究用譬喻，想要用中文来体现外国诗的格律，装进外国式的诗意，特别是英国诗"。[4]就此，似乎并不能说明新月诗与晚唐诗的关系。不过，我们如果将视线转向当时的英国诗坛，查看一下徐志摩努力用中文去"装"的这种"外国式的诗意"，便会发现一个极为有趣的事实，那就是当时在英国文坛引起过不小骚动的意象派诗。据马库斯的《美国文学史》称：正当这些诗人（意象派）山穷水尽时，找到了中国古典诗歌。[5]

关于意象派是在何种背景下转向对中国古典诗歌进行学习，形成了自己的诗歌流派，影响整个的英国文坛的问题，把意象派诗歌介绍给中国读者的翻译家裘小龙先生是这样认为的："在 20 世纪初，由于资本主义危机的进一步恶化，一些知识分子对于资产阶级理性王国的梦想彻底破灭了，随之出现了以叔本华、伯格森等人为代表的非理性主义思潮。这也影响了文学创作，尤其影响了西方诗的思维模式。异化的危机更从根本上动摇了诗人作为'人类立法者'的传统地位。弥尔顿、雪莱、丁尼生那种传统风格的诗，自然很难再写下去，至少很难再写得好。在这样一个时刻，意象派诗人找到了中国传统诗歌。"[5]尽管"中国传统诗歌"并不就只是晚唐诗，但不可能没有晚唐诗，这一点是不难理解的。不能忽略的一个事实是："意象派的崛起，大体上与我国新诗的兴起是平行的；但当时我国新诗形式面临的主要是白话与文言的选择，所要解决的问题不完全一样。……意象派，说到底，正是一个主张意象（某一种意义上的形象）就是诗的流派。"[5]如此说来，徐志摩当时置身于意象派如火如荼兴起的英格兰，受到其诗歌创作形式的影响是有可能的。从徐志摩的诗作和关于诗歌创作的理论主张中，对"纯诗化"的艺术追求显而易见。用白话文的语词来组成新颖的意象，再由新颖的意象构成完美的意境，使最动人的感情融入美的抒情形式中，使诗歌具有激荡人心、动人情感的美的艺术魅力。这种"唯美性"的艺术主张不仅是徐志摩个人的主张，也是新月派诗人们在诗歌创作中要努力实现的诗歌美学追求的特征。对此，有学者是这样评述的："美的抒情是新月派诗歌的生命。这种特征表现在他们各种抒情题材的作品中。无论是写爱国主义的心声，还是唱反对军阀罪行的愤怒，无论是爱情和个人欢乐哀戚的吟咏，还是对于各种自然美的描写与赞颂，他们都注意表现内心的美的感情，并竭力把这种感情熔铸进尽可能完美的艺术形象中。"[6]

在新月派诗人的艺术观里，十分注重感情和情绪。闻一多把情感视为诗的"灵魂"，徐志摩则宣称："我是一个信仰感情的人，也许我自己天生就是一个感情性的人。"[7]而注重个人情绪在诗歌里的作用，并不是新月派理论的首创。中国古代诗歌理论就很强调这一点。我们应当或主要关注的问题是他们用诗所传达的是怎样的情绪。笔者以为，新月派的两大代表人物——闻一多和徐志摩，他们诗的情绪就有很大不同。闻一多从《红烛》到《死水》，贯穿于他诗歌的主要情绪是对祖国深切的爱，他的忧虑、牵挂、愤懑、喜悦、激动等情绪，无不与时政、与社会密切相关。后来有评论家认为"这种爱发展到最后，使他成为人民的英烈"[8]。徐志摩的情绪则更加注重个人内在的体验，他的诗也就比闻一多的要更多一些个人的情绪表达。

> 小舟在垂柳荫间缓泛——一阵阵初秋的凉风，吹生了水面的漪绒，吹来两岸乡村里的音籁。/ 我独自凭着船窗闲憩，静看着一河的波幻，静听者远近的音籁——又一度与童年的情景默契！/ 这是清脆的稚儿的呼唤，田野上工作纷纭，竹篱边犬吠鸡鸣：但这无端的悲感与凄婉！/ 白云在蓝天里飞行：我欲把恼人的年岁，我欲把恼人的情爱，托付与无涯的空灵——消泯；/ 恢复我纯朴的，美丽的童心，像山谷里的冷泉一勺，像晓风里的白头乳鹊，像池畔的草花，自然的鲜明。

这首题为《乡村里的音籁》[9]的诗里所描述的田园景致十分迷人，舟荡秋水，涟漪绵绵，诗人徜徉其间，仿佛依稀间又回到童年。可在屡屡温馨的思绪中，一种莫名的"悲感与凄婉"涌上诗人的心头。这种悲凉的情绪与优美的景观，纯净的外界自然与诗人内心深处的复杂情感形成巨大反差，全诗笼罩在一片孤独和寂寥的氛围中。而那"年岁"，"情爱"之所以"恼人"，是因为它们是使人对生活进行幻想的土壤，可是"个人最大的悲剧是设想一个虚无的境界来谬骗自己：骗不到底的时候，你就得忍受'幻灭'的莫大痛苦。"[10]正是这种内心深处的幻灭感，才有了《再别康桥》中虚无缥缈的诗情，那脍炙人口、曼妙又富于吟唱性的诗句：

> 轻轻地我走了，正如我轻轻地来；我轻轻地招手，作别西天的云彩。……悄悄地我走了，正如我悄悄地来；我挥一挥衣袖，不带走一片云彩。

这两首诗，语言构筑的"诗境"都是清新和柔美的，而"诗意"却是忧伤和幻灭的。"境"与"意"的不一致性，造成了阅读情绪的含混模糊，不清楚忧伤和幻灭的缘由，也难以找到柔美与忧伤的连接支点。只能是一种美则美矣，伤则伤矣，不知为何美，不知为何伤的朦胧之感。

有必要指出，在当时以李金发为代表的象征性创作诗人们的诗作，也对文坛产生了重大影响，他们的作品也具有相当浓重的朦胧色彩，且作为对个人情绪的表达，对人内在的苦乐喜忧的诗性言说，似乎要比新月诗更加有个性，也更接近李商隐诗歌意和象的距离性表达特征，但由于对新诗象征派的界定，以及对李金发的诗歌语言艺术价值的评价在学界有较大分歧，[11]本文不拟作进一步的分析讨论。

三

20 世纪 70 年代末，刚刚走出十年"文化大革命"阴霾的中国社会，既要对那段错误的历史进行清算，又要开辟新的未来。既要抚慰长期以来堆积在人们心里的不满、愤懑、苦涩和悲伤，又要面对国门开放后的种种挑战。这种痛定思痛后的清醒，迷惘失望后的希望，苦涩悲伤后的坚强，催生了"朦胧诗"对诗坛的席卷运动，成了新时期文学一个长久的话题。在这批勇于创新的年轻诗人里，以北岛、顾城、舒婷的诗作最富代表性。

朦胧诗的产生，从某种意义上来讲，是诗人心理痛苦和矛盾的产物。长期以来，社会对个人情感和价值的否定态势，形成了个人的思维和行动与社会规范有整齐划一的要求。反映在诗歌创作中，长短句式的口号和说教，所谓的"直白"，"浅显"，毫无意蕴、意境、节奏、旋律、音乐等诗美的基本元素，其实是丧失了诗歌的艺术性。作为对个体被社会长期漠视的反叛，新生代的诗人们，十分强调对自己内心情感的关注，并将这种深层的心理感受作为他们诗歌创作的主体内容。作为对践踏诗歌艺术的反拨，朦胧诗在创作上追求诗的艺术美感，运用象征的手法，通过暗示其作品的主题和事物的发展，表达诗人隐蔽的思绪和抽象的人生哲理，把人们的视线从外部物质世界引向内部的精神世界，使新时期的诗歌走在了其他文学艺术样式的前头，"它最早、最丰富、也最全面地保留了时代和现实生活的情感投影"。[11]由此，时代从他们身上似乎又找到了那种久违的诗心与诗情：晚唐诗人悲凉和苦闷的心情诉说，新月诗人对诗歌艺术的完美追求。而这一切并不是朦胧诗人的全部，他们有着自己的时代精神和价值追求，在他们的诗里，少有李商隐式的消沉和惆怅，也少有徐志摩式的激情和浪漫。特立独行，标榜个性，理性思考，挑战世俗，成为朦胧诗人们的诗歌特征。

卑鄙是卑鄙者的通行证，高尚是高尚者的墓志铭。看吧，在那镀金的天空中，飘满了死者弯曲的倒影。/冰川世纪过去了，为什么到处都是冰凌？好望角发现了，为什么死海里千帆相竞？/我来到这个世界上，只带着纸、绳索和身影，为了在审判之前，宣读那些被判决的声音。/告诉你吧，世界，我——不——相——信！纵使你脚下有一千名挑战者，那就把我算作第一千零一名。/我不相信天是蓝的；我不相信雷的回声；我不相信梦是假的；我不相信死无报应。/如果海洋注定要决堤，让所有的苦水注入我心中，如果陆地注定要上升，就让人类重新选择生存的顶峰。/新的转机和闪闪的星斗，正在缀满没有遮拦的天空，那是五千年的象形文字，那是未来人们凝视的眼睛。

北岛的这首《回答》，使人阅读的是他勃发的一种悲壮和刚烈的情绪，充溢其间的既有对现实的愤恨，又有对未来做出牺牲的意愿。既怀疑现实的真实性，又对未来充满信念。诗人采用心理时空转换与形象组合相结合的方式，反映出诗人复杂且矛盾的深层心理，而这种心理态势正是那个时代人们的真实写照，是那个时代青年特有的心理独白。诗人不是在唱，而是在喊，在呼号。这是情感被压抑太长时期后的喷涌，是痛苦的呼号，又是被解放后的喊叫，但绝不是呻吟和歌唱。

如果说，北岛的诗情像喷涌的岩浆，那么，顾城的诗作就是诗化的思想。那首让他一夜之间闻名大江南北的《一代人》的诗，不过两行而已："黑夜给了我黑色的眼睛／我却用它寻找光明。"诗中浓重的象征意味，给人以很多解读的视角，尤其从那个"黑夜"走过来的人们，很容易从诗里读出自己的心路历程。顾城的《一代人》用高度凝练的诗语赋予了诗一种高度提纯的象征的张力，所表达的情绪仍是痛苦与希望交织，愤懑与信念共存的心理。顾城的诗不仅有时代共性的表达，还有他与社会关系矛盾带来的迷惘心情的个性的抒发：

你／一会看我／一会看云／

我觉得／你看我时很远／你看云时很近／

这首诗仅有 24 个字，却涵盖了人与人、人与社会等多种关系的特性。诗中的"远"与"近"，可引导出多种的解读心得，也必然形成诗意的朦胧不清。象征与形象的结合，解读的多元存在，诗人深层心理的复杂性，通过间隔诗歌中"意"和"象"的距离得到表达。

在朦胧诗人中，舒婷以女性特有的细腻，写出了更具有诗美意味的作品。同样是个性的标榜，《致橡树》却如此优美，体现出朦胧诗在艺术追求上开始成熟：

我如果爱你——／决不像攀缘的凌霄花／借你的高枝炫耀自己；／我如果爱你——／决不学痴情的鸟儿／为绿荫重复单调的歌曲；／也不只像泉源／长年送来清凉的慰藉；／也不只像险峰／增加你的高度，衬托你的威仪。／甚至日光。／甚至春雨。／不，这些都还不够／我必须是你近旁的一株木棉，／作为树的形象和你站在一起。／根，紧握在地下，／叶，相触在云里。／每一阵风过，／我们都互相致意，／但没有人／听懂我们的言语。／你有你的铜枝铁干，／像刀、像剑，／也像戟；／我有我红硕的花朵，／像沉重的叹息，／又像英勇的火炬。／我们分担寒潮、风雷、霹雳；／我们共享雾霭、流岚、虹霓。／仿佛永远分离，／却又终身相依。／

　　这才是伟大的爱情，坚贞就在这里：/ 爱——/ 不仅爱你伟岸的身躯，/ 也爱你坚持的位置，足下的土地。/

　　这首宣言式的诗作，把一个"自我"的形象描绘得这样美丽，诗中鲜明的主体意识，反映出诗人对人格独立的价值认定。由此，诗中的爱情也变得崇高起来。而主体意识的强调，正说明诗人对自己内在心理和情感的关注、重视。与其他朦胧诗人一样，舒婷也运用象征的手法，运用形象的语言，展示了诗人对情爱的理解。这首诗极富音乐的旋律感，具有较高的艺术性。成为朦胧诗里受到赞美最多的少数作品之一。

　　关于"朦胧诗"的朦胧性问题，在今天的诗歌艺术研究中，"诗的朦胧性的呈现，是触发诗坛激动的动因之一"[12]已没有了当年的那份热度，时空的距离使人们对当时的朦胧诗具有一定的欣赏能力，当今的讨论可以平心静气地展开。为什么要选择象征的艺术手法来表达朦胧诗人们的诗情诗趣？以往对这一问题的讨论展开不够。如果接受内容决定形式的诗学观，可以说选择象征的艺术形式吟诗人们表达的内容——深层心理的感受、对社会、对人生产生的某种情绪等的需要。就如同晚唐时代，李商隐需要用奇特的意象组合来表达他的痛苦与惆怅；新文学时期，徐志摩要把他的浪漫装进完美的诗句一样，新时期的朦胧诗人，因与象征主义诗歌的创作特点有相通的地方，所以，他们不约而同地选择了象征的表现方法。那么，象征主义诗歌的创作特点是什么？在语言上"运用象征、隐喻、烘托、对比、联想等手法，通过丰富和扑朔迷离的意向描写，来暗示、透露隐藏于日常经验深处的心灵隐秘和理念"。[13]在题材上，多从平庸的日常生活，尤其是都市生活中摄取诗歌题材，力图在灰暗、丑恶和惆怅的事物中寻找诗意。浪漫主义诗人笔下的离奇情节，非凡的英雄和理想的境界，雄伟壮丽的自然景象，缠绵悱恻的纯真爱情，这些都弹出诗人的视阈。舒婷的《船》就很具有象征主义诗歌的特点。

　　然而，不论是北岛、顾城还是舒婷，在诗语的运用上表现出更加以"意"、"象"的距离感作为表征，甚至努力加大这种距离感，以增加诗解读的多元和多层次性，具有一种对诗从历史、现实、群体感、个体生命体验等多维立体解读的要求。象征与意象，在本质上有相当多的联系，只是前者更为复杂一些。因为，可以用做象征的东西实在太丰富，而朦胧诗人们丰富的内心情感正适合于这样丰富的表达形式，这可能是朦胧诗选择象征手法作为诗的创作方法的一个原因。

朦胧诗的退潮，比起它的兴起要逊色许多。由于种种原因，导致诗人们选择了离开，使得朦胧诗迅速消解了它的生命与歌唱。因此，在艺术上，朦胧诗并没有达到世界文坛象征主义诗歌的艺术水平，浅尝辄止的模仿，与千锤百炼的打磨，结果肯定完全不同。但不可否认，朦胧诗作为一种艺术思潮，给中国当代的诗坛带来了极大的震撼，给人们带来了诗的激动与感染。它的历史价值还会得到证明。

通过上述分析可见，晚唐诗以"意"、"象"的不确定性带来了诗歌艺术的朦胧之美，开创了中国诗歌创作的另一境界。这种深层次的诗境和诗意的非一致性，对后世的诗词领域，甚至对 19 世纪的欧洲诗坛都产生了极大的影响。20 世纪初期，沐欧风美雨而来的新诗运动，在形式上与晚唐诗有极大的不同，可作品中"意"与"象"的非一致性仍是主要的特征。到 20 世纪末期的朦胧诗，更加以"意"、"象"的距离感作为诗歌语言的表征，甚至努力加大这种距离感，以增加诗解读的多元和多层次性，具有一种立体解读的要求。这对于我国诗的发展无疑是一重要的贡献。

晚唐诗、新月诗和朦胧诗的诗人们虽然生活的时代、社会、人生际遇、心理、情感、诗歌形式等有着十分的不同，但他们之间也有着十分相似的地方：他们都产生在新旧交替的时代，都经历过社会的形态变异时期，都关注于个体情感和自己内心深处的感情抒发，都对诗歌艺术有着充满新意的追求，都对社会的未来有所寄托和希望。或许这种大而化之的分析类比并不能讲清他们之间传承的更进一步关系，但是，如果我们把文学的发展史看成是一个生动的、有生命力的有机体，那么，这种复杂的内在"基因"的联系和传承就是容易理解的，尽管其内在的变异机理还有待进一步研究，也不可能在一篇文章里说清楚。本文所以以晚唐诗为滥觞，原因是由晚唐开始萌生出的一种新的诗歌境界、理念和创作方法，晚唐诗中所蕴涵的诸多新元素，对我国后来诗歌发展的影响既有显性的时期，又有隐性的时期。如以新月诗和朦胧诗比较，应该是前者属于显性或较显性的，后者则要相对隐性一些。

有必要说明一点，新月诗和朦胧诗在创作和形成的过程中，晚唐诗不是唯一对他们产生影响的，尤其是朦胧诗里，更为西方化的创作形式，已很难看出晚唐诗的痕迹。但笔者所要讲的是一种汉文化传统中的诗的精神，一种植根在中国诗人生命里的生生不息的对美好人生的追求精神，对诗歌艺术不断探索的执著与真诚。这样的追求、执著和真诚，正是中国文学不断发展所需要的。

本文发表于《思想战线》2002 年第 4 期，略作修改。

注　释：

[1] 章培恒，骆玉明：《中国文学史》（中），复旦大学出版社 1996 年版。

[2] 中国社科院文学研究所当代文学研究室：《新时期文学六年（1976.10－1982.9）》，中国社会科学出版社 1985 年版。

[3] 章培恒，骆玉明：《新著中国文学史》（中卷），上海文艺出版社。

[4] 王　瑶：《中国新文学史稿》（上），上海文艺出版社 1992 年版。

[5] 彼德·琼斯编：《意象派诗选》，裘小龙译，漓江出版社 1986 年版。

[6] 孙玉石：《中国现代诗歌艺术》，人民文学出版社 1992 年版。

[7] 徐志摩：《落叶》，载方仁念选编：《新月派评论资料选》，华东师范大学出版社 1983 年版。

[8] 臧克家：《闻一多的诗》，人民文学出版社 1956 年 7 月版。

[9] 《徐志摩诗集》，四川人民出版社 1981 年版。

[10] 徐志摩：《自剖》，载周良沛：《徐志摩诗集》（编后），四川人民出版社 1981 年版。

[11] 谢冕：《朦胧诗选序》，春风文艺出版社 1985 年版。

[12] 关于对新诗象征派的界定问题、诗语问题，参看周良沛先生的《"诗怪"李金发——序〈李金发诗集〉》一文，载《李金发诗集》，四川文艺出版社 1987 年版，第 2、7、10 页。

[13] 朱立元：《当代西方文艺理论》，华东师范大学出版社 1997 年版。

梅尧臣诗的弊病与欧阳修的责任·················陈友康

北宋前期重要文人欧阳修和梅尧臣有三十多年的关系。三十多年中，他们诗歌唱和、文章酬应从未间断，不受彼此名位高下的影响。特别是欧阳修，他对梅尧臣的友谊终生不渝，并以实际行动多次荐举、提携尧臣，表现了爱惜人才、笃于友朋之道的可贵精神。他们在交往酬唱中，互相切磋砥砺，培养了梅尧臣平淡隽永的诗风，影响了其后整个宋诗的审美理想和基本走向。因此，这两个著名文学家的密切关系和深厚友谊不仅是他们私人生活中值得珍视、令人欣羡的内容，而且是宋代文学中具有历史意义的事件。

梅尧臣是宋诗的"开山祖师"（刘克庄《后村诗话》）。在西昆体极弊之际，他用诗反映民瘼、讽刺时弊，表现出救民膏肓，忧时济世的热肠，开辟了宋诗中关心现实、为民请命的现实主义一翼。他还在模山范水、酬别赠答中抒发人生感慨，赞美不为势利所屈的志节，有充实的思想和真挚的感情。在艺术上，他以淡泊自然反对雕琢艰涩，以古硬泼辣矫治浮艳奢华，确立了平淡朴素、含意深远的诗风。因此，他在宋诗发展史上占有十分重要的地位。胡应麟推为"宋人之冠（《诗薮》）"，当然过誉，而叶燮以为"变尽昆体，独创生新"，"开宋诗一代之面目(《原诗》)"却是有一定道理的。

欧阳修是梅尧臣相知最深的人。刘性说："宛陵先生以道德文学发而为诗，变晚唐卑陋之习，启圣宋和平之音，有功于斯文甚大。欧阳文忠公知之最深，既题其诗稿，又序其集，又序其所著《孙子》，又铭其墓而哀之以文。盖文忠公之知先生，犹子房谓沛公'殆天授者'。"[1]除刘性提到的重要文章外，欧阳修还在其他大量诗文中热情洋溢地高度评价尧臣诗作。在这些众多的论梅作品中，欧阳修对梅诗"穷者之诗"的内容特质和"平淡之诗"的风格特质作了精辟的揭示。他是梅诗美学价值的发现者和宣传者。他的评价既促进了梅诗特点的形成和发展，也扩大了梅诗的社会影响。梅尧臣在宋诗发展史上所获得的地位与欧阳修满腔热情的推崇是密不可分的。他能够建立并开创一代诗风的卓著功勋，欧阳文忠也"与有功焉"。

然而，就像一切创造性事业都不会尽善尽美一样，梅尧臣在开创有宋一代诗风的同时，也出现了明显失误，产生了不良影响。尧臣诗的毛病，钱钟书先生在《谈艺录》和《宋诗选注》中早有精湛的论述。本文在钱先生的基础上略申己见，而着重要说明的是：对梅诗的缺点和消极影响，欧公也"难辞其咎"，要负一定责任。

一

人们谈到宋诗，无论是评其长还是道其短，总要涉及散文化、议论化问题。作为宋诗的开山祖师，梅尧臣与散文化、议论化更有难分难解的关系。

散文化、议论化作为艺术手法，适当吸收进诗歌领域，可以增强诗歌的表现力，加大作品的思想容量和情感内涵，本来无可厚非。这些艺术手法也确实帮助宋诗形成了有别于唐诗的特点，功不可没。梅尧臣诗的问题在于散文化过度，议论不高明。这两者结合再加上其他因素的浅陋，往往造成"木强鄙拙"、"庸钝村鄙"、"汤泡干饭"[2]的毛病，淡乎寡味，不堪入目。难怪钱钟书先生重读梅集，竟有"榛芜弥望之叹"。[3]

梅诗的散文化除了人们常说的以散文的章法、句法、字词入诗以外，还应包括题材的泛化、俗滥。他"每每一本正经的用些笨重、干燥不很像诗的词句来写琐碎丑恶不大入诗的事，例如聚餐后害霍乱、上茅房看见粪蛆、喝了茶肚子里打咕噜之类"。[4]此外，他还用诗来交代他遇到的林林总总、有意义无意义的生活琐事。题画本来是极富情趣的风雅之事，可到了尧臣手里，仍难免流水账之嫌。"其题画之作，欲以昌黎《画记》之法入诗，遂篇篇如收藏簿录也。"[5]《竹庄诗话》引苕溪渔隐曰："旧说梅圣俞日课一诗，寒暑未易也。"就诗歌技巧须多练才能精熟而言，尧臣这种"日课一诗"的苦吟精神是值得称赞的。但从另一面看，值得写入诗的事情并不是每天都有的，机械地要求每天都有诗，必然会为完成任务而刻意拼凑诗料，"为文而造情"，为写诗而写诗。应该说，这种笨拙的做法是造成梅诗诗材俗滥的一个重要原因。以为任何事情都可以入诗，任何时候都可以写诗，实际上是把诗不当诗。用诗来描写日常生活和其他琐事，使诗歌像散文那样拥有更广阔的表现空间，更贴近、更有益于现实人生，这是宋诗的一个特点，也是宋代士人追求诗化生活的一个表征，是应该肯定的。对这一特点的形成，梅尧臣作出了自己的贡献。但在题材上把诗和散文同化，诗就在一定程度上丧失了自身的特质，变成了分行押韵的散文，从而丧失了它的存在意义。

尧臣好议论，但识见不高。还就那些"琐屑丑恶不大入诗的事"和相关作品讨论。就像他把"喷嚏"和"朱颜"组合那样滑稽可笑。[6]如《扪虱得蚤》："兹日颇所惬，扪虱反得蚤。去恶虽未殊，快意乃为好。物败谁可必，钝老而狡夭。穴蚁不啮人，其命常自保。"身上痒痒，以为是虱子咬，伸手去捉，摸出来一看，是跳蚤。结果出人意料，确实可以让人产生一丝近乎本能反应的"快意"。这样，也确不失几分诙谐，可他认为停留于此不能显示这件事的意义，所以他进一步把这一琐屑不堪的生活细事夸张为"去恶"的壮举，还要发表一通"物败谁可必"的事物兴废之理和"穴蚁不啮人"的保全性命之道，这就把原来仅有的一点谐趣也冲得无影无踪了。再如《八月九日晨兴如厕有鸦啄蛆》(《宛陵先生集》卷三十六)诗的构思方式和前首一样，先描写污秽不堪的事件，后发表俗不可耐的议论。朱东润先生批评这样写"破坏了诗的形象性"。[7]其实岂止是破坏形象性，简直是走火入魔，坠入了"恶趣"。像上述作品，论者指斥为"鄙理"(吴之振《宋诗钞》卷五)，"拙恶"(贺裳《载酒园诗话》卷五)、"村俗"(钱钟书《谈艺录》第170页)，是其来有自，并不过分的。

当然，像《扪虱得蚤》、《八月九日晨兴如厕有鸦啄蛆》之类极端的例子是不多见的，它们也许不能代表梅诗的整体面貌。但是，不极端的平平之作在梅集中却不在少数。即使是一些典重的题材，尧臣写起来也很不高明，议论往往是三家村学究的迂阔之见。王安石作《明妃曲》二首，以立意新颖为诗坛瞩目，一时唱和者竟有欧阳修、梅尧臣、司马光、曾巩、刘敞诸家。王诗最精辟处在于"意态由来画不成，当时枉杀毛延寿"和"汉恩自浅胡自深，人生乐在相知心"两处议论。前者一反前人陈说，为毛延寿翻案，把批判矛头指向汉元帝的昏庸，识见特高。后者突破传统的"夷夏之防"和汉族优越论，不以胡汉论是非苦乐，而强调"相知心"为乐和"胡恩"为深。这在当时不啻石破天惊、振聋发聩。这最有光彩的两处议论，到了尧臣的手里竟变成"明妃命薄汉计拙，凭仗丹青死误人"和"辞家只欲奉君王，岂意蛾眉入虎狼"。(《和介甫明妃曲》)前两句，他固守前人旧说，把明妃悲剧主要归结为"丹青误人"，抹掉了王诗的思想光芒。至于后者，如果说王氏好不容易在封建民族思想的网络上冲破了一个小口，那么梅尧臣又拼命把这个小口堵上了。两者思想境界之悬珠，令人欲生霄壤之叹。其他人的和作，虽无王诗的光芒，却也没有梅诗的迂腐。如欧阳修："虽能杀画工，于事竟何益？耳目所及尚如此，万里安能制夷狄"。《再和明妃曲》直接讽刺了最高统治者的昏聩，不失其思想价值。而对封建社会"红颜薄命"悲剧现象贯通古今的总括，尤其发人深思。相比之下，更能看出尧臣识见的平庸和议论的浅陋。这样的议论，不成理趣，反为理障。而此种情形，在尧臣集中是屡见不鲜的。

散文化过度，议论不高明，还累及平淡诗风。尧臣诗的基本风格是平淡隽永的。他的许多优秀作品，真情贯注，思致深邃，在看似平淡的外表中蕴藏着品味不尽的意蕴，真正达到了"含不尽之意见于言外，状难写之景如在目前"（尧臣语，见欧阳修《六一诗话》）的最高艺术境界。但尧臣诗喜交代、好议论，他常常把诗的"意"毫无保留地宣说出来，这就使他的"平淡"大大地打了折扣。关于此点，前人早已指出过。朱熹说："他不是平淡，乃是枯槁。"[8]纪昀评《瀛奎律髓》所选尧臣《闲居》诗，认为"以枯寂为平淡，以琐屑为清新，以楂牙为老健，此虚谷一生病根"。[9]这话虽是批评方回，其实也针对尧臣，尧臣诗下的许多同类批语可以证明。钱钟书先生也说："他'平'得常常没有劲，'淡'得往往没有味。"[10]这种现象在梅诗中相当普遍。如《娼妪歌》："万钱买尔身，千钱买尔笑。老笑空媚人，笑死人不要。"此诗以简淡的笔墨勾勒了娼妪一生的悲惨命运，本应是语浅意深、极有价值之作，但作者却以讥嘲的态度来对待病态社会的无辜牺牲品，遂使诗味荡然无存，"不谓之恶诗不可"。[11]陶渊明诗"一语天然万古新，豪华落尽见真淳"，"发纤秾于简古，寄至味于淡泊"[12]，是"平淡"的典范之作。《宛陵先生集》中有少量拟陶之作（如《拟陶渊明止酒》卷十二），把拟作和原作比较，高下立判，此不赘论。尧臣自述其作诗心得云："作诗无古今，惟造平淡难。"（《读邵不疑学士诗卷》）要达到真正的平淡，确实是"难"的。

总之，梅尧臣诗的不足之处是相当突出的，题材过于俗滥，议论过于酸腐，平淡不免枯槁，质朴失于粗鄙。这是他反对西昆体、开创有宋一代诗风所付出的沉重代价。上面讨论的问题，有些是他为矫正西昆诗风而有意为之，如清人贺裳已指出梅诗追求拙俗有"矫枉之意"。[13]这种做法在当时起到了补偏救弊的作用，有其积极意义。从今天来看，尧臣"矫枉"之用心可谅，但这种做法在客观上对梅诗产生的副作用和对宋诗产生的不良影响也是不应忽视的，必须加以认真检讨。对这些弊病，有人用"以丑为美"来为其辩护甚至赞扬，更是不妥当的。

二

就像梅诗的成就和积极影响与欧阳修密不可分一样，梅诗的弊病和消极作用也与欧阳修密不可分。

欧阳修一代儒宗、一代文宗，"以文章风节负天下众望"。[14]由于他在思想界、文学界的崇高地位以及独特的性格魅力，他的言论对士人来说有一种无须戒备的真理性，产生着特殊的影响。他对梅诗不加节制的赞扬受到了人们的普遍认同，所存在的问题和消极作用就被欧公热情洋溢的言辞所掩盖而被人们不假思索地忽视乃至接受了。而且这种做法本身还在无意之间反过来强化了梅诗的消极影响。因此，有人在谈到尧臣有些作品枯槁琐屑却被交口称赞时，认为"欧公妄叹，与有罪焉"。[15]

欧阳修对梅诗的基本评价无疑是正确的，特别是他对梅诗内容特质（穷者之诗）和风格特质（平淡之诗）的认识和把握显示了一个卓越批评家的真知灼见。然而，已如上述，梅诗并非十全十美，它存在突出的弊病。这些弊病按理应该引起具有深湛文学修养和敏锐审美感受力的欧阳修的注意，可我们从欧阳修现存论梅言论以及当时的相关历史资料中，看不到他对梅诗有任何不满的意见。因此，在对梅诗的总体把握上，欧阳修实际上出现了偏差：一方面是深刻的，另一方面是片面的。深刻的一面产生了积极作用，片面的一面产生了消极影响。其消极影响主要表现在两个方面。

第一，对梅尧臣诗歌创作本身的不良影响。文学作品的创作是作家本人的事，但作家并不是完全独立于作品的接受对象（读者）闭门造车，他必须接受读者的各种反馈信息，用以调整自己的创作，使作品在较好地表现自己的情感意志的同时又能为接受者所喜爱，更有效地实现其社会价值。所以，作为读者最强烈的反馈信息，文学评论实际上或隐或显地参与了作家的创作活动。由于欧阳修和梅尧臣之间有非同一般的密切关系，他的意见对梅诗创作的影响也是非同寻常的。欧阳修参与了梅尧臣平淡诗风的创造，这是人们公认的。同样地，他没有对梅诗存在的问题提出实事求是的批评意见，只是不遗余力地赞扬，在无形中也助长了梅诗弊病的发展。贺裳的《载酒园诗话》卷五云："宋之诗文皆至庐陵始一大变。顾有功于文，有罪于诗。其自为诗，害诗犹浅，论人诗害诗实深。宛陵虽尚平淡，其始犹有秀气，中岁后始极不堪耳。苟非群儿之推重，彼亦不敢毅然放恣，大伤雅道业。"这段话稍欠厚道，却一针见血。

欧阳修的《六一诗话》载："圣俞尝云：'诗句义理虽通，语涉浅俗而可笑者，亦其病也。'如有赠渔文一联云：'眼前不见市朝事，耳畔惟闻风水声。'说者云患肝肾风。又有咏诗者云：‘尽日觅不得，有时还自来。’本谓诗之好句难得耳，而说者云，此是人家失却猫儿诗，人皆以为笑也。”尧臣以“语涉浅俗而可笑”为诗之“病”，可见他是反对浅俗的。欧公特意把这段闲谈记入《诗话》，可见他是赞同梅说的。尧臣反对浅俗，作诗却每涉浅俗。在这种情况下，如果作为挚友而且反对浅俗的欧阳修在肯定梅诗优点的同时也指出其“病”处，他也许会改变某些做法，精益求精，使作品更加完美。但欧公没有这样做，致使梅诗“椿芜弥望”。钱钟书先生在《谈艺录》中举《殿后书事》一联“林果鸟应衔去后，燕案虫有落来余”，以为“荒冷语如何可赋九天宫阙，五台楼阁”？[16]如果说“眼前不见”一联是“患肝肾风”，“尽日觅不得”一联是“人家失却猫儿诗”，那么，尧臣此联就直是乞儿寄宿于荒山之破庙，可谓五十步笑百步。又《依韵酬永叔再示》“曼卿子美携入室，似使二嫂治朕栖”，表现他和石延年、苏舜钦交情之深厚，“义理虽通”，但“语涉浅俗”故觉“可笑”。钱钟书先生斥为“荒唐狎亵”，“是底言语”，[17]盖不为过。浅俗为梅诗之重病，集中所在多有，不暇遍举。令人深思的是：“可惜都官真轚线，也能倾动到欧苏。”[18]《梅圣俞墓志铭》云：“文章皆可喜，非如唐诸子号诗人者僻固而狭陋也。”即顾公反对“唐诸子号诗人者”之“僻固而狭陋”，却不见尧臣之“僻固而狭陋”，其病正与论浅俗同。

第二，对读者接受梅尧臣诗歌的不良影响。批评家的评论，不仅影响作家本人的创作，而且更明显地影响读者的接受。如果接受者也是作家，那么，这种影响会进而渗透到创作之中，潜移默化地作用于他的创作活动。欧阳修作为在宋代政治、思想、文化各个领域占有举足轻重地位的诗论家，他对梅尧臣诗歌的评价无疑令人格外信任和重视。梅诗的毛病既然没有被指出和纠正，反而得到宽容乃至赞许，那么，它就有可能被读者(包括诗人、批评家)自觉不自觉地当做优点接受，从而产生消极作用。在不少宋代诗话中，我们看到，论者谈论梅诗，总是要提到欧阳修对他的评价。如魏庆之《诗人玉屑》卷一七引《许彦周诗话》云：“圣俞诗句句精炼，如‘焚香露泣莲，闻磐清鸥迈’之类。宜乎为欧阳文忠公所称。”“圣俞诗句句精炼”与欧公论梅显然一脉相承，都是只见其长不及其短，赏誉过当。又朱弁的《风月堂诗话》卷上“欧公评圣俞”一条，全引欧阳修《梅圣俞墓志铭》论梅诗之语成文；“圣俞少时”一条，亦言及欧公对梅诗之赏爱，可见朱氏对醉翁论梅观点的钦服之忱。《河豚》诗被欧阳修推为“绝唱”，诗话家便津津乐道，几成俗滥。《风月堂诗话》卷下，叶梦得的《石林诗话》卷上，陈岩肖的《庚溪诗话》卷下，胡仔的《曹溪渔隐丛话》后集卷二四引严有翼的《艺苑雌黄》等，均有论及。这些事例说明，欧阳修的意见对宋人接受梅诗确实产生了很大影响，包括负面影响。这种影响还远及后人。如清叶矫然在《龙性堂诗话》续集中说："梅宛陵诗无一字宋习，直是六朝、三唐好手……予尝退阅其古体，篇篇入妙。欧阳那得不心折耶！"此外，散文化、议论化在梅诗中已近不可收拾，欧阳修再从理论上推波助澜，旁人不察，转相沿袭，遂使宋诗散文化、议论化发展到不适当地步，为历代论者所诟病。当然，宋诗散文化、议论化的过度发展，有多种多样的原因，不能完全归罪于欧、梅，但作为宋诗开创期的最重要诗人和诗歌理论家，他们在创作和批评上的失误无疑也产生了有害作用，理当负一定责任。

欧阳修评梅诗产生偏差的原因，一是矫枉过正，二是私交影响。关于前者，贺裳在《载酒园诗话》卷五中有一段体贴入微的论析："梅诗诚有品，但其拙恶者亦复不少。又因其名太重，常有厚望之意，既所见不副所闻，益增鄙夷。读杨刘诸公诗，如入玉室，绮疏绣闼，耳倦丝竹，口厌肥鲜，忽见葭墙艾席，菁羹橡饭者，反觉其高致。比欧公把臂入林，一时为之倾动也。诸人不明矫枉之意，盲推眯颂……风气既移，当日所为美谈，今时悉成笑柄矣。凡诗受累，不由于谤者，而由于誉者。"这段话说明，欧阳修推尊梅诗，"把臂入林"，是为了以其平淡素朴反对杨亿、刘筠西昆体的浮艳华靡，有时代原因和积极意义；同时指出过分推重，名实难副，矫枉过正，也产生了消极作用。贺裳的看法是深刻、公允的。

再看私人交情对欧阳修论梅的不良影响。梅、欧之间，诗文知音，情同手足，终生不渝。这种特殊关系使欧阳修对梅诗知之深而论之切，故有独具慧眼之发现。也由于私交厚，有时便不能冷静客观地对待梅诗，故颂赞之辞不厌其多只嫌其少，缺点便被忽略乃至有意掩盖了。朱东润先生说："欧阳修的许多理论，常常是在尧臣身后，故意为他塑造一个老好人的形象。"[19]朱先生这话深得欧公用心。

私交影响还表现为欧阳修以对梅仕途遭遇的同情代替对其创作的客观评价。尧臣仕途蹭蹬，久居下僚，心情未免落寞，"奈何平昔并游之间有以处下者今反得之，睹此何不痛恨"？[20]欧阳修多次提携尧臣但无法彻底改变其命运，为安慰他寂寞的心灵，便常常夸奖他诗歌的出众，才华的超群，使他的心理得到补偿，获得一定平衡。欧公论梅，每每把尧臣仕途之"穷"与诗之"工"并提，盖欲以诗之"工"来补偿人之"穷"。《居士集》卷五《寄圣俞》云："面颜憔悴暗尘土，文字光彩垂虹霓。""古来磊落材与知，穷达有命理莫齐。"《书简》卷六云："圣俞卓卓于后世者，不以名位为轻重；取重于今世者，亦岂以此小得失哉?"此外如《居士集》卷五《再和圣俞见答》、卷七《洗儿歌为圣俞作》，《居士外集》卷三《依韵和圣俞见寄》以及著名的《水谷夜行》、《梅圣俞诗集序》等，都是如此。这种情形，固然说明欧阳修乃是君子之人，待人宽厚，发言蔼如；至于他慰藉尧臣的良苦用心，更令人肃然起敬。但也毋庸讳言的是，这样做严重地影响了评论的准确性、公正性和科学性，造成了一定的不良后果。

古代文学史上，各个朝代都有一些同时活跃于文坛上的作家在人际关系上相互亲近，在创作上相互推许的现象。如唐代白居易与元镇、韩愈与孟郊、宋代苏轼与四学士、明代前后七子、清代袁枚与赵翼、蒋士拴等。这种关系对彼此创作及时代风气的影响特别是负面影响还是一个有待开掘的课题。深入研究这一问题将会发现许多现有文学史和批评史未曾注意到的新鲜有趣、出人意料的内容。这一点，宋人杨万里已注意到。《诚斋集》卷十《读元白长庆二集》云："读过元诗与白诗，一生少傅重微之。再三不晓渠何意，半是交情半是私。"类似情况还有白、刘关系。白居易《哭刘尚书梦得二首》有云"四海声名白与刘"，"杯酒英雄君与操(操指曹操，为白氏自况)"。把刘禹锡和自己并举，其落脚点恐怕还是自己。杨诚斋的看法无疑是启人心智的。明确了上述道理，我们就可以自信：本文拈出欧、梅关系加以探讨，其意义就不仅仅限于欧、梅研究了。

原载《云南教育学院学报》1995 年第 5 期，中国人民大学《报刊复印资料·中国古代近代文学研究》1995 年第 7 期全文转载。

注　释：

[1]刘性：《宛陵先生年谱序》，见四都丛刊本《宛陵先生集》附录。

[2]钱钟书：《谈艺录》，中华书局 1984 年版，第 167、507 页。

[3]钱钟书：《谈艺录》，中华书局 1984 年版，第 507 页。

[4]钱钟书：《宋诗选注》，人民文学出版社 1982 年版，第 16 页。

[5]钱钟书：《谈艺录》，中华书局 1984 年版，第 514 页。

[6]钱钟书：《宋诗选注》，人民文学出版社 1982 年版，第 16 页。

[7]朱东润：《梅尧臣集编年校注》，上海古籍出版社 1984 年版。

[8]朱熹：《朱子语类》卷一三九，中华书局 1986 年版。

[9]李庆甲：《瀛奎律髓汇评》，上海古籍出版社，第 924 页。

[10]钱钟书：《宋诗选注》，人民文学出版社 1982 年版，第 16 页。

[11]钱钟书：《谈艺录》，中华书局 1984 年版，第 514 页。

[12]元好问：《论诗绝句》、苏轼《书黄子思诗集后》。

[13]贺裳：《载酒园诗话》卷五。

[14]蔡上翔：《王荆公年谱考略》卷十七。

[15]王昶：《春融堂集》卷二二《舟中无事偏作论诗绝句》。

[16]钱钟书：《谈艺录》，中华书局 1984 年版，第 170 页。

[17]钱钟书：《谈艺录》，中华书局 1984 年版，第 511 页。

[18]王昶：《春融堂集》卷二十二《舟中无事偶作论诗绝句》，转引自钱钟书《谈艺录》第 507 页。

[19]朱东润：《中国历代著名文学家评传》第 3 券《梅尧臣》，山东教育出版社 1985 年版。

[20]欧阳修：《书简》卷七，四部丛刊本《欧阳文忠公文集》。

审美主体的生成与人生意义的实现

——苏轼人生魅力论............陈友康

苏轼作为早已逝去的宋代文人，距离 20 世纪已经非常遥远，但自 20 世纪 80 年代以来，他却受到从学术界到民间的广泛关注。学术界把他推举为"东方文化的典型代表"，[1]已成定论；余秋雨教授将他誉为几千年中国文明史上少见的"可爱、高贵而有魅力的人"，[2]更随着余氏散文的风靡海内外而得到社会的广泛认同。在一个正由传统社会向商品社会转型的时代中，苏轼还有如此高的美誉度和亲和力，是耐人寻味的。本文从审美主体的生成能够最大限度地使人生意义得到实现这一角度讨论苏轼人生哲学的独特之处，也许能深化对苏轼及其作品的认识。

一、苏轼审美主体的生成

以自觉自为为基本特征的主体性，决定着人的生存质量。作为与"客体"相对的哲学概念，"主体"指能够能动地进行实践的人。人生是一个实践过程，任何人都在进行实践。但是否能进行自觉的实践，则有赖于主体性的生成。有的人，终生浑浑噩噩，或随势流转，或为追逐身外之物而产生生命异化，这些行为都疏远或背离了人的自由自为的本质而损害了生存质量。以审美者的姿态面向客体，进行生命实践，从而获得最大限度的自由，无疑是生存的最高境界。这种境界，绝非一般人所能达到。但它却显示了人性的可能和生命的高度，始终对为生命负责的人构成诱惑与激励。正是在这个意义上，苏轼的存在才具有穿越时空的价值和力量，因为他以自己庄严而亮丽的人生接近了这个高度。

苏轼的人生境界历来被认为达到了人性可能企及的最高限度。清人王鹏运说："苏文忠之清雄，敻乎轶尘绝迹，令人无从步趋。盖霄壤相悬，宁止才华而已！其性情、其学问、其襟抱，举非恒流所能梦见。"（《半塘老人遗稿》）詹安泰先生也说："东坡天人姿，胸襟、学养种种，均非凡夫所能学步。"[3]他们都认为苏轼的天性、学问、成就达到了常人所难以企及的高度而近乎仙境。了解苏轼人生道路和作品的人，都不会指责他们的话言过其实。苏轼之所以能达到如此高的人生境界，决定于他始终以自觉而坚定的审美主体性来从事生命实践。

苏轼审美主体生成的前提是他具有豪迈旷达的天性。这是造成他心胸开阔、意志坚强的先天因素。性格即命运。性格受后天环境的影响，也和先天禀赋不无关联。苏轼性格开朗疏放，热情豪迈，幽默风趣，在应对外物时，往往能够从乐观的方面着想，并以向外发射的方式得到疏解，这使他始终能够保持心理平衡，于世事周旋自如，而不至于在怨天尤人中泯灭生活的热情。

这里特别要提出来讨论的是苏轼性格中的幽默因素。在古代杰出的文化人中，苏轼的幽默感最为突出。李白自由狂放与东坡相同，但他以不可一世的自负应接万物，缺乏东坡式的平易和机趣。杜甫不乏平易，却因生活态度的持重而没有东坡式的举重若轻。白居易的乐天性格影响了苏轼，而价值观的平庸连东坡也有"元轻白俗"之讥。只有苏轼，既禀受活泼的天性，加以才高学饱足供其自由挥洒，所以他总能在生活中发现无穷趣味，并以幽默这种独特的话语形式使其得到彰显和强化。这使他的生活始终潇洒、自由、亲切而帅气。苏轼化解苦难的能力是超常的，幽默在其中起了重要作用。当然，幽默并不是要"将屠夫的凶残化为一笑"，而是要疏解心中的积郁，从而获得精神的舒展。《初到黄州》：

自笑平生为口忙，老来事业转荒唐。长江绕郭知鱼美，好竹连山觉笋香。
逐客不妨员外置，诗人例作水曹郎。只惭无补丝毫事，尚费官家压酒囊。

此时，诗人刚从死亡的梦魇中走出，苦难的阴影犹在，但整首诗已洋溢轻快幽默的情调，乌台狱中的折磨，官场上的失意，都在自我解嘲和对官家的调侃中烟消云散，一个坚强乐观的诗人重新崛起，幽默中凸现的是审美主体的雄大刚健。

深厚的学养是苏轼审美主体生成的重要条件。苏轼是天纵之才，资质聪慧，博览群书，学问地负海涵。他秉持豪迈旷达的天性，又精研儒道佛各家学说，既能入乎其内，又能出乎其外，蕴涵成宏博通达的思想和超然独立的人格。苏辙《亡兄子瞻端明墓志铭》云："公之文，得之于天。少与辙皆师先君，初好贾谊陆贽书，论古今治乱，不为空言。既而读《庄子》，喟然叹曰：'吾昔见于中，口未能言，今见《庄子》，得吾心矣！'后读释氏书，深悟实相，参之孔老，博辩无碍，浩然不见其涯也。"这段话描述苏轼学习儒道佛的过程，指出苏轼是三教圆融的结晶。在黄州，苏轼常"焚香默坐，深自省察，则物我相忘，身心皆空，求罪垢所从生而不可得。一念清净，染污自落，表里潇然，无所附丽"（《黄州安国寺记》），佛学修养臻于胜境。学识的广博深厚，儒道佛的互补交融，养成苏轼刚健、充实、明丽的人格，一方面具有勇于担当、不懈进取的用世精神，另一方面造成随缘放旷，任性逍遥的人生态度。两方面的统一，使他既能为社会负责，又不在社会的挤压下失落自己，保持个体的独立完整。因此，他尽管遭受了种种政治迫害，但往往能掀髯一笑，轻轻置于一旁，达到"无所往而不乐"的生活境界。用他自己的话说，就是"一点浩然气，千里快哉风"（《水调歌头·黄州快哉亭》）。

独特的人生境遇使苏轼彻悟人生本质，澄明生命意义，使他在苦难的历练中最后完成审美主体建构。苏轼一生，几次大起大落，甚至被逼向死亡边缘，他所遭受的磨难是古代杰出文化人中最为严酷的。令人崇仰的是，苏轼没有在苦难中沦落，而是从忧患中奋起，以他永不衰竭的生命热情和自强不息的价值创造成就了壮美的人生。

值得注意的是，苏轼对人生思考的深度与他遭受磨难的强度有着深刻的一致性。多次被抛入逆境，使苏轼得以体验生命的各种可能状态，沉思人生的各种问题。苏轼的聪慧和敏锐，使他很早就对人生的忧患有所感悟。写于28岁的《和子由渑池怀旧》就对世事的流转不定和人生的飘忽无常有着精深悟解，其中的"雪泥鸿爪"之喻已成为解说人生动荡不居的经典比喻。但是，对人生问题进行专注而系统的省察，是在他的第一个生存困境当中，即从被捕到困处黄州这段时期。黄州时期是苏轼人生思考的成熟期。以前后《赤壁赋》、《念奴娇·赤壁怀古》、《定风波·沙湖道中》、《临江仙·夜饮临皋》等为代表的黄州文本是他人生思考的结晶，也是最为世人传诵的作品。可以断定，这些文本中表现的人生思想在乌台狱中已经经过深入思考，只是当时没有条件诉诸文字，出狱获得写作自由后，他才将这些思绪进行整理，并借助黄州的山水风物加以艺术表达。经过"省察"以后，他了悟人生底蕴，澄明人生本质，从而以海阔天空我自飞的成熟面对外在世界。

贬谪惠州、儋州是苏轼遭受的第二次重大打击。这个时期，他的审美主体得到彻底呈现，他的壮美人生也得到圆满完成。有乌台之难及相应的生存体验和人生思考作铺垫，苏轼对岭南之贬不再有手足无措的惶恐、百思不解的惊疑和痛欲生的创痛，他坦然承受了新一轮政治迫害，并在这一过程中深化了已有的人生思想，使之达到炉火纯青的境界。赴惠州途中所作的《过大庾岭》云："浩然天地间，惟我独也正。今日岭上行，身世永相忘。"诸句所包含的人生思想与黄州文本相比，确实又上升到一个新的境界。在这里，对人生意义形成遮蔽的各种身外之物已被彻底清除或超越，与天地并生的"我"即审美主体鲜明呈现，昂然兀立于人世之间。当然，"昂然兀立"是指他的人格风骨，在接应外物时，他实际上非常祥和平易，他的为人和为文均达到了"绚烂之极归于平淡"（此语出于苏轼写于海南的《与侄论文书》）的极境。不过，自信、刚强的人格风骨是审美主体必备的精神要素，所以，自海南北返时所作《六月二十日夜渡海》再次呈露主体的刚强与圆满：

> 参横斗转欲三更，苦雨终风也解晴。云散月明谁点缀，天容海色本澄清。
> 空余鲁叟乘桴意，粗识轩辕奏乐声。九死南荒吾不恨，兹游奇崛冠平生。

全诗明写眼前景，实际是对自己一生经历的豪迈总结。"云散"句指斥迫害他的人是"滓秽太清"，无聊而无效。"天容"句则坚信自身的清洁磊落始终如一。始终持守本质的"澄清"，使他既不为迫害所损伤，又不为势利所陷溺，也不为世故所磨蚀，葆有主体的刚强和健壮，于是自身交接的一切都成为审美对象，于是远窜岭南的惨痛经历转换为平生最奇丽的壮游，海中的波涛声也成为轩辕黄帝的钧天大乐。这时，他真正成为自己生命的主宰，"江山互隐见，出没为我役"。（《和陶归园田居六首》）他能够役使自然，是因为他以超功利的眼光来审视自然，在主体和外物间建立起审美关系。他由此实现了生命的充分自由。

苏轼的人生思想有一个发展过程。虽然早年也有一些相当通脱的观念，如《凌虚台记》、《超然台记》所阐述的超然物外思想。但王水照先生已正确指出这类文章中的思想"多少带有因台名而生发的书生议论色彩"，[4]并非自家体验所得。这些观念至多为他后来的思想发展提供了基础，在当时并不具有用以应对人生的实际意义。饱经忧患之后，这些思想才在与人生境遇的相互震荡和磨合中内化为精神因子，参与审美主体的建构。个性、学养、境遇三者的互动互用、相激相生，使苏轼的人生思想逐渐走向成熟，最终确立起刚健、丰满、旷达、活泼、圆融的审美主体性。

二、苏轼对人生本质的体认

苏轼审美主体性确立的过程，同时是他的人生实践过程和对人生本质认识的深化过程。苏轼认知的人生本质，有四点值得注意。

一是人生的有限性和无常性。《前赤壁赋》"寄蜉蝣于天地，渺沧海之一粟。哀吾生之须臾，羡长江之无穷"，在人与自然的对比中，凸显个体生命的脆弱和短暂。这是与生俱来的忧患，给人造成严重的时光煎迫感和精神焦虑。但苏轼能直面这一生命的必然，用辩证的眼光来看待："自其变者而观之，则天地曾不能以一瞬；自其不变者而观之，则物与我皆无尽也，而又何羡乎？"从而化解了时间对生命的逼夺和吞噬所造成的心理焦灼。有限性就是生命的一次性或不可重复性，它是与生俱来的；而无常性是指生命的动荡不安，难以把握，是后天可能遇到的各种不确定因素，这使苏轼有着浓厚的"人生如寄"之感。对此，苏轼用道家的"无待"和佛教的"破执"加以化解。

二是人生忧患与欢乐相伴而生，交错出现。忧患是生命中必然产生的现象，因而不必随时为遭遇忧患而烦恼。《水调歌头·丙辰中秋》的"人有悲欢离合，月有阴晴圆缺，此事古难全"已指出人生缺陷和忧患的绝对性。《定风波·沙湖道中》"料峭春风吹酒醒，微冷，山头斜照却相迎"描绘一个一边是寒气袭人，一边是阳光温暖的有趣而动人的境界。这个境界寄寓了他的人生体验：人生也正是这样，寒冷中会有温暖，逆境中会有希望，忧患中会有喜悦。那么，逆境和忧患又有什么可怕呢？当然，苏轼对二者关系的体认，早已超越这一层面而达到无差别境界。这使他在应对忧患时，更多一些精神上的自如。不过，在逆境中保持对未来的信心和希冀是必要的，人毕竟不同于无情之物，面向未来的丰富性体验能使生命舒展而润泽，并给当下注入支持下去的精神力量。

三是人生的意义在于活得自由、快乐、美好、幸福、潇洒，而这些不是非得通过权力和金钱才能实现。幸福等等很大程度上取决于心灵体验，只要保持一颗超然恬淡而生机勃勃的心灵，平凡的生活中也有无尽的美。《临江仙·夜饮临皋》"长恨此身非我有，何时忘却营营"，对生命异化现象及其形成原由进行了反思。在明确使生命背离自由本质的根源在于对权力等世俗价值的过度营求后，苏轼的人生境界产生巨大升华。他因此看透人生的可能与限度，从而与自己的身外境遇保持一定距离，不为世间的纷扰所左右，对任何事都处之泰然，拿得起放得下，履险如夷，在平凡中追寻生命的亮丽与庄严，活得自由、快乐、洒脱。

四是人生的意义只能在过程中实现。既不能胶着于过去，又不能虚悬于未来，善用今生、体验当下才是最为重要的。这一问题，可用《定风波》来说明：

> 莫听穿林打叶声，何妨吟啸且徐行。竹杖芒鞋轻胜马，谁怕？一蓑烟雨任平生。料峭春风吹酒醒，微冷，山头斜照却相迎。回首向来萧瑟处，归去，也无风雨也无晴。

这首词最能表现苏轼旷达坦荡的胸怀和潇洒从容的气度，可说是其一生性格和处世态度的写照。就内容而论，整首词是苏轼对自己前半生所经历的人生风雨的深刻的内心体验和反省，是对人生的一种彻悟。它所表达的人生观念受到佛教特别是禅宗思想的深刻影响，最后三句简直就是一个禅机。赵仁珪先生曾经指出这几句包含佛教的"无差别境界"。[5]这为理解该词提供了一个有深度的视角。我们还要指出，其实这首词受禅宗"无念无相无住"思想的影响更为显著。宗宝本《坛经》云：

> 顿渐皆立无念为宗，无相为体，无住为本。无相者，于相而离相；无念者，于念而不念；无住者，为人本性，念念不住，前念，今念，后念，念念相续。无有断绝；若一念断绝，法身即离色身。念念时中，于一切法上无住，一念若住，念念即住，名系缚；于一切上，念念不住，即无缚也。此是以无住为本。善知识，但离一切相，是无相；但能离相，性体清净。此是以无相为体。于一切境上不染，名为无念。

这段话讨论的核心问题是"破执"，即怎样"去缚"而获得自由。"无住"即"无著"，不执著。"心念"不能停留于"相"（一切外显的东西），原因是"凡所有相，皆是虚妄"（《金刚经》），不可执持。一旦停留，即被"相"所束缚，就会处于烦恼当中。离相才能保持"念念无住"，达到"性体清净"，也就是一种圆满自足、无牵无挂、流动不居的状态，所谓"心不住法即通流，住即被缚"（《坛经》）。在慧能看来，佛并不在西天，而在自己心中；成佛就是达到自由快乐的精神状态。这一思想，注重过程本身的意义，力求每个时刻都是快乐的，所谓"一念迷，佛即是众生；一念悟，众生即是佛"。回到词中，"风雨"是一种"相"，如果老想着这是一种不幸，心里肯定充满忧愁烦恼；"阳光"也是一种"相"，是让人高兴的东西，那么心念是不是就可以"住"于此呢？还是不能。如果停留于此，阳光一旦消失，不是又要产生新的烦恼吗？所以慧能要求"离一切相"，"于一切境上不染"，即不在任何事物上"执持"。这就使心灵随时处于自在流动状态，痛苦就会减少或消解。苏轼对此深有悟解，故在词中写出饱含禅机的"也无风雨也无晴"。这句词的境界近似于王维《终南别业》中"行到水穷处，坐看云起时"。美国普林斯顿大学高友工教授解释说："在这一联中，王维轻松地从一个行为转向另一个行为，这些行为虽然没有预定的方向，但每一行为都在整个经历中优美地走向自己合适的位置，因为世界自身是完整的，每一时刻都有其自身的意义。"[6]苏词和王诗一样，深层意蕴都是要求人们看到世界和人生的意义存在于过程中，不能坚持某一点，而应以达观圆融的态度对待人生。特别是人生忧患不能久萦于心，以"念念无住"的态度对待它，则未尝有一个承受忧患的实体在，[7]如此，则忧患至少不能对精神造成过大的伤害。

体认人生本质和确立审美主体一样，是人对自身生命存在高度自觉的表现，对实现生存意义至关重要。苏轼认清人生本质，就把握了人生的可能与限度，所以他能突破伪价值的遮蔽，直接面对人生的本质，有所承担，又有所不为，一切以维护生命的本真状态为归宿，最终实现生命的自由和圆满。

三、苏轼有为、有守、有趣的人生实践

苏轼洞察生命本质又高扬审美主体性，以此进行人生实践，便使他拥有一种由高贵品性和苦难人生历程锻铸的宁静和澄明，一种凡人难以步趋的潇洒和从容，一种在虚幻中追寻生命意义的执著，一种饱经忧患仍然对社会和人生保持热情的豪迈与旷达。他参透人生底蕴，又对人生保持热情，在事业方面具有刚直不阿的风节和百折不挠、勇往直前的进取心，在自然和社会中具有民胞物与的灼热同情心，在个人生活中具有飘逸洒脱的气度、睿智的理性风范和笑对人生厄运的超旷，[8]这一切创造出一种高贵而和蔼可亲的性格，成就了一种艺术化而不疏离现实的壮美人生，使他成为古代最有魅力的文人。苏轼的人生实践，可以概括为有为、有守和有趣。

"有为"是指在社会、人生的各个方面积极进取，将自己的生命能力对象化、物质化。这首先表现为政治事功的建立。中国古代文人一旦进入统治系统，便成为政治性人物，能否在事功上有所建树是衡量其人生价值实现程度的重要指标。

苏轼进入仕途以后，虽然磨难很多，使他未能尽展其才，但无论在何种情况下，他都为改善社会、利乐民生做最大努力，显示出其出色的政治干才，业绩传诵人口。他任知州、通判等地方政府官员的时间最长，建树突出。在任上，他兢兢业业，励精图治，政绩优良，深为百姓拥戴。在徐州，黄河决口，他上堤指挥，奋战七十余日抢修防洪大堤，使徐州黎民免受洪灾之害。苏轼调离徐州时，百姓依依不舍，揽辔送行。他的第一首豪放词《江城子·密州出猎》和《浣溪沙·徐门石潭谢雨·道上作五首》从一个侧面反映了他与民众关系的融洽。在杭州，他疏浚西湖，修造了美丽的大堤，后人为纪念他，便以"苏堤"名之。这些体现了苏轼积极的用世精神。人作为"一切社会关系的总和"，每个个体必须为社会尽力所能及的责任，才能体现自身的存在价值。在这个层面上，苏轼以对社会的高度负责实现了生命存在的社会意义。人生的最高境界是实现自由，而自由的获得也必须通过意义创造。马克思指出："人不是由于有逃避某种事物的消极力量，而是由于有表现本身的真正个性的积极力量才得到自由。"[9]人只有在面向外在世界的不懈进取和创造中，才能充分将自己的本质对象化，从而获得自由。黄州时期，对苏轼而言，他所面对的是一个不乏荒诞的世界，但他没有退避，而是在无序的官场和复杂的社会中展现自身的光辉。《致李公择》云："吾侪虽老且穷，而道理贯心肝，忠义填骨髓，直须谈笑于死生之际。仆虽怀坎壈于时，遇事有可尊主泽民者，便忘躯为之，祸福得丧，付于造物。"这里体现的仍然是永不衰竭的进取精神和把死生置之度外的强烈社会责任心。苏轼就是这样，无论是顺境逆境，无论是为官为人，无论是谈禅论道，更无论艺术创造，甚至是日常生活，都充分展现出他本身的真正个性和力量，在各个方面臻于极诣，因而，他成就了壮美的人生，创造的人生，成为百科全书式的文化巨人，成为东方文化、东方精神的卓越代表。

在社会人生的各个方面自强不息还是克服人生有限性和虚幻性的根本方法。苏轼知道，人的生命不可能无限延长，追求长生不老徒劳无益，为人生苦短而悲叹无济于事；抗拒由时间对生命的逼夺和吞噬所产生的心理焦虑的真正行之有效的办法只能是在给定的生命限度内进行最大可能的价值创造，以横向之发展弥补纵向之不足。所以，他总是抓住当下，努力在有限时间进行最大可能的价值创造并享受由此带来的生命乐趣。

学佛老不当，很容易使人的心性归于沉寂。苏轼深悟佛老学说的效用和限度，对佛老的负面作用保持高度警惕。在他看来，佛老思想的作用只能是用来抗拒苦难，让人在忧患中坚强地活下去。超出这个范围，真的把是非善恶等同，把高贵卑下（道德意义上的）、成功失败、生死祸福混一，无所用心，只会泯灭生命激情而使人生暗淡无光。他认为，学佛并不是要人们脱离社会现实，而仅是"期于静而达"（《答毕仲举书》），少一些计较，多一点旷达，"自广其心，使穷达利害，不能为之芥蒂"（《伊尹论》）。因此，他接受佛老观念，是要用它们来充实自己的精神世界，使之有足够强大的力量来抵御外界压力，自由自在地生活。缘此，虽然苏轼在人生道路上遭受了很多挫折，乃至沦为囚徒，但他豪迈旷达的天性并不因此而有所改变，反而越遭受挫折，越显得刚强；挫折越大，声誉越高。

"有守"是指清醒、坚定地持守为人处世的基本立场和原则，使人在任何情况下都葆有人格的光辉。苏轼的处世态度达观圆融，但并不是无原则无立场地顺随社会流转，在大节问题上，他是"丈夫重出处，不退要当前"（《和子由苦寒见寄》），立场坚定，态度鲜明，勇于担当。在险恶的政治环境中，他没有变得谨小慎微，唯唯诺诺，明哲保身，蝇营狗苟，而是始终秉持一颗天地良心，"不退当前"，有一种浩然正气。这从他对待变法的态度可以看出。维新派势力强大、炙手可热的时候，他敢于指出新法的缺点和错误，以致身陷囹圄；维新派失势，守旧派执政，废除所有新法，苏轼没有因为保守派重用他就偏袒他们，他不随波逐流，而是秉持公心，为新法辩护，置可能再遭受的迫害于不顾。这些，没有坦荡的胸怀，没有坚定的信念，没有强健的人格，是做不到的。他的这种精神，为后人所景仰。宋高宗在《苏文忠公赠太师制》中说他"不可夺者，巍然之节"。陆游在《跋东坡帖》中赞扬说："公不以一身祸福，易其忧国之心，千载之下，生气凛然。"这种人格风范彰显了生命的尊严和光华。这也就是苏轼的高贵处。

"有守"的另一层含义是守住生命的本真状态。这表现在苏轼处理权力、功名，对人生的价值问题的适度上。他的不幸遭遇都是来自权力的挤压和迫害，来自功名的诱惑。这些东西十分显赫眩目，是他曾经孜孜以求的。乌台诗案以后，他对权力、名利，对人生的价值问题进行深入思考，"看穿"了这些表面的轩冕荣华：权力、名利的争夺，劳心费力，背离生命本体；而随性、恬淡的生活却使生命的本真状态得到自由呈示。但是进一步追问，权力、名利对人生的价值真的完全是负面的吗？当然不能如此绝对。这里也有一个限度问题：以不损害生命的本真状态为限度。这种损害，来自外在挤压和内在扭曲。而后者造成的损害，很多人常不自知，而苏轼是明确的，"长恨此身非我有，何时忘却营营"指明了这一点。所以，在保持精神自由舒展的前提下，他在这两个方面努力进取，自强不息；反过来，为获得权力名利而损害精神的自由舒展，就为他所不取。苏轼是面向宇宙和自由而生。为此，他不会成为权力和功名的工具，也不会躲避社会而"江海寄余生"。

如果说"有为"、"有守"是所有杰出之士都能信守并努力践履的人生准则，差别只在于做的程度不同，那么，"有趣"就是苏轼最富于个性化的人生追求。苏轼总是以充实刚健、生机盎然、活泼灵敏的心胸应对外物，能从普通的事物中发现情趣，寻找意味，所谓"凡物皆有可观"，"皆有可乐"，从而使生活洋溢轻盈、健康、欢快、畅适的气息，即他所谓的"无所往而不乐"（《超然台记》）。金圣叹在《天下才子必读书》卷十五中评论《前赤壁赋》时曾说"受用现今无边风月，乃是此老一生本领"。在自然中舒展胸怀，获得慰藉确实是苏轼的一大本领。他对自然的痴情，古今也罕有其比。我们要强调的是，苏轼能够随时感受到自然无所不在的美，与他饱满自由的心灵和多样的审美情趣关系极大。《饮湖上初晴后雨》：

> 水光潋滟晴方好，山色空濛雨亦奇。
> 欲把西湖比西子，淡妆浓抹总相宜。

人们在解读这首诗时，通常只注意到它所描写的客体的美，可实际上，西湖之所以任何情况下都是美的，还与审美主体有关。苏轼以理解、尊重的态度对待自然，自然的变化，也就是西湖的忽晴忽雨就是完全可以接受的了，因此，晴天固然让他高兴，风雨也不让他沮丧。如果不具有这样的主体条件，遇到天气变化无常，也许会惊慌和悲恨，哪里有"雨亦奇"可言？如他在《定风波·沙湖道中》序中所写的那些"狼狈"的"同行者"。苏轼的《连日与马忠玉张金翁游西湖》诗云："西湖何所有？万象生我目。"西湖之景不过是他"目"中之景，这就凸显了审美主体对于感应美的重要性。自然美不美，自然以何种形态表现于文本中，很大程度上取决于主体心灵。[10]苏轼以宽厚博大的情怀、自由活泼的心灵去感应西湖乃至一切自然景物，宇宙中就有着无所不在、千姿百态的美。这无疑给人的生活增添了取之不尽、用之不竭的情趣和精神滋养。有这样的情怀，所以他可以"只恐夜深花睡去，故烧高烛照红妆"（《海棠》）；也可以为了陪伴一溪风月而

"解鞍欹枕绿杨桥"（《西江月·顷在黄州·春夜行蕲水中》）。

"有趣"的意义在于它使苏轼在社会责任和个体存在之间找到一个平衡手段，从而保证"人生目的"得以实现。中国传统社会强调社会本位，个体只不过是社会的工具。人们通常也认同这一观念，于是会自觉不自觉地在献身社会的过程中失落自己。这是一种"无自由的责任"，发展到极端，就产生奴性，即对抽象国家及其代表——君王的无条件忠诚，于是在内心奴化和外在专制的双重挤压下成为异化存在。苏轼追求的是"有责任的自由"，在为社会尽责的同时，还要尽量避免个体存在受到无端损失，进而保持个人生命的独立和自主。换言之，他要救世，也要自救。他消弭了长期困扰文人的救世与自救之间存在的紧张，让它们趋于平衡。两者的统一，使他的个体价值得到最大限度的实现。

有为、有守、有趣三者的交融，使苏轼的人生进入道德、事功、智慧、情感和理想完美统一的境界。这是苏轼人生实践所达到的高度，也是他的魅力所在。

原载《东方丛刊》2000 年第 2 期。

注　释：

[1]《苏轼研究学术讨论会述略》，载《文学评论》1988 年第 2 期。

[2]余秋雨：《苏东坡突围》，载《文明的碎片》，春风文艺出版社 1994 年版。

[3]詹安泰：《学词偶记》，载《宋词散论》，广东人民出版社 1980 年版，第 124 页。

[4]王水照：《苏轼选集》，上海古籍出版社 1984 年版，第 10 页。

[5]赵仁珪：《也无风雨也无晴——从〈定风波〉看苏轼词的旷达风格》，载《文史知识》1989 年第 1 期。

[6]高友工：《律诗的美学》，载《北美中国古典文学研究名家十年文选》，乐黛云、陈珏编，江苏人民出版社 1996 年版，第 93 页。王元化主编、上海古籍出版社《海外汉学丛书》之一《美国学者论唐代文学》（倪豪士编，1994 年版，也收录了该文，译文有所不同）。江苏版"每一行为都在经验的整体中优美地走向了自己合适的位置"中"在经验的整体中"颇为费解，此据上海古籍版黄宝华译文调整为"在整个经历中"。

[7]朱刚：《唐宋四大家的道论与文学》，东方出版社 1997 年版，第 150 页。

[8]王水照：《苏轼的人生思考和文化性格》，载《文学遗产》1989 年第 5 期。

[9]《马克思恩格斯全集》第 2 卷，人民出版社，第 167 页。

[10]陈友康：《重新把握〈兰亭集序〉》，载《名作欣赏》1997 年第 4 期。

元明清文学研究

元曲名辨..曾庆雨

元曲作为元代社会的代表性文化现象，成为与汉赋、唐诗、宋词等相同的文学遗产，受到历史的珍藏。关于元曲的定义，刘大杰先生曾在《中国文学史》一书中做过这样的阐释："所谓元曲，实包含两个部分：一是散曲，二是杂剧。散曲可以说是元代的新体诗，杂剧是元代的歌剧，散曲可以独立，同时又是构成元代歌剧的主要部分。它们在语言的性质上虽是同源，但在文学的作用上，却是异体。双方的关系固然非常密切，但它们却各有诗的与戏剧的独立生命。……元曲便成了散曲与杂剧的总称。"[1]这段论述全面而又完整，但如果我们不仅考虑到散曲是杂剧的主构部件，同时也考虑到它们各自所具有的独立的艺术功能时，便对"元曲"一词涵盖散曲与杂剧的常规性定义产生了疑惑，元曲是否定指散曲和杂剧二者？如果将元曲认定为仅指也只应指散曲而不包括杂剧，是不是更贴近历史真实呢？

一

关于元曲一词定义问题的提出，主要来自对诗和词的定义阐释方式。诗和词的关系十分密切，中国文学批评中早就有词为"诗余"的说法。诗与词在语言的性质上属同源，而且在功能和使用方法上也无太大的区别。但是，由于两者各自独立的艺术方面的差异性为人们更多地注意到了，所以没有人会认为能用一个什么名词来作为诗和词的总称。这对我们研究元曲的实质不无启示。正像诗和词不能相互涵盖一样，既然散曲与杂剧分属于"诗的与戏剧的独立生命"，那么，我们何不廓清太具包容性的概念，而将"元曲"一词的含义具体化一些？

元曲在我国文学史上与唐诗、宋词齐名，都是各种文化发展到不同时期的文学形态反映，也称之为一代文化的标志。所谓"一代文化标志"性的文学样式，应有怎样的一些特征？笔者认为应具有以下四个方面：第一，它应当是那个时代才能产生出来的新型的文学样式。它既有对历史的继承，又有在继承基础上的发展。重要的是它体现了其产生时代的社会特点；第二，它所反映的内容应具有那一时代最为广泛的社会性。最能体现那个时代人们的情感、思想与社会诸多现象和不同层面的生活；第三，它拥有来自那个时代、社会各阶层的庞大创作队伍和作品；第四，在创作技巧上达到了炉火纯青，并以其代表性作品的永恒艺术魅力证明其标志性。以这四点来考察，在中国文学史上，不论是先秦的文章，还是汉代的赋，也不论是唐诗宋词，还是明清传奇，可以说都基本上具备了这四方面的特征。那么，对元曲进行考察，就不难发现由于散曲与杂剧尽管在语句形式排列，音乐韵律的运用上等属同构，但它们仍有着显著的功能和完成形态上的差异。

首先谈一谈散曲。散曲是元代的新兴文学体裁，一种新的文学样式，是"元代的新体诗"（刘大杰语）。它是在我国北方发展起来的一种口语味比较浓厚，流行于民间的，雅俗共赏的歌曲。它从民间很快就进入文人创作领域，并取代了词在文坛的地位，成为一种通俗的文学创作形式。散曲产生的背景决定了这种新体诗的通俗性和普遍性，这正好从一个方面说明，元代是俗文学的发祥时代，也体现了散曲的时代特征。这种通俗而新颖的文学样式为元代的人们所喜闻乐见，从而使散曲的作者层面十分宽泛，不仅有王公贵族、曲家名流，还有落魄士子以及歌儿、使女，甚至那些元蒙新贵中的舞文弄墨者，如不忽木、贯云石、萨都剌等也常常操习。由此可见，散曲拥有着社会层面最多的庞大的作家群，其影响和参与者的广泛性是杂剧所不能与之相比的。再有一点，散曲内容上对元代社会的反映，不论是深度和广度，都远远超过了杂剧所能达到的程度。尤其散曲中所传达出的思想意识和人们的心态情感，不仅形象描绘了当时的社会状况，还对后代的文学家，特别是中晚明时期的文人生了很大影响。而这两者的差异性，可从以下事例来进行比较。

从现今存留的元杂剧作品中看，不可否认地存在着许多戏剧艺术的成就，有的作品其艺术性还很高，如关汉卿的巨作。这些作品在我国文学史上，尤其是戏剧史上占据无可争议的重要地位。但这是在杂剧成为独立的系统——戏剧的系统——时才能被完整地彰显出它的历史地位的。有必要指出的是元杂剧在中国戏曲史上，只是一个处于发展的时期，它是在过去宋金院本戏、歌舞戏的基础上，结合了外来音乐元素，采用散曲中套曲的形式结构而形成的。尽管在结构形式和戏剧因素的完备上，杂剧有突出的贡献，但它并不属于元代新兴或特有的艺术形式。在创作技巧和艺术造诣方面，与后来日臻成熟的明清戏剧相比较，也存在着许多的不足，其中的原因与其思想意识不无关系。巴尔扎克曾指出："艺术是思想的结晶。"元杂剧的大部分作品从反映出的内容上看，始终没能脱离传统儒教理学的窠臼。杂剧的作者仍把这种艺术形式当做一种教化社会的"载道"工具，想通过戏曲来寄托自己的政治理想和人生抱负，所表现的是传统儒教伦理道德和价值观。故而忠孝节义是最高的道德追求，治国平天下方为人生价值的终极。然而，所有这一切，都随着元代汉文人社会地位的一落千丈化为乌有。因此，剧作家们便把自己在现实社会中不再能实现的梦想附会到了剧作中，现实中不再有开科典举，士子们失去了入仕为官的门径，戏剧中的人物便是风雨兼程地赶考，并多是金榜高中，官高位显，成就着"颜如玉"、"黄金屋"的仕途梦；现实中不能对异族统治和压迫有所抗争，剧作家们便借历史故事发泄其心中不平的块垒；现实中身受黑暗吏治的屠戮，在剧中便呼天抢地大唤包青天……总揽元杂剧作品，有一个较为一致的特性，那就是所有在现实中失去的光明与前程，统统都通过剧中人物来敷衍出又一个柳暗花明。这一特性包括元杂剧中的优秀作品也不例外。例如，元杂剧中最具代表性的作品，关汉卿的《窦娥冤》和王实甫的《西厢记》，前者虽在一定程度上揭露了元代社会吏治的黑暗，但主旨仍然是宣扬"孝道"、"守节"的道统思想，表现出来的最高政治理想只是要清官而已。而清官的标准也只是为政清廉，能施舍些同情之心给百姓罢了。或许会有人认为清官对百姓同情不正是爱心的一种表现吗？这不是很符合人道，很高尚吗？其实不然。清官的同情不过是一种"设身处地地设想"，这种同情是"将我之情移入他人之躯，从表面上看是利他主义的。然而，利他主义往往是利己主义的另一种表达方式。利他主义在把他人当做目的的同时，实质上把他人变成了手段……由此而来的是，同情被贬损为功利性手段，被歪曲为求生欲、生存欲、支配欲的表达形式，沦丧为虚假的仁爱和怨恨的伪装"。[2]因而，清官式的理想政治也丧失了初始追求时的伸张正义的意义。作为后者的《西厢记》，虽提出了"愿天下有情人终成眷属"的进步婚恋观，可作者精心安排下的金榜题名，婚成名正的大团圆结局，正反映出作者是以夫贵妻荣的皇权等级制社会的传统人生观作为最高的人生理想，因而消融了剧中男女主人公争取婚姻自由的反抗精神。

通过上述分析不难看出，正是由于元杂剧担负着教诫社会的重任，因袭着传统道德伦理的价值评判，其内容透出的思想是平庸或乏新意可陈的，据此，笔者认为杂剧不应该是元代文学的真实体现。因为，杂剧既不能够准确地反映那个时代人们真实的心态与人生价值观，也不能真正代表那个时代文人们的世界观和艺术水准。而散曲却是能推陈出新的，在内容和形式方面都堪称璀璨无比，独具新意。

二

元代社会是经历了长期战争之后建立的。在政治统治上是落后的游牧文化民族征服了先进的农业文化民族，成为中国历史上一个非汉民族统治的政权。由于蒙古统治者采取民族歧视的政策得到实施，造成了汉文人从精神到物质生活水平的大幅度下降，并迫使他们放弃了以学进仕求功名的人生之路，转而寻求新的谋生手段。这种巨变冲击着宋以来深烙在人们心灵上的道德理念，以及固有的价值体系。加之，元代色目文化的影响大于儒文化，文人思想上长期的束缚与禁锢被解除，"文网"有了相当的松动。因此，元代也形成了文人思想大解放的时代特征。人性，人的自我意识继魏晋之后再次觉醒。与魏晋不同的是，文人们不再沉溺于抒怀言志的虚幻，而是踏踏实实地与市民百姓一道挣扎，回归到现实生活的严酷与冷漠之中。值得特别指出的是，元朝虽经历了战辽胜金、灭西夏亡南宋的过程建立起来，但这不断的征战对江南一带经济富庶之地却并没有造成强烈的破坏。早在元蒙占据北方大片土地时，南宋就以俯首称臣，以"儿皇帝"、"孙皇帝"的耻辱换取半壁江山的维持。所以，南宋灭亡并没有给南方经济带来多大损失。虽然南人在政治上被划为第四等人（元社会最低等级），但在经济上仍有一定实力。此外，忽必烈统治期间也较为注意保持宋以来经济发展的势头。这种种的因由，给元代人创造了追求享乐生活的物质条件，而所有这些方面的社会内容，在散曲中皆有着充分的体现。

且看："宋高宗，一场空。/吴山依旧酒旗风，/两度江南梦。"（刘秉忠《乾荷叶》）这是痛定思痛的呻吟，是梦醒之后的反思与痛苦。"班定远飘零玉关，/楚灵均憔悴江干。/李斯有黄犬悲，/陆机有华亭叹，/张柬之老来遭难。/把个苏子瞻长流了四五番，/因此上功名意懒。"（张养浩《沉醉东风》）这是对历史的总结，是反思后的清醒。而这些也正是元代文学的最主要特征。

散曲中这类内容的表达确实较多，所谓价值判断对传统的变异性，造成散曲作家对现实的认知过于清醒。这种清醒源于对以往道德理想产生的怀疑，进而产生的否定才得到的。因此"人存在的唯一意义就在于尽情享用人的自然生命的有限性和现实生活的今生性，人应该追求和拼命把握的只能也只应是生命自然，以穷尽今生的生命欢乐"。[3]也因此，关汉卿在散曲《南吕·一枝花·不伏老》中唱道：

攀出墙朵朵花，折临歧路枝枝柳。花攀红蕊嫩，柳折翠条柔，浪子风流。凭着我折柳攀花手，直熬得花残柳败休。半生来折柳攀花，一世里眠花卧柳。我是个普天下郎君领袖，盖世界浪子班头。愿朱颜不改常依旧：花中消遣，酒肉忘忧，分茶撷竹，打马藏阄；通五音六律滑熟，甚闲愁到我心头！伴的是银筝女，银台前，理银筝，笑倚银屏，伴的是金钗客，歌金缕、捧金樽、满泛金瓯。你道我老也，暂休？占排场风月功名首，更玲珑剔透，我是个锦阵花营都帅头，曾玩府游州！子弟如是茅草岗、沙土窝、初生的兔羔儿，乍向围场上走。我是个经笼罩、受索纲、苍翎毛老野鸡，踏踏的阵马儿熟。经了些窝弓冷箭镴枪头，不曾落人后。恰不道人到中年万事休，我怎肯虚度了春秋！我是个蒸不烂、煮不熟、捶不扁、炒不爆、响当当一粒铜豌豆，恁弟子每谁教他攒入地锄不断、斫不下、解不开、顿不脱、慢腾腾千层锦套头。我玩的是梁园月，饮的是东京酒；赏的是洛阳花，攀的是章太柳。我也会围棋、会蹴鞠、会打围、会插科、会歌舞、会吹弹、会燕作、会吟诗、会双陆。你便是落了我的牙、歪了我的嘴、瘸了我的腿、折了我的手，天赐我这几般歹症候，尚兀自不肯休。则除是那阎王亲自唤，神鬼自来勾；三魂归地府，七魄丧冥幽。天哪，那其间才不向烟花路儿上走！

这首五百多字的套曲，反映出关汉卿对出自人的本能欲望无拘无束的追求，对享乐生活的赞赏和尽情占有，不仅如此，他还唱出了人生易老，青春苦短而滋生出来的对生命缺憾的感叹。"不伏老"正是忧惧老之将至的变相。这种情绪在关汉卿的另一首散曲作品，以写景为主的《杭州景》中也能感受得到："水秀山奇，一到处堪游戏。这答儿成富贵。满城中绣幕风，一閎地人烟凑集。"对繁华城市景象的描绘也透出对生命享乐的强烈留恋。关汉卿散曲所表现的思想意识与他的杂剧所传达的指斥时弊差距巨大，与传统的道德观念更是完全相悖，甚至有着鲜明的对抗色彩。但是，关汉卿的这种生活态度却受到了当时人们的赞许，他被誉为"曲家第一人"。他的散曲作品不仅青楼歌台传唱，而且官家小院榭楼也在传唱，这说明元代社会道德和舆论对其时的某种价值评判的趋向。虽然许多人只限于写一些吟唱美女，陶醉红粉，浅斟低酌，手玉腮香的作品，而少有人敢像关汉卿那样直率表明生活的态度。人们对关氏是大为赞赏的。

三

诚然，散曲中表现出的那种极为散漫的人生心态，成为后来评论家常常批评的对象。但考察其产生的缘由，不能不说与元蒙统治者们实施种族歧视的政策有重大关系。遭受屈辱的中下等级的人们，尤其是受过良好教育的汉文人，对异族统治者采取不合作或蔑视的态度，其显著的外在标志就是游戏人生。元人的游戏人生，虽与后来五四时期鲁迅提出的"直面人生"不能同日而语。但是，促成"游戏"或"直面"的原因则没有什么太大的本质区别。它们都是由于人的心灵承受了超载的负荷，对现实有着强烈的不满。如有区别，那也只是表达方式不同罢了。所以，卢挚的《蟾宫曲》中写道："想人生七十犹稀，百岁光阴，先过了三十、七十年间，十岁顽童，十载尪羸，五十岁除分昼夜，刚分得一般儿白日。风雨相催，兔走乌飞，仔细沉吟，都不如快活了便宜。"人生何其无聊，得快活时且快活，就是要让自己开心。这种只求现世得到，不问将来如何的情绪，在元代文本，包括诗词中是普遍存在的。譬如，元好问有"人生有几？念良辰美景，一梦初过，穷通前定，何苦张罗？命友邀宾观赏，对芳樽浅斟低歌。且酩酊，任他两轮日月，来往如梭"[4]的句子，正迎合了元代文人心中感受到的无聊怅惘的精神空虚感。这种感受在后来明代中晚期文学中也有所表露。而这些均能说明，不论哪朝哪代，只要人们失去了生活的信心，丧失了对前途的希望，就会产生出消极颓丧，任其岁月蹉跎的心境。而散曲或诗词，就成为元代文人无望心境的最好宣泄。由此，他们敢于突破"名"的局限，痛痛快快地享受生活。

功名与宝贵的传统人生价值追求，以及那些"外王内圣"之道，在元代文人眼中是一钱不值的。张养浩对他辞官归乡的心情直白可谓是一种立照："从跳出功名水坑，来到这花月蓬瀛。守着这良田数顷，看一会雨种烟耕，到大来心头不惊，每日家直睡到天明。"（《十二月兼尧民歌》）这种人生观的改变，促成社会对遵循文人行为规范的所谓忠义节士遭到冷落，而那些"松菊晋陶潜，江湖越范蠡"的高人隐者却成为人们仿效的榜样。甚至被当做传统士精神重要表征的节和义，也被当成揶揄的对象："采薇首阳空忍饥，枉了争闲气。试问屈原醒，争似渊明醉？早寻个稳便处闲坐地。"（钟嗣成《清江引》）曲中对伯夷、叔齐宁死不食周粮的节气和坚贞，对于屈原为国竭尽忠诚的行为，统统视为是对虚名太过痴迷的行为表现。众所周知，屈原是传统中国文人的楷模，是中国士精神的象征，是中国知识分子人格理想的体现者。但元人则认为屈原一生多悲苦，生无一日欢，为的只是身后的虚名。他的爱国是盲目的，因为他为恶君效劳，不论动机多么高尚，行为也是毫无价值可言的。因此有"楚怀王，忠臣跳进汨罗江。《离骚》读罢空惆怅，日月同光，伤心来笑一场，笑你个三闾强，为甚不身心放，沧浪污你？你污沧浪"？[5]其实，对屈原价值的贬损并非是针对屈原个人，针砭的实质是屈原所标榜着的传统士精神，是对"君臣父子"传统伦理纲常的否定。这反映出元代文人对整个儒学教义产生了怀疑，这是一种从绝望中生发出来的怀疑——他们不再相信"君权神授"是天经地义的事。对"神"性的否定，便是对"人"性认定的开始。继而，人的具体便是有血有肉、有情有欲的"我"。所以，只有我知我存，我才有意义，我才是最重要的，"只有人必然要死才是真的，只有短促的人生中总是充满那么多的生离死别哀伤不幸是真的。……既然如此，那么为什么不抓紧生活，尽情享受呢"？[6]因而"我"存而世界存的思想，使得元文人嬉戏在痛苦的生活中。在那个时代里，他们向往的生活是"饮数杯酒对千竿竹，烹七碗茶靠半亩松"，追求的是马致远式的"拂袖归，掀髯笑"的平和心境。似乎人生的意义莫过于"捡溪山好处游，向仙家酒旋篘"，"学耕耨，种田畴，倒头来无虑无忧"的自在。物欲的追求与精神的煎熬，使得他们在世界观和人生意义的价值判断上，与传统观念产生了背离和反转。"放弃了祈求生命的长度，便不能不要求生命的密度。"[7]人生无常，及时行乐成为一种时尚。在大量的散曲作品中，少有美丽的人生幻想，多的是对痛苦现实的感受。屈原式的崇高不再为人们所关注，而人们更崇尚的是无拘无束的内心自由。

　　通过上述分析可知，散曲的内容，是元代社会思潮真实和完整的体现，是元代文学中所能达到的思想高峰，这些是元杂剧所无法相比的。由此，有理由认为散曲确实是元代文学的标志性文化。最后，还需要指出的是在创作的数量上，在元代各类样式的文学作品中，散曲的数量为冠。

元代散曲从写作技巧上看，要比诗词更受音律的限制，然而曲作家们却能将日常生活中的大量题材写进曲中，从国仇家恨，到邻里人家；从风花雪月，到爱恨情愁。甚至油盐柴米酱醋茶等从来不入诗体的内容，也被曲家当成了创作的素材而入了曲体。这充分反映出作者们高超的写作能力。

元散曲不仅题材广泛，数量很多，且质量也很高。其中有许多的精品，至今还散发着夺目的艺术光芒。如马致远脍炙人口的《天净沙·秋思·枯藤老树》，徐再思的咏物佳曲《水仙子·红指甲》，姚燧的言情力作《凭阑人·寄征衣》等。正是由于创作的高度自由，使得散曲创作呈现出繁荣的局面。真可谓是流派纷呈，作家众多。所谓"乐府十五体"，真是不胜枚举。

综上所述，笔者认为史称之元曲应指元代的散曲，这其中并不涵盖杂剧。因为散曲作为元一代文学的标志似乎更能呈现元曲的本质。

本文曾被收入《南菁学人论坛》第 2 集。

注 释：

[1]刘大杰：《中国文学发展史》，上海古籍出版社 1982 年版。

[2]刘小枫：《拯救与逍遥》，上海人民出版社 1988 年版。

[3]刘小枫：《拯救与逍遥》，上海人民出版社 1988 年版。

[4]元好问（元曲）：《骤雨打新荷》，选自隋树森编：《全元散曲》，中华书局 1964 年版。

[5]贯云石（元曲）《殿前欢》，选自隋树森编：《全元散曲》，中华书局 1964 年版。

[6]李泽厚：《美的历程》，文物出版社 1981 年版。

[7]王 瑶：《中古文学史论集》，北京大学出版社 1986 年版。

"原儒"思想变异与晚明个性提倡 ....曾庆雨

中国社会以其特殊的亚细亚生产方式，即一家一户为基本生产单位的农耕文明，建立起了一个以"仁"为根本，以"孝"为核心，以"忠"为表征的社会宗法伦理道德体系。以孔子为代表的儒家学说是系统建立这一体系的巨擘，后来的研究者们，把这时期的儒家理论称为"原儒"学说。其中"孝"和"忠"是"原儒"学说思想中最为突出和最基本的特征，其他方面的特征基本是由此引申和派生出来的。

通常，人们把儒学也称为"仁学"，其基本的内在特征，即《论语》中多次出现的"仁者爱人"与"克己复礼为仁"等的相对解释，建构出了孔子仁学思想的整体模式特征——实践理性。这个思想模式以及仁学结构的基因，被归结为血缘基础、心理原则、人道主义、个体人格四种。[1]当然，血缘基础是最基本的基因。这一点可从孔子"弟子入则孝，出则悌，谨而信，泛爱众，而亲仁……"[2]"君子笃于亲，则民兴于仁"[3]；孟子"亲亲，仁也"[4]，"仁之实，事亲事也"[5]的论述中得到证实。孔子"仁学"的创立，将宗法伦理之"孝悌"置于核心位置，并由此衍生出了"礼"与"忠"。

所谓"孝"，是人首先具有孝父母之心，懂得尊敬列祖列宗之"家道"，即以尊长为前提的"礼"，尔后才会有孝的行为表现——忠。因此，"礼"是维系社会伦理秩序的要素，"忠"也不是一个抽象的道德原则，而是具体约束人们行为的准则，并被作为道德修养的重要内容和判断人之善恶的普遍标准。

东汉以后，董仲舒提出"天人感应"的理论，把自然事物伦理化，把自然的天赋予了人格的内涵，使其拥有了意志、主观制约、感情沟通等特征。董仲舒所谓"王道之三纲，可求于天"，[6]这是对秦代以来绝对君权和三纲秩序的法家理论的一种确认，也是适应封建专制体制建构时期的理论需要而产生的。原儒的忠孝传统伦理思想是为规约个体行为的道德要求，便是人人皆知的"修身、齐家、治国，平天下"，这是道统对个体道德观念的具体要求。四者之中，"修身"为本，因为它是个人实现道德自我完善演变过程的出发点，所以人人皆应为之。其目的是使人建立起稳固的道德感，在自我修养的同时，产生出一种自觉地对社会及他人的责任感和道德行为标准认定。但在"天人感应"的理论中，"礼"成为等级制的依据，"孝悌"就等于绝对服从。所谓"故屈民而伸君，屈君而伸天，春秋之大义也"[7]的意思，就是君为民的绝对主宰，民只有通过富有灵性的"天"才能对君权有所制约，因为"君权神授"，所以"神"能治"君"。这表面上与"原儒"学说相近，可实际上并不相同。因为，它是以尊君为绝对权威为基础的。孔子的"仁学"思想到这时已由哲学领域转向政治统治的权利运作，被渐变为统治者对被统治者的一种思想约束和行为制约工具。后来的研究者称这个时代为"儒学的转折期"，或"第二期儒学"。

宋明时期，以朱熹为代表的理学（新儒学）一方面把伦理作为本体，在理论上肯定人的感性自然的生存发展，另一方面把统治者所需要的秩序当成了永不更改的行为规范，认为是放之四海而皆准的宇宙"天理"和人的"性命"，并以此来压迫和扼杀人的感性自然要求。如何把这一严重对立的一对矛盾统一在自己的理论思想中呢？朱熹继承了张载的观点，提出了"心统性情"一说，把"心"分为"性"和"情"两方面，认为"性者心之理，情者心之动，心者充性情之主"，"心如水，性犹水之净，情则性之流，欲则水之波澜"。[8]因此，人心就有了以"性"为代表的"天理"，又有了以"情"为代表的"人欲"，两者势同水火，既要"存天理"，又要"灭人欲"。理学道统的代代相袭，形成了人们以"道统"的眼光、以"道统"的心态来看待世间的人情世故，对社会诸多事物的认识和评判，往往不以合不合规律为圭臬，而以合不合道德来判断。而此时的儒学理论与"原儒"学说已相去甚远。此后，这种以道德为人生价值取向的思想意识，充斥于中国社会的每一个时代。

中国社会发展到明代中期后，传统的道德价值评判观念渐渐起了变化。由宋以来形成的城市经济得到迅速发展，尤其是嘉靖以后，"社会的繁荣和封建政治的腐朽交织在一起，情况日益复杂起来。随着工商业的繁荣，出现了许多城镇"。明末，扬州、苏州、杭州等东南城市均是商业重镇，在经历明初一百多年的震荡和颠簸后，商业经济复苏。冶铁业、陶瓷业、纺织和印染业都出现了大规模的生产，拥有几十台纺织机的"机户"遍布苏杭。商品经济的迅猛发展，使得市场物资很丰富，商品也源源不断地流向全国。与此同时，农村的大量劳力涌入城镇，成为廉价的被雇佣者。就今天来看，不论是购入商品或是出卖劳动力，都是对人的商品意识的培养，是对中国农村传统的自给自足的封闭式封建经济的突破。而雇佣者与被雇佣者的大量出现，说明社会生产关系发生了本质的变化，资本主义生产关系的幼芽在中国封建社会的土壤中破土而出，并不断地滋生成长起来。

这些告别了以传统农耕生产为生存方式的"城里人"，自然要适应新的"生态环境"。频繁的商业活动使他们开阔了眼界，加大了信息量，产生了新观念。生活节奏的加快，或多或少地消减了传统宗法伦理对他们的制约。再有，商业贸易的操作特性，改变了以往农耕生活对集体的依赖性。个人的独立思考和判断，个人对机遇单刀直入的把握，甚至个人去创造某种机会的创造能力，都得到了空前的重视。这从客观上给个性发展带来了极大的好处。

经济是社会意识形态的基础。在经济空前发展的同时，由新的生活方式产生新的生存意识，势必引起对传统文化建构、精神信念、价值追求、伦理道德等意识形态多个领域的突变和革新，这种变革常常以思想文化界为首起，以世俗大众为落实。而且变革一旦出现，往往不以人的意志为转移，总会引起社会在新旧观念、价值判断、生活道德选择等方面的激烈矛盾和斗争。

明中期以来，陆象山（1139—1193 年）、王阳明（1472—1528 年）首倡"心学"，否定心分为二，主张"心即理"。认为："人皆有是心，心皆具是理，心即理也。"[9]所以，"人人自有定盘针，万化根源总是心"。（王守仁《咏良知四首示诸生》）陆、王学说的提出，在当时具有鲜明的针对性。因为在南宋末年，程朱理学开始被钦定为官方哲学。到明代，被教条化、绝对化的理学教义几成国教，严重地窒息了人们的思想。那些表里不一的理学家们，养成"外面做得好看，却与心全不相干"的言行痼疾。对此，"心学"认为"要使知心理是一个，便来心上做功（工）夫"，去掉不正之心，遇事遇物就自然合于道理。陆、王思想敢于不以理学的是非为是非，而把人自己的"心"即"良知"作为准绳，这不能不诱发对封建制度及其意识形态的怀疑和叛逆。

这次哲学思想理论上产生的分歧，使理学受到严重冲击。唐寅、徐渭等一批文人，更进一步以他们的言论及创作实践，对这种怀疑和叛逆的思潮在社会上的流行起了推波助澜的作用。肯定人的"本心"、强调人的"本我"价值、注重个性化的文学作品，带来了历史上又一次"以人的觉醒"为主旨的社会变革思潮。

到晚明时期，李卓吾（1527—1602 年）进一步提出"童心说"。指出"夫童心者，真心也。若以童心为不可，是以真心为不可也。夫童心者，绝假纯真，最初一念之本心也。若失却童心，便失却真心；失却真心，便失却真人，人而非真，全不复有初矣"。他一针见血道出当时的所谓理学家们"口谈道德而心存高官，志在巨富"，不过是些"被服儒雅，行若狗彘"的衣冠禽兽；他对程朱理学"存天理，灭人欲"的论点，针锋相对地提出"人欲即天理"，对人性中本能而合理的欲望给予肯定。他不仅对理学中的反人道思想进行有力的批判，也对世代相传的孔孟之道的神圣不可侵犯性提出怀疑。认为即便是出自圣人之口的话，也不能当做万世之论。因为"纵出自圣人，亦要有为而发，不过因病发药，随时处方，以救此一等懵懂弟子，迂阔门徒云耳。药医假病，方难定执，是岂可遽以为万世之至论乎？然则'六经'，《论语》、《孟子》乃道学之口实，假人之渊薮也"。[10]李贽这些见解十分精彩。确实，任何理论，即使是正确的，也绝不意味着可以当成教条而任意套用。李贽的学说，对于桎梏在寻章摘句，皓首穷经，却缺少独立思考的晚明学术界，无疑是一次思想的解放。

李贽的思想和学说，对袁宏道等一大批文人产生了强烈的影响。以袁宏道为首的"公安派"，更以他们的文学创作及其言论行为，表现出这一极富叛逆色彩的思想解放。这种注重人的个性价值的哲学思想与文学创作相结合，互为声气，势必成为一股颇有气势的社会潮流。而晚明社会的新兴市民阶层，以其充满勃勃生机的创造力，展现出前所未有的新生活方式。在城市商业经济的"催化"作用下，市民社会具有对生活享乐的要求。这种以享乐为主旨的生活追求，改变着中国传统社会固有的对个人利益的漠视与否定。在对儒学"修身、齐家、治国、平天下"的传统人生理想进行修正与背离及对固有的道德和价值理念产生着严重冲击的同时，也生出了对新的道德价值理念、新的人生理想的渴求。对此，文学和戏剧，做出了多维的表现。产生于这一时期的著名戏剧作品有汤显祖的《牡丹亭》，白话短篇小说有以冯梦龙和凌蒙初的"三言二拍"为代表的一批作品，长篇小说有《金瓶梅》。这些作品，对当时的思想和生活做出了富有代表性意义的多角度反映，艺术成就也最高。

作为对程朱理学中"饿死事小，失节事大"这种极端轻视个体生命价值，压迫人的本性思想的反驳，不论是陆、王"心学"还是李贽的"童心说"，都有其尊重个性，强调人的价值存在的积极意义，这也给晚明人的精神生活带来新意。从汤显祖笔下杜丽娘的"为情而死又因情而生"，到《金瓶梅》中西门庆所言的"却不道天地尚有阴阳，男女自然配合"，都不难看出对人的本性合理性的充分肯定。强调个性张扬，追求自我的实现，注重功利人生的价值取向，几乎成为晚明人的普遍心态。

但是，进入末世的晚明社会，有着太多无法清除的积弊，有着太多此起彼伏的社会危机和内忧外患。李贽的被捕并在狱中惨遭迫害致死，成为晚明政治黑暗的明证，其在社会各界引起的震动与他的学说一样广泛。然而，李贽的悲剧，并没有使得那个时代或者社会有所清醒。很多人，甚至与李贽很是相熟的弟子和友人，也对李贽的以死明志，以死抗争的行为含义不大明了。同时，李贽之死，也给了以袁宏道为首的大批激进文人一个沉重的打击，使才刚一露头的"人的觉醒"思潮因被釜底抽薪而没有了结果。对个性的张扬，其时还只是一种萌芽，就被踩踏了可能拥有的生命勃发。社会的主流还是传统儒家理学思想的一家独唱。思想的"夹生"必然导致精神的倾斜不稳，其时的人们既背负着传统道德制约的重压，又难从充满诱惑的现实利益追求中退步抽身；既乐于接受享乐生活的浸染，又不能从新的观念中找到生命意义体现的希望。对个人利益过分的执著，对功利的刻意追求，使得晚明市井社会急剧走入了一个道义放两旁、利字摆中间的社会。理性的缺失，导致人唯有在"财、色"中显身手，在"酒、气"里找慰藉。而文人们在面对个体自觉后的狂放不羁感到无所适从的同时，对于功名利禄的现世性追求也丧失了评判的依据。这种"茫茫古今混无赖"的两难选择心态的普遍存在，使明代社会在这茫然与失落中结束了自己的历史。

注　释：

[1] 李泽厚：《孔子再评价》，载《中华社会科学》1980 年第 2 期。

[2] 《论语·学而》。

[3] 《论语·泰伯》。

[4] 《孟子·尽心上》。

[5] 《孟子·离娄上》。

[6] 董仲舒：《春秋繁露·基义》。

[7] 董仲舒：《春秋繁露·玉杯》。

[8] 《朱子类语》卷五。

[9] 陆九渊：《与李宰》，载《全集》第十一卷。

[10] 李贽：《焚书》第 48、98、99 页；《续焚书》第 76 页。

《金瓶梅》：一个关于"善"的寓言 ……………曾庆雨

廿公在《金瓶梅词话》"跋"中就曾指出，该书是"寓言"。

这部鸿篇巨制的百回"寓言"，所寄寓着的究竟是什么？它宣泄着作者什么样的思想感情呢？

任何一部面世的文学作品，实在是作者的一种社会体认、人生观、价值观等的表述。作品既是创作主体的思维话语，又是客观世界反映于主观感受的社会信息代码。明代嘉靖以后，由宋代以来形成的城市经济得到迅速发展。小说中的男主人公西门庆便是一个居住在城镇里，以经商为主要谋生手段的商人。作者通过写这个不学无术的暴发户家族的兴衰，来辐射人世诸性，网络社会各方。因此，《金瓶梅》所反映的正是晚明社会经济增长的新因素对人的传统道德观念冲决的结果。毫不夸张地说，《金瓶梅》多层次（从九五之尊的皇帝到三教九流贩夫走卒）、多侧面（政治、经济、官场、商场等）、多角度（官文化、商文化、儒、道、释文化等）地对人的本质进行了立体的反映和揭示，这在中国小说史上实属空前。由此，作品给今天的人们以启示和思考的问题也就不会是单一的。作品写了男女主人公西门庆和潘金莲贪得无厌的物欲追求，以及超乎人之常性的性欲满足，旨在强调"色"对人的危害，劝诫世人要警惕"酒、色、财、气""四病"的侵害。然而，透过这种古代艳情小说常用的套路模式，仍不难找到其中更为深刻的社会背景、社会心理对人们行为的严重影响。

小说中的西门府，性关系几乎成了人际关系的一种必然纽带。欲，是西门庆、潘金莲们之所求。怎样看待，又如何对待作者这种写作态度？学术与非学术的讨论可谓汗牛充栋。有必要指出的是，性问题是文学最易对这个社会的人的心态进行的本质的把握，也是对这个社会所引导出来的人性最直接最本质的暴露。因为，一个社会普遍的性心理和性观念，正是这个社会道德教化程度的重要标志，也是民众文化素质高低的指数。透过西门府及其赖以生存的那个社会中一些人能对另一些人进行"性"索取、"性"买卖和"性"压榨的描写，人们看到的晚明是一个政治黑暗、文明失落，道德沦丧的末世社会。在城市商业经济的"催化"下，人类本能的欲念急剧膨胀，用西门庆的话讲："咱只消尽这家私，广为善事，就使强奸了嫦娥，和奸了织女，拐了许飞琼，盗了西王母的女儿，也不减我泼天富贵。"以他们的行为心理看，指导其行为的原则是"我想要"的个人欲望、自我满足心态的极度扩张，造成他们强烈占有欲和感官满足的需求。占有才有愉悦，满足带来快感。"我"即是一切，全不管他人怎样。他们痛苦的是"我"之不能实现，他们惆怅的是"我"之不能满足，他们信奉的是由金钱换取的权势与金钱构成的财势相结合后的"霸道"。小说所指斥的"酒、色、财、气"四病，正反映了那个极度变形的物欲横流的社会状况。

其实，经济的发展，财富的增加，提供了人有追求生活享乐的物质资本，也成就了人唯利是图的目光和胸襟，这本就是商品经济社会的共同特点。不仅暴发户商人要追求享乐，达官显贵，文士墨客也同样被财富激活了享乐的欲望。财富，为政治的腐败提供了可行性。经济的繁荣与政治的腐败形成了恶性循环。《金瓶梅》描述的正是这样一个悲情的世界：人们为金钱和利益不择手段，小民不惜为盗为娼出卖人格；权贵政要不惜枉法贪赃，受贿鬻爵；状元郎廉耻丧尽没有了灵魂；地方官鱼肉百姓失尽天良……"整个社会除了算计和获取之外，再无任何精神价值标准。"（伍立杨《雨中黄叶树》）

是拥有财富的错吗？当然不是。是人有欲望的不该吗？回答仍是否定的。因为，财富并非万恶之首，欲望也具有人的本性的合理内涵。问题的关键是财富如何运用，欲望该怎样实现。对此，小说的作者是有所思考的。尤其是晚明以人的觉醒为主旨的哲学思潮对文学与社会生活的介入，也势必对作家产生影响。

晚明大学者李贽，祖上曾是富商。他就认为"穿衣吃饭既是人伦物理，除却穿衣吃饭，无伦物矣"。他针对程朱理学"存天理灭人欲"之说，提出"人欲即天理"，具有一种要求以个体需求替代以往整体利益牺牲个体的思想萌芽。而以文人袁宏道为首的"公安派"，更以自己的言行与李贽的学说互为声气。注重人的个性和价值的哲学思想与肯定人的自然本性的文学创作相结合，形成晚明社会颇有影响的一种文化实力。另外，新兴的市民阶层以其充满勃勃生机的创造力，向社会展示了前所未有的新生活方式。以享乐为主的生活追求，改变着以往社会对个人利益的漠视和否定。在对传统的"修身、齐家、治国、平天下"的人生理想进行修正与背离、对传统道德价值观念产生严重冲击的同时，也产生出对传统文化建构，精神信念，价值评判，伦理道德观念等意识形态多个领域变革的要求。

中国封建社会由于专治所需，统治者总是强调个人应以自我牺牲精神为社会尽义务，并常常是以多数人的牺牲来满足少数人的利益。这些被满足的少数人，却是应更多向社会尽义务的权贵政要、豪门富绅阶层。尤其是社会在要求个体自我牺牲的同时，却没有给予个人以实现自我的足够权利。程朱理学中"饿死事小，失节事大"的论调，就是对个体生命价值极端轻视的明证。

晚明时期的新生活方式带来了新的生存意识。生活节奏的加快，商业贸易的频繁等，都要求个人的独立思考和判断、个人对机遇单刀直入的把握。这一切对个性的发展带来极大的好处，也带来了人们对精神上背负千年的"道统"积淀成生命中不能承受之"重"的反驳。所以，这场以思想文化界为首起，以世俗大众为落实的变革，给晚明人的精神生活带来新意。就连西门庆也能说出"天地尚有阴阳，男女自然配合"这样富有理性意味的话，可见出晚明人对"本性"合理性认识的普遍。可惜的是，以李贽为首的张扬个性、重视"本心"的"人的觉醒"的思潮，随着李贽被迫害致死而没有了结果。思想的"夹生"，必然导致行为的失衡。对人的自然本性长期受到压抑的"矫枉"已然过正，人类社会发展所必需的基本伦理道德准则和秩序大受打击，对人行为的规约力也大为减弱。《金瓶梅》中的人们陷入了生命中不能承受之"轻"的痛苦。诚如马克思所言："吃、喝、性行为等等，固然也是真正的人的机能。但是，如果使这些机能脱离了人的其他活动，并使它们成为最后的和唯一的终极目的，那么，在这种抽象中，它们都是动物的机能。"西门庆、潘金莲们，蔡太师、宋御史们对现实功利如此执著，完全放弃了对社会应尽的义务，没有了社会责任感。他们念念不忘的只有自我感官的满足和欲望的实现，呈现出来的便是非人性超过人性的丑陋与无耻。

试问，如果一个社会中的当权者和富人都放弃了他们应负的社会责任，抛弃维系社会之根本的行为道德准则，只以向社会索取财富为己任，向社会索取利益为价值选择。那么，又凭什么要求"衣食常不周"的平民百姓规规矩矩，而不去做男盗女娼的事呢？正是在这个意义上，《金瓶梅》让人提出了进一步的追问：

为什么社会经济的增长，物质财富的增加，带来的不是进一步的文明与进步，而是物质与精神的背离？是否人们在获取物质财富的同时定要丧失对精神财富的拥有？

为什么每一次社会转型之际，人总要付出现世道德价值取向的畸变，人性遭受摧残，灵魂无所归依的沉重代价之后，才在遭受重创的情感世界里步履蹒跚地寻找着精神家园？

是不是要到社会彻底失去了对人的行为道德价值的评判力之后，才懊恼地呼喊"道德重建"？

确实，《金瓶梅》的世界让人悲哀。它让人看到进入末势的晚明社会，有着太多无法清除的积弊，有着太多此起彼伏的社会危机和内忧外患。其时的人们，既受到"紫陌春光好，红楼醉管弦。人生能有几？不乐是徒然"这种生命有限，人生苦短，要及时行乐的现世享乐生活观的浸染，但又不能从中找到生命意义体现的希望。作者在情感上对富于激情活力的新生活着迷欣赏，理智上又不能完全接受新生活方式对道德伦理中合理内涵的彻底打破。这种情与理的矛盾，使其创作出现失衡，使其人物也既承受着道德伦理制约的重压，又难以从充满诱惑的现世利益中退步抽身。

浮生世事中，既求得自我精神的完善又享有充足的物质生活，这是理想的人生境界，可怎样才能鱼与熊掌兼而得之呢？

笑笑生把他的思考形象地展示于小说，化成他笔下一个个人物鲜活的生存态势与命运走向，在人与社会诸多问题的全景式描写中，暴露与呈现相结合，指出人性善与恶仅是一念相隔的微妙之道。这种对人的生命的思考一直延续到今天。

笑笑生对在个性觉醒后的狂放不羁与功名利禄的现世追求，对在"财、色"中显身手，在"酒、气"里找慰藉的人们进行严肃的道德评判时陷入了两难的选择而无可奈何。

《金瓶梅》是一个讲述人在对"善"的追求过程中，曾经迷失过路径、经历过大悲大同的寓言故事。寄寓其中的人性本质追问，在穿越几百年时空隧道后，仍叩响着心灵的大门，不是吗？

本文曾被收录在《经典丛话——金瓶梅说》论文集中，江西教育出版社1999年1月。

《金瓶梅》：一个关于「善」的寓言

古典文学论集

不甘失落与不择手段

——潘金莲自尊与自卑意识分析..........................曾庆雨

潘金莲，中国文学的人物画廊里最具个性、最艳丽、最淫荡，也最悲哀的一个女性形象。

潘金莲，中国民众社会知名度最高、争议最多、最难把握，也最成功的一个文学形象。

她有着令人陶醉的美丽容貌，一副瓜子形的脸，白里透红的粉腮上，长着一对风情万种的美目，双眸顾盼，似秋水盈盈，定睛注目，似醉里含情；一张红润的小口，似湿漉漉的新鲜樱桃，散发着诱人的脂香；高高隆起的胸脯，柔软似柳的细腰，圆润结实的臀部，构成了全身流畅美丽的线条。真是造化给予人间的尤物。不要说西门庆这样的男人，就是吴月娘第一次见她时也感到"从头看到脚，风流往下跑。从脚看到头，风流往上流"。心里也不由赞道："果然标致。"可正像常言所说的那样：上天对每一个人都是公平的。老天爷造就了潘金莲美丽的外貌，却给了她一个卑微的出身，一颗冷酷的心。

潘金莲从低贱走向富贵，最后走向死亡的一生，既是对人欲之恶的最好诠释，对人的美好天性怎样被暗无天日的社会扭曲的有力说明，更是揭示出在男权世界里求生的女性们，身不由己的悲惨命运。

潘金莲出生于一个普普通通的裁缝家庭，父亲死后，九岁的她被母亲卖进了王招宣府里，开始了学艺生涯。所谓的学艺，其实就是培养取悦男性的技巧，目的就是让男人开心。小小年纪的潘金莲，不仅学会了识文断字，填词唱曲，也学会了描眉画脸，插戴穿衣。这虽是为求生存而不得已为之，但已画出了她心灵成长的畸形轨迹。六年后，王招宣死了，十五岁的潘金莲又被母亲卖给了张大户，专习琵琶弹唱。由于她聪明伶俐，学"会一手好弹唱，针指女工，百家奇曲，双鹿象棋，无般不知"，这样才貌双全的女子，在一个女性毫无地位的社会里，厄运便悄然来临。一天，张大户趁主家婆外出的机会，强暴了潘金莲。之后，以一个老男人的温存抚慰她，并给予她衣食关照。主家婆发现此事，只好"苦打"潘金莲出气。在张大户家中的遭遇，成了她生命里的一个转折点。

她变了，不仅仅是在生理上，从一个少女变成一个妇人，从心理上也有了质的变化。从只有爱美的天性表露，到初次尝试到美色带来的生活变化，也明白了自身可利用的价值是什么。尽管夺去了她贞操的糟老头能暗地里给她美衣美食，但却改变不了她卑微的地位。主家婆对潘金莲的"苦打"，让张大户看在眼里，疼在心里。留，不忍其受苦；放，不忍其离开。最好是有一个既能给潘金莲以身份，又能提供"鸳梦重温"的人。这样两全其美的人被找到了。他，就是人称"三寸丁，谷树皮"的武大郎。张大户倒陪嫁妆，把美人儿潘金莲嫁给了又矮又丑的武大做填房，还给他本钱做卖炊饼的小生意。武大白得媳妇又得钱，自然对张大户感激不尽。虽在自己家里撞见两人私会，也装聋作哑，只当这事没发生。武大的德行不由使人想到：倘使西门庆不是与潘金莲偷情，而是大大方方的向武大买人；或者，西门庆在被武大捉奸抓到后，不要打人逃跑，而是与他讨价还价，讲个条件，定能满足心愿，也不会发生潘金莲听从王婆毒计，拿西门庆送的药毒死武大，招致武松报仇，潘金莲横尸刀下的一系列命案了。可惜，生活总不会让人去设计它的轨迹。

从九岁学艺，到十八岁被张大户强行"收用"。九年的岁月带给潘金莲的是如花的容颜，浪漫的情感幻想，对人情物事的察言观色，机敏快速的思维反映，以及事事占尖儿的强硬个性。如果说，容颜是青春的产物，幻想是诗词歌赋的产物，察言观色是早年离家的产物，机智敏捷是与生俱有的智慧的产物，强硬个性是生存环境的产物的话，那么这一切，都对她的一生造成了全面的影响。一个人儿童、少年时期的生活状况，将会影响其一生的说法，已被现代的心理学家、社会学家给予了科学证实。潘金莲也不例外。

张大户死了，结束了潘金莲既是人妻，又兼情妇的不明不白的生活。她虽对自己的婚姻不满，但仍愿守着这份自主的，空虚也安静的生活。所以，住在紫石街时，虽有浮浪弟子相扰，潘金莲并未理睬，还拿出自己的钗梳交给武大去典当，凑钱租房，搬离是非之地。酷爱打扮的潘金莲，竟然把首饰都拿出来租房，为的只是堵住别人的闲言碎语，其行为表现了一个女人，一个主妇，一个人妻的自尊。此时的潘金莲尚能自爱，尚有自尊，也够自强。可惜，后来的评说者却往往忽略了这一情节。

武松的出现，是潘金莲命运的重大转折。这位身材雄壮，威风凛凛的打虎英雄，使潘金莲第一次看见真正的男子汉，是她青春岁月里出现的第一个具有阳刚美的异性。武松在潘金莲的眼里是"相貌堂堂，身上恰似有千百斤气力"。美女爱英雄，这也是人之常情。发自内心深处的爱欲，使她激动得甚至忘了自己已为人妻的身份，竟胡想到"奴若嫁得这个，胡乱也罢了"。此时，嫁武大的委屈也一股脑地涌上心头："你看我家那身不满尺的丁树，三分似人，七分似鬼。奴那世里遭瘟。"再看看眼前的武松，喜悦使潘金莲把不幸的婚姻当做幸福的机缘，"谁想这段姻缘，却在这里"。对武松的喜爱，激活了作为一个女人的美好天性，她就像换了个人。她变得热情活跃，体贴殷勤，格外精神。一扫往日的慵懒无聊，没有了空虚无对的脂粉涂抹。她终于找到了值得奉献、为之操劳的对象。她为武松早起烧水，拿肥皂，递手巾，叮嘱他早些回家吃饭，并每餐都亲自动手烧制，做得整整齐齐。就连饭后的香茶，也是亲手端到武松的面前。这会儿的潘金莲是个多么好的女人。

潘金莲在遇见武松之前，对男女之事已是熟悉了然，但对男女之爱却是无知茫然。在她的认知领域里，两性间的关系，就是征服与被征服的关系，弱肉强食，从不知道还有"圣洁"二字。她学会了诸般取悦男性的技能，却没人教会她如何去爱人。她以为凭她的热烈似火，凭她的貌美如仙，凭她的柔情似水，凭她擅长的"小意儿"手段，她定能赢得武松的心、武松的情，她一定能给自己做一次命运的主人，改变现有的痛苦现状，取得自己想要的生活和幸福。可是，潘金莲并不懂得武松，更理解不了像武松这样不为美女所动的男人。因为在她的生活里，像武松这样做人讲究原则，为了原则可以不要利益，为了某种理想可以牺牲自己生命的人，绝无仅有。是第一个，也是最后一个。潘金莲起码在下意识里，想到了从过去堕落的男女之欲中解脱出来，想给自己第一次的认真动情有所寄托。她没有想到，她的"撩拨"技巧竟使武松勃然大怒。真是落花有意，流水无情。羞愧气恼在所难免。潘金莲先为自己解嘲，说武松把开玩笑当了真，显得武松做人小气。继而回到房中，自己却真正的伤了心。

从来她潘金莲都是男人宠着、惯着的，只有她给男人脸色看，没有男人不领她情的时候。她此时就像西方童话《白雪公主》里的那位后娘皇后，从魔镜里听到，她已经不再是最美丽的女人时的那种失落、悲伤和愤怒。对此，世俗的女人潘金莲想到的就是报复。她首先把污水泼向武松，然后把怒气撒到武大身上。而武松的搬离，使她更加感到羞辱。待到武松接受差事回去向武大告别时，潘金莲一见之下，又情不自禁，惯性思维使她幻想武松的回心转意。可武松对她的临别赠言却是："嫂嫂是个精细的人，不必要武松多说。我的哥哥，为人质朴，全靠嫂嫂做主。常言表壮不如里壮。嫂嫂把的家定，我哥哥烦恼做什么？岂不闻古人云：篱牢犬不入。"武松的话深深地刺痛了她。于潘金莲而言，对武松的卖弄风情决不是一般意义上的追欢行为，而是她的深情表达。可这一切在武松眼里，竟是如此的不堪。从这番话里，潘金莲知道了自己在武松心里是个什么东西。她感到委屈，感到一种绝望后的恼怒。她不由一点红晕从耳根涌到脸上，她不由咬牙切齿地要为自己辩白："我是个不戴头巾的男子汉，叮叮当当响的婆娘。拳头上也立得人，胳膊上走得马，人面上行得人。不是那脓脓血，搠不出来鳖。老婆自从嫁了武大，蝼蚁不敢入屋里来，有什么篱笆不牢，犬儿钻的进来？你休胡言乱语，一句句都要下落。丢下块砖儿，一个个也要着地。"这些话说得真是铿锵有力，透着极为强烈的自尊。可以看出，在说这番话时的潘金莲，下意识的表现出了她不服输的个性，倒也让武松领略到一点她的"英雄气概"。

武松走了。虽然，潘金莲在武松面前着实尽力地表现了一次她的自尊、自信和自爱，但她并不高兴。强烈自尊的言辞里，不也有着同样强烈的自卑吗？她如此聪明，不可能不明白她在武松心中是怎样的形象。更何况，她又如何能忘记张大户带给她的耻辱。如果不是对武松认了真，就没有必要为了本就没了的面子，斥责武松"胡言乱语"了。因为，武松并没有胡言乱语。潘金莲也明白，自己说出的话是苍白无力的。

武松走了。不再需要面对的潘金莲，却生出了自卑。她虽然一时不能改变生活习惯，可还是渐渐自愿的、循规蹈矩的按武松的叮嘱去过生活。表面上她仍喜欢站在帘子下，衣着光鲜地目视行人，但她已经心有所待。她在等待丈夫的归来，其实，她更期待意中人的到来。这种期待之情，这种少有的安静与服从，使得武大也暗自高兴："恁地却不好。"试想，如果不是发自内心的真爱，这世界上有谁会愿意为他人的几句话而改变自己的个性和生活呢？武松使潘金莲失去了以为可以驾驭天下男人的自信。潘金莲被武松刺伤的自尊心，随着时光的推移，越来越深的感到痛楚。深深的自卑感，使她几乎不再对自己不幸的婚姻有改变的想法。也不管是爱，还是恨，武松成为长久留驻在她心灵深处的一个影子。她本可以守着这一影子，与武大过着没有爱，没有激情，没有生气的平常日子。岁月会磨去她的棱角，会平息她高傲的心性，会使她习惯平庸，会使她忘记自己是个美丽的女人，会让她在虚构的梦与生活的现实中找到平衡，最终把她变成一个合乎规范的人。她也可以从此与影子相伴，过一种似梦非梦的日子，与武大厮守到白头。有多少婚姻不幸的女人，不都是这样过来了吗？潘金莲也未尝不可。时至今日，由于种种原因，有爱不能婚，有婚没有爱的所谓凑合式家庭也很多，也照样能白头偕老。会掩饰的，尽管明白不爱，也不妨要搞点结婚纪念什么的，这不也是一种生活的现实？潘金莲是能"现实"的，她也现实地去做了。但命运又一次要让她声名狼藉。

是谁使潘金莲坠入万劫不复的深渊？是谁造成了潘金莲的悲剧？有人认为，就是那个不食人间烟火的武松。也有人认为，潘金莲本性淫荡轻狂，心肠狠毒，自己作孽，与人何干？更不能把英雄武松与她拉扯一起。可是，武松之所以能杀潘金莲为兄报仇，是骗说要娶她为妻，利用潘金莲对他的情感幻想才做到的。而精明的潘金莲，在有了视她为生命的陈经济的婚约后，竟然忘了自己鸩杀武大的罪恶，竟然会以为，曾为报武大之仇，不惜杀西门庆而被害坐牢的武松，居然会放过她潘金莲，竟然会相信武松要娶她作正头娘子的谎言，使自己身首异处。如果不是爱昏了头，就是得了健忘症。但潘金莲并没有得健忘症，合理的解释也只有前者。一见武松便心绪大乱，也情感脆弱，乃至不顾陈经济的一片痴心。如果这还不是一种爱的痴迷，那又是什么呢？

武松对潘金莲究竟意味着什么？意味着一种远离市井的生活境界。一个满身正气的英俊男子，对潘金莲这样一个在肮脏、污秽环境中长大的女子来讲，不仅是从未有过的新鲜感觉，更是在情感上的一种震撼。但对武松而言，市井生活的享乐追求，两性间的偷欢逐情等等，根本就进不了他的生活视野，更与他的生命追求无关。潘金莲再美，只是他的嫂嫂罢了。如果要武松接受潘金莲的示爱，那也同样是不可理喻的事。可以这样说，武松使潘金莲看到了理想的男人，看到那曾在诗词歌赋中被颂扬过的所谓幸福，而潘金莲对武松则无足轻重。这就是潘金莲的悲剧，也是人的命运悲剧。正像作者所言："但凡世上妇女，若自己有些颜色，所禀伶俐，配个好男子便罢了，若是武大这般，虽好杀也未免有几分憎嫌。自古佳人才子，相凑着的少。买金的偏撞不着卖金的。"婚姻不幸的潘金莲，试图赢得武松，试图拉住改变不幸婚姻的希望风筝。可惜，这只风筝飞得太高，离她太遥远了。

就在潘金莲心境渐趋平静，欲望日渐沉息之时，西门庆介入了她的生活。

浓春时节的一个傍晚，准备放下帘子，等待武大回家来的潘金莲，没料到会有一阵风儿吹来，吹落了她手中的撑帘杆。更没想到的是，这根杆子竟然正巧砸在一个年青男人的头上。满心恼怒的男子同样没想到，进入他怒目中的竟是一张充满惊愕表情的美丽女人的脸。本是怒从胆边起的西门庆，却不由展现出一副宽容、和蔼的笑脸。这一笑，给他俊俏的面庞平添了几分生动。这一笑，也使惶恐不安的潘金莲得到了宽慰。他们相互间产生出好感，也是自然而然，情理之中的事。所谓机缘巧合，潘金莲也难以抗拒命运的安排。西门庆与潘金莲的相见，极具戏剧色彩。然而，他们却没能出演正剧中的角色。

外表风流英俊，一团和气的西门庆，给潘金莲平淡无味的生活带来了回味幻想的余地。她不时想起，这个不知姓名的男人，对她一步三回头的流连顾盼，那温和的言辞，那不舍的神情，让她开心，让她得意，让她自我感觉良好，让她从武松轻蔑的眼神中淡出，重新找回了她原有的飘然："他若没我情意时，临去也不回头七八遍了。不想这段姻缘，却在他身上。"漂亮的女人一旦浅薄，容颜就成为莫名其妙的骄傲资本，就会使她为之轻狂，她也定会为此付出代价。潘金莲也是如此。西门庆让她失落的心得到平衡，也使她情绪骚动。她不由拿他与武松相较而感慨："那武松若有他一半情意倒也好了。在身边的无情，有情的又捉摸不着。"其时的武松并不在潘金莲的身边，而是潘金莲把他放在自己的心里。"无情"的尚能视为身边人，那"有情的"更是思之不已。西门庆也成了潘金莲心里的一个影子。西门庆与潘金莲仅此一节，倒有些"金风玉露一相逢，便胜却人间无数"之状了。

潘金莲二见西门庆是在隔壁开茶铺的王婆家。

王婆，何许人也？"便是积年通殷勤，做媒婆，做卖婆，做牙婆，又会收小的，也会抱腰，又善放刁。"活脱脱一个市井奸人。她精心安排潘金莲与西门庆的这次会面，看的是西门庆大把使钱的好处。她周密的设计，为的是利用潘金莲的色来得到西门庆的钱。潘金莲是她无论如何也值得一试的摇钱树，也就顾不得潘金莲还叫她声干娘。人心险恶如此，令人心惊肉跳。关于王婆，后文还有专章细说。

对潘金莲来说，给王婆做寿衣，正好可以打发无聊的时光。她万万没有想到，那个自己以为已随风而去的男人，竟然出现在她的面前。聪明的潘金莲在惊喜之余，不会不感到这巧合是人为安排。她为西门庆对她如此用心而高兴，而感动。为幻影成了真实，为复活的女性魅力，为改变自己生活现状的一丝希望，或就为眼前这个男人的十分殷勤，潘金莲以酒精壮胆，为西门庆宽衣解带终不悔。而风月老手西门庆，则使潘金莲第一次感到两性交合的快乐。强壮的西门庆，从生理上激活了潘金莲。生理上的满足，使她由对武松这样的男性生出的虚无缥缈的理想，变成落实在西门庆身上可见可感的欲望。从此，在欲望的牵引下，她走上了一条人生的泥泞之路，并一去难回头。

潘金莲与西门庆偷情，使她在心理与生理两方面，都得到刺激和快乐。但就在这激情高涨的生活中，潘金莲已使自己步步堕落。对满足一己欲望的追求，渐渐成为她生存的唯一目的，成为她人生的终极追求。就在她沉溺欲海，享受着西门庆带给她的激情生活时，发生了武大捉奸的事。表面看，这是人之常情。做丈夫的被欺骗，不明不白地戴上了绿帽子，是一定会去捉奸，在妻子无法抵赖的时候，痛惩奸夫，为自己出口恶气。既能给对方一个教训，又能找回一点做丈夫的自尊。同时，这也是作者的一种构思，为潘金莲杀夫改嫁西门庆、武松报仇陷冤狱等情节而设；是为潘金莲最终死于武松刀下，体现作者因果报应思想做伏笔。可在此产生了一个问题，问题是武大不是"常情"中的男人，因为他不具有那分男儿血性。在潘金莲当初嫁他时，他面对张大户的越轨行为，采取的是鸵鸟政策，"撞见亦不敢声言"，潘金莲形容他是"牵着不走，打着倒退的。只是一味呷酒，着紧处都是锥扎不动"。这样一个武大郎，又怎会忘了武松临别的嘱咐："若是有人欺负你，不要与他争执。待我回来，自和他理论。"又怎会陡然长出了胆气，竟然跟着一个少年去干捉奸的大事？是否因为张大户与潘金莲是他武大早已知晓的旧交情，武大娶潘金莲时还得了些陪嫁，因此能容忍。而西门庆私通潘金莲，他武大全然不知，从他人嘴里得知此事，令他失了面子，还白白陪了夫人的缘故？究竟是什么使得矮小、怯懦的武大敢于面对潘金莲和她的情人？这最终涉及武大如何看待潘金莲，如何看待自己与她的情感（如果还谈得上有情感的话）有关。这一点因不属本章讨论的范围，就此打住。

只看武大郎捉奸的描写中，有些细节很有意思。西门庆听到武大来打门，第一反应"便扑入床下去躲"，而顶住门的却是潘金莲。这里使人感到，西门庆还不同于《水浒传》里那个被鲁智深拳打的镇关西——横行霸道，不知畏惧为何物的恶霸。他与潘金莲相比，面对突发事件的胆量还不及女人。这也表明，西门庆尚知羞耻。因为，只有还懂得羞耻的人，才会有畏惧心。但西门庆这一钻床下，使潘金莲又一次感到被抛弃。那个在床笫间，曾经表现如此有力的男人，竟然要靠女人来保护！此时此刻，西门庆与武大整个颠了个个儿，武大显得很像男子汉，而西门庆就是个胆小鬼。面对此情此景，潘金莲怎不银牙紧咬，怒言："你闲常时只好鸟嘴，卖弄杀好拳棒，临时便没些用儿，见了个纸虎儿也吓一交。"可见，西门庆平日里在潘金莲面前，不知吹了多少牛皮，让潘金莲以为他是个英雄。潘金莲的这几句话，把躲在床下的西门庆"激将"了出来，他给自己打个圆场，说："娘子，不是我没本事，一时间没这智量。"从这几句话，可知西门庆还不是个老江湖，智力、胆量均不及潘金莲。之后，西门庆使出了他的本事，打伤了武大，并趁乱逃走，把收拾烂摊子的事留给潘金莲。仅此一事，西门庆还算不上是无耻的领袖，但也肯定算不得是"护花"的英雄。

其实，知夫莫若妻。以潘金莲的机智，满可以将张大户的经验告诉西门庆，便可摆平此事。可潘金莲不选择这条路。她此时已是横下一条心，一定趁机与武大彻底脱离，一定要一个能有情于自己，也能用情于自己，能满足她情欲，给她以快乐的男人。她要抓住西门庆，她巴望着武大能快些死去。所以，她对被打伤卧床的武大不闻不问，每天打扮得衣着光鲜，与西门庆如胶似漆，难分难舍。在生死之间挣扎的武大，只好把兄弟武松作为最后的法宝，他对潘金莲恫吓道："你做的勾当，我亲手又捉着你奸，你倒挑拨奸夫，踢了我心，至今求生不生，求死不死，你们却自去快活。我死自不妨，和你们争执不得了，我兄弟武二，你须知他性格，倘若或早或晚归来，他肯甘休？你若肯可怜我，早早扶得我好了，他归来时，我都不提起；你若不看顾我时，他归来却和你们说话。"武大这番话太有分量。他本希望妻子能慑于武松英名，而对自己的无耻行为有所收敛，希望妻子看在武松的分上看顾于他。武大定会守诺沉默，不会向武松提及这件事。对此，就连老于世故的王婆也相信，她向潘金莲和西门庆指出："等武大将息好了起来，与他陪了话，武二归来都没言语。待他再差使出去，却又来相会，这是短做夫妻。"但潘金莲绝不愿在授人以柄的约束下过日子，她也不会甘心与西门庆做短暂夫妻，过日日相盼，待机相会，偷偷摸摸的日子。对欲望不可遏止的追求，使潘金莲选择了罪恶。她丧失了心底里最后的善良，与王婆、西门庆合谋，并亲自动手，鸩杀了丈夫武大，永远地坠入了罪恶的深渊。

成了杀人者的潘金莲，完成了她人生的第三次转折，而且是又一次质的突变。在她身上没有了廉耻，没有了善良，也没有了情感和人性。潘金莲，美女变为毒蛇，终成为情欲的化身，人性恶的典型。作者也借这一人物的质变过程，表示了对道德沦丧的指斥主题。潘金莲的质变使我们思考，人的情欲为什么会成了"恶"

的根源？西方学者波墨认为："当情欲与善相分离而变为自身的生命时，情欲才成为恶的原则和恶本身。"由此可知，潘金莲希望能满足情欲本身并非"恶"，其"恶"在于为了自己情欲的满足，为了自己的利益和愿望，不惜夺取他人的性命，剥夺他人生的权利和愿望。一己的私欲可以无限膨胀，直至与人性的善与美相背离，把情欲变成了"恶的原则和恶本身"。因此，潘金莲至死，也没有表示过对鸩杀武大的不安和愧疚。

潘金莲终于走进了西门府，成了西门庆的第五房小妾。这个把满足自己欲望视为生活唯一目的的女人，在妻妾成群的环境里，自然不会安于能呼奴唤婢，锦衣美食的富家生活。进门不久的潘金莲，依仗着西门庆的偏宠，便"恃宠生娇，颠塞作热，镇日夜不得个宁静"，她专爱蹑手蹑脚，听篱察壁，寻些情由，惹是生非，与人厮闹。全面地表现出多疑善妒，心狭性偏，尖酸刻薄，争强好胜的个性特征。

潘金莲一进西门府，西门庆就把正房里的丫头庞春梅拨给她，这个心志出众、机灵聪明的大丫鬟，很快就得到潘金莲的赏识。当潘金莲看出西门庆有"收用"庞春梅之心时，为了讨西门庆的欢心，也为了得到庞春梅的忠心，潘金莲大度地让西门庆把她收了房。这一来，潘金莲与庞春梅互为倚仗，很快便闹出了激打孙雪娥的事，为自己树立了某种势力范围的标牌。当然，仅仅表明自己有权威还不够，在潘金莲的心里，凡是能与她共享西门庆的女人，都是她要排挤的对象。出于这一目的，她凡事都特喜欢"咬群"、"掐尖儿"，哪怕是正头娘子的吴月娘，她也要与之斗一斗，争一争，更不要说是排位低于她的李瓶儿，姿色不及她的二房李娇儿、三房孟玉楼、四房孙雪娥，以及身份比她低的宋惠莲、王六儿、如意等等。不管是谁，只要西门庆与之过夜，有可能危及西门庆对她的专宠，潘金莲就会想方设法地干涉。她采取的办法，一是侦察西门庆的性活动，二是控制西门庆的性器具。她的招数十分奏效，闹得西门庆隐瞒不得，只有实情相告。而潘金莲便借此"情报"来制约对方，一旦有机可乘，就给对方致命一击。她把自己的聪明全数用上，为的就是击退所有与西门庆有染的女人，"霸拦汉子"，巩固她的专宠。潘金莲对此类"专项打击"从不放松，甚至是乐此不疲。然而，她处心积虑的防范手段，除了使她在西门家结怨积仇外，并没能阻止西门庆的寻花问柳，逐日追欢。社会制度对女性的压制，对两性的性观念、性意识、性行为等，以及由此而引申出来的各类社会问题，在道德要求和行为规范上，使用的皆是双重标准。以潘金莲的一己愿望，又如何与之对抗呢？但就这样顺势从流，潘金莲又不甘心。她的不满只能借助撒泼搅事，闹得"家反宅乱"来发泄。

在潘金莲的生活中，欲望是唯一有价值的东西，满足欲望是生活的唯一目的，只有欲望能得到满足，才是潘金莲活着的证明，她才会有生气。然而，潘金莲机关算尽，也抗不过那个践踏女性尊严的社会。西门庆对潘金莲的宠爱维持不久，又在妓院"安营扎寨"，梳拢了妓女李桂姐。李桂姐得知潘金莲骂妓女"淫妇"，跟西门庆闹脾气。为了得到李桂姐的欢心，西门庆竟然设计，要来潘金莲的头发，让李桂姐放在鞋垫里，整日踩踏出气。西门庆对潘金莲的薄情，由此可见一斑。难耐寂寞的潘金莲，也对此施以报复，把小厮琴童领上了床，行着曾是她与西门庆共效的鱼水之欢。

潘金莲私通小厮，是她与西门庆关系的重大转变。在此之前，她还在言行上，投西门庆所好，行西门庆所爱，对西门庆有所牵挂，这是她被西门庆偏爱的一个原因。而西门庆梳拢妓女，对潘金莲是一个打击。再次的失落，更深的自卑。堕落了的潘金莲，其内心充满躁动情绪，只有得到欲望的满足，她才会有内心的平衡。她也想领略征服弱者的快感。从潘金莲与西门庆相互较劲、彼此竞争的性行为中，征服，成为他们的约定，甚至是下意识的行为表征。当结束了每一次的"征服"过程，他们都只得到更多的不满足，便对下一次产生期待。他们两人的关系也因此比其他人更亲密，也更残忍。

潘金莲与西门庆开始形成斗争的性关系中，虽没有硝烟密布，尸横遍野，可也同样激烈复杂，血肉横飞。排挤与拥有，占有与被占有，征服与被征服，利用与被利用，可谓五花八门，各有高招，但就是看不到两性关系中最重要的因素——爱情。然而，没有爱情的婚姻就是残忍的。西门庆不满潘金莲对怀孕的李瓶儿的讽刺，在醉闹葡萄架时施以性惩罚，险些要了潘金莲的命；潘金莲为了满足自己中烧的欲火，不顾西门庆已是筋疲力尽，把烈性的壮阳药大把灌进他嘴里，使得西门庆精竭而亡，整个西门府作了鸟兽散。这是他们夫妻生涯中最典型的事件，真是血雨腥风。当然，他们有时也会因为彼此的需要而有所缓和，但相互之间的身心折磨是注定了的，悲剧的上演也就是必然的。

潘金莲的悲剧，既是命运的捉弄，也是性格使然。潘金莲的个性行为，表现出心理的不平衡。极度自卑的心态，往往导致她在行为上是极度的自尊，其心态与行为的反差，使她的个性行为充满了矛盾，让人难以接受。她出身低微而喜欢攀比；美丽聪慧又极端妒忌；识文断字却不通人伦；善解人意而心地歹毒。每当她大张旗鼓地闹事，都是她深感失意，自尊心受到伤害的时候。而她的每一次作恶行为，似乎都是她拣拾自尊的心理使然。例如，西门庆为了长期占有宋惠莲，将她的丈夫来旺陷害入狱，宋惠莲为丈夫求情，西门庆也答应了她的请求，但潘金莲却不断向西门庆进言，要把来旺递解还乡。潘金莲与来旺并无怨仇，她此举指向就是宋惠莲，她要让宋惠莲明白，西门庆对她是真正的言听计从，你宋惠莲不过是哄哄罢了。潘金莲得逞了，她从西门庆那里得到了绝对的脸面，而受了欺骗的宋惠莲羞愤难当，自缢而亡。宋父也因女儿的死，与西门庆打官司，命丧黄泉。潘金莲为了显示自己在西门府中的得势，让两个人失去了性命。潘金莲倘有点人性，该有些后悔的吧？可她没有。她心安理得地看着这一悲剧演完。如此冷酷的女人，对一切都该不在乎的吧？可是，潘金莲在宋惠莲死后已有一段时间了，仍不能释怀。她与西门庆醉闹葡萄架，丢失了一只红色的鞋，她几次三番地叫丫头秋菊去找。因为西门庆在性交时，女人的三寸金莲上穿红鞋能使他亢奋，潘金莲是不能丢了这鞋的。秋菊几次挨打，终于在花园的小山洞里，找到了一只红鞋。潘金莲经辨认，发现是宋惠莲的鞋，怒不可遏，痛打秋菊一顿，又叫秋菊头顶石块儿罚跪。这还不解恨，她拿出一把利剪，把鞋剪得稀烂，口中还不停地咒骂。这其实是说明她内心的自卑和害怕。鞋，使她想起，宋惠莲的脚比她小，这使她曾为之骄傲的"金莲"一名，有些黯然失色，引起了她内心某种不如人的感觉。宋惠莲虽然已死，潘金莲的心中，便有了一块永不消失的黑暗，不时会让她打个冷噤。

再如，潘金莲对李瓶儿原不很在意。在李瓶儿还是花家二娘子时，西门庆为让潘金莲默许他与李瓶儿偷情，曾以金簪子等首饰送给潘金莲。得了这些好处，潘金莲不仅不吃醋，还为他们观风。西门庆从潘金莲的院墙翻上翻下，与李瓶儿偷偷往来了两个多月。为此，西门庆好不感激潘金莲。西门庆想娶李瓶儿，吴月娘对此不表态，潘金莲却没有反对。为此，西门庆心里更偏向潘金莲，对吴月娘竟有半个来月不说话。按说，李瓶儿进门后，潘金莲该是和她交好的，况且李瓶儿又是个手儿散漫的人，潘金莲既得人情又得财，还得西门庆的好感，何乐而不为呢？开始，潘金莲也自认能搞定李瓶儿，可是事与愿违。富有白净，身软如绵，柔情似水的李瓶儿，渐渐抢了潘金莲的势头。这位"好性儿的姐姐"，以她成熟的女性魅力，大户出身的举止与修养，很快赢得了合府上下的喜欢，西门庆也很是爱她。这使得本就无事生非，喜欢拈酸吃醋的潘金莲，一方面视她为劲敌，必要置之于死地而后快；另一方面又深感不及李瓶儿太多，虽然涂脂抹粉能修饰外表，但修养和财势的缺乏，却是无法弥补的。所以，当夜深人静时，一人独处的潘金莲，耳听窗外细碎的落雪声，面对孤单的自己，期待着有人来抚慰她。得知西门庆去了李瓶儿那里后，深深的悲哀涌上心来。她拿起琵琶，拨动琴弦，把她的一腔哀怨，都寄予在激昂的旋律中。此时，潘金莲的内心是脆弱的，而琴声却是高昂的。《潘金莲雪夜弄琵琶》一节，是对潘金莲个性心理的突出刻画，为后来的评论家所称赞。

越是内心荒芜的人，越注重外表的强大；心灵越是脆弱，个性越是冷硬。潘金莲依靠外表的张扬，来掩饰她内在的虚弱。西门庆带给她的生活意义，就是使她把自己定位在得到性的快乐，性的满足中。男人对她是否关注，就是她衡量自身有无价值的指标。不论这个男人是谁，只要对她有所注意，都会激活她狭隘的自尊心，使她暂时脱离自卑感。久而久之，两性生活只是各取所需，没有什么情不情的。作者在描述潘金莲人性的异化，变成为情欲化身的同时，赋予了她合理的心理内涵。所以，潘金莲的形象才会如此真实、生动，充满了世俗的生活气息。深刻表达出作者对人生的洞察。

潘金莲的一生，是丑恶的一生，也是悲哀的一生。在她一生的际遇里，可悲可叹者多，可怜可惜者少。除武松外，她曾与六个男人有过性关系。武松是她唯一深情向往的人，却情不能依，最终命丧他手。陈经济则是唯一对她一往情深的人，可她不知把握与珍惜，终使其情付之东流。在她历经的人当中，张大户、武松和西门庆是影响她一生的三个男人。张大户使她结束了少女岁月，从心性上造就了她的轻狂；武松给了她一个伟男子的形象，也给了她一把人格比对的尺子，促使她感受自己的卑微与下贱；西门庆则成就了她女性的全面成熟，也引导她身心的全面堕落。

在潘金莲身上，极度的自我意识与极度的自卑意识的结合，无知带来的浅薄与美貌带来的轻狂相统一，使得这个人物，在她无所作为的一生中，表现出人生命运的不可抗拒，人性的复杂，以及生存的困惑。从潘金莲这一形象，引导出人们对于女性与社会，女性与男性，女性与家庭，女性与女性等诸多问题的思考。

关于潘金莲，相信今后仍有许许多多的话题。

本文摘自著作《商风俗韵——〈金瓶梅〉中的女人们》。

难耐寂寞与生命寄托

——情爱、子女：李瓶儿的两大生命线...........................曾庆雨

李瓶儿，在《金瓶梅》里的女性中，是最感情化的女人。在西门庆身边的众多女性里，她是唯一和西门庆建立了真挚情感的女人，也是最令人感动的女人。

李瓶儿，曾因她极端背叛的个性行为，使得后来的文学评论家们不知所措，赞不是，骂不是。只好作出"个性前后矛盾太大，性格不统一"的评述了之，并视为作者的败笔。

这个让人爱不能，恨不能的女人，也让人忘不了。她所具有的女性魅力，较之潘金莲更为浓烈。从对女性的心理特征和生活态度的反映上看，李瓶儿更具普遍性，也就更有女性的典型意义和代表性。

李瓶儿还未出场，就已先声夺人。西门庆得知武松已被发配孟州，心里一松，情绪高涨，便安排五房妻妾们，在芙蓉亭上大开筵席。此时，李瓶儿的丫童们给吴月娘送来两盒礼物，"一盒是朝廷上用的果馅椒盐金饼，一盒是新摘下来鲜玉簪花儿"。从这些东西看出，李瓶儿是极有生活品位的人。

中国社会是一个讲求礼仪的国度，人际交往也是以礼相待。送礼是人们生活中的常事，但把礼品送的恰当，却是难办的事。而且，礼品也往往反映出送礼人的生活情趣和品位的高低。李瓶儿送礼给隔壁邻居的女主人，说明她擅长于人际关系。送带宫廷特点的食物和鲜花的礼品，说明她见过世面且情趣高雅。对接受者来说，则表示自己也与之有同样的品位。难怪吴月娘高兴，向西门庆讲自己礼数不周，讲自己见到的李瓶儿是个"生的五短身材，团面皮，细弯弯两道眉儿且自白净。好个温克性儿，年纪还小哩，不上二十四五"。李瓶儿得了个满堂彩。张竹坡在《批评第一奇书〈金瓶梅〉》中指出："然而写瓶儿，有每以不言写之。夫以不言写之，是以不写处写之。"可见作者在构思上，对这一人物极其的用心。

吴月娘的一番话，引出了西门庆对李瓶儿的又一番述说。其实，西门庆对李瓶儿早有耳闻，不仅知道来历，还知道她有不少钱。而吴月娘的叙说，增加了他的感性认识，真是说者无心，听者有意。吴月娘如果料到，有一天李瓶儿会与她

分享丈夫，她就不会如此的津津乐道了。

李瓶儿曾是梁中书家的小妾，仅此一点，就知人的品貌不俗。常言道："丞相府中七品官。"在封建社会，能进丞相府中做事的人，哪怕是扫地的，也不是随随便便就能干的。更何况是做妾，不仅要相貌可观，还要知书达礼。行、坐、站、卧皆有讲究，穿、戴、描、抹尽求高雅。李逵杀梁中书家老小，李瓶儿带了财宝，逃到东京投亲避难，后嫁给了花太监的侄儿花子虚为妻。花太监告老还乡回清河县时，四个侄子中，他只带了花子虚一家与他同住。不久，花太监死了，把一多半的家产留给了李瓶儿，而不是亲侄子花子虚。在这朦胧的笔法中，隐含了老太监与侄媳妇间的特殊关系。而正是这种特殊性，使得李瓶儿与丈夫花子虚的关系，有名无实。

美丽的李瓶儿对花子虚而言，不过是家里的摆设之一。这个家不是他花子虚的，家里的一切财产都是花老太监的。包括以他花子虚的名义娶的媳妇，他也是不能碰的。面对这样难堪的局面，花子虚只能去妓院找慰藉。花老太监死后，花子虚本可以理所当然地拥有他的妻子。但是，长期以来的畏惧、隔膜，以及感情的淡薄，使花子虚不知该怎样面对李瓶儿。同样，李瓶儿也不可能接受花子虚。有意思的是，花子虚夫妇的微妙关系，是在李瓶儿与西门庆的偷情过程中渐渐透露出来的。

习惯了妓院生活的花子虚，因使钱大方，被吸收为以西门庆为首的"十兄弟"之一。对李瓶儿来讲，她对西门庆应是有所耳闻的。其信息来源，就是花子虚。正像西门庆所知李瓶儿的身世，也是通过花子虚一样。不同的是，西门庆只知李瓶儿有钱，李瓶儿知道的是西门庆的风月。由此看来，李瓶儿与西门庆之间，前者有心，后者有意。他们的关系发展，也是李瓶儿显得更为主动。与潘金莲和西门庆相比，李瓶儿更显出主观的选择性。

李瓶儿给西门府送礼在前，托付西门庆关照花子虚在后。且看他们的第一次会面：西门庆约花子虚到妓女吴银儿家喝酒，可花子虚不在，李瓶儿"银丝鬏髻，金镶紫瑛坠子，藕丝对衿衫，白纱挑线镶边裙。裙边露一对红鸳凤嘴，尖尖趫趫"的小脚立在二门台阶上，使西门庆一见，"不觉魂飞天外，魄散九霄"。一个陌生男人的到来，李瓶儿也没按理回避。她把西门庆让进厅内坐下，自己在角门首观察。她先说："大官人少坐一时，他适才有些小事出去了，便来也。"一盏茶之后，外表彬彬有礼的西门庆，大概使李瓶儿有好感。她又说花子虚喝酒去了，她要西门庆“好歹看奴之面，劝他早些来家”。因为“家中无人”，西门庆自是满口答应，此间花子虚却回来了。李瓶儿的话说的曲折，她对西门庆开始说真话，随后又撒个谎。看者弄得是一头雾水，而西门庆却是听得明明白白。李瓶儿要西门庆看她的面子为她办事，对第一次见面的人，这话显得过于套近乎。这不是李瓶儿接人待物没分寸，而是意在拉近彼此的距离，表示出对西门庆的亲近感。撒谎，使西门庆明白她的留客之意，并以“家中无人”的告白，暗示她的某种企盼。西门庆当然心领神会，理解这闪烁言辞下的多情。作为回报，西门庆“留心”把花子虚灌了个酩酊大醉，并亲自扶回花家，兑现了他对李瓶儿的承诺，定与花子虚“同去同来”。

李瓶儿与西门庆第一次相见，交浅而言深，但这恰好反映出李瓶儿对西门庆一见钟情。所以，在西门庆扶花子虚回家时，她一会儿说“看奴薄面”，一会儿说“奴恩有重报，不敢有忘”。一番感谢的说辞，简直就是一番心意的表白。说穿了，就是希望西门庆能多往来，也让西门庆从花子虚的行为，看到并了解自己的寂寞处境。善解人意的西门庆，一边叫人把花子虚挂在妓院过夜，一边到李瓶儿面前说些安慰的话。一来二去，两人“眼意心期，已在不言之表”，都是心知肚明。李瓶儿特意让花子虚安排了答谢西门庆的家宴，随后将花子虚打发去了妓院，把西门庆领进了自己的“鲛销帐内”。

一见钟情，这多是发生在情窦初开的少女身上。李瓶儿曾为人妾，再为人妻，见多识广。对两性密事，也是了然于心。西门庆曾对潘金莲赞过她“好风月”，她怎会对西门庆产生这种痴迷的感情呢？她的“痴”又所为何来呢？

其实，李瓶儿虽是梁中书家的妾，但未见其受宠，只是个小妾罢了。嫁给花子虚为妻，却另居一室。一次，李瓶儿和西门庆躺在床上，说起她与花子虚的生活：“他逐日睡生梦死，奴那里耐烦和他干这营生！他每日只知在外边胡撞，就是来家，奴等闲也不和他沾身。况且老公公在时，和他另一间房睡着，我还把他骂得狗血喷了头。好不好对老公公说了，要打百棍儿也不算人，什么材料儿，奴与他这般玩耍，可不砢硶杀奴罢了！谁似冤家这般可奴之意。”从这段话中可知，李瓶儿与花老太监的关系很好，与花子虚不一定有夫妻之事。在老太监的呵护下，李瓶儿对花子虚无情可言，有的只是轻蔑。但试想一下，花老太监，一个丧失了性能力的老头，能给李瓶儿带来什么快乐？一个太监，又能对女人的身心需求了解多少呢？这位好色却无能的花老头子，只能在锦帐香被里，拥着肤白如玉，

"身软如棉花"的美女，拿出他从皇宫里盗得的所谓"二十四春意动关情"的春宫画册，按图索骥一番。

在晚明那个人欲横流的社会，皇帝好色，太监也少安分。他们以自己特殊的工具——舌或手，进行性交。妓女李桂姐就对吴月娘诉过太监嫖客的苦："把人掐拧的魂也没了。"由此可以见出，花老太监与李瓶儿的性行为无出其右，也就是点拨点拨罢了。因此，与潘金莲相比，李瓶儿对男女之事，在感性方面知之不多。花老太监死后，她与花子虚过的是一个独守空房，一个夜夜洞房的生活。论情感，她谈不上对谁动情。讲体会，她也没有过真正女人的幸福。在这点上，她与遇见西门庆以前的潘金莲倒很相似。但李瓶儿缺少的是潘金莲生于斯、长于斯的那个市井生态环境。李瓶儿不会像潘金莲那样滥情，也不会像潘金莲那样矫情。在她心灵的深处，还有少女般的纯真情怀，这似乎有点让人难以置信，可事实就是这样的。西门庆故意在李瓶儿面前卖乖，把自己制造、包装成极有责任感的男人。使李瓶儿对他的好感，变成了爱情。作者通过写他们第一次相见时，李瓶儿把西门庆让进"客坐"，主动与西门庆套近乎，拉家常，说明她对西门庆有好感。当西门庆把大醉的花子虚扶回家时，李瓶儿对他动了真情。产生了一种朦胧的欲望。这种情感的变化，以含蓄委婉的手法写出，使人不易一下看清。

爱情使人温柔，沉浸在爱情里的女人就更温柔。西门庆与李瓶儿偷情，西门庆眼里图的是美色，心里想的是钱财；李瓶儿主动约会西门庆，为的就是一种感觉，一种女性特有的直觉。不错，西门庆的确使李瓶儿感到了做女人的幸福，再没有人这样的"可奴之意"。为此她要报答西门庆，她不断地送东西给西门庆，给西门庆的各位娘子。她知道西门庆宠潘金莲，便要为潘金莲做鞋，为的就是让西门庆高兴。在床笫之间，她与西门庆把对春宫图的观感，通过实践变成感受，尽力使西门庆满足。她从不对西门庆有所掩饰，更没有潘金莲那样的作态。诚如清人张竹坡所评："描写瓶儿勾情，纯以憨胜。"憨，便是一味的发痴。

花子虚被自家的兄弟告进衙门，说他独占花家的财产。李瓶儿的第一反应，是要尽快寻门路救出花子虚。她拿出六十锭大元宝，共计三千两银子的私房钱，让西门庆帮忙。西门庆说："只有一半足矣，那用的这许多。"可李瓶儿却说："大官人只管收去，奴床后边还有四口描金箱柜，蟒衣玉带，帽顶绦环，值钱珍宝好玩之物，不少都是无价之宝，一发大官人替我收去。"李瓶儿的话，可以有两方面的理解：其一，李瓶儿想转移财物。当年她从梁中书家出逃，就不是空手跑的；

其二，李瓶儿有了他适之心。她想借此机会，甩了花子虚，嫁给西门庆。从情节的发展上，似乎后一点比较准确，所以，许多评论家也对她多有指责。可从女人的心态上分析，则前一点比较符合人物心理的真实性。把财宝交给自己心爱的人，一如把困难交给他，热恋中的女人通常是这样的。李瓶儿对西门庆是否会吞掉她的财宝就没想过，即使在西门庆自食其言，没有向她有所交代，就无限期推迟婚期，使她进入了艰难的生活时，她对西门庆仍有着一份信任。这反映出李瓶儿的心性豁达，颇有些视钱财为身外之物的见识。这种女人少有的豁达胸襟，使李瓶儿后来得益不少。

在西门庆的活动下，花子虚没挨一下打，就被放回了清河老家。按判决，花子虚必须变卖田宅和老屋，将所得的银子分给他的兄弟。由于老屋与西门家紧邻，县中人畏惧西门庆是地方一霸，无人敢买。李瓶儿有意让西门庆买下，并自许"不久也是你的人了"，其意要西门庆看在有肌肤之亲的分上，尽快结束官司。西门庆则在吴月娘的告诫下，打着吞财的算盘，借口怕花子虚疑心不卖。一边是限时交款，一边是无人来买，花子虚走投无路，急火攻心，以此埋下了病根。情急之下，花子虚请求西门庆买下，李瓶儿暗地叫西门庆拿她寄放的钱用，这才了结了这场官司。西门庆空手拿鱼，发了一笔横财，白得花子虚偌大的宅院。李瓶儿则觉得自己尽了力，对得起花子虚。

一无所有的花子虚，此时才感到钱的重要。且不说日常的开销，这安身的居所就是大问题。他注意到家里不见了的箱子，尽管他不清楚里边的究竟，但也知道个大概。同时他还明白，他这类官司开销的大概价码。他安排酒席，叫来歌妓，邀请西门庆喝酒，其目的有二：一是表感谢，二是问打点官司的银两下落。西门庆本想把银子找补几百两，给花子虚买房，可李瓶儿却不让这样做，她不愿让花子虚用她的私房钱。因为，李瓶儿已为花子虚花掉了她认为该花的钱，她不再欠花家的钱。买房置家，本就是男人的责任，花子虚该尽他从未尽过的责任。花子虚后来东拼西凑，买了房子，可不久害了一场伤寒病。初病时，李瓶儿为他请了医生，后来"怕花钱"，就干挨着，一个月后，花子虚死了。为此，李瓶儿被人视为心狠的恶毒女人，是第二个潘金莲。

从表面看，李瓶儿与潘金莲确有许多共性，例如，与人私通，对丈夫不忠；个人欲望至上，为情欲的满足，不惜一切手段等等。甚至在对待某些事物的态度、行为，她们俩都有相似的地方，尤其是对待西门庆，她俩的相似点更多。但细细琢磨一下，李瓶儿与潘金莲是大不一样的。为花子虚的官司，李瓶儿拿出了自己的私房钱，虽说这钱有一大部分是花太监给的，但却是李瓶儿名下的。而且，她在花家所付出的，不是花太监出的钱能作得了价的。她把财宝给西门庆，那是因为她有情于他。对花子虚，她可以不花这钱，那花子虚就只有被打，还不一定能出狱。她既然已拿出钱，帮助了结了官司，还要她再出买房子的钱，李瓶儿当然不愿意，所以她要阻止西门庆。花子虚病，她为他请过医生。伤寒病在缺少抗生素的时代，可视为重症之病，治愈率本就不高。花子虚长期在妓院里泡，身体的状态可想而知。况且治疗这种病的诊费是多少，书里也没说清楚。认为李瓶儿不愿再花钱，就是希望花子虚死，好嫁给西门庆的看法虽很普遍，但不一定对。因为，花子虚活着，没有对李瓶儿与西门庆偷情产生阻碍，花子虚也从未对李瓶儿的生活有所关心。所以，花子虚终究是病死的，李瓶儿并没杀人。仅此一项，潘、李二人就有天壤之别。

花子虚死后，李瓶儿仍是西门庆的情人。一年后，有天夜里，他俩决定了嫁娶的日子。这一夜他们快活之极，李瓶儿更是激动。她就是想做西门庆的女人，不计较排位，不顾忌西门府里的女人们会如何对她。她愿以一生为代价，只要能成为他的女人。但没等尽兴，西门庆就被小厮叫走了，说是家里有急事。这一走，西门庆再没有露面，而李瓶儿派人找，只见大门紧闭，也不见西门庆的人影。为嫁，李瓶儿忙碌着妆奁，掰着手指，计算着那长得令人无奈的半年时光。等啊等，盼啊盼，真是为佳期把手指数遍。不想佳期过了，西门庆毫无动静。她曾想过双宿双飞的美妙，她时时都能感到西门庆带来的身心快乐。她等她盼，可西门庆"音信全无"。不知所措的李瓶儿，满心的忧伤。她日思夜想，可百思不得其解，忧思郁结心头，自然生出幻觉。且看书里对她此时的一段描绘："每日菜饭顿减，精神恍惚。到晚夕孤眠枕上，辗转踌躇，忽听外边打门，仿佛见西门庆来到。妇人迎门笑接，携手进房。问其爽约之情，各诉衷肠之话。绸缪缱绻，彻夜欢娱。鸡鸣天晓，顿抽身回去。妇人恍然惊觉，大呼一声，精魂已失。"自此，李瓶儿夜夜有梦，只有在梦中才能见西门庆。所谓相思成疾，她"渐渐形容黄瘦，饮食不进，卧床不起"，命在旦夕。

李瓶儿哪里知道，西门庆有个女儿，名叫西门大姐。嫁给当时京里的官宦陈家为媳。而陈家与朝廷重臣杨戬有连襟之亲，这也是西门庆能在清河县胆大妄为的"气势"所在。杨戬因兵败边塞被弹劾，皇上一怒之下，把他抓进大牢，并下旨"其门下亲族用事人等，俱照例发边卫充军"。这一来，凡与杨戬沾亲带故的人，都吓得心惊胆战。陈家连夜叫儿子陈经济带着媳妇和细软，跑回清河县娘家避难。当西门庆得知此事，"耳边厢只听飕的一声，魂魄不知往哪里去了"。要知道，收留女儿女婿，一旦被查出，就是窝藏钦犯，这可是满门抄斩的大罪，西门庆怎不魂飞天外？此时的西门庆是顾不得儿女情长了。他忙于派人上京打探消息，想方设法走门路，讨人情，以防祸及自身。他生怕走漏风声，整日紧闭大门，足不出户。娶李瓶儿的事早就随着惊魂，飞到了九霄云外。

可怜的李瓶儿奄奄一息，奶娘冯妈妈为她请来太医蒋竹山，这位太医虽年轻，对六欲七情之病的诊治，倒十分在行，也懂岐黄之术。几服药下去，李瓶儿竟渐渐好起来，精神容颜恢复了，蒋竹山也由此得到李瓶儿的好感。为表感谢之意，李瓶儿设宴款待蒋竹山，这时才得知西门庆家的事体大了，不是一时半会儿可以了结的。将来怎么办呢？对自己的后半生不能不做安排呀。李瓶儿有些后悔，自己过去也太过孟浪，想到今后的生计，"自己的许多东西都丢在他家"，为今之计只有另寻主家的人。这么一想，蒋竹山便是当然的首选。这位有些医道的太医，年纪相当，长得"五短身材，人物飘逸"，"语言活动，一团谦恭"。有了这样的认识，李瓶儿就感到"奴明日若嫁的恁样个人也罢了"。对李瓶儿的另眼相看，蒋竹山正是求之不得，很快这门亲事便定下了。按说，感情刚受挫折的李瓶儿对婚嫁应谨慎些。可此时，李瓶儿考虑的是如何撑起一个家。现实的问题，决定她不能犹豫，也不容她多考虑情感。她只能以世俗功利的眼光来择偶。选择蒋竹山，也包含有对他的感激心理因素。可是，李瓶儿不明白，感激之情并不等于就是爱情，更不可能代替爱情。没有爱情的夫妻生活，就不可能有和谐，就不会产生情爱。李瓶儿很快感到，她又错了。

李瓶儿与蒋竹山成婚后，拿出了本钱给他开了家药铺，生计算是有了保障。当温饱不再是生活必须面对的问题时，快乐势必成为生活的世俗追求。人生就是这样，总是被欲望所牵引。唯有理想特别远大，追求与众不同的人，才可避免被无穷的欲望驱使的命运。李瓶儿是个平凡人，不仅平凡，还有着比别人多的丰富情感。她渴望爱人，更希望被人爱，这是她比别人要痴憨些的原因。男女之爱，夫妻之情，在人生最活跃的中青年时期，往往是以性爱的方式表示。西方哲学家叔本华曾在《爱与性的苦恼》中精辟地指出："性欲是一种最激烈的情欲，是欲望中的欲望，是一切欲求的汇集。"由此看来，李瓶儿同样希望，婚后与蒋竹山的性生活能和谐美满。

　　但是，被西门庆这样的性机器造就过的李瓶儿，很快感到蒋竹山不能满足她。不得已，蒋竹山只好买些辅助工具。对此，李瓶儿大怒，感到自己受了侮辱，她不由骂道："你本虾蟹，腰里无力，平白买将这些行货子来戏弄老娘，把你当块肉，原来是个中看不中吃，镴枪头，死王八。"这还不解气，半夜把蒋竹山赶到铺里睡，从此不许他进自己的房。而每到夜静更深时，不免与西门庆的种种又浮上心头。但西门庆可不那么多情，当他得知李瓶儿不仅嫁给蒋竹山，还开了家药铺，真是怒火攻心。要知道整个清河县，只有西门庆开的一家药铺，这是他独霸的行当，李瓶儿竟要来分他的市场，这分明是与他过不去。西门庆可是不管曾经还是情人，也决不会看李瓶儿的脸面高抬贵手的，他要出这口恶气。他找了两个流氓"捣子"，打了蒋竹山，砸了药铺子，还赖了他几十两银子。蒋竹山满心委屈，李瓶儿更是一肚子气，她真以为蒋竹山借钱不还。一怒之下，李瓶儿把这个惹是生非的男人赶离了家门。李瓶儿如此绝情，如此决断，如此泼辣，这已经没有了女人味儿了。曾是西门庆情妇的李瓶儿，有着太多的温柔和体谅。有一次，因生意上的事，家里派人来叫西门庆，西门庆不愿起身，李瓶儿硬是要他起床，要他打理生意。潘金莲是不会这样识大体的。可同是一个李瓶儿，对待蒋竹山的言行，倒与潘金莲相似。如此大的变化，符合人的实际吗？其实，这也是属于清官难断家务事。李瓶儿与蒋竹山之间不和，不仅只为得不到满足。李瓶儿对他有极大的怨气，谁也不清楚怨气是如何积下的。有一点较明白，那就是蒋竹山生性懦弱，这一定会影响李瓶儿的个性。按现代社会学家的分析：家庭组合的男女两人，个性上应为一龙一虫，一刚一柔。龙性刚，使家立；虫性柔，使家和。男性刚则女就柔，男性柔则女性刚。否则，一家皆虫性，家不能立。一家皆龙性，则家不能和。如此看来，李瓶儿的个性变化是合乎生活真实的。

　　西门庆怎么也没想到，李瓶儿对他情有独钟。李瓶儿请西门庆的心腹小厮玳安吃酒，玳安回去后，向西门庆讲李瓶儿对自己哭诉，后悔嫁了蒋竹山，希望再嫁西门庆。西门庆听了真是得意之极：你李瓶儿满世界绕了一圈，终于要回到我这里来，想离开我是不成的。西门庆的得意心态也是男性世界中常见的。西门庆的虚荣心得到了满足。此时的西门庆居高临下，对李瓶儿摆了个大大的谱。他甚至不愿亲自回话给李瓶儿，叫玳安传了可以进门的口信儿。

　　李瓶儿在几经周折后，总算是一顶轿子抬往了西门府。然而，她乘的不是花轿，西门庆没安排下娶孟玉楼时的场面。在西门家的大门口，迎接她的不是新婚的热闹，而是无人问津。李瓶儿坐在轿里大半天，形同上门要饭的乞丐，受尽冷落。西门庆此时就坐在新园子的卷棚里，得意地欣赏着自己导演的苦戏。这园子，西门庆没花一分钱，是从李瓶儿那里白得的。

在孟玉楼的劝说下，与西门庆怄气的吴月娘把李瓶儿接进了门。但一连三天，西门庆让她独守空房。在那个时代，这是对李瓶儿最大的羞辱。李瓶儿万万没想到，竟然是自己把自己送进了火坑。那日夜的思念，换来的是耻辱。火热的情怀，得到的竟是一盆冰水。她万念俱灰，唯有一死。穿着新娘盛装的李瓶儿，选择了悬梁自尽。由于发现得早，李瓶儿被救活了。这事惊动了西门家中上下，也激怒了西门庆。他认为李瓶儿是想出他的丑，要使他家声扫地。他决不能容忍，他要给李瓶儿教训，给他一个下马威。西门庆手提马鞭，气势汹汹的跨进了新房。妻妾们都静悄悄聚拢在那成了刑房的新房外，她们都想看看，西门庆会如何惩罚李瓶儿。在床上抽泣的李瓶儿，只听西门庆劈头一顿臭骂，接着要她脱光衣服跪在地下。这就是她曾苦苦想着的人？这就是她盼望已久的情爱生活？李瓶儿不敢相信眼前的事，她还想西门庆会不会宽宥她，她裸露的身体只想承受爱，不想承受鞭子。李瓶儿的延迟更加激怒西门庆，他把她拖下了床，举鞭就打，李瓶儿只得脱下衣服，忍受这巨大的羞辱。

这场家庭闹剧，最终以喜剧结尾。李瓶儿一番柔声细气的辩说，让西门庆高兴起来，他们又重归于好。但西门庆的鞭子，打落了李瓶儿在西门府中的地位。不仅潘金莲常常拿她开心，就是丫鬟们也敢奚落她。就在吴月娘的房里，大丫头玉箫和小丫头小玉，当着孟玉楼、潘金莲的面，学着李瓶儿与西门庆做爱时的亲昵称呼，把孟玉楼和潘金莲笑得不行。吴月娘只好出来制止道："怪丑肉们，干你那营生去，只顾奚落她怎的。"把李瓶儿直羞得脸红一块白一块。被丫鬟当众戏弄，在李瓶儿以前的生活中恐怕还没有过。李瓶儿心里的痛一定很深，很深。这样的羞辱，有几个女人能够忍受呢？可她忍了，她也无法与大房里的丫鬟计较。她只要还有西门庆的软语温柔，她就什么都能忍。也曾颐指气使的李瓶儿，过门就被鞭子打没了势头。但不与人争，凡事退让的李瓶儿，很快赢得了全府人的好感。

李瓶儿怀孕了。这使她在西门府的地位，一下攀升至顶峰。后嗣缺乏的西门庆，更是欣喜万分，对李瓶儿宠爱有加。潘金莲心里大为妒忌，开始想法儿给李瓶儿小鞋穿，给她脸色看，堵她的心窝子。李瓶儿对此表现出极大的忍耐和退让，她送给潘金莲母亲礼钱，送给潘金莲的丫头们东西，送给潘金莲衣物首饰，极力向潘金莲示好。李瓶儿的大度、豁达的性情修养，来自于一个对自己的生活充满信心的人，对另一个生活前途无望人的同情和怜悯。李瓶儿十分清楚，有了孩子，自己在西门府就永远有了根，可潘金莲除了易老的红颜外，一无所有，她理解潘金莲对她为何不满。但她这种高人一等的宽容态度，更进一步地激怒了潘金莲。因为，在李瓶儿面前，潘金莲看见自己的小气、穷酸，就是容颜也比不上李瓶儿。怀孕使李瓶儿变成了体态成熟的少妇，更具女性的美丽。怎样挫一挫李瓶儿呢？李瓶儿生产，因时间的提早，使敏感的潘金莲终于找到了缺口，提出这孩子是否是西门庆的孩子？

对西门庆而言，他终于当上了父亲。中年得子，真是人生一大快事。况且得子不久，他又升了官，可谓双喜临门。他真是得意非凡，他给儿子取名官哥，为儿子大摆酒宴，大办满月席，为这孩子大把花钱，毫不吝惜。人也变得宽容起来。丫头玉箫把一只银壶弄丢了，整个内院里都在吵吵。西门庆得知后，只淡淡说了句：“慢慢寻就是了，平白嚷的是些什么？”后来，李瓶儿房里的丫童把藏着的银壶拿了出来，潘金莲想借此踩一下李瓶儿，要西门庆打丫童一顿。西门庆见她矛头对着李瓶儿，心里十分反感，瞪眼道：“凭你说来，莫不是李大姐她爱这把壶？既有了，丢开就是了，只管乱什么！”几句话把潘金莲说得下不了台。就在此事发生不久，又发生了更严重的事情。西门庆把一只十几两重的金手镯，拿进李瓶儿房里给孩子玩，不想这金子不见了，一房的人都乱起来，奶妈和家仆相互推诿，哭的哭，发誓的发誓，李瓶儿也觉得是个事儿。可西门庆也只是轻描淡写地说道：“谁拿了呢？由他，慢慢儿寻吧。”西门庆并不是不在乎，出了李瓶儿的房，他到吴月娘房里，就让放话出去：不交出金子，被查到后，将用狼筋鞭子抽打。显然，西门庆不愿让李瓶儿那房让人笑话，说三道四的。这与李瓶儿新婚受辱比较，西门庆真是变了。西门庆对李瓶儿的维护，不仅是因为他最清楚李瓶儿的财富情况，更是他自己已经对她有了感情。所以，他听不得有人说李瓶儿的不是，说李瓶儿的不好。孩子的出世，使西门庆在不知不觉中，把对李瓶儿的性欲需求心理，上升为情爱需求心理。而这一时期，也是西门庆人生中最为风光，最为显赫的发达时期。作者似乎下意识的写出了这种意思：成功男人的背后都有一个坚强的女性。这时的西门庆的确很成功，他已不是个混混，而是山东小有名气的富家官员。专制社会对富人从来都是宽容的，它只承认财富的价值。对西门庆的贪赃枉法，称霸一方，以权谋私，非法行商，贿赂官员，道德沦丧等恶劣行径，常常是视而不见，忽略不计的。

李瓶儿不是坚强的女人。就一般意义上的坚强论，她不及吴月娘多矣。但她一切为家中大局想，不计个人委屈，不依仗西门庆的偏爱而打击别人，就是对潘金莲对她的故意伤害，她也尽量不让西门庆知道，自己房里的奶妈、丫头也不许对西门庆说。她之所以这样做，只为了孩子，为了官哥能平安长大。这种忍常人之难忍的心胸，正是另一种坚强。母爱，使得李瓶儿变了，她通情达理，解人困难。潘金莲的母亲来到府上，她视为长辈，以礼相待，送钱送物，把老太太给感动哭了，因为潘金莲对她从没有这样好。李瓶儿对潘金莲嫉恨官哥已有察觉，但还是隐忍在心，不对人说。致使后来潘金莲训练的雪狮猫，抓破了官哥的脸，使孩子惊吓而死，只活了一年零两个月。官哥的死，使西门庆怒火万丈，他摔死了雪狮猫，以泄心头之愤。李瓶儿虽悲痛万分，但没对西门庆讲潘金莲一字不是。李瓶儿太明白家和万事兴的道理，她爱西门庆，她要维护这个家，她不愿为了她的不满和委屈，把家闹得鸡犬不宁。忍让，这是女人的软弱，也是女人的坚强。

官哥的死，否定了李瓶儿作为一个完整女人的理想追求。李瓶儿的精神垮了，她失去了在夹缝里求生存的勇气和力量，她的心已经太累了。她整日泡在苦涩的泪水里，沉浸在深深的失子之痛中。虽有西门庆的劝慰，可她已心如死灰。而在隔壁住的潘金莲却很得意，时常抖擞精神，指桑骂槐，幸灾乐祸。李瓶儿本可以对西门庆诉说，本可以治住潘金莲，但在李瓶儿看来，这些争斗已没有什么意义。她噩梦缠身，恶鬼缠身，厄运缠身。血崩不止，心结难开。死，已是预料中的事。西门庆尽管心里明白，李瓶儿是救不过来了，可他仍不放弃，求医问药自不必说，请神求佛，除邪解禳，忙得不亦乐乎。西门庆的一生，如此用心地对待一个女人，唯李瓶儿一人而已。这是西门庆的第一次，而且也是唯一的一次，以真挚的情感，平等的心理，尊敬的态度对待女人。在即将失去李瓶儿的时候，他才感到自己对她的爱。

李瓶儿，真正打动了一个流氓的心。流氓，也像君子一样，生出对他人的真爱之情。这算不算是女性的一种伟大且不说，这起码是李瓶儿生命价值的体现。她用一生的时间，教会了一个从不懂爱的人懂得了爱。

李瓶儿与家人生死话别一章，称得上是中国文学中的一个精彩篇章。李瓶儿先向西门庆安排自己身后的事："奴今日无人处，和你说些话儿。奴指望在你身边，团圆几年死了，也是做夫妻一场。谁知道今二十七岁，先把冤家（指官哥）死了，奴又没造化，这般不得命，抛闪了你去了。若得再和你相逢，只除非在鬼门关上罢了。"这番话说得西门庆心中悲切，他一边要人向衙门告假，陪李瓶儿几天；一边对李瓶儿说些安慰的话，告诉她已派人去买棺材板，冲一冲晦气。李瓶儿眼见西门庆为她做的一切，拉着他的手，点头道："也罢。你休要信着人，使那憨钱。将就使十来两银子，买副熟料材儿。把我埋在先头大娘坟旁，只休把我烧化了，就是夫妻之情。早晚我就抢些浆水，也方便些。你惹多人口，往后还要过日子哩。"西门庆听到这里，心中已是大恸，犹"如刀剜肝胆，剑挫身心"。在他的生活里，从没有哪个女人为他的家庭生计，作过这样细致长远的考虑。李瓶儿对他的关爱，直以朴实的话语道出，然款款深情包含其中。李瓶儿自嫁进西门府，对西门庆要求的少，付出的多，西门庆是再明白不过了。到了晚夕，李瓶儿不让西门庆陪她，她需要时间来安排其他家人。西门庆走后，李瓶儿把箱中衣服和银饰拿出来，预付给王道姑，作为死后为她诵经的钱。接着，叫来老家人冯妈妈，给了银子、绫袄绫裙和银首饰，说道："老冯，你是个旧人，我从小儿，你跟我到如今。我如今死了去也，这一套衣服，并这件首饰儿，与你做一念儿。这银子你收着，到明日，做个棺材本儿。你放心那房子，等我对你爹（指西门庆）说你只顾住着，只当替他看房儿，他莫不就撵你不成？"交代了冯妈妈，又叫过奶妈如意，给她绸衣绸裙和绫披袄，还有两根金头簪子，一件银满冠儿，说道："也是你奶哥儿一场。哥儿死了……不想我又死去了。我还对你爹和你大娘说，到明日，我死了，你大娘生了哥儿，也不打发你出去了，就叫接你的奶儿罢。这些衣物，与你做一念儿，你休要抱怨。"如意本是无处可去之人，李瓶儿的安排，自是叫她感激涕零的。最后，李瓶儿对她房里的两个丫鬟，也做了十分周到的安排。到吴月娘来看她时，病势已很沉重的她，还不忘对每个人有所交代，尤其不忘对吴月娘进忠告。她悄悄对吴月娘说道："娘到明日好生看着养着，与他爹做个根蒂儿。休要似奴心粗，吃人暗算了。"这话吴月娘心领神会。李瓶儿临死前的这番忠告，是对吴月娘把无人问津的她接进府中的报答，是对吴月娘在后来的岁月里关照她的报答。李瓶儿到死，把她的怨愤变成吴月娘防范潘金莲的戒心，使潘金莲在西门庆死后，终被吴月娘赶出家门。

　　李瓶儿与西门庆最后的话别时间到了。她双手搂抱着西门庆的脖子，呜咽道：

"我的哥哥,奴承望和你并头相守,谁知奴家今日死去也。趁奴不闭眼,我和你说几句话儿:你家事大,孤身无靠,又没帮手,凡事斟酌,休要那一冲性儿。大娘等,你也要少亏了她的,她身上不方便,早晚替你生下个根绊儿,庶不散了你家事。你又居着个官,今后也少要往那里去吃酒,早些儿来家。你家事要紧,比不得有奴在,还早晚劝你。奴若死了,谁肯只顾的苦口说你?"真是人之将死,其言也善。李瓶儿此时是心有千千结啊,她放不下西门庆和他的家事。西门庆听了这些感人肺腑的话,痛哭不已:"我的姐姐,你所言我知道,你休挂虑我了。我西门庆那世里绝缘短幸,今世里与你夫妻不到头?疼杀我也!天杀我也!"男儿有泪不轻弹,只是未到伤心处。此时的西门庆已成了泪人,李瓶儿只得宽慰他,说自己不会就死,让他到吴月娘房里歇一歇。等西门庆再见李瓶儿时,她永远离开了这个让她爱,让她恨的世界,留下她说不尽恩与怨的故事。

这一章,作者浓墨重彩地描画了李瓶儿与众家人生死离别的场面。活现出李瓶儿温柔、善良、多情、重义、和顺的美好品格。面临死亡,她更多牵挂的不是自己,而是与她一起生活过的人。她了解她们此时的心思,为她们考虑今后的处境。对老家人,她像女儿;对奶妈子,她像姐妹;对丫鬟们,她像母亲。这说明一点,李瓶儿在平时就很关注这些人的生活状况,就把她们的喜乐哀愁记在心里。否则她在一时之间,也不可能作出如此周密而长远的安排。李瓶儿把自己临死前所有的一点精神、一点力气,都给了这些与她生活亲近过的人。难怪她们哭的如丧考妣,难怪西门庆在李瓶儿死后很久很久,还心里作痛。

在中国小说史上,描写生死离别场面较精彩的,《金瓶梅》之前有《三国演义》中的刘备白帝城托孤。《金瓶梅》之后有《红楼梦》中的秦可卿和林黛玉之死。但就笔墨的集中,铺陈的尽致,描写的细腻真切,以及从对众多人的临终嘱托中,表现出人的关系的亲疏远近,写得"一笔不苟,层层描出"而言,就悲剧场面的情感力量而论,《金瓶梅》中的李瓶儿之死是写得最好的。后来的《红楼梦》对它的继承也是显而易见的。李瓶儿之死敲响了西门家族败落的第一声丧钟,而《红楼梦》写秦可卿之死,也有异曲同工之妙。尤其是西门庆为李瓶儿居丧和出殡的隆重场景的描写,与西门庆死后丧事办得随便简陋的对比手法,在《红楼梦》中也有借鉴。写秦可卿丧葬场面盛大,与贾母的丧事办理得简单无章也是运用对比的手法。当然,《红楼梦》毕竟还有着自己许多的创造、发展和升华,比之《金瓶梅》,是更为精致的优秀古典长篇小说。

在李瓶儿短暂又可怜的一生中，经历了两次生死关头。一次是因相思成疾，命在旦夕之时，被蒋竹山救活，并以这次婚姻为开端，最终实现了她对西门庆的情爱表达。她能被救活，是因为蒋竹山爱她，她也感到有活下去的希望。很显然，李瓶儿对生命意义的认定，与潘金莲十分不同。李瓶儿自信多于自卑，自爱多于自哀。她不仅要求表面的社会地位，她更要求女性的实质性体现。她追求的是做爱人的妻子、做孩子的母亲的权利。李瓶儿做花子虚的妻子，她不爱也得不到爱；李瓶儿做蒋竹山的妻子，她不爱却被人爱。只有西门庆，是李瓶儿的所爱。她虽为他受尽凌辱，饱尝委屈，但她做成了西门庆的妻子，她无怨无悔。她为西门庆生下儿子，成了母亲，成为一个完整的女人，一个真正意义上的女人，她就满足，她便是个安分守己的好女人。这就是李瓶儿，普普通通的女人心肠。在她的生命里，唯有情爱，唯有孩子。情爱与孩子就是她的生命线，无论失去其中的哪一个，都会戕害到她的生命，使她的生存失去意义。孩子死了，不能复活，她也再救不活了。爱她也罢，恨她也罢，人总该有个归宿的。

李瓶儿的悲哀不只是属于她个人的。作为爱情的化身，只要这世界上还有求之不得的爱，她的悲哀就会具有普遍意义。

本文摘自著作《商风俗韵——〈金瓶梅〉中的女人们》。

论西门庆文本内界形象的他视角差异性

曾庆雨

　　小说文本的形成过程是由讲述和叙述组成，而这两方面都是由一个主体，即作者完成的。因此，不论是叙述内容的编排、人物个性的构成、还是故事的演绎、情节和结构等等都充斥着主体的观照性。由于叙事学派生于结构主义学说，从发生学意义而言，叙事学对文本界定时更关注其语言的层次性和结构的形态。而当文学创作的动态性建构并不是文本形态特征所关注的对象时，这种主体观照也就顺理成章地被排斥在研究静态结构形态的视野之外。探讨文本叙述主体如何把握故事讲述的虚构性实质与富于真实感的再现性审美的结合，成为对经典文学人物形象构成原因分析中不可或缺的因素。对此传统小说的批评研究方法实难进行透彻的说明，而叙事学理论正可以用来进一步说明文本中人物个性形象成立的进行过程。

一

　　众所周知，任何一部文学作品的本质都是虚构性的创造。不论是对社会现实的真实写照，还是对人生感悟的形象性抒发，尤其在运用传统叙事手法进行创作时，叙事文本都离不开某一具体形象的虚拟性描写。有学者认为"文本内界虚构创造行为的主体只能是叙述者"[1]，而"叙述者在创造文本内对象性世界的同时，也创造、见证并讲述小说虚拟世界上特定故事的见证者和讲述者"。[2]这种文本内界中被虚拟出来的见证者和讲述者，以第三人称的方式被讲述，就成为具有真正意义上的视角持有者，因为这一人物形象是真实地存在于虚拟故事中的"讲述人"，也顺理成章的是"实体形式叙述者"，相对而言，叙述者就是"无实体形式叙述者"。在文本的阅读过程中，人们往往是通过对虚拟的实体形式叙述者在叙事层的不断变换中来完成对文学人物形象的具体感知，再经过理性总结后，进而把握住某一具体人物形象，以及通过这些各个不一的形象聚合而成的某一作品。然而，正是由于存在于叙事现象中的层次转换，以及在不同叙述层面上主体视角的差异性或重合性的反复出现，形成了人物形象的复杂性。《金瓶梅》中的西门庆这一形象，就是这种虚构性故事的见证和讲述主体，他同时也是被见证和被讲述的对象性人物。小说通过前七十九回中对这一人物在叙事中的双重作用的叙述，完成了叙述层的转移。同时，也因利用了这种层面的转移性，才能精彩地塑造出西门庆复杂的个性特征和鲜明的性格，并以此建构了充满现实批判意味的主题思想。那么，叙事视角的层面移动是如何实现的？文本中的实体形式叙述者又是如何来完成这种转换的呢？笔者认为可以从几个方面来分析：

首先，在第一叙述层上看是毫无疑问的第三人称叙事，西门庆和潘金莲是无实体形式叙述者的视角对象，西门庆又同时出现在潘金莲和无实体叙述者的视界中。为方便说明，且引西门庆出场原文：

> ……一日，三月春光明媚时分，金莲打扮光鲜，单等武大出门，就在门前帘下站立；约莫将及他归来时分，便下了帘子自去房内坐的。一日，也是合当有事，却有一个人从帘子下走过来。自古无巧不成话，姻缘合当凑着。妇人正手里拿着叉竿放帘子，忽被一阵风将叉竿刮倒，妇人手擎不牢，不端不正却正打在那人头巾上。妇人便慌忙赔笑。把眼看那人时，也有二十五六年纪，生的十分博浪。头上戴着缨子帽儿，金玲龙簪儿，金井玉栏杆圈儿；长腰身穿绿萝褶儿；脚下细结低陈桥鞋儿，清水布袜儿，腿上勒着两扇玄色挑丝护膝儿；手里摇着洒金川扇儿。（第二回）[4]

由上文可见，无实体叙述者的视角中不仅有人物，而且有场景，有议论，有讲述。与此同时，无实体叙述者又见证了作为第一叙述层上的被叙述者的一切行为，以及由此引发的一系列具体事件。潘金莲这一人物其实是真正的实体叙述者，在她的视线里只有另一个被叙述者——西门庆。在这个叙述层对西门庆形象的第一印象是"博浪"，是风流偶傥，衣食无忧者；而在被实体形式叙述主体对象化了的西门庆眼中反观潘金莲，则是个"美妙妖娆的妇人"。由此转换到第二叙事层次。

如果把第一叙述层主体设为 A，第二叙述层主体设为 B，并依此类推至 N 叙述层主体，把无实体形式叙述主体设为 X，那么，在每一个叙述层次上就会观察到这样一种有趣的现象，即：X←→A(X)←→B(AX)←→N(N-ABX)。形成一种层层递进又不断追溯往返，最终回到 X，从而实现文本创作主体的主旨性表达。这样的分析能否成立？证之文本发现，在第二叙述层次上，原第一叙述层次上的被叙述者转成为一个实体形式叙述者（B），西门庆见证到的美妇人是从"黑鬓鬓赛乌鸦的鬓儿，翠弯弯的新月的眉儿，清凌凌杏子眼儿……"等的视线移动中渐渐呈现出来的。就在 B 叙述者对被讲述对象简单的外部叙述中，不难发现无实体形式叙述主体（X）的影子。那些描写潘金莲的十分性感的字眼，并非是 B 叙述者的视角感官陈述，而是 X 为了故事情节发展需要的人物而设计的。根据是 A 实体叙述者"我"与 B 实体叙述者"他"的关系是互为被叙述者的关系，作为叙述主体，不论 A 或是 B，都只可能讲述自己视线范围内的事件和场景。潘金莲对西门庆的第一印象纯粹是外表感性形成，合乎现实生活中人际交往的真实性。而西门庆对潘金莲的观感描述，由于充溢着较多的臆想成分，虽然十分感性，却缺失了一分真实性。因为，在与陌生人相见第一眼就能透过外部装束，直见其人的身体而生出触感，这是不可想象的事情。但作为创造整个文本故事的叙述主体 X 则没有视线范围的限制，他所需要的就是一个十分感性的女性人物，就创作构思而言，对潘金莲的讲述具有故事的真实性。所以，可认定在任何叙述层面中，无实体形式叙述主体的关照是始终存在的。

其次，既然叙述层次的转换是可逆向性改变，那么，在任何叙述层面上都会出现对第一层面的回归。因此，实体形式叙述主体不论在哪一个层面上的讲述，他们的视线中的人物、事件、场景、说话等在时空上是平行关系，他们相互看到的只能是眼前的事实，相互间都不可能预知其他被叙述者在未来将要发生的事件。当文本内界中的任何一个人物，在讲述对象化的"他"的故事时，只可能用自己的视角来讲述，这种叙述自我是不可能进入其他人物的视角的。自然也就不能将故事推进到其他人物的内在的心灵世界去。试看小说第七回，薛嫂向西门庆提亲，又引出了不同的叙述主体孟玉楼和张四。孟玉楼自主改嫁西门庆遭到母舅张四的反对，张四陈述了种种不能嫁的理由，而孟玉楼却逐一反驳，这是一段十分精彩的对话：

（张四）走来对妇人说："娘子不该接西门插定，还依我嫁尚推官的儿子尚举人。他又是斯文诗礼人家，又有庄田地土，颇过得日子。强如嫁西门庆。那厮积年把持官府，刁徒泼皮。他家见有正头娘子，乃是吴千户家女儿。过去做大是，做小却不难为了你了！况他房里，又有三四个老婆，并没上头的丫头。到他家，人歹口多，你惹气也！"妇人道：
"自古船多不碍路。若他家有大娘子，我情愿让他做姐姐，奴做妹子。
虽然房里人多，汉子喜欢，那时难道你阻他？汉子若是不喜欢，那时难
道你去扯他？不怕一百人单撮着。休说他富贵人家，那家没四五个。着
紧街上乞食的，携男抱女，也挈扯着三四个妻小。你老人家忒多虑了！
奴过去，自有个道理，不妨事。"张四道："娘子，我闻得此人，单管
挑贩人口，惯打妇熬妻。稍不中意，就令媒人卖了。你愿受他的这气
么？"妇人道："四舅，你老人家差矣！男子汉虽厉害，不打那勤谨省
事之妻。我在他家把得家定，里言不出，外言不入，他敢怎的？为女妇
人家，好吃懒做，嘴大舌长，招是惹非，不打他，打狗不成？"……（第
七回）

不难看出，叙述者 X 设计的这两个人物讲述的对象只有一个，那就是西门
庆。可有意思的是两个叙述自我均无视第三者的事实存在。不论是孟玉楼还是张
四，他们的话题均与具体的被讲述对象产生了较大的距离，他们是在各自叙说自
己的话语。孟玉楼的陈述其实只是她的生活体悟和做人行事的原则，且很有道理。
问题在于她根本就没有进入与西门庆的共同生活环境，西门庆也不是她所要讲述
的第三人称的"他"的行为。孟玉楼所说的一切，都只是她的一种意愿，以及她
对以往生活的认知和价值的总结。而张四的陈述，因有了自我利益的维护基点
（由叙述者 X 指陈），所以只能发出"利己"话语，所言之事真假参半，颇有道听
途说之嫌，仍与叙述对象西门庆相去甚远。因为，此时的讲述主体所申述的也不
是第三者的"他"，而是企图用"我"所列举的"事实"来达到自己的愿望。证明
是叙述者 X 在这个情节之前和之后，他与西门庆都没有任何具体的交往，这决定
了叙述主体一旦离开了具体的叙述层面时，便不可能与第三者的"他"有一个真
正的观察视线。所以，任何叙述主体在他们彼此之间如果没有一个真实意义上的
共同视点时，他们的目光是游离于讲述对象之外的，自然是不会出现"换位思考"
式的视角移动，更不可能有所谓的话语意义上的沟通存在。但是，这样的叙述方
式却能凸显出文本内界的虚拟世界中，人物间的个性差异性，从而达到更符合生
活中的逻辑真实，显示出大多为人们认可的对"现实生活"作反映的意义，符合
其审美要求。这在以后的小说叙事结构方式上也是屡见不鲜的创作手段。

二

　　既然叙述自我是一种视角平行的关系，随着叙述层次的转换，相互的对象化，使得文本内界人物视角或是发生异位和重叠，或是在同一层面上展开的是叙述主体的自我视点。这些都会造成同一人物在不同的叙事层面上，或是在同一叙述层面上产生出他视角差异性。这种差异又融入无实体形式叙述主体的创作目的之后，就变得更为复杂起来。尤其对文本故事中的主要人物，他视角差异几乎是不可避免的。因为"从事虚构叙述符号操作的叙述者，当然有权以任何方式创设与第三人称人物主体同一的'叙述自我'视角，并利用视角差异来构制虚拟的意义世界。"[3]正由于此，当叙述自我不间断地与被对象化的叙述客体产生重合——错位——游离等的叙述视线的推进时，文本内界的人物，不论是以"我"或是"他"的视角出现，也不论是第一人称或是第三人称的叙述主体，以及叙述对象，被赋予了多层次、多侧面、多角度的解读视点，也就不难以理解。而一个虚构的意义世界也因此而变得内涵丰富，意义隽永。那么，是否无实体形式叙述者因拥有了对叙述虚构符号进行操纵的权利，就可以在建构虚拟的意义世界时，随心所欲，天马行空呢？以逻辑推理而论，应当得到肯定的回答。因为，无形式叙述者是以自己的思维方式和价值理念，通过讲故事的话语方式，讲述的是他，而不是其他任何人的内心世界。正像民间谚语所言，全世界的森林里找不到一模一样的两片树叶。人的内心世界更是如此。所以无实体形式叙述者所虚拟的，以小说的文本方式建构的意义世界，应完全是他内心世界的对象化产物。可是在文本中却不难发现，无实体形式叙述者仍不可避免地受到自我创设的实体形式叙述者或深或浅的影响，且往往是在不自觉的创作情形中表现出来。这一点在西门庆的人物成型过程中叙述话语的变化，可谓是很有说服力的一种证据：

　　　　原是清河县一个破落户财主，就县门前开着个生药铺。从小儿也是个好浮浪子弟，使得些好拳棒，又会赌博，双陆象棋，抹牌道字，无不通晓。近来发迹有钱，专在县里管些公事，与人把揽说事过钱，交通官吏。因此满县人都惧怕他。……他父母双亡，兄弟俱无，先头浑家是早逝，身边只有一女。新近又娶了清河左卫吴千户之女，填作继室。房中也有四五个丫环妇女。又常与拘栏里的李娇儿打热，今也娶在家里。南街子又占着窠子卓二姐，名卓丢儿，包了些时，也娶来家居住。专一飘

风戏月，调占良家妇女，娶到家中，稍不中意，就令媒人卖了，一个月倒在媒人家去二十余遍。人多不敢惹他。（第二回）[4]

很明显，这是无实体形式叙述者为虚拟故事中的人物西门庆定下的基调，也是文本中多次反复出现的叙述内容。这段话语可以有这样的理解，即虚拟人物西门庆的人生由社会和家庭两部分结构。在无实体形式叙述者视角，这个形象是以"满县人都惧怕他"的社会能力，以及"人多不敢惹他"的家庭专制者为两个支撑点。《金瓶梅》前七十九回里，对西门庆的形象也着力于在这两方面进行刻画。然而，由于叙述主体必然存在的不同时空视线转移所带来的人物视角运动，文本中就能较为容易地观察到，无实体形式叙述者与实体形式叙述者之间出现了视点的替代和转换。仍以社会能力和家庭专制这两点来进行考察。

第一，在社会能力方面，人物西门庆被讲述的有两方面的能力：经商和行政。前者从出场时的"就县门前开着个生药铺"，到临终时对女婿陈经济交代所经营的买卖有："段子铺是五万银子本钱……贲四绒线铺，本银六千五百两；吴二舅绸绒铺，是五千两……李三、黄四身上，还千五百两本钱，一百五十两利钱未算……段子铺占用银二万两，生药铺五千两。韩伙计、来保松江船上四千两……前边刘学官还少我二百辆，华主簿少我五十辆，门外徐四铺内还本利欠我三百四十两……对门并狮子街两处房子……"（第七十九回）这样的经营规模和个人资产决不是一般意义上的"发迹"，而是"家里豪富泼天"（第五十五回）。文本中对西门庆发家致富的思路和运作手段，其时充满了十分的倾心与赞叹，这在小说中俯拾即是，对于了解作品者，亦无需例证了。后者如果仅以"专在县里管些公事，与人把揽说事过钱，交通官吏"来看，只是叙述社会吏治的腐败，属于游离于被叙述对象之外的叙述视线。人物西门庆通过第三人称的叙述主体讲述的苗青案（第四十七回）和第一人称"我"为叙述主体讲述的薛姑子案（第五十一回）的整体过程叙述，方能看出无实体形式叙述者对其创设人物的潜在心理趋势，与泛意义的"指斥时弊"有距离。如果说"苗青案"要叙述主体讲述的是人物"受赃枉法"，罪恶滔天；那么"薛姑子案"的叙述主体则是以自我陈述来表明，被陈述的"我"问案问得清正廉明，彰显了是非公道。两案对比易见，当无实体形式叙述者与第三人称叙述主体的"我"，发生了主体代换时，对其虚构的人物形象就会发生不同的视角感知，也会带给人物以不同的呈现平台。作品中的西门庆形象，从一个"破落子弟"到"身居着右班左职。现在蔡太师门下做个干儿子，就是内相、朝官，那个不与他心腹往来"。其间的升腾过程，足以充分展示人物形象自身的社会能动力，这一形象的第一支撑被完整地构建出来并被给予了某种肯定——精明强悍，通晓社会方方面面的游戏规则。西门庆不正是属于那种"世事通晓皆学问，人情练达即文章"的具化形象吗？这种结果其实是不合乎无实体形式叙述者原创时的本意的。

第二，在家庭专制方面，这是文本故事的讲述重点。人物西门庆被讲述的也是两个方面：情和欲。西门庆形象的叙述定位是一家之主。以他为原点，网络起家里的各房妻妾、婢女、仆役、家奴等。无实体形式叙述者对这一形象的创设原意为"打老婆的班头，坑妇女的领袖"（第十六回）。为此无实体形式叙述者也确实讲述了两次鞭打小妾的情节：第一个被打的小妾是潘金莲（第十二回）；第二个被打的小妾是李瓶儿（第十九回）。潘金莲被打是因西门庆在行院包占李桂姐，潘金莲心存不愤又难耐寂寞，故而私通家仆琴童。此事被人告知给西门庆，西门庆欲证事情是否确实，便向潘金莲施以鞭打。而结果是西门庆得到了一个他愿意、且能维系他自尊心的否定答案。无实体形式叙述者在讲述此一情节时，人物西门庆个性中的精明和算计被忽略，反倒有些糊涂和幼稚。再看鞭打李瓶儿的情节，因由是西门庆因受官司牵连，误了娶李瓶儿过门，李瓶儿改嫁他人。待事情平息后，李瓶儿仍是"情感西门庆"。但嫁进西门府里却遭受屈辱，李瓶儿寻死被救，西门庆颜面难堪，便恼羞成怒，鞭打李瓶儿。结局是李瓶儿的辩解满足了西门庆的虚荣心，以闹剧开始，以喜剧收场。无实体形式叙述者在讲述此一情节时，人物西门庆虚荣心如此容易得到满足，与原创时的基调有了很大的差异。如果哄骗与奉承都能使一个人得到心理满足感的实现，那么这人不是太精明，就是太愚蠢。人物西门庆在无实体形式叙述者的讲述中似乎是二者皆备。通观全书，无实体形式叙述者以李瓶儿为"情"的物化对象载体，以潘金莲为"欲"的物化对象载体的创设意图十分明显，人物西门庆在二者之间的叙述过程中，也因发生叙述主体视线的不断转换和替代，从而完成了情与欲的博弈。[5]这一形象的第二支撑也被完整地建构起来并同样被给予了某种肯定——情难了，瓶儿深情难忘。欲难尽，美色终归难敌。多情种子贪欲人，人物西门庆错在两者都达到了极致。人物西门庆在文本内界的虚拟世界中，至死也没有出现过"调占良家妇女，娶到家中，稍不中意，就令媒人卖了"的事。反倒是那"良家妇女"对西门庆示爱有加，争锋不已，诸如王六儿、林太太之流。在讲述家庭琐事中，无实体形式叙述者对人物西门庆的宽宥总是在不时地流露着，如他对待卓丢儿的细小情节（第三回），对待玉萧失壶时的宽宏大量（第三十一回），对待夏花儿偷金败露后的息事宁人（第四十五回）等等。而小说中真正出现"就令媒人卖了"人的事，全都发生在西门庆死后。这也与无实体形式叙述主体的创设原意不相符合。

综上所述，有诸多的叙述层次转换和叙述主体的视角差异，才能构成对一个故事人物形象的完整造型，以及人物个性的多视点描写。由此，对一部鸿篇巨制的文学文本而言，虚拟的故事世界通过各种叙述主体的非线性的相互对视、转换和替代中，形成了主体间的视角差异，并相互间进行意义的不同阐释，最后产生出共同建立的总体意义，并形成其应有的文本研究价值。

通过对西门庆人物形象形成过程的分析，说明文本批评如果是一种传统旨趣上的话语，很难阐释创作主体叙述中的矛盾情节和人物形成的根源。当我们触及他视角差异性的形成，运用叙述结构层次原理来分析西门庆这一人物形象的形成过程时，对文本中无实体形式叙述者（第一人视角，也可称为发出者视角或创设主体视角）、他人物视角（第二人视角和转述接受者 A 或 B 视角，也可称为叙述自我视角）等不同的叙事层次所形成的不同形象特质对比，找出文学人物形象多面性的形态特征。《金瓶梅》在我国古典小说中独树一帜，其讲述与叙述的方式以及别样的人物个性和形态特征，与这种他视角的差异性有着紧密关联。因此，对这种他视角差异性作尝试性分析，在个例分析中寻找古代小说人物塑造的某种规律性，这或许会使我们在进一步解读这部文学杰作时，对其内在的深层意蕴有所发现。

本文曾收录于《金瓶梅研究》第 8 辑。

注　释：

[1]~[3] 王阳：《叙述层交换与视角运动》，载《云南民族学院学报》（哲学社会科学版），2003年第 2 期。

[4] 本文所引原著文字均为人民文学出版社出版《金瓶梅词话》，1985 年 5 月版。

[5] 曾庆雨，许建平：《商风俗韵——〈金瓶梅〉中的女人们》，云南大学出版社 2000 年版。

市井细民的艺术画卷

——论"三言""二拍"的意蕴..........................曾庆雨

　　"三言""二拍"是我国白话短篇小说艺术成就最高的两部作品。这两部作品出现于同一时代绝非偶然，它们是明代社会发展的必然产物，是文学对生活现实积极进行反映的标志，也是文学家把生活艺术化的表现。所以，可以认为这两部作品具有三个层面上的意蕴：第一，作品是对当时发达的商业经济带来的新生活方式进行了极为广泛和具体的反映，其涵盖面超过以往的作品；第二，作品对中晚明时期的新思潮和新的价值取向进行了正面的肯定；第三，作品体现出具有新意的创作思想和技巧，大量生动鲜明的人物形象，为中国文学留下了充满活力的一章。本文拟就从这三点来进行阐述。

一

　　我国社会发展到明代中后期，资本主义生产关系的萌芽出现，由宋以来形成的城市经济得到迅速发展。市民——这一告别了传统农耕生活方式的"社会新生态群"，这些受宗法伦理制约较少的"城里人"，不仅很快适应于新的"生态环境"，而且城市经济的发展，也使他们的队伍人数迅速壮大。这一当时社会的特殊阶层，由于掌握了相当的经济实力，他们自然会产生出对精神生活享乐的需求。而白话短篇小说这一脱胎于"说话"艺术中的"小说"和"话本"的文学形式便适时而生。当然，任何事物的产生都不会只是某一种孤立或单一的原因造成的。其时在思想界也有一股新的思潮在涌动，以陆九渊、王守仁为先导，以李贽的泰州学派为继承，他们提出了极富离经叛道色彩的"心学"思想，主张肯定人的本性的"童心说"，并从理论上对自宋以来被统治集团倡言不衰的程朱理学，尤其是反人性的"存天理，灭人欲"的观点，进行了有力的批判。他们认为"人欲"即是"天理"，肯定人的个性发展与欲望追求的合理性。他们的理论带来了思想界的大震动，更为处于社会变革中的文学从理论上注入了新的活力。以"人的觉醒"为主框架的通俗文学，撑起了中晚明文学的大地，市民文学受到前所未有的重视。

这一时期，除了大量收集、修改、编辑、刊行前代的"话本"小说之外，文人模拟"话本"形式创作的"拟话本"也大量出现。这些"拟话本"小说已不是为艺人们提供讲述之用的故事底本，而是供一般读者阅读和欣赏的案头读物了。在当时众多纷繁的作品中，由冯梦龙编纂而成的《喻世明言》（又名《古今小说》）、《警世通言》、《醒世恒言》三部集子，以及稍后一些时期出现的凌濛初所写的《初刻拍案惊奇》和《二刻拍案惊奇》，以题材的广泛，内容的新鲜活泼，形式的短小精悍，深受人们的喜爱，成为当时脍炙人口的作品。

冯梦龙编纂的三部集子（简称"三言"），除有对宋元话本的搜集整理外，还有他自己的个人创作夹杂其间，这与凌濛初作品（简称"二拍"）完全的个人创作有些区别。"三言"共有一百二十篇，宋元作品只占小部分，其余皆出于明代，实为"话本"和"拟话本"的合集，也是目前保存宋元话本作品最多的小说集。

"三言""二拍"这两部小说集，对晚明时期市民生活及社会的各种文化现象进行了多角度、多侧面的反映，内容涉及政治、经济、世俗、士人、风物、地域等自然和人文的诸多文化现象。对社会下层更是多有关注，商人、妓女、手工业者、落魄文人、市井篾片、流氓无赖等等都是故事的主角，对这些人物也多有上乘的刻画。以鲜明的形象，深刻而生动地反映了新兴城市市民们的人生际遇和观念意识，且以正面描写为主，着力写这些小人物身上透露着的人性中美好的东西，如善良诚实、宽厚豁达、坚强忠诚、重诺守信、可靠不欺、舍己为人等品质，充分展示出人生的美好，使人感到个体生命的可贵、可爱、可珍惜。同时，作品中也有大胆揭露和针砭社会及人性中丑恶的方面，如官吏腐败、奸商骗财、恃强凌弱、斤斤计较、唯利是图、不学无术、正邪不辨、自私自利等。广阔的视野，巧妙的结构，精彩的叙事，使许多作品广为人知，像《杜十娘怒沉百宝箱》、《沈小霞相会出师表》、《赵太祖千里送京娘》、《玉堂春落难逢夫》、《白娘子永镇雷峰塔》、《俞伯牙摔琴哭知音》、《蒋兴哥重会珍珠衫》[1]等等，都是在民间广为流传的故事，时至今日仍不失其艺术魅力。这些故事，将市井作为文学描述的背景，以市民为小说的主人公，通过对他们悲欢离合的人生经历、喜怒哀乐的情感宣泄，以及个性化的艺术刻画，为人们展示了一幅幅明末市井细民的生活画卷，体现出这一阶层与封建制度的矛盾。由于市民阶层在当时社会是最具有发展前途的新兴阶级力量，作为反映他们的文学作品，也显示出进步的意义，其中最主要的莫过于对封建道统价值观念的冲击和对专制政治的批判了。

元明清文学研究

东方典文学论集

二

　　"三言"与"二拍"对产生于新型市民阶层中的新观念，以及肯定人的个性和个人意义的新思潮都予以肯定，尤其在妇女问题、爱情问题的探索上所具有的那种人性化的开放式态度，是文学史上空前的。如《通闺闱坚心灯火》[2]中的罗惜惜，就是一个极有个性的女性形象。她自小与张幼谦一起在学堂读书，从青梅竹马的童稚友爱渐渐转变成了青春男女的两性情爱，虽然他们的感情有着悠悠岁月的坚实基础，但仍为封建传统的贞操观、门第观所束缚。当惜惜之父，罗仁卿"嫌张家贫穷"，以"做官方许辞婚"时，将女儿许给了同里巨富之家。罗惜惜则言"奴自受聘之后，常拼一死，只为未到得嫁期"，"而今定下日子了，我与你就是无夜不会，也只得两月多，有限的了。当与你极尽欢娱而死，无所遗恨"。罗惜惜这番真挚、决绝的话语，正表现了作者对"灭人欲"的理学观点的冲决。再如《小夫人金钱赠少年》中，写了一个年轻的女子——小夫人，受了媒婆的欺骗，嫁给了一个六十多岁的老人，她的内心十分痛苦，后来她爱上了一个青年管家，便主动追求，她死后，其魂魄还是追寻不舍。就封建道德来说，对丈夫的不忠是不可宽恕的罪恶。可是作品中对小夫人完全以充满同情的笔调来刻画，指出人的自然属性要求与人的善良愿望并不矛盾，关键在于人们如何看待。这类作品，对妇女婚姻被他人任意支配不能自主地揭示，触及女性命运苦涩的社会根源，并由此延及女人社会地位低下的不平等问题，给人以对社会现实的思考。虽然故事中有着魂魄纠缠、灵性相随的浪漫笔调，但却并非是超现实的幻想作品，而是真切地充满了现实意味。不仅如此，对女人的心理感受的挖掘也具有女性的立场，这一点是很多男性作家很难做到的。例如，小夫人面对老夫少妻婚姻感到十分痛苦的描述本身，就是对这种非人道婚姻的指斥。所以，这些故事反映出对女性问题的关注与挖掘是具有一定深度的。

　　另外，在《卖油郎独占花魁》、《闹樊楼多情周胜仙》、《金明池吴清逢爱爱》等作品中，都肯定了青年男女有自由恋爱的权利。这些故事中的主人公们，一旦彼此真心相爱，就不再把束缚人性的封建道德看在眼里，甚至死神也无法阻止他们相爱：周胜仙死在了阴曹地府，仍在范二郎的梦中与他幽会；而卢爱爱与吴清虽生不能相守，却在死后魂魄不散，仍与吴清相处一起。从这种对坚贞不渝的爱情的描写中，不难看出作者对主人公的同情和肯定，以及对封建道德伦理的批判。这些感人至深的艺术形象，实际正表明了这样的思想——人们有权利为自己的幸福选择生活的方式，选择爱情与婚姻，有权力追求个性的自由发展。这种选择与追求才是真正合乎"天理人伦"，永远扼杀不了的。很显然，人道主义与封建意识，人的选择与追求的自主性与封建道德规范是相对立的。而作品题材本身与那一时期作为统治思想的理学所提倡的禁欲主义，也是相对立的。

"三言""二拍"对封建政治的批判倾向也是极为明显的。如《十五贯戏言成巧祸》，就揭露了吏治的黑暗，官吏们对待百姓生命如儿戏，草菅人命的作为，毫无司法的公正、严肃可言。《金令史美婢酬秀童》写官府虐害无辜，滥用刑讯，酷吏执法的无道。最具特色的要算是《灌园叟晚逢仙女》一篇，小说写花农秋先爱花成痴，种了满园的奇花异草。恶霸张委看中了秋先的花园，便诬告秋先是妖人，使秋先含冤入狱。后在花神的帮助下，惩治了恶霸，秋先又重返回花园。作品不仅反映出恶霸与官府勾结，横行乡里，鱼肉百姓，政治统治暗无天日，而且还着意写到种花植草劳动的艰辛和不易，用秋先的话来说："那看的但觉好看，赞声好花罢了，怎的知种花的犯难。只这几朵花，正不知费了许多辛苦，才培植的恁般茂盛！"因此，劳动者理应由权保护自己的劳动成果。面对恶势力的横行，作品通过众花神的口说："五姐妹居此数十年，深蒙秋公珍重护惜，何意蓦遭狂奴，俗气熏炽，毒于摧残，复又诬陷秋公，某吞此地。今仇在目前，吾姐妹曷不戮力击之？"曲折地表现大众的不满和反抗。这些作品，充分显示在资本主义萌芽状态下，新的社会思潮影响了广大市民，促使他们产生了要求维护自身生存权利，要求平等的思想。以及对封建专制政体的不满，而这正是要求民主政治的开端。

此外，在"三言""二拍"中，对人与人之间真挚友情的赞颂，对背信弃义行为的谴责，也是颇有特色的。这类故事，真实地描绘了明代中叶后，城市工商业的繁荣景象，并突破了传统认为"无商不奸"，轻贱商人的旧观念，着意刻写这些摆脱了传统谋生手段，离开了土地，靠手艺和经商生存于城市的人们所具有的是新的人品和行为操守。《施润泽滩阙遇友》，写一个"开张绸机"的小手工商人施复，在卖绸回来的路上拾到六两多银子，他满心欢喜，便想道："有了这银子，再添一张机，一月得出多少绸，有许多利息。""算到七年之外，便有千金之富。"可他转念间又想道："这银两若是富人掉的，譬如牯牛身上把根毛，打什么紧，落得将来受用……倘然是个小经纪，只有这些本钱，或是与我一般样苦争过日"，"这两锭银乃是养命之根，不争失了，就如绝了咽喉之气"。想到此，他毅然把银子交还了失主朱恩。就这样，施复与"蚕桑为业"的小手工业者朱恩结下了友谊，后来在施复遇上经济危机时，得到了朱恩有力的帮助，渡过了难关。小说选择的这一主题富有新意，为古典小说增添了新的内容。另外，像《吴保安弃家赎友》，写吴保安与郭仲翔之间生死不渝的真挚友谊。从实质上看，这是作者对人性中美好品质的欣赏与赞扬，与此同时，背信弃义的丑陋行为受到了具有象征意味的鞭挞。如《桂员外穷途忏悔》[3]，就是一篇写得较为深刻的作品。小说写桂富五，也就是后来的桂员外，因做买卖失利，被债主逼得要投水自尽，他的朋友施济在他危难时伸出了援手，出资救了他。后来桂富五发迹暴富，而施济却留下了妻子严氏和幼子离开了人世。当严氏走投无路，携幼儿求救于桂富五时，桂却翻脸无情，冷遇和奚落严氏母子，严氏气愤难当而死，结果桂家满门成狗。这最后的结局，不仅写出作者对忘恩负义者的痛恨，也富有警世意义。

三

"三言""二拍"与前代的话本小说相较，在艺术上自有其独到之处。正像有学者指出的那样："尽管这里充满了小市民种种庸俗、低级、浅薄、无聊，尽管这远不及上层文人士大夫艺术趣味那么高级、纯粹和优雅，但他们倒是有生命活力的新生意识，是对长期封建王国和儒学正统的侵袭破坏。"作品中缺少胸怀壮志的伟人，气吞山河的英雄，可是正是这些普普通通的贩夫走卒，也自有其充满显示人情味的世俗日常生活，也有着美好愿望与情感。这两部小说却可谓对这些市井细民"极摹人情世态之歧，备写悲欢离合之致"[4]。

作品中表现出来这种"生命活力的新生意识"，反映的正是对"人"的肯定，并由此带来小说写作上注重写"真性情"的新原则。同时，也大大丰富了小说的想象力。中国的小说是从历史著作演变过来的，因此，注重写事情的过程，而不注重写人物的个性特征，性格变化，感情沉浮等，纪实有余，虚构不足。尤其在小说的创作技巧方面，想象力极其缺乏，这与封建传统中对个人思想及情感漠视的文化和心理定式有关。文学创作的想象力是与人的道德观念联系在一起的，就创作主体而言，当在道德行为上人感到受压抑时，对人生的想象力就丧失了，反之，想象力就会被激发。从"三言""二拍"中，我们感受到作者想象力的丰富：无论是天上地下，不管是阴阳相隔，一缕不绝的情意，总能上天入地，跨越阴阳两界，使得神鬼人畜，无不心心相通。一个"情"字，使阴冷的地府也挡不住对灿烂人间的绵绵相思；美丽的天界，也留不住仙子们投入世间的情怀。只要人间真情在，哪怕阻隔万千重。

这种巨大的想象力与作者对"人"的价值肯定有关，它是小说更富艺术的审美意义，是使作品艺术魅力永恒的能量所在，也是以往和其同时期的文学作品中少有的。

冯梦龙和凌濛初的小说在人物个性化塑造方面都做了有意义的尝试，并有所成就。在近两百篇的故事中，有着十几个乃至几十个身份、职业、遭遇等相同或相似的人，可是读者少有雷同之感。同是商人，有的精明算计对手，有的朴实勤于劳作，有的奸邪无恶不作，有的投机取巧发不义财，有的狡猾过头反算了卿卿性命；同是妓女，有的善良，有的恶毒，有的刚烈，有的柔弱，有的视钱财如粪土，有的为钱财不择手段，有的水性杨花，有的坚贞不渝；同是落魄士子，有的学富五车，有的徒有虚名，有的痴情，有的无情。一支生花的妙笔，写尽了人间多少沧桑变幻，坎坷不平，世人百面，万种风情，不一而足。值得一提的是，这些极富浪漫气息的篇章中，仍不乏极具批判现实力量的篇章。其中以《杜十娘怒沉百宝箱》最为优秀，也最具现实性。冯梦龙以细腻的笔触刻画了一个饱经屈辱却葆有着人性的美丽，心地善良而性格外柔内刚的女子杜十娘的形象。这篇小说中，除人物形象刻画鲜明外，最突出的一点是对人物的心理描写，这在以往的小说中实不多见。例如，当李甲为给杜十娘赎身而借贷无门时，杜十娘并没有向李甲亮出她深藏万贯、富甲一方的底，似乎女性的直觉在告诉她李甲不可信赖，通过杜十娘一步步的试探、帮助的过程叙述，女主人公的内心活动被描绘得淋漓尽致，颇具意味。而《卖油郎独占花魁》的心理描写就更具有代表性，它不仅在全篇中举足轻重，而且通过心理描写，准确表现出了人物的身份、地位，技巧上有着表情与造型的相互渗透，标志着中国白话短篇小说的心理描写已经达到相当高的水平，正所谓"不务装点，而情态反入画"。[5]

"三言""二拍"体现了我国文学发展史上市民文学的特征。然而某种近代资本主义的民主性与庸俗腐朽的封建落后意识的渗透、交错与混合，又是新文学的不可避免的一面。这里边虽然没有远大的人生理想，缺少深邃的思想和深刻的内容，也没有塑造出具有真正雄伟抱负的主角形象和突出的特立独行之人，还似乎缺少一些激昂的热情，但恰是那些平淡无奇而也更为真实和丰富的世俗的或幻想的故事，折射出了历史发展的印迹。

该文曾发表于《思想战线》1998 增刊。

注 释:

[1]《古代白话小说选》上册，上海古籍出版社 1979 年 4 月版。

[2]凌濛初：《初刻拍案惊奇》，卷二十九。

[3]冯梦龙：《警世通言》。

[4]、[5]鲁迅：《中国小说史略》，载《鲁迅全集》第九卷，人民文学出版社 1980 年版。

清词中兴论..陈友康

清代是中国最后一个封建王朝，也是中国古代文学的总结时期，诗词文小说戏曲各体文学皆有可观的成绩。其中，词的成就尤为突出，号称"中兴"。中国千年词史，形成于唐，发展于五代，造极于两宋，衰落于元明。清人则起衰救弊，使其复臻繁荣。晚清词学大家文廷式认为"词的境界，到清朝方始开拓"。朱祖谋也说"清词独到之处，虽宋人也未必能及"。叶恭绰同样认为清代"实是词的中兴光大时代"。[1]新中国成立后，清词研究长期未受重视，叶恭绰编成《全清词钞》，但只能在香港印行。改革开放以来，这种状况有所改变，但"清词中兴"命题尚无人专门论证。有鉴于此，本文在学术界已有成果的基础上，对这一命题进行系统阐述，并具体揭示出"清词独到之处"。

一、作者作品数量巨大，作者分布地域广阔

词家辈出，作品数量巨大，是清词超越前代词的最突出的外在特征。叶恭绰编选《全清词钞》，初选得词人 4 000 余家，正式入选 3 196 家，收词 8 360 余首。南京大学程千帆教授主编《全清词》，仅顺治、康熙朝即得词 50 000 余首，词人超过 2 100 家。据严迪昌教授估算，有清一代词作总数将达到 20 万首以上，词家将达万人以上。[2]如此众多的作家作品，令人叹为观止。把它和前代相比，其数量优势更为明显。唐圭璋先生所编《全宋词》收两宋词人 1 330 余家，词作约 20 000 首。孔凡礼的《全宋词补辑》新增词人近 100 家，词作 430 余首。唐圭璋编《全金元词》收录金元词人 282 家，词作 7 293 首。可见号称极盛的两宋词家词作数量仅及清代的 1/10 强，金元更无足观。数量不能说明所有问题，但文学的繁荣必须以一定的数量为基础。清词巨大的数额，是词作达至振兴的外在标志。

清代词家的地域分布远远超过宋元明各代。宋词作者集中于中原和江南文化发达地区，其他地区屈指可数。唐圭璋先生在《两宋词人古籍考》中考知 871 人分布于 16 个省（旧制），其中浙江、江西、福建、江苏最多，占 777 人。其他省区分布寥寥。[3]清代是一个空前统一的王朝，东北、西南、华南等边远地区的文化有很大发展，词的创作随之取得一定成绩。宋代，词家古籍广西 2 人，而清末，

广西产生了王鹏运、况周颐这类领一代风骚的大家，并卓然创立临桂一派。叶恭绰在《广箧中词》卷二中评云："夔笙先生与幼遐翁崛起天南，各树旗鼓。半塘气势宏阔，笼罩一切，蔚为词宗；蕙风则寄兴渊微，沈思独往，足称巨匠。"晚清另一词学大家郑文焯则是奉天铁岭(今辽宁铁岭市)人。连向称化外之地的云南，也产生很多词人，《全清词钞》收录段昕、陈祚隆、严廷中等12家。赵藩等纂辑的《滇词丛录》收录滇词尤为完备，蔚为大观。词人空间分布的扩展，表明词在当时社会生活中的影响较过去为大，所以边远地区的文人也以倚声填词为风流雅事。

　　清词作者分布地域拓展，得益于清王朝的空前统一。清朝在元明基础上，对边远地区实行了更为有效的统治，促进了边远地区经济文化的发展，加强了边疆和内地的文化交流。文化交流是双向的。一方面是边疆地区的文化人进入内地，受到内地发达文化的熏陶，刺激起自己的创作欲望，提升了创作水平。《全清词钞》收录云南词人12家，这些词人均有游宦内地的经历。如段昕，字浴川，云南安宁人，康熙三十九年进士，官户部主事，有《皆山堂诗集》附词。陆应谷，字树嘉，云南蒙自人，道光十二年进士，官至河南巡抚，有《抱真书屋集》附词。杨文斌，字雅虹，云南蒙自人，官任江苏知县，有《香海阁词》、《海滨酬唱词》等。从内地进入边远地区为官的士人更多。边疆独特的自然景物和民情风俗给他们新鲜的感受，诉诸词笔，便产生一些意象和境界都清新可喜的作品。疆域的开拓，导致词境的开拓，此点极可注意。[4]

二、内容丰富，境界拓新，功能增强

　　清代是中国历史上变故频繁的特殊时代，这个时代的各种变化在词中都有全面深刻的反映。同时，这个时代下词人的复杂心态和审美情趣也得到了真切精微的表现。可以说，清词本身就具有外在世界和内心世界的无比丰富性和多样性，这才是清词中兴最具有决定意义的一点。下面略举清词中超过前人的几个突出之点加以说明。

　　宏观地看，清代词人经历了两次天崩地裂的变化。一次是满族入主中原，传统文化和生活方式遇到巨大挑战，造成士人严重的精神危机和生存困境，所以顾炎武有"亡天下"之说，并倡"匹夫有责"之义。虽然满族统治者很快采取汉化策略，笼络汉士人，但后进民族原有的野蛮性与封建专制统治固有的残酷性相结合，进行文化高压和思想钳制，使清人的思想空间和实际生存空间都比唐宋时代远为逼仄。词人心态的复杂因之也超过前代。二是鸦片战争之后连续不断的列强侵略，中国陷入空前的民族危机和文化危机。这是中国历史上千年未有之大变局，文化人精神上的困惑和痛苦绝非第一次所能比，他们简直就有一种活生生被撕裂的感觉。这两次巨变的性质当然不能相提并论，第一次现在看来属于中华一体内的统治权争夺，第二次外国列强的入侵则是残忍野蛮的殖民行为，它给中国造成的灾难，西方文化对中国传统文化的冲击所造成的心理危机都是史无前例的。不过，对多数经历这些历史事件的词人而言，两次变故都给他们一种破国亡家的深悲剧痛，并都在词中留下鲜明印痕。例如吴伟业词中的忏悔意识，就是词史上较有新意和深度的内容。吴伟业系崇祯四年进士，曾任明翰林院编修、左庶子等官。作为深受儒家传统观念陶冶的文人，他对前朝抱有忠诚，而性格的软弱又使他不能持守传统节操，入清后，屈节出仕，任秘书侍讲、国子监祭酒。对于隐忍偷生而成为"贰臣"，吴伟业心中充满悔恨和自责。《贺新郎·病中有感》：

> 万事催华发。论龚生，天年竟夭，高名难没。吾病难将医药治，耿耿胸中热血，待洒向，西风残月。剖却心肝今置地，问华佗，解我肠千结。追往恨，倍凄咽！　故人慷慨多奇节。为当年，沉吟不断，草间偷活。艾炙眉头瓜喷鼻，今日须难决绝。早患苦，重来千叠。脱屣妻孥非易事，竟一钱不值，何须说？人世事，几完缺！

词的内容，一是追悔自己软弱偷生，二是指责自己屈节招辱，三是强调心中因此而受的煎熬无法消释，最后归结于世事的艰难。全词自怨自艾，悲慨万端，满腔热血，喷薄而出，感人至深。这种把自己的心肝挖出给世人看的至诚忏悔，是以前的词中未曾有过的。它深刻表现了在传统社会条件下政权更迭时文化人生存的艰难和精神受到的折磨，具有普遍意义，因此该词在清初曾广泛流传。鸦片战争时，林则徐、邓廷桢用词反映抗英战争，关怀时事，慷慨激越，有"史词"之誉；而词中表露的对强寇肆虐、朝廷腐败之殷忧深愤，也典型地体现了当时国人的普遍心态。

词自产生以来，均以表现词人自我生活遭际和精神世界为主，对底层民众较少关注。清词把目光投向底层生活，社会弱势群体成为某些词的主人公。阳羡派词人中，这类作品较多。汤思孝的《念奴娇·江南奇旱》、僧弘伦的《杨柳枝·纪事》、孙朝庆的《满江红·黄河渡口》等都是反映民生疾苦的词作。陈维崧的《贺新郎·纤夫词》是其中的名篇：

> 战舰排江口。正天边真王拜印，蛟螭蟠钮。征发棹船郎十万，列郡风驰雨骤。叹闾左，骚然鸡狗。里正前团催后保，尽累累锁系空仓后。捽头去，敢摇手？　稻花恰趁霜天秀，有丁男临歧决绝，草间病妇。"此去三江牵百丈，雪浪排樯怒吼。背耐得土牛鞭否？""好倚后园枫树下，向丛祠亟倩巫浇酒。神佑我，归田亩。"

顺治十六年（1659 年），郑成功和张煌言合兵围攻南京，清廷急速抓丁防守，沿江百姓受到严重骚扰。词中的纤夫就是在此背景下被抓去服役的，他们与病妇诀别，他们受到残酷鞭打，他们不能把握自己的未来命运，只能向神灵祈祷。写得真切沉痛，有杜甫《石壕吏》之意。维崧还有《南乡子·江南杂咏六首》、《金浮屠·夜宿翁村，时方刈麦，苦雨不绝，词记田家语》和《水调歌头·夏五大雨浃月，南亩半成泽国，而梁溪人尚有画舫游湖者，词以寄慨》等关怀民生、批判现实的作品。在社会中，底层民众承受了最多的不公正，文学家要为他们说出真实的生存状况。清词弥补了前代词之不足，把笔触伸向社会底层，首次在词中呈现了他们的悲惨遭遇并寄寓深情关怀，这是词表现视野的拓展和社会功能的强化，有助于提高词的地位。

在词的境界上，清词有超过前人之处。纳兰性德表现塞外风光的作品，题材新，意境阔，开词家未辟之境，被王国维推为"千古壮观"。《人间词话》五十一条："'明月照积雪'，'大江流日夜'，'中天悬明月'，'长河落日圆'，此中境界，可谓千古壮观，求之于词，唯纳兰性德塞上之作，如《长相思》之'夜深千帐灯'、《如梦令》之'万帐穹庐人醉，星影摇摇欲坠'差近之。"纳兰性德是康熙御前侍卫，随之巡视东北，祭祀长白山，得睹冰天雪地的奇景和皇帝出巡的浩大排场，故能写出词中仅见的杰作。

清时，词还被用来谈艺论文，鸿雁传书。这也是词体功能增强的表现。朱彝尊首创序言体词作，顾贞观开书信体先例。朱彝尊有《解佩令·自题词集》、《百字令·自题词集》等，用词体形式说明创作意图、创作缘起、创作经过和词集内容。《解佩令》题于《江湖载酒集》卷首，表现他落拓江湖的遭际，同时阐明他的词论主张，可以说是浙派词的理论纲领。顾贞观有《金缕曲·寄吴汉槎宁古塔·以词代书·丙辰冬寓京师千佛寺冰雪中》二首是寄给顺治十四年科场案受牵连而被长流东北的著名诗人吴兆骞的书信体词作，血泪并下，肝胆俱出；至情至性，千古不能有二，堪称清词压卷之作。它曾感动纳兰性德及其父、太子太傅纳兰明珠等人竭力营救，使吴兆骞得以"万里冰霜匹马还"，成为词坛佳话。蒋士铨绍述朱彝尊而有所发展，用词为剧本序跋，写有《水调歌头·自题〈转情关〉院本》、《青玉案·自题〈空谷香〉院本》、《贺新郎·自题〈一片石〉传奇》、《满江红·自题〈空谷香〉传奇》、《贺新郎·书〈空谷香〉后》等，谈创作甘苦，谈创作主张，谈生活遭际，谈凄凉心境，均有可观。谭莹《论词绝句》说士铨《铜弦词》"便将诗笔为词笔，热血填胸一洒之"。上述情况其实都是清人"将诗笔为词笔"的反映，它们大大增强了词的表达功能和表现领域，为词体拓出一片新天地。

清词为了表现丰富复杂的思想感情，在艺术形式上有所开拓和深化，表现之一是联章体大量出现。词由于受格律限制，篇幅较小，容量不大。为克服其表现能力的不足，词家便用两首以上同一词牌的作品来表达有关联的内容，是为联章。联章既尊重了词的形式要求，又增强了其表现能力，是弥补词体缺陷的有效方式。联章体在唐五代就开始出现，但运用不多，清代始大放异彩。陈维崧、朱彝尊等的词集中都有联翩而至的联章体词作。而最享盛名的是张惠言的《水调歌头·春日赋示杨生》五首。五首词表白自己的人生哲学和处世态度，意态平和从容，话语恬美雅洁；分则各自独立，合则相得益彰，通体晶莹剔透，最是高境。谭献《箧中词》卷二中评云："胸襟学问，酝酿喷薄而出，赋手文心，开倚声家未有之境。"前述顾贞观的《金缕曲》二首也是联章体杰作。用书信体写成，内在联系更为紧密：第一首开头"季子平安否"，第二首结句"言不尽，观顿首"，都是典型的书信用语，它们将两首词联为有机整体，不可分割，共同表现出丰富深厚的内容。这体现了联章的优势。

三、流派纷呈，风格竞出

宋词基本上是婉约词派一统天下，豪放词派是否存在，迄今尚无定论。而清词，词家既多，各种风格争奇斗艳，不同流派分镳竞骋，绚烂多姿，蔚为大观。清词发展有两次高潮，一是清代前中期，以诗人创作为主，如吴伟业、龚鼎孳、陈维崧、朱彝尊、纳兰性德、顾贞观、王士禛等，是诗人之词，词作风格注重性情发露。一是晚清，词坛宗匠多是学者，属学人之词，如文廷式、谭献、王鹏运、朱祖谋、郑文焯、况周颐、王国维等，词作风格在性情之外，还有学理的渗透，思致精微。他们的创作，给词灌注新的生命因子，使其再生新变而得以继续发展。近代以后，词就基本上成为学者的专利。在这两大风格类型的内部，每个词人又有自己的个性。陈维崧横霸强悍，朱彝尊清空淳雅，纳兰性德纯情自然，顾贞观深情绵渺，张惠言达观圆融，朱祖谋苍凉深涩，王国维悲情浓郁，等等，各具自家面目，百花竞放，摇曳生姿。

　　清词史上，出现过大量有着强烈自觉意识和鲜明词学主张的实体性文学流派和群体。这些流派和群体有特定的流行空间和自觉认同的创作观点，所以清词流派大多按地域命名。影响最大的是以陈维崧为代表的阳羡词派，以朱彝尊为代表的浙西词派，以张惠言为代表的常州词派。阳羡派活跃于江苏宜兴（旧称阳羡），鼎盛于顺治至康熙中期，约 40 年时间。地域狭小，时间不长，却涌现出 100多个词人，词集流传至今者近 30 家，被认为是词史上罕见的现象。阳羡派诞生于清初血雨腥风浓烈的时代，政治变迁造成的悲剧给他们强烈刺激，他们用词反映了时代，因而阳羡派词有着鲜明的政治色彩，社会意义较强。词风以悲壮苍凉、沉郁奇崛为基调。浙派词适应康熙中期以后国家一统局面形成，承平气象渐显的时代特点，倡扬清空淳雅的词风，意态平和，风调流美，琢句精工，一时笼罩词坛。常州派以寄托说相号召，强调词的深层意蕴，词风恬淡，笔致灵活，主盟词坛近百年。此外，据严迪昌先生梳理，清代成就较大的词派或群体还有云间词派、柳洲词派、广陵词人群、梁溪词人群等。[5]

　　是否有成熟多样的风格流派是一个时代文学或一种文体是否繁荣的重要标志。清词在作家作品数量巨大的基础上，产生了许多风格迥异的大家和以他们为中心的特色鲜明的流派，这雄辩地证明清词的成就并不仅仅在于数量的递增，更在于质量的提高，是名副其实的复兴和繁荣。

四、理论发达，词话勃兴

　　中国千年词史，可谓源远流长，但清以前，词学理论十分薄弱。清代在创作繁荣的同时，词学理论也有历史性进步。清人对词长期的创作实践进行理论总结，撰写了大量词学论著，提出很多精辟的观点。可以说，到了清代，中国系统、成熟的词学理论才最后建立。我们现在对词的认识，很多来自清人的理论。

清人的词学理论，通过三种方式得到表现。一是词选及其序跋。清人选词之风甚浓，常通过词家词作的去取体现选者的词学主张。序跋更是要说明撰写者对词的认识、选的标准、词的审美趣味、词集的特点等问题，其中往往蕴涵一些真知灼见。如陈维崧诗词如同经史的"尊体说"是在《今词苑》序中提出的。《今词苑》是陈维崧与阳羡词人吴本嵩、吴逢源、潘眉合作编纂的词选本。陈序被认为"是阳羡派的一份宣言和理论纲领"。[6]朱彝尊关于清空淳雅的浙西派词学理论见于《词综》序及凡例。张惠言的寄托说也见于他编选的《词选》序。这些理论都是影响清代词学发展并且至今仍受重视的理论。二是词话。词话从诗话移植而来，是较有民族特色的文学批评形式。词话是随感式的，外在理论形态不明显，但著者论人评词，都有其内在标准，也就是有潜在的理论体系。词话是反映清人词学观的最为重要的形式。清代词话甚多，晚清词话犹可称道。陈廷焯的《白雨斋词话》、况周颐的《蕙风词话》、王国维的《人间词话》都是经典性的词学论著。再如沈雄的《古今词话》、李调元的《雨村词话》、宋翔凤的《乐府余论》、谢章铤的《赌棋山庄词话》、冯煦的《蒿庵词话》、谭献的《复堂词话》等，均有可观。王国维在《人间词话》中标举境界说，对中国诗词的美学特征作了最深刻的总结。三是词律专著。词是有着严格形式规范的文体，其规范便在格律。清人总结历代词作特别是宋词格律，撰写了一些十分严谨的词律专著，既保存前人词学精华，又嘉惠后世作者，其功甚伟。万树的《词律》、王奕清的《词谱》、戈载的《词林正韵》是词律方面的集大成之作。《词律》共 20 卷，收唐宋金元词 660 调，1 180余体。万树校订音韵、平仄和句法异同，确定规格。是词史上第一部收录词体最详，资料丰富，考订最细的词谱。元代以后，填词之法失传，此书之出，意义尤其特殊，故杜文澜的《词律续说》中评云："是书作于宫谱失传之后，振兴词学，独辟康庄，嘉惠后学者甚厚。"《词谱》系王奕清等奉康熙敕命纂修，故称《钦定词谱》。收词 826 调，2 306 体。成书于《词律》之后，搜采更为繁富，体例亦较完善，校订更为精审，迄今仍是最为可靠的一部词谱。《词林正韵》是韵书，研讨至深，精诣特出，被词家奉为金科玉律，为填词所不可少。

清人的词学理论，有许多精到之处。兹举一例，以见一斑。谭献在《复堂词录序》中提出一个命题："作者之用心未必然，而读者之用心何必不然。"这一命题在中国古代文学理论中是有震撼力的。中国人阐释文学作品，着重于求真，而所谓"真"就是作者的本义或原意。探求作者原意向来被认为是解读作品最重要的工作，弄明原意自然被视为文本解读的最大成功。谭献却提出可以脱离甚至抛开作者本意，凭读者自身的情感和境遇去感受的主张，并充分肯定了这种解读的合理性。这样，他就把接受主体即读者在"文本—读者"交流关系中的重要性上升到了理论高度，与接受美学的观点不谋而合。在这种情况下，阅读文本所获得的意义就不再是作者的本义或原意，而是读者与文本共同作用的"生成义"。文本的价值和当下意义就衍生于主体与文本的注视、交流和对话中。这样，文本就被激活，获得生生不已的恒久价值。[7]谭献这个看法是非常富有创造性的，它提供了一个具有现代意义的文本解读思想，其意义当然不只限于词学。文学作品的生命就活在一代又一代的阐释当中，这应该确立为现代人的一个基本文学观念。

五、清词研究的现状和深化研究的设想

上述情况表明，清词中兴是一个客观事实，但新中国成立后的很长时间里却忽视了这一事实，研究基础薄弱。改革开放以来虽然研究工作有显著进步，但与清词的成就和清代各体文学研究的成就相比，仍然显得十分薄弱，迫切需要进一步开展广泛深入的研究。

改革开放时期的清词研究，在词学研究和清代文学研究中具有拓荒的意义，取得了一些引人注目的成果。中山大学黄天骥教授的《纳兰性德和他的词》（广东人民出版社，1983年）是出版较早而分量厚重的清词专题研究著作。苏州大学严迪昌教授的《清词史》是第一部清代词史。它首次梳理出清词发展的基本线索，评析了词学名家的创作成就，揭示了清词风格流派的演变，总结了清代词学的理论建树，观点启人心智，取材丰富，是一部开创性的学术力作，为进一步研究奠定了良好基础。台湾中央研究院中国文哲研究所主办的《中国文哲研究通讯》七卷四期（1997）的词学专栏登载了三篇有关清词的论文，两篇是杭州大学吴熊和教授的《柳洲词选与柳洲词派——明清之际词派研究之一》和《西陵词选与西陵词派——明清之际词派研究之二》，一篇是加拿大不列颠哥伦比亚大学叶嘉莹教授的《清代词史观念的形成与晚清史词》。吴熊和先生的论文，力倡"清词之盛，肇于明末"之说，并用翔实材料证明其说，在清词研究中极富创意。文章指出清初词派大多产生于环太湖区域，揭示了词史上一个人们未曾注意的现象。清代的词史观念之形成过程与晚清之史词，严迪昌先生《清词史》已有深入讨论，叶嘉莹先生的论文则更为详细，有所发展。叶、吴二氏都是以研究唐宋词著称的名家，

现在都把精力转移到清词研究中，在某种意义上可以说是词学研究重心转移的征兆，它表明清词研究已经成为词学研究的新的学术生长点。这部分学者的加入，将大大增强清词研究的力量，并推动其迅速发展。

作品的整理出版也有很大成绩。陈乃乾先生的《清名家词》得以重印，《全清词钞》也在内地出版（中华书局，1982年）。夏承焘、张璋先生的《金元明清词选》（人民文学出版社）是新中国成立后最早的清词选本，所收清词占选本的一半，收词和注释均极精审。钱仲联先生选编、陈铭先生校点的《清八大名家词》（岳麓书社，1992年）收入陈维崧、朱彝尊、纳兰性德、厉鹗、龚自珍、项鸿祚、文廷式、朱祖谋的词作全集，便于翻检，有功于清词研究。程千帆先生主编的《全清词》更是集大成之作，是功在当代，泽备千秋的不朽盛事。顺康卷已经出版，以后各卷将陆续出齐。该书完成后，与唐圭璋先生的《词话丛编》相配套，将为清词研究提供最完整扎实的资料，它对清词研究的贡献，无论怎样估计都不算过分。

尽管取得这些成绩，但与清词成就相比，还远远不够。进一步开展清词研究，可以抓住以下两点切入。

一是加强大家、名家研究。大家、名家往往代表着一个时代创作的最高水平，深入研究，不仅能阐明他们自身的特点，而且有助于把握整个时代的创作特点及风格流变。宋词大家已经研究得十分精微，而清词大家除了一般性描述以外，基本上没有全面深入的探讨。重视大家、名家研究是提升清词研究的必要步骤。大家、名家研究又有两个工作要做，首先是作品笺注，其次是生平、思想和创作的综合研究。文本是一切文学研究的基础和归宿。清词大家、名家的文本笺释基本上处于空白状态，应选择一些成就高、影响大的词人进行文本校释，以便于读者阅读和研究者使用。生平、思想和创作的综合研究，最好的方式是撰写评传。清词诸大家的评传，至今仍付阙如。如果能在这两个方面有所突破，则必将有效地提高清词研究的境界，扩大其影响。

二是加强流派研究。清词的实体性流派很多，对这些流派的形成、发展和演变过程，以及风格特点和成员构成进行梳理和阐述，展示其大致面貌，同样是把握清词总体特点和发展规律的必要步骤。清词流派地域性强，流派成员间血缘和学缘关系密切，他们的作品往往结为一集印行。这些集子对流派研究至为重要，应挑选一些有代表性的作品完整重印。在新中国成立后的古籍整理出版中有一个几成惯例的不良现象，就是删除原书序跋。这种做法，破坏了古书的完整，给研究工作造成极大不便，也不利于一般读者把握文本内容和词家特点。《清词集》的出版，应破除这种恶习。此外，对重要流派，应进行专题研究。如"阳羡词派研究"、"常州词派研究"等都可以写成专书。江南地区的学者具有得天独厚的条件，应在这方面多做工作。

总之，作为新的学术研究增长点，清词研究大有可为。改革开放以来，随着国运的昌盛，旧体诗词创作日趋活跃，呈现复兴之势。一个明显的事实是，旧体诗词创作人数和发表刊物大量增加，诗词成为人们阅读生活中随时可见的文本，重新影响人们的精神生活。经过五四运动以来半个多世纪的沉寂后，诗词创作卷土重来，是耐人寻味的。[8]在这种背景之下，重新审视清词中兴，探讨清词创作的得失，其意义就不仅仅限于纯粹的学术研究了。

清词经过元明两代 400 多年的衰落之后，在清代因为社会的需要而重新走向繁荣，说明一种具有独特审美价值的文体的暂时衰歇并不必然导致其消亡，遇到合适的土壤，它仍将焕发出旺盛的生命力。旧体诗词是一种有着鲜明民族特色的文学形式，它的生命力还没有终结，当代诗词创作的复兴，也许可以接续几乎中断的中华诗词史并使之发扬光大。有清词中兴在前，对这种可能性，我们有理由保持乐观。

原载《社会科学辑刊》1999 年第 5 期，《新华文摘》2000 年第 2 期"论点摘编"转载。

注　释：

[1]以上引文均见叶恭绰编《全清词钞·序》，中华书局 1982 年版。清词繁荣，康熙年间的词人就有清醒认识。如蒋景祁（1646—1695 年）《刻〈瑶华集〉述》即云："国家文教蔚兴，词为特盛。"

[2]严迪昌：《清词史》，江苏古籍出版社 1990 年版，第 1 页。

[3]唐圭璋：《词学论丛》，上海古籍出版社 1986 年版。

[4]陈友康：《明清云南游记与民俗——兼论边疆游记对山水文学的贡献》，载《云南民族学院学报》1996 年 1 期；中国人民大学《复印报刊资料·中国古代近代文学研究》1996 年第 7 期。

[5]严迪昌：《清词史》，江苏古籍出版社 1990 年版，第 11、41、51 页。

[6]严迪昌：《清词史》，江苏古籍出版社 1990 年版，第 286 页。

[7]陈友康：《当前古典文学研究中存在的问题》，载《宁夏大学学报》1997 年 1 期。

[8]陈友康：《旧体诗词复兴论》，载《宁夏大学学报》1999 年 4 期。

论《春雪亭诗话》

曾庆雨

《春雪亭诗话》.是清人徐熊飞（1762—1835 年）编写的一部以"记人事"为主，兼有诗评的著作。从内容上看，所记诗人诗作及诗事多在嘉庆年间。徐熊飞"于嘉庆十年冬客乍浦都统西将军幕府"[1]，便以军中书馆春雪亭冠名，编写了这部著作。但现今看到的这部清刊本，则是在咸丰六年（1856 年）由吴兴刘氏嘉业堂刊刻成书。[2]此时，徐熊飞辞世已有 21 年了。

一

清代乾嘉年间是我国诗话创作的繁荣时期，一时间名家辈出，著作纷呈，学派林立，理论不一，观点众多，形成我国诗话史上一道热闹的风景线。这种各抒机杼的创作氛围，既成就了一大批诗话家，以及有着长远影响的煌煌论著，同样也使那些理论价值不高，缺少独立见解和独创性的作家、作品，在时间的推移中被淘汰。而厕身其间的徐雄飞，以及他的《春雪亭诗话》（以下简称《诗话》），并没有随时间的流逝而消失。究其原因，笔者以为有三：即以委婉平实的方法阐述其主张；以具体生动的诗作、诗事来证明其观点；以对当时人、当时事，犹以对身边人、身旁事的记载来进行编写。这三点使这部《诗话》在乾嘉时期众多诗话作品，甚或顶尖级作品中，如袁枚、赵翼、阮元、潘德舆等大家面前仍具有相当的独特性。甚至到今时仍有其认识价值。或许正是由于这与时人不一样的创作特性，才使其《诗话》得以长期流传。

徐熊飞，字渭扬，号雪庐。浙江武康（今浙江德清）人。嘉庆九年（1805 年）中举，但未授官职，只好到乍浦军中为幕僚。他一生清贫，命运坎坷。在历尽困苦后，于晚年授翰林院典籍之衔。刘承幹在《诗话》的"跋"中曾写道："少孤，母教之成立，事母至孝。客平湖备历艰苦，益励志于学。行谊，文笔卓然有成。"由此可知，徐熊飞具有逆境求进，勤奋好学，操行卓越的人品。从诗品源于人品的观点出发，刘承幹评道："其诗矢正音而持雅裁，清远峻洁，不移于俗。"尤其是他并不借重当时名噪天下的大诗人、学使大人阮元赏识之便，为自己谋取一官半职的脱俗态度，极受后人的称赞。在《诗话》的"记"和"跋"中，这一点皆成为徐熊飞"不俗"的明证而被记载。"记"中还特别提到"盍阮门诸子无不沾名趋利,声色之士半出其中,唯先生能恬澹自守,不失书生本色"。而这分"恬澹"、"本色"体现在《诗话》中,使这部作品如幽兰独放,在多姿多彩硕果累累的清诗话园地中独占一隅。这种朴实无华的个性特征,首先就体现在他对诗歌美学理论的表述方式上。

有学者将历代诗话分为两种模式,一曰"以诗论事"的随笔体式;一曰"以诗论辞"的议论体式。[3]前者以宋代欧阳修为宗,称欧派,创作目的是"以资闲谈";后者以钟嵘为范式,称钟派,创作目的是对古今之诗"言其优劣"。[4]据此,徐熊飞被归入到欧派之列,[5]就其《诗话》文本而言,这一划分无疑是正确的。因为《诗话》实在只是对"零篇佳句纤悉俱载,并出京时所见邮亭题壁,选其尤亦收入之"[6]的编辑之作。北宋许顗在《彦周诗话》中提出:"诗话者,辨句法、备古今、记盛得、录异事、正讹误也。"以此来看,徐熊飞的诗作并不完备。而以今人郭绍虞先生在《清诗话前言》中指出的"诗话之体,顾名思义,应当是一种有关诗的理论的著作"来衡量,徐熊飞的著作似乎缺少的就是对理论的阐释。他的《诗话》倒与"诗话,小道也。……而田夫野老,才子佳人,勋业不彪炳于史册,名声未表著于当世者,其遗文逸事,精言妙论,尤赖是以传"[7]的观点相契合。徐熊飞用委婉而平实的方式,将理论主张蕴涵于诗事的记述之中。如在开篇不久,便写了两件悲情之事:一是徐熊飞"携内子陆素心兰垞,读书上水村之松风楼"。兰垞,熊飞妻,也是一位诗人。曾给他们的儿子口授六言诗一首:"满院桃花开落,重来燕子萧条。一片斜阳细雨,黄昏声在芭蕉。"从诗中所写景致,能看出是题在春天,可诗中全无春天的生机,难怪徐熊飞认为妻子的是过于"凄飒"。就在这年的秋天,兰垞便"谢世"了,时为嘉庆三年(1798年)。不仅如此,更奇的是,一九龄小童叫邵朴,写了一首小诗:"屋上松风响,萧萧作雨声。开门不见人,山月一时明。"颇得徐夫人欣赏,可这诗童竟在冬天里继兰垞而去。另一件事是妹婿陆秋圃,字联奎。徐熊飞评其"诗才清逸",却英年早逝。《诗话》记载其绝笔诗作以证其"清逸"诗风:"夜来急霰打窗纱,袱被孤眠乡梦赊。未识前溪深雪里,明朝几处有梅花。"(《雪夜偶得》)这两件事被放在《诗话》前面部分来记写,不仅表达作者自己对亲人们深深的怀念之情,使后人感受到作者因亲人的逝去而留在内心深处的创痛,同时也让人们看出他"诗为情生,诗因情美"的诗学观点的曲折表达。

其实，"诗为情生，诗因情美"的观点是诗学界早有认识的。明清之际的名诗人钱谦益就曾提出过"诗有本"的诗学主张。他明白指出："古之为诗者有本焉：《国风》之好色，《小雅》之怨诽，《离骚》之疾痛叫呼。结轖于君臣、夫妇、朋友之间，而发作于身世通侧，时命连蹇之会；梦而嚄，病而吟，春歌而溺笑，皆是物也。故曰有本。"[8]徐熊飞显然也有相同的认识，尽管他并没有以开宗明义、画龙点睛或提纲挈领等常用的方法来表达这种认同，但他用亲历的"诗事"来表明这种认同。正因为他认为诗是人心的写照，是灵魂的归依，是生命的律动，才会采用"录异事"的方式将亲人们的离世悲痛加以记录，并将他们的诗作看成是心灵感应的产物，认为"殆诗谶也"。毫无疑问，在他评妻子的诗太过"凄飒"的同时，也认为诗写得美。而这种美是源于诗人对生命将逝的内在感受的悲情和真切。这种表述"诗因情美"的诗学主张，虽然过于委婉曲折，使人不易一眼辨出，但仍不失其以事证论的独到特性。

二

徐熊飞在编写《诗话》时，以大量具体生动的作品和精当明晰的点评来表达自己的艺术观点和欣赏趣味。在诗歌艺术的诸多内容上，他更为关注的是诗的境界与风格问题。这大概与他的为人个性和情操有关。他对于诗的章句之法，对接技巧，音韵声律等创作上的技术性问题少有涉及。《诗话》中，最为突出的是他对诗要写的"清"的强调。他的点评中多有"清新"、"清超"、"清越"、"清丽"等以"清"为主的词句。那么，诗的"清"是指什么？怎样的作品才算是"清"呢？

从字面上讲，"清"是相对于"浊"而言的。就语义上讲，"清"往往与洁、新相连，具有超尘脱俗的意味。而"浊"往往与污、旧相关，有不洁庸俗之感。在诗家眼里，清，便是不俗，便是新意。因为诗的创作，这"立意"是顶顶重要之事。意的"新"和"不俗"，往往是决定一首诗的品与格的内在要素。所以，很多人强调不能"以辞害意"。由此可知，所谓的"清"，指的是诗的内容、意境。而"清"后面所带上的种种形容词或动词，指的是诗的形式和风格。据此，好的诗作就是立意的新颖和脱俗的境界与完美的表达形式有机结合的产物。要求诗人要具有对事物独到的体验。徐熊飞强调诗应"无俗韵"，不可因势顺流，要力求"超出埃壒"、"清新出尘"。同时指出"措辞"要合"法度"，在词句以及结构上

论《春雪亭诗话》

下工夫，提出"诗锻炼工细"才能回味不已，使人耐读。当然，他最为强调的仍是"清"的立意，他认为"贤者不必皆工，工者不必皆贤"，意即好诗不一定都很工整，而工整的诗不一定都是好诗。虽然他并未进一步来阐述"贤"与"工"应如何的问题，但对立意的看重是显而易见的。

怎样的诗作才算是"清"并"新、逸、超、越、丽"呢？这些颇为空灵的概念很难用更为空灵的理论去解释和阐明清楚。徐熊飞所采用的是一种直观形象的简易方法，他将具体作品或佳句先言其特色，评其好处，再展示作品以证其论，抑或反之。这样使抽象的概念有了形象的落实，使主观性的点评有了具体作品的依托。因此，这部《诗话》可读性很强，具体生动地表述了他的艺术主张。例如，他点评为"清新"之作的有："半椽容膝下江乡，插槿编篱护草堂。三径菊栽陶靖节，一船书载米襄阳。招邀旧侣闻吟新，消受清风坐碧筜。我亦南村耦耕者，相将朝夕话农桑。"（丁半闲《题壁诗》）"一卷离骚寄托深，国乡零落到如今。明知未合幽人意，且与空山结素心。"（邱静斋《墨兰题诗》）而"清新"的佳句有："雪霁野桥路，风香仄径深。"（陆庸《探梅》）"溪水绿环户，秋花香隔离。"（陆庸《访友》）"嫩晴村落烟中辨，薄暝田家画里看。"（陆庸《咏绿荫》）"梵钟送客入深坞，归鸟先人过小桥。"（陆庸《晚归》）"乌栖秃树疑添叶，雪舞回风尽作花。"（庄一飞诗）"荷叶香清烟雨后，竹林风好夏秋时。"（庄一飞诗）。之所以不厌其烦地详录这些被徐熊飞评为"无俗韵"、"人妙"、"清新隽永，非风尘人所能道"的诗章，是因为这些诗章确能证明评者"识"力不浅，所言不谬。这些诗章如置于唐人集中，相信也不会逊色。其他如"清逸"、"清超"、"清丽"等诸多点评，均采用这种寓理于诗，以诗证理的方式来编写的，在此不再赘述。

在风格方面，由于徐熊飞认为诗人应"寄托高远"。所以，他较为欣赏雄健大气的诗作。例如，他辑录的诗作："老屋岩城畔，榴花映战袍。军中方禁酒，饮水读离骚。"（吴常青《午日绝句》）就颇具豪迈之气；而陆一帆的《老梅》，以及《西湖》则让徐熊飞击节称赞为"磊落欹崎，一空依傍"。为说明起见，将此二首诗全文抄录如下，可知赞之不谬。

晚看庭外半林雪，未识老梅何处开？酒熟喜凭高阁坐，诗成恰好故人来。暗香风约出林表，古树月明无尘埃。遥忆寒山冰压谷，一枝孤映

水边台。（《老梅》）

> 明月有情常在水，好云无处不遮山。
>
> 山围古寺青千叠，江人遥天白一痕。
>
> （《西湖》）

自然，徐熊飞《诗话》中不仅有对大气之诗的欣赏，作为一个诗评家兼"诗有才力，颇存诏贤轨辙"的诗人，[9]他也能对柔婉细腻的抒情之作有所鉴识。例如，林寿椿的诗："独步桐荫背夕晖，秋庭凉透碧罗衣。不知团扇随风堕，惊起花间蛱蝶飞。"是活化出一个孤寂又心事满腹的女子形象。而那"深得西昆之妙"的"堪怜同是金茎露，飞做鸳鸯瓦上霜"宫词，也不乏其凄艳悱恻。这表明，徐熊飞对各种风格兼收并蓄，并不独是"俊洁"。他既有对"诗致清越"的激赏，也有对"曲尽纤细"的品评。在语言上，他最推崇的仍是与其人品性相合的"本色天然"。

其实，徐熊飞的艺术观点和主张在历代诗论家的作品中都有过或多或少的论述，其中也不乏宏论滔滔，头头是道的阐释。而徐熊飞的特点在于采取以事证理、以诗明理的实证态度，使其观点和态度的表白诉诸形象具体的作品，避开通常诗话家们采用的以辞章入手，以古今名家为本，以品评诗之优劣得失为旨的方法。这使得他的《诗话》清新如凉风侵面，醒而不惮，直是爽快的感觉。确是"此卷论诗，率归雅正，不染随园之习"。[10]为晚清诗话创作愈来愈步袁枚《随园诗话》之后尘，而少有艺术个性和态度的环境，吹进了一缕新风。

三

徐熊飞《诗话》的另一显著特征是不以名人名诗和名评为张本，而是全凭自己对诗的感悟力和自身的艺术直觉来编辑点评。他侧重于对自己周遭的"才子佳人"诗事诗作的辑录，以使这些名不见经传的普通诗人们的"遗文逸事"和"精言妙语"，以及杰出的诗章得以流传下来，为后人所见。这种对现实关注的创作态度，在当时是不多见的。在那些开口李杜，动辄苏黄，宗唐宗宋的争论不可开交，煞是热闹非常的诗坛上，徐熊飞的《诗话》显得平实朴素，温和而富于现实感。这部作品在当时或会因缺少对名家名作的评说，尤其是缺少与名评一争高下的力道而显得不够分量，但今天我们却要感谢《诗话》的这种现实性。因为，正是有了对时人时事和时诗的记录，才使得那么早被时空遗弃的普通才人有"佳篇零什"留于后世，被今人所阅读欣赏。不仅如此，在欣赏之余，作为同是普通人的我们，也庆幸能有徐熊飞这样关注普通人，关注现实的评论家。在阅读《诗话》时，那时的平凡文人们的生活状况，以及生活给予他们的喜怒哀乐悲愁苦的人生情感，我们也极易感受到。这些诗作，很能引起平常人在感情上与诗人们同喜同悲，同声同气，并为之慨叹。然而，这种对现实和普通人的关注，并不意味着徐熊飞缺少对诗歌历史传承的艺术品味和明明白白的艺术崇尚。在《诗话》中不难看出，他对唐人作品壮丽、大气、雅致诗风的推崇。从开篇因自己题诗的日期与《渔洋诗话》中记王士祯题诗日期相同的那欣悦之态中，不难发现它对渔洋先生的欣赏，大有将其引为同道中人的一种亲近。因而，如何看待《诗话》热衷于记载平凡的才子佳人问题，实在不仅是一个写作取材的方式问题。对于每一个具有一定传统文化修养的文人来讲，关注历史往往是对现实有所思虑的表示，而关注于现实就应该是对未来忧虑的结果。因为今天是人们昨天的继续，今天又是明天的开始，这已是人类社会发展的一种共识。正所谓"人生不满百，常怀千岁忧"。由此看来，这种如"华夏胎记"般印于每个中国传统文人心灵上的忧患意识，也在徐熊飞身上得到了体现。徐熊飞对生活在他那个时代的普通诗人，尤其是他身边的人所接触到的现实环境的细致观察和记录，不但是创作的独创性使然，更是出于他的一种历史观和社会感使然。

笔者并非断言《诗话》是为那些有才华而命运乖蹇的普通才人立传。但如今看来，《诗话》确实起到了这样的作用。它使我们看到在乾嘉年间，所谓"盛世"里的才子们艰辛的生活情状。如官居乍浦司巡检的邱静斋，诗写得"清新出尘"，才华不低，但却"门庭萧然，尝卖画自给"。再如，作者的好友朱雅山，因生活贫困，在除夕时节，只有豆渣可食，但能苦中作乐，以此事为题，写下了《食豆渣为内子解嘲》诗，被当时"远近传为佳话"。这些诗事中所反映出来的是自爱自怜的传统文人精神的另一面，是中国文人能"贫苦自励"，积极豁达，开朗向上，勇于面对现实，直面生活的一面。这种表现文人能在逆境中求生存，求奋进的精神境界与人生态度的诗作、诗事、诗人，在《诗话》中记载不少。这里不妨把朱雅山的诗引出，其中不难体味作者的诗风与境界：

玉屑霏微得饱迟，贫家终岁是斋期。聊同茗粥朝朝供，略伴藜根顿顿宜。滋味辨从粮尽后，盘餐陈对雪晴时。忍饥细嚼梅花片，说与屠门恐不知。三旬九时对长贫，土锉无烟畏及晨。著意鸣姜霜片洁，有时铄釜雪花匀。斋厨淡泊难为味，脏腑清虚不染尘。枯槁浮生堪一笑，在家浑似出家人。

究其诗笔法而言，颇具史笔意味。把一个诗人清贫的日常生活作了一个形象而生动的描绘，其中虽不乏悲苦、不平与无奈，但却没有绝望、哀泣与消沉。面对现实的不公，诗人表现出的是"枯槁浮生堪一笑"的超脱，更有"在家浑似出家人"的自嘲精神与幽默感，表现出诗人对人生深透的认识和达观的态度。此诗也算得上是"诗史"了。在徐熊飞的《诗话》中看不到充斥于中国传统文学作品中那种对"生不逢时"、"时不我予"、"士所不遇"或"造化弄人"、"世事炎凉"之类的哀鸣与愤懑。这使作品具有开人胸襟，激人活力的作用，这也是徐熊飞的辑诗视角异于大多数诗话作者之处。

此外，在《诗话》中，没有常见的贬抑、指斥某些作品之辞，这并非是作者缺乏批评力。从所辑佳作来看，徐熊飞对诗的艺术鉴赏力颇佳，批评也能一语中的，中肯实在。他不出贬抑指斥之辞，一方面与他辑写角度、收选作品有关，另一方面与他的个性及修养有关。笔者认为，这种不发贬抑指斥之辞，既是他一别其他诗话作品多以评诗之优劣得失为旨的创作目的，也是他"恬澹"个性与"书生本色"的真实体现。

注　释：

[1]、[6]（清）刘承幹：《春雪亭诗话》"跋"，吴兴，刘氏嘉业堂刊本。

[2]同[1]：有"岁在丙辰中元节，吴兴刘承幹跋"字样，据此，刊本时间应为咸丰六年。

[3]参看蔡镇楚《诗话学》，第一章第一节"诗话界说"部分。湖南教育出版社1996年版。

[4]《南史·钟嵘传》。

[5]蔡镇楚：《诗话学》，第69页。

[7]（清）吴功溥：《耕耘别墅诗话》"序"，清宣统三年刊本。

[8]（清）钱谦益《有学集卷十七·周之亮赖古堂全刻序》。

[9]《清史列传》第七十三卷。

[10]参看《春雪亭诗话》"记"。

明清云南游记与民俗

—— 兼论边疆游记对山水文学的贡献..............................陈友康

  明清时期云南本土作者和外地作者所写云南山水游记十分可观。这些游记散见于有关文集和方志。因为方志的重点收录，留存至今的游记作品的数量远比其他形式的散文作品为多。从内容上看，由于它反映了一些独特的民俗、文化及美学问题，因而是云南古代文学中除诗歌以外最具多样价值和鲜明个性的文学样式。而且，通过深入研究还可以发现，包括云南游记在内的明清边疆游记的意义并不仅仅限于地方文学，它对整个山水文学都有一些新的开拓和贡献。游记所表现的民俗内容，我们可以从多方面去挖掘它的价值。

一、疆域的开拓与文学的创新

  刘勰在《文心雕龙·物色》中曾提出"江山之助"的著名命题，认为"山林皋壤，实文思之奥府"，自然山水是作者文思的源泉和创作的助力。山水对作家创作的助力有多种表现，有一种现象一直未引起人们的充分注意，这就是江山的拓展对文学的促进。元明清时期，统治者不断开疆拓土，中国版图尤其是实际的行政控制范围大大扩展。疆域的扩大，为山水文学提供了广阔的表现空间和新的描写对象，从而为它的进一步发展创造了新的可能性。明清云南游记创作所取得的成就，很大程度上得力于这种类型的"江山之助"。

  云南具有神奇独特的自然景观和色彩斑斓的民情风俗，是一块文学的富矿。但由于地处遐荒，封闭落后，特别是元代以前基本上处于相对独立的状态，外地文人几乎无法涉足，所以，雄奇壮美的山水风光极少进入文学家的视野，在文学上就处于被遗弃的境地。明何镗在《游点苍山记》中云："点苍山为南中胜景，然去中州万里而遥，海内士人所稀觏，故载记亦缺略。""载记缺略"正说明云南山水长期处于自然状态，没有进入文学领域。元世祖平定云南，将云南置于中央政府直接控制之下，结束了南诏以来数百年的割据历史。明清时期，中央政府继续保持着对云南的更加有效的统治。疆域的扩大，朝廷对边疆的行政控制，大大拓展了文人的涉足空间，数量可观的文人由此得以进入他们的前辈从未涉足的全新领域。他们有的是仕宦而来，如张佳胤；有的是从军而来，如赵翼；有的是贬谪而来，如杨慎；有的为旅游而来，如徐霞客；有的为探亲而来，如余庆远。内地人滇文人以外地人身份进入莽荒古朴的云南，两地的自然景物，文化特征形成强烈反差，给他们以新鲜的感受乃至巨大的震撼，形诸笔墨，便出现了一些瑰丽奇特，令人耳目一新的山水游记。与此同时，本土文化在内地文化的影响下也获得长足进步，作家逐渐增多。他们拿起笔，以传扬乡邦山水美名、弘扬桑梓文化的强烈责任感纵情挥写，创作了大量山水游记。他们的成就就个人来看也许是微不足道的，但把他们作为整体来考虑，他们的创作就构成了值得重视的文学现象。

　　明清云南游记展示了一个新的世界。这个世界包容了自然和社会本身的多样性与丰富性，无法尽述，只要看一看它对大山和溶洞的描写，我们就可以知道它到底为读者、为文学提供了怎样的新鲜内容。在明清云南游记中，描写山的作品占有极大比重。云南是山堆积成的高原，这里的山，千姿百态，神秘莫测。太华山的奇险峻美，点苍山的雄伟壮丽，鸡足山的秀丽幽深，玉龙雪山的晶莹瑰玮，高黎贡山的苍莽浑厚，都足以颉颃中州诸名山而散发出不可抗拒的魅力。在游记中，这些个性独特、伟昂豪迈的身姿排闼而来，令人目不暇接，从而在山水文学领域树立起一种前所未有的壮美形象。写太华山（西山）的名作有明张佳胤的《游太华山记》、王士性的《泛舟昆池历太华诸峰记》、清戴絅孙的《游太华山记》及《西山三记》等。写点苍山的有明杨慎的《游点苍山记》，李元阳的《游清溪三潭记》、《花甸记》、《浩然阁记》，吴懋的《点苍山记》等。写鸡足山的，细加统计，不下三十篇。其中，明钱邦芑的《鸡足山石洞下潭记》可以媲美柳宗元的《小石潭记》。[1]《徐霞客游记》中对鸡足山的大篇幅描写更使之成为盛传天下的佛教名山。这些作品都能抓住对象的特点，用形象生动的文笔，描写出各山与众不同的景致，真实地表达出游山时个性化的审美感受，字里行间洋溢着对云南山水之奇的由衷赞叹。杨升庵的《游点苍山记》中有一个片断是脍炙人口的："北入龙尾关，且行且玩。山则苍龙叠翠，海则半月拖蓝；城郭蓊山海之间，楼阁出烟云之上；香风满道，芳气袭人。"这段文字，把它和唐宋诸大家最优秀的写景文学相比都是毫不逊色的。作者们写山，常与中州名山相比较，说明滇云山峰无论其形貌还是神韵都不亚于中州名山从而突出了云南山水的奇异和不减三山五岳的游览价值。如戴絅孙的《游太华山记》就认为西山之胜可以"兄天姥，友匡庐"。

清初云南督军、吉林人石琳在《新建云涛寺及新温泉碑记》中云："宇宙间英奇瑰玮之气，不钟于人物，则钟于山水。"古代云南在人文方面确实颇不足道，但在自然山水方面却为宇宙情所独钟，造就出大量远迈中州的天地奇观。云南高原大面积的喀斯特地形及其所孕育的许许多多地下溶洞就是其中之一。这些溶洞在不为人知的大地深处形成一个又一个丰富多彩、神秘莫测的世界，构成与地表迥然相异的自然景观。作为以表现宇宙造化之奇为能事的山水游记，当然不会漠视大自然的杰作。明解一经《游阿庐仙洞记》写的是现在已名噪天下的泸西阿庐古洞。作者以简练的文笔描绘了洞内移步换景、越深越奇的钟乳石造型，对洞内千奇百怪的景象称赏不已："上则层峦倒挂，呈奇而献巧；下则群峰突起，斗丽以夸妍，千态万状，莫非天造地设之景象。"写溶洞的佳作还有张佳胤的《临安三洞记》，明云南布政使江西人徐樾的《双明洞记》，清李应登的《沙朗洞记》、《夕阳洞记》等。这些作品对洞内险绝层出、奇状闪烁、万象幽渺、色色可喜的景观及"入则惊喜间作，出则顾峦忘返"的游洞感受，都有上乘的表现。在传统游记中，以溶洞为主要描写对象的作品极少。因而，明清云南游记中出现数量可观并且写得相当出色的溶洞游记，就具有为传统游记拓荒的意义，在文学界别开一片宏伟峻丽、神秘诱人的新天地。

凡是有人类活动的地方，文化总是与自然相伴而生的。拓展了地理空间，同时就拓展了文化空间。民俗作为具有强烈地域色彩和民族个性的文化表征，它既是环境的产物，同时又为自然增添了鲜明的人文色彩和活跃的生活意趣，较易引起作家的注意。因此，在明清云南游记中，滇省各民族的民风民俗像自然山水一样得到了充分表现，成为游记作品中的新内容。

描写范围的扩大和描写对象的更新促成了山水文学的创造性发展。山水文学的特质首先表现为它的描写对象是自然风光。因此，当它描写的具体对象发生变化时，山水文学就随之获得了一定新意。在过去，由于文人的足迹多流连于中原及江南地区，供他们欣赏和表现的自然山水是相对固定的，所以在众多文人的笔下总是出现似曾相识的山水风物。虽然杰出的文学家总能从相同的对象上获得独特的审美体验和思想启迪，赋予相同的对象以不同的意义，但描写对象即审美客体的凝固也在一定程度上限制了作家的表现自由，限制了山水文学的创造性发展。正如赵翼所指出："中原一片好景光，发泄已尽周汉唐。"在这种情况下，作家把笔触伸向从未经文人染指的边疆，即赵翼所谓的"所未泄者蛮獠窟" [2]，写出以题材而论全新的游记，对山水文学的发展就具有创造性贡献。同时，新的审美客体激发出新的情感和灵智，从而使边疆游记本身也拥有了不可替代的内在价值。

二、纪实与传奇中的民俗

宏观地考察明清云南游记，可以发现它与传统游记相比有两个突出的特点：纪实性与传奇性。不论哪种情况，都包含着丰富的民俗内容，这也使它区别于一般的山水游记。

在明清云南游记中，相当一部分作品只是客观地记述作者游历云南各地或登高览胜的过程和见闻，行文中虽然偶有作者心智的灵光闪现，但从总体上看，作者投射于对象上的主观色彩都比较淡薄。这类游记可称为纪实性游记。尽管它的文学性不十分突出，但纪实性也使它获得了文学性游记所相对缺乏的特点和价值：它们广泛地反映了不同历史时期云南的政治、经济、文化、地理、民俗、宗教、交通、物产、气候、古迹、人物等丰富多样的情况，为后世保存了许多了解和研究古代云南地理景观与社会历史景观的珍贵资料。从描写内容的丰富性和客观性来看，纪实性游记也是对传统游记的拓展。这方面的作品有明杨慎的《滇程记》、顾养谦的《滇云纪胜书》，清陈鼎的《滇游记》、张泓的《滇南新语》、王昶的《滇行日录》、余庆远的《维西见闻录》等。其中最可注意的是《维西见闻录》和《滇南新语》。余庆远，字璟度，湖北安陆人，乾隆三十四年（1769年）随在丽江府任职的兄长余庆长入滇至迪庆维西，共在滇五年。《维西见闻录》篇幅较长，详细记述了迪庆地区及怒江、澜沧江上游的地理特征、历史沿革、民族分布及习俗、土特产品等情况，第一次向人们打开了一个封闭自足而又色彩斑斓的古朴世界。文中对纳西、藏、傈僳、怒、独龙等山地民族奇风异俗的形象记述，使作品弥漫着神秘气氛，让人能够真切地感受到数百年前这个几乎被外界遗忘的蛮荒世界中各种人的生存状况和思想意识。这是一篇最早描述云南西北高寒山区自然景观及社会生活的游记，也是研究这个地区地理环境和社会历史及其变迁的重要文献。由于这篇游记的独特性和重要性，它曾被广泛地收入《艺海珠尘》、《舟车所至》、《昭代丛书》、《古今游记丛钞》、《小方壶斋舆地丛钞》等书中。张泓，号西潭，汉军镶蓝旗人，乾隆六年入滇，历官新兴（玉溪）、剑川、鹤庆州牧，因公往来于昆明、思茅、怒江等地，见闻甚广。《滇南新语》除照例以极浓厚的兴趣写了有关各地的山川风物、民风民俗以外，还反映了云南的盐政、水利、采矿、冶炼、

明清云南游记与民俗——兼论边疆游记对山水文学的贡献

战争等情况。尤其可贵的是他详细记录了 1751 年剑川大地震的经过、发震规律、破坏程度、死亡人口、善后工作以及震中和震后出现的奇异现象，是难得的地震科学资料。

把纪实性游记放在整个游记文学的发展史上来考察，我们有理由认为它们与传统游记相比实际上已发生了引人注目的变化。传统游记特别是以柳宗元山水游记为正宗的游记比较注重于借助山水风物表现作者自我的心灵世界。山水风物是经过作者的情感"漱涤"过的（柳宗元《愚溪诗序》所谓"漱涤万物，牢笼百态"），即山水是"为我"而在的，凡与自己心灵契合的景物才能成为作品的描写对象。除了"我"的心灵世界和"为我"而在的山水以外，其他人的社会生活以及为这些人而存在的万事万物都被拒斥在游记之外，显得较为单一。纪实性游记突破了这一传统，比较关注各种人的生存环境与生存方式，并加以如实反映，具有十分丰富的社会内容，从而大大拓展了游记的表现领域和思想含量。它们在文学上当然达不到柳宗元游记的境界，但也创造了自己独特的风格和价值。换言之，它们未必高于传统游记，但异于传统游记。

云南的原始和封闭，给自身染上了一层神秘的色彩，向有"秘境"之称。生息于秘境中的数十个民族各有自己独特的行为方式、思想观念和文化习俗，他们总是用与内地民族显著不同的眼光来看待世界，对外在世界和自身精神世界作出了种种新鲜、奇异的阐释。作家们面对这样一些具有独特文化习俗的人类群体和被他们的文化所阐释的宇宙万象，总会表现出浓厚的兴趣并把它们反映到游记作品中，使他们的作品具有鲜明的传奇性特点。所谓传奇性，一是指游记记载了各民族的许多奇风异俗，二是描写了云南一些怪异的自然现象，三是记载了各地各民族的许多神奇传说。云南有些土著民族会"转人"（用咒术使人遭难），是流传于民间的令人莫名所以又毛骨悚然的传说。杨慎、孙宗吾的《滇程记附录》就有这方面的详细记载："孟艮（今属缅甸）诸夷多幻术。为家不设扃钥。汉人舍之有窃其货者，夷主讽咒，盗者即病心腹，必诣其家归谢过，其人复为解之，有巨石或利刃出其怀。若鸷鸟搏其畜鸡去，讽咒，顷之鸟坠自空，有石在鸟噤。"所记幻术在某些细节上是虚妄的，但它从侧面反映了有关民族憎恶偷盗的古朴民风。这种传说本身实际上就是为了维护纯朴民风、警诫偷盗者而被创造并不断强化的。这些记载保存了具有鲜明地域色彩和民族色彩的云南古代民间文化，同时以其诡异的特性增强了作品的可读性。应该指出，在游记作品中，肤浅的猎奇是不足取的，但当"奇"作为地域和民族文化的特定内容或表现形式的时候，对"奇"的捕捉就获得了重要的文化价值和审美趣味。

对云南文化的神秘化认知也可能导致一些荒诞不经之论。所谓神秘化认知，是指云南文化的陌生和诡异使文人产生了神秘感，进而自觉不自觉地用神秘的眼光来看待云南的一切。这关涉认知对象所处的文化背景对认知的影响问题。一些在熟悉的文化背景中本来清楚明了的问题，在神秘化的文化背景中出现，人们去认识它时往往不是按照常情常理去推想，而是朝神异的方向去猜测，于是就使问题背离了它的本相而变得扑朔迷离。在这方面，张泓的《滇南新语》提供了一个典型例子。《滇南新语》在渲染了"滇地多龙窟"、"滇果龙薮也"的神秘气氛之后，记述了乾隆己巳年（1749年）正月发生在昆明五华山附近的一次奇异事件。这次事件，明显是一次雷电轰击火药库而引起的强烈爆炸事件，作者也有这方面的想法。但当张泓把它和蛟龙牵扯起来考察的时候，也就是当他把普通事件放置在一个神秘的文化氛围中认识的时候，问题就变得怪诞离奇、耸人听闻了：他认为这是"药局起旱蛟"所致。当局以此上奏朝廷，皇帝居然也深信不疑，下旨饬赔，张泓称颂皇帝"坐照万里"。必须强调，这种认识偏差并不仅仅是古代科学水平低的问题，而且涉及文化背景对认知的影响问题。而后者，也许蕴涵着一个启人深思的重要文化问题。

三、文化偏见与民俗改造

两种异质文化在遇合过程中发生矛盾和撞击几乎是不可避免的。矛盾与撞击能激发双方的生命活力，促进文化的融合与发展。在现代社会，文化的多样性受到了充分尊重，但这不等于说各种文化就绝对等值，没有文野之分，短长之别。由于历史及其他多种复杂原因，多元文化之中总有一些文化走在了发展前列，比较成熟，能够更好地规范和优化人类思想与行为，把人类导向理想的境界，并依托于强大的经济、政治和军事实力对其他文化施加影响。文化自身的优越性也使它拥有无法抗拒的影响力。在古代中国，充当这种文化的无疑是以儒家文化为核心的汉文化或称中原文化。元明清时期，随着云南与内地关系的空前密切，中原文化对云南文化形成了越来越大的冲击，促进了云南文化和社会的进步。正面的影响已经是常识，毋庸赘言，让我们感兴趣的是以中原文化改造云南本土文化时发生的一些令人深思的现象，如用封建的思想观念和行为方式改造民风民俗问题。

张泓的《滇南新语》记剑川少数民族有赶夜市的习惯，他认为夜市男女混杂，有伤风化，"借此以为桑间濮上"，尤难容忍，用鄙夷的语气说："则夷习之陋恶也已甚"，于是"首禁之，立为条教，示以男女有别，出作入息之义，及违禁之罚"。结果是"民初不以为便，逾月而夜市绝……城市妇女之迹遂鲜"。张泓喜在《滇南新语》中张扬自己的政绩，禁绝夜市之举在他看来无疑也是大大的美政，但其实这种做法是极其迂腐的。他用自认为先进而实为病态的封建观念扼杀了健康鲜活的生活方式，用封建士大夫的"儿女之大防"压制了少数民族男女的正常交往和自由爱情。这反映了明清时期儒家思想对云南民族地区的渗透，表明它在发挥积极作用的同时也产生了消极影响。

余庆远在《维西见闻录》中曾指出："天地异而人异，人异而物亦异。"不同的地理环境与生存条件培育了不同的民族性格和民族文化。像其他任何一种文化一样，云南各族文化有自己的优劣短长，它最大的优点也许在于保留了生机勃勃的野性，具有剽悍的冲撞力，率性而行，较少束缚。当然，不需讳言，这种特点往往是与各种陋俗相伴的。中原文化的介入，特别是借助行政手段来干预，能够在一定程度上改变某些落后的思想观念和生活习俗，使他们的生活受到汉文化的一些规范。但要达到这一目标，必须具备一个前提：必须用中原文化中的先进部分来改造地方文化的落后成分。否则，如果是用中原文化中的落后成分来改造地方文化的可取之处，那必然会产生糟糕的结果。张泓的所作所为就是一个极有说服力的例子。

张泓改造民俗的行为，从深层看，根源于他的文化偏见。内地入滇的不少文人特别是官僚，常凭借优越的政治地位对云南文化抱一种居高临下的藐视态度，认为云南久居化外，无文明可言，连人种都是低贱的，因而游记中不时会出现"滇夷种多而俗异性殊，摆衣柔狡，沙人刚戾，罗罗愚痴，怒子善记仇"（《滇南新语》）之类诬蔑性的话。云南文化之落后，固然是不争的事实，但落后不应该成为被藐视的理由，自居文明而不尊重他种文明恰恰是一种更具危害性的野蛮。而且古朴的文化当中往往遗存了一些在文明地区被文化异化所扭曲或弃掷的人类本性，如坦率豪爽，以诚待人，自由爱情等。顺治年间入滇并娶妻云南的陈鼎对此就有精到的体会。他在《滇游记》中赞颂了滇省诸生互相敬重的美德后，问道："而文物之邦，能若是邪？"他对"文物之邦"的质询，真该让那些褊狭的士大夫三思。但藐视确实发生了，于是才会出现张泓之类自以为是的文化改造。封建士大夫这种由自我中心主义派生出来的根深蒂固的文化偏见，在根本上无损于他种文化之生存，却严重阻碍了儒家文化吸纳、整合异质文化的功能，最后竟至走向僵化衰朽，在西方文化的挑战面前一败涂地。这不能不说是一个深刻的文化悲剧。

传统游记充满着人与自然的和谐，雅致的情调令人心旷神怡。明清云南游记中却内涵着文化冲突，在新奇的文字下常读出苦涩之味。每当读到外地文人以惊羡的目光看待自然山水，而以漠视的口气谈论云南人及云南文化时，总让人掩卷欷歔。人与人的隔膜，文化之间的冲突，是边疆游记特有的内容。它突破了传统游记的古典和谐，显示出奇崛的个性。也许，在不同文化的对比冲突之中，文化的一些深隐的观念才会显示出来。所以，当游记作者将他面对的文化空间从中原文化系统拉到边疆时，一些奇妙而耐人寻味的文化心态便自然流露出来了，如文化优越感，如对待自然与人文的不同态度。这种现象在以内地山水为描写对象的传统游记中绝不会出现，因为不管是哪个朝代的人，他们面对的是同一文化空间中的自然。边疆游记中所包含的这些新内容，很值得重视。

四、文化冷遇与文人的渴望

与内地入滇的某些傲慢的文人相反，滇籍作者对云南文化普遍持自重和赞扬态度，认为云南民风和文化有自身特点和价值，不能视为异类，视若等闲。但云南地理及政治经济上的边缘地位，决定了它必然地成为文化上的边缘。因此，虽然明清云南优秀文士的胸襟气度、文化素养、美学造诣和创作实绩随着历史的进步已经逐渐接近或赶上了内地的一般水平，但在当时，这一事实并未引起社会应有的注意，云南文化仍处于冷落状态。即使有通达如杨升庵"云南文化开发甚早，不得以遐荒目之"（《云南乡试录》）的持平之论，也无法根本改变其被冷遇的局面。杨升庵的话，只不过增加了云南士子的自信而已。

这一难堪的事实令那些乡梓意识较强的文人痛心疾首：我们在游记中不时会看到滇籍作者伤感的叹息和深情的呼唤，呼唤人们发现并重视云南山水的美丽和云南文化的光辉。他们的呼唤反映了云南人渴望打通云南和内地文化阻隔，以切实的文化创造突破地理环境和历史绳索的羁绊，进入社会主流文化发展行列的强烈愿望。虽然这种愿望始终没有实现（云南文化始终处于边缘），但他们的努力依然是值得尊敬的，因为他们至少改变了云南文学被完全漠视的窘境，以自己的创作实绩赢得了存在的理由和地位。他们的游记被选入明慎蒙的《天下名山记游》，何镗的《古今游记丛钞》、《天下名山胜概记》，清吴秋士的《天下名山游记钞》等非地域性书中，流传天下，就是他们的作品被注意的明证。更为重要的是，正是在这种愿望的激励和他们的自觉努力之下，明清云南文学获得了长足发展，逐步建立起自足的文学世界和文学传统。边缘也许永远进不了核心，但边缘文化自有存在的价值和理由。

原载《云南民族学院学报》1996 年第 1 期，中国人民大学《报刊复印资料·中国古代近代文学研究》1996 年第 6 期全文转载。

注 释：

[1]曹劲鸪：《清新隽永，如诗如画——大错和尚〈鸡足山石洞下潭记〉赏析》，载《文史知识》1992 年第 12 期。

[2]赵翼：《瓯北集·题稚存万里荷戈集》。参阅陈友康的《赵翼的云南之行及诗歌创作》，载《云南民族学院学报》1992 年第 3 期。

云岭诗歌方外吟

——论冰壑子与《云声诗稿》 .... 曾庆雨

释冰壑，清代旅滇一诗僧。其作品均收载于《云声诗稿》中，后又据此刻行了《云声二集》。从"后跋"记有"康熙辛未溇月上浣日"[1]句可知，时间约为康熙三十年（1691年）。清人赵藩曾在《云声诗稿》题识中言："释冰壑《云声二集》稿本，其刊行本用分体编定，诗则无所删也。"[2]但经过对《云声诗稿》（下简称《诗稿》）和《云声二集》（下简称《二集》）的整理、勘校，发现两个版本并不完全相同。两个刊本除有字句的增改，错漏、脱误之外，作品也有少量的增删。如在《诗稿》中以《宫词》、《宫怨》、《子夜歌》、《再嫁行》等为题的诗作，在《二集》中就没有被收入，但添加了如《渔父词》、《樵父词》等作品。从编排体例看，《诗稿》似乎是按写作时间的先后顺序排列，《二集》则以诗的形式编排，有五古、七古、五绝、七绝、五律、七律等，创作形式多样，体例完备，表现出较高的史学修养和娴熟的创作技巧。这两本诗集，既是善本，又是孤本，现藏于云南省图书馆内。

关于冰壑子，由于资料缺乏，其生卒年代和生平境况都不详。只知"系清康熙湖广武陵人"[3]。从清人缪有廉有云"余向读冰翁云声诗集，知其久为海内所称最"[4]一句可推知，他在《诗稿》和《二集》刊行于世之前，便已颇具诗名。他的作品之所以流传不广，影响不大，究其原因，除社会动荡世事变迁之外，笔者以为有两个方面的因素：一是他的诗在内容上较注重自己看破红尘，洞悟人生的理性表达，而酬唱奉和之作又感情平淡，难以引起人们感情上的普遍共鸣；二是与他偏居一隅，限制了作品的传播有关。

那么，冰壑子的诗歌于今而言其价值何在呢？笔者以为有两方面的价值：首先，冰壑子在诗中抒发了他对云南这片红土地的山水寄情。云岭高原的雄山秀水，给予了他心智的启迪和情感的快乐。在他的诗中，有不少作品对徜徉其间的美感享受作了精致的描写，而这一部分正是他最具艺术性，最能体现他创作技巧的部分。因此，具有对诗创艺术的认识价值；其次，冰壑子的诗作对他在滇中漂泊生活的描述，历史地反映出当时云南，尤其是昆明一地的生活场景，具有为地方历史人文存照的史料价值。

一

冰壑子诗集中，山水诗的艺术成就显然高于其他内容的诗作。他的山水诗与以往的同类作品相比，具有对意象捕捉的特定性，对意境描写的世俗性和语言运用的自然性等特点。具体分析来看，有以下几点：

第一，冰壑子把云岭高原雄奇美丽的自然风光作为他描写的主要对象。诗人力求表现出山水的自然之趣，尽力避免以往山水诗中人的过多参与，把山水变成诗人情感心灵的物化对象之病。他注重写人返璞归真，融入自然的自在，颇有禅宗见山是山见水是水的佛境理趣。这种力避人为的山水描摹，给人以身临其境，对语山水的真实感受：

> 狮山秀俊甲滇山，武阳巨郭当胜地。
> 中藏天下奇且幽，岩谷松篁凝古翠。
>
> （《诗稿·集斯立楼赠武阳郡侯式庐王先生》）

诗中写狮山的俊秀是因有谷松凝翠而成，狮山位于云南楚雄，但凡去过武定狮山风景区旅游过的人确感真切，对此诗中的所赞之"奇"和"幽"的景致，当是深以为然的。诗人对于他所生活其间的昆明西山脚下的滇池，则以充满了宁静和秀美的诗句加以描述：

> 小泊昆池岸，高登极翠巅。松声长作雨，石气半成烟。有致云霭袖，多情峰近船。晚渔歌醉罢，月迹晒沙滩。（《秋仲初霁游罗汉崖·其五》）

昆池即现今的滇池。在这首五言律诗里，"小泊"与"高登"之间，包含着停舟上岸有登临山巅的动作转换，却无一字人为的显在痕迹。松声与雨声的相似，石上升起的阵阵水雾氤氲，也似乎和人的听觉、视觉无涉。云之有致，峰之多情，渔歌月迹，一切的一切，都是自然而然的。诗句以这种纯自然的景物组合形成的意象，正是冰壑子诗中特有的脱俗和清雅。他的另一首写滇池风光的诗可进一步说明这一特点：

> 水阔疑无岸，高楼喜可跻。耳空无语近，目旷鸟飞低。云汉惊谈啸，西山任品题，巍然尊一阁，不与众峰齐。（《秋中日奉陪学台克庵吴老先生由昆池泛舟登雄川阁·其三》）

此诗的意象十分明朗，写出了五百里滇池的壮阔和踞于西山龙门阁之高雄，与孙髯篇幅宏伟的《大观楼长联》相比，也不乏"五百里滇池奔来眼底"的气势。值得指出的是，冰壑子和孙髯翁，两者同为康熙朝人，[5]又同处一地，虽然现在无很充分的材料证明两者的关系，但互有影响应该是有可能的。

第二，冰壑子崇尚自然的诗学态度决定了他的诗意境营造的世俗性。由于诗人是走出红尘的方外之人，诵经理佛的生活环境势必影响到他的世界观与人生观，影响他的情感和心态。的确，在他的诗中不乏这样的作品。例如：

> 石髓穿云声亦寒，恍疑仙子佩珊珊。
> 山灵岂独私语听，自是尘人被耳瞒。
>
> （《听瀑楼》）

这首七律诗写出了诗人的超然凡尘，独与自然亲近之意显而易见。而题为《墨雨庵》的七绝诗中，那份参佛看经的生活写照，则更是俗世中人难以理解的：

> 石床坐对月看经，引得神龙亦解厅。
> 幻化笔田香雨遍，至今山水墨花灵。

要解读这样的诗句，实在要有些菩提心性。"对月看经"竟引得"神龙亦解听"，可见看经人道行修炼之深。更有那礼佛写经的笔香墨灵，红尘中人怎能理解其中的心旷神怡，更不要说去感受那份明心见性后的自得。但这类表现清修心境和生活的诗作，在诗集中所占篇幅并不多。冰壑子诗集中的内容有不少是写于友朋悠游时的欢快，离别时的惆怅；对故乡的思念，对红尘世事的感慨等较为世俗的情怀。尤其他很善于把这种具有世俗意味的亲情感，用在对山川风物的描绘上，使得他诗的意境读来通俗易懂。且看《同诸子游圆通寺》一诗：

> 春晴诸子约，把臂喜同行。访寺斜穿市，看山返入城。飞楼云幻
> 出，危径翠横生。坐俯石窗下，昆池一鑑明。

诗中洋溢着诗人与朋友出游时的欢悦、畅快之情。读这首诗，似乎看见一身僧装的冰鐅，在浓春时节的春城昆明街头，与人搭肩挽臂，穿街走巷游圆通寺，返身再上五华山的画面，抓住了出家人的那份不拘和潇洒。正是在这些诗句里，读者感受并为之感动的十一颗真诚平凡的世人心。置身自然，融入自然，且自然地描绘是冰鐅子的生命主题，也是他诗歌的创作主题和方式。

第三，冰鐅子的诗中不论是意象的捕捉，还是意境的营造，都离不开他对语言的熟练运用。语言是一切文学创作的基础，是创作主体思想情感对象化的物质载体。儿时的语言则是语言运用技巧的最高体现。因为，诗语是一个民族语言的最精华部分。一个好的诗人，一定是一个对他的母语领悟深刻的人。这一点应是不言而喻的。

从冰鐅子的诗歌中可以看到，他的语言修养较高。在他近一百四十多首的作品里，生僻的词语，艰涩的句子几乎没有，他也不喜用冷字、险字。清新明朗、圆润通俗是他诗语的特点。不论写的内容是喜是忧，也不论是对景对情，他的诗里都少有黯淡或冷色调的字句。这一点可以从上述分析的诗作中见出。在这些诗中，不难感受到诗人身处红尘而心性清远，生活清贫却情致幽雅，这种美感与他诗的用语的自然贴切和朴实淡雅不无关系。不仅如此，冰鐅子的诗给人视觉与触觉的感官享受较为突出，整部诗集中有许多佳句可赏，但终全篇皆佳者，笔者认为有二，一是《新柳》诗：

> 嫩似鹅黄淡似烟，柔姿袅袅倚池前。细腰轻舞春犹浅，青眼将舒翠
> 渐添。月照梢头重画影，笛声隔岸隐渔船。不堪折赠行人远，先有离愁
> 到客边。

这首诗的画面感极强，色彩柔和朦胧，柔柳倚池的意象，使人生出一丝润湿的感觉。颈联突出新柳生长的特点，写得动态十足，清新可人。另一首诗是《己

巳季春制府招游昆池登太华山》：

> 雨霁空明望不迷，彩帆遥指数峰系。渔家近傍芦苇浦，游舫偏依杨柳溪。云落磬声知寺近，林传鸟语出烟低。相携小泊山花岸，一径香风送马蹄。

此诗写出了昆明滇池一带的景致，可谓天高云淡风光旖旎，突出视觉上的明媚感。让人在晨钟暮鼓中听到隐约传来的鸟鸣声声；在清脆的马蹄声里，又嗅到了阵阵的扑鼻花香。诗中调动了视、听、嗅等感官，可谓艺术创作中通感运用的一个范例。

通过上述分析，冰壑子诗的艺术价值是显见的，其中有不少的创作技巧仍具有值得人们学习、研究和借鉴的意义。

二

言为心声，诗可传情。这应该可以认为是诗人吟诗的缘由。冰壑子也是如此。他以自己的笔抒写心中的情，这本可以不置一言。但在《诗稿》与《二集》相互校勘时发现，两个刻本中的诗作是有所增删的。在这一加一减中，竟然出现了一个与山水诗中全然不同的冰壑子。

首先，谈一谈删诗。在《二集》中被删掉的诗有十二首，而赵藩在写《诗稿》题识中也提到《二集》，理应两个版本他都是看过的，可他的题识却有"诗则无所删也"的话，这是为何呢？难道是赵藩的粗心之过吗？经过笔者对比发现，在十二首被删除的诗里，写怨妇的诗竟占了七首，更有意思的是在一首题为《宫怨》的诗里，有人用墨笔在题目后写了"代友作"三字，全诗如下：

> 秋色无言诉与谁？因思当日遇恩时。雨云变换天何意？宠弃无端梦自知。花里翩翩怜蝶戏，灯前寂寂怨更迟。月明此夕偏堪恨，不照欢娱照妾悲。

弃妇幽怨悲泣之情态逼现，也确有其感人之处。但这样的诗作竟出自一个名寺住持的僧人之手，[6]这不能不使人有所想法。诗人若无这样可悲可悯，被人见弃的情感经历，又怎能写得如此情真意切呢？倘为朋友而作，想必是位红颜知己。既愿代为诉怨，相交也不会太浅。否则，岂不是交浅言深于情不合？再看其他与此诗内容相似的作品，均写的凄怨哀婉，如两首同题为《子夜歌》的是这样唱道："侬许欢不妄，欢约侬不真。隔山闻樵唱，只是负薪人。"这"负薪人"便是"负心人"的谐音。另一首道："侬心已许欢，临期又失望。雨中放葵花，无日可相向。"诗用比兴的手法，活现了一个对他人的许诺满怀企盼，可得到的却是极大失望的形象，这样的情感经历有谁能说唯女性独有呢？

更出人意料，让人难以接受的是《诗稿》中一首以《再嫁行》为题的诗，写了一个女子出嫁两次，感到后夫还不如前夫，失望之余，竟然想"如今甘作花塂妇，犹道朝朝粉面香"。诗里的这个妇人为何对两个丈夫不满？原因是"谁知后郎更寻常"，由于丈夫的"寻常"就甘愿去做"花塂妇，"只为得到别人天天赞美其脸香的想法，即使在当今社会亦属大不道德的事，更何况这诗还是出自一个僧人之手，确是惊世骇俗。这样的诗被删去自当是情理中的事，也合乎社会常情的真实性。赵藩所言，并非是粗心，而是符合"为圣人讳"的处世原则。虽然冰壑子并非圣人，但为朋友也理应如此。对编辑者而言，也是其心可悯，其情可怜。

冰壑子的怨妇诗中透出的哀婉愤怨之情，不由得使人推及他的生平经历，他的出家是否与这种情感经历有关呢？只可惜这位云游僧的生平已很难有考了，在此也只有存疑。但有一点可以想见，那就是冰壑子山水诗里难以隐藏的一份世俗关怀之情，与他某种特殊的情感经历有着密切的关联。

其次，谈一谈增诗。在《二集》中，有八首作品是《诗稿》中没有的。其内容多为奉和酬韵的应景诗。比较特别的唯有两首，即《渔父词》和《樵父词》。在这两首诗里，诗人较好地表达出他对人性凡俗的透视和认识，以及对精神自由的追求：

> 水浊鱼性贪，潭清鱼性廉。得失机在兹，垂钓宜深浅。扁舟横断岸，春水昨夜添。柳影拂苍波，风涛毋滞淹。所乐非为此，与世又何嫌。（《渔父词》）
> 云深草木深，云疏草木疏。草木在深山，终为人所求。迎晨资斧力，未暮下云丘。肩翠行歌归，稚子候林陬。坐息茅檐低，濯足清溪流。登历虽云险，垂老心自由。（《樵父词》）

这两首诗的韵味与他的山水诗很相近，只是更有理性的思辨，显示出对世事的哲理性思考。这些增加的诗作与诗集中的其他作品风格较为接近，编入《二集》里也较和谐一些。由此，编者的苦心可见一斑。在这些充满冷静思考的诗里，虽说少了删诗中的情感激越，多了失意人生里的头脑冷静，但在这富于哲理的冷静思辨中，我们仍能感受到的是对生命意义的执著追求，也是另一种对生活的坚强。

综观冰壑子的诗集，内容并不单调，有山水纵情，有儿女柔情。诗歌对情感的表达是多侧面的，对历史生活的反映是形象具体并有特色的，加之在艺术上也多有成就。所以，虽有"诗不肯通篇注意，佳句多而完篇少"的评说，[7]但仍具有相当的学术价值。

本文曾发表于《云南民族学院学报》1999 年第 4 期。

注　释：

[1]、[4]参看（清）缪有廉《云声二集》"后跋"。

[2]参看（清）赵藩《云声诗稿》扉页"题识"。

[3]在《云声诗稿》中夹有整理者张在川的条记，云："云声诗稿一册，无首（至少缺一页）无尾，扉页上赵藩题识……但查《云南丛书滇诗丛录》，明清滇人著述树木，均为收入。《上巳野集诗》有冰壑子诗十首，查知冰壑系康熙广武陵人，故《云南通志》上也找不到他的名字。"本文作者查阅其他资料无获，故亦引此说。

[5]关于孙髯卒年还有一说为 1775 年，本文写 1774 年是从余嘉华主编《云南风物志》，云南教育出版社 1991 年版，第 83 页。

[6]《云声诗稿》中《登太华山》诗的其二，尾注有"时制台命主太华"字，故云。昆明西山有太华寺，为风景名寺。

[7]参看《云声二集》"开篇"。

云岭诗歌方外吟——论冰壑子与《云声诗稿》

作者简介

张立新，男，1951 年生，云南祥云人。1982 年毕业于云南师范大学中文系。1990 年开始在高等学校任教，先后受聘于大理高等师范专科学校和云南民族学院（现云南民族大学）。1992 年在华东师范大学做访问学者。2000 年破格晋升为教授。2007 年担任硕士生导师。

主要从事中国古代文学史的教学及相关研究，研究对象扩展至比较文学、中西文化比较等领域。公开发表学术论文 30 余篇，出版论著 3 部。代表性著作有：《先知的智慧——比较视野下的先秦思想文化精华》（上海学林出版社，2004 年）、《神圣的寓意——〈诗经〉与〈圣经〉比较研究》（云南大学出版社，1999 年）。

《神圣的寓意——〈诗经〉与〈圣经〉的比较研究》》是一部对中西方文化经典《诗经》和《圣经》作比较研究的专著，其中部分内容曾作为单篇论文发表，有 2 篇被中国人民大学《报刊复印资料》全文复印，有 3 篇被《高校文科学报文摘》摘录。曾获云南省高校科研成果论文二等奖，云南民族大学科研成果专著一等奖。《先知的智慧》是一部以比较学眼光解读先秦思想文化的论著，综合研究和比较研究的方法使先秦诸子往日被掩损的思想放出了诱人的光芒。该书由上海学林出版社作为版本书推出，2005 年获云南省哲学社会科学优秀成果三等奖。

作者简介

陈友康，男，1963 年 7 月生，1985 年 7 月毕业于云南师范大学中文系。1991 年 9 月至 1992 年 7 月在复旦大学修完古代文学硕士研究生主要课程。1999 年 6 月任云南民族学院（现云南民族大学）汉语言文学系副主任。2001 年任上海大学文学院院长助理。2002 年 7 月至 2006 年 11 月任云南民族大学文学与新闻传播学院院长。2006 年 12 月任云南民族大学教务处处长。云南省高校教学科研带头人、硕士生导师。云南民族大学学术委员会委员、学位委员会委员、教学工作委员会委员、职称评审委员会专家库成员；云南省高校高级职称评审委员会委员、教育部人文社会科学基金项目通讯评审专家、云南省教育厅科研基金项目评审专家、云南新闻奖（理论类）评委。兼任中国民主促进会中央委员、民进云南省委副主委；云南省政协委员、云南省监察厅特邀监察员。主要从事中国古代文学、现代诗词和云南文化研究。在《中国社会科学》、《民族文学研究》等期刊发表论文 50 余篇，多篇论文被《新华文摘》等转载；主持国家社会科学基金项目《20 世纪旧体诗词研究》；获云南省哲学社会科学优秀成果二等奖 1 项、三等奖 2 项，云南省教学成果奖二等奖 1 项。

作者简介

曾庆雨，女，1961 年生，四川成都人。1984 年毕业于云南师范大学中文系。1986 年开始在高校任教。1990 年，在复旦大学完成硕士研究生主要课程学习；1997 年，作为国内访问学者，再次负笈复旦大学，跟随黄霖先生进行古典小说批评研究。2004 年 8 月破格晋升教授，现任教于云南民族大学文学与新闻传播学院。2007 年担任硕士生导师。

主要从事中国文学史教学及古代小说、诗文批评等科研工作。公开发表学术论文 20 余篇，出版论著一部。代表性的成果有：《郭兆麒与〈梅崖诗话〉》（《思想战线》，1998 第 3 期），该文于 2000 年 12 月荣获云南省政府社会科学优秀成果三等奖；《"经世致用"思潮与二十世纪古代小说研究的文化沉思》[《复旦大学学报》（社科版），1998 第 3 期]，中国人民大学《报刊复印资料》全文转载；《关于〈金瓶梅〉研究中的几个问题》（《云南社会科学》，1998 第 3 期），中国人民大学《报刊复印资料》全文转载；参编《中国小说鉴赏辞典》（上海辞书出版社，世纪出版集团出版、发行）。著作有：《商风俗韵——〈金瓶梅〉中的女人们》（云南大学出版社，2000 年）。该著作获云南学术著作出版基金和云南民族学院学术出版基金资助出版，2003 年荣获云南省政府社会科学优秀成果三等奖。

后 记

　　云南民族大学的中国古代文学史课程有幸入选校级和省级的精品课程建设项目，对于我们来说是一件意义重大的事情。因为按照习常的观念，这样的课程在一所民族院校里，常会陷入所谓边缘化的危机之中，无论在教学还是科研方面，都很难得到重视和支持。所以，当得知这门课程第一批就入选了省级精品课程时，我多少有些意外。说实在的，对于如何把一门课程"打造"成所谓"精品"，我实在也没什么把握，我在内心里把这次入选看成是对我们以往教学和科研工作的一种肯定。当然，作为项目主持人，我也在做自己力所能及之事。编辑出版这本论文集子，算是精品课程建设的一项成果，私心也多少有些宣传或扩大影响之类的想法，但对于我们，或许也是一种纪念，是人生中的"雪泥鸿爪"。苏子有言："人生到处知何似？应似飞鸿踏雪泥。泥上偶然留指爪，鸿飞哪复计东西！"在此，我衷心为这本集子祈祷，祈祷它能有属于它的生命。祈祷在它的生命中能遇上会心一笑的知音。

　　收入的论文，基本保持发表时的原貌，改动的地方有如下几种情形：个别篇章补充了材料；排印错误的文字予以纠正。少量篇章是在这里首次发表的，它们显示了新的研究成果。

　　感谢云南省教育厅和各位评审专家批准课程立项！感谢云南民族大学校长甄朝党教授、副校长和少英教授，以及教务处、人文学院领导对中国古代文学史课程建设的重视和支持！感谢云南大学出版社社长施惟达教授、策划编辑柴伟老师、责任编辑刘焰女士为本书顺利出版所付出的辛劳！

张立新

2007 年 7 月 10 日